Ro[illegible]
son [illegible]
[illegible]

CEUX QUI TOMBENT LES MASQUES

Roxane Dambre est née en 1987 dans la banlieue de Paris. Très vite, son imagination lui montre les mystères qui dorment derrière les murs de la capitale à l'insu du commun des mortels et elle décide de prendre la plume pour les révéler. Sa première série, *Animae*, a été traduite aux États-Unis et a reçu le Prix des lecteurs 2015 de la librairie L'Antre-Monde, et la Plume d'or 2015, catégorie Nouvelle Plume. Sa série *Scorpi* a quant à elle reçu le prestigieux Grand Prix de l'Imaginaire.

Paru au Livre de Poche :

ANIMAE

1. L'Esprit de Lou
2. La Trace du coyote
3. Le Cauchemar du chien
4. Le Rire de la hyène

SCORPI

1. Ceux qui marchent dans les ombres
2. Ceux qui vivent cachés

ROXANE DAMBRE

Ceux qui tombent les masques

Scorpi
3

ROMAN

CALMANN-LÉVY

ISBN : 978-2-253-08324-5 – 1re publication LGF

Code de conduite
des membres d'Upsilon Scorpi

Article 1 : Nous ne tuons jamais sans rétribution.
Article 2 : Nous ne tuons ni femme ni enfant.
Article 3 : Nous ne tuons pas nos commanditaires tant que la mission en cours n'est pas achevée, même en cas d'offre supérieure de la part de la cible.
Article 4 : En cas de menace sur notre famille, aucun des articles ci-dessus ne s'applique.

Précédemment…

Charlotte Laroche est une jeune comptable fiancée à Adam Lesath, l'héritier d'Upsilon Scorpi, la plus puissante famille de tueurs à gages du monde de l'ombre. Installée avec lui depuis deux mois au manoir Scorpi, l'un des derniers lieux sur terre abritant les êtres fabuleux des yeux des gens, elle s'habitue à la vie au milieu de domestiques qui font de leur mieux pour avoir l'air humains.

Un mois auparavant, Charlotte, Adam et leur ami l'inspecteur Daniel Balard ont vaincu un humain mangeur de créatures fantastiques, ainsi qu'un tueur à sa solde particulièrement dangereux. Inquiets de l'existence d'un éventuel réseau, les Lesath ont démarré une enquête. La conduite de celle-ci a aussitôt été réclamée par Walder Draconis, ennemi héréditaire des Scorpi, au nom de la sécurité de Julia, l'épouse de Lazare Lesath, et de leur alliance.

Et d'ailleurs, à ce sujet…

1
Surprise !

Le coup s'abattit violemment sur la tête de l'homme.

– Tu ne nuiras plus à cette ville, John Doerty, siffla la voix déformée du justicier.

– Haut les mains ! cria une autre voix. Police ! Pas un geste !

Le justicier se retourna lentement, maintenant son visage dans l'ombre de la nuit.

– Nous sommes dans le même camp, sergent, dit-il d'un ton calme. Je vous livre John Doerty, un dangereux parrain de la mafia.

– Ta gueule ! Tu es une menace pour la population ! Je t'arrête pour coups et blessures sur...

– Sur des assassins et des criminels. Je suis de votre côté, je vous dis.

– Même pas en rêve ! J'ai juré de t'arrêter et je le ferai ! Je n'en dors plus depuis des mois !

Je levai les yeux au plafond du salon plongé dans la pénombre.

– Ce flic est débile, grommelai-je.

– Je trouve aussi, acquiesça tranquillement l'inspecteur Balard.

– Ah bon ? s'étonna Élias, assis entre nous sur le plaid argenté du canapé, un plat de pop-corn sur les genoux. Les policiers humains ne sont pas tous comme ça ?

— Non, mon garçon. Pas tous.

— Mais vous, vous essayez d'arrêter Adam, pourtant !

Daniel Balard le considéra d'un œil noir, avant de prendre une poignée de pop-corn et de retourner à la série qui défilait sur l'écran géant de la télévision.

— Ton frère n'est pas un justicier, expliqua-t-il patiemment. C'est un tueur.

— Parce qu'il ne porte pas de collants et de capuche ? s'inquiéta Élias.

— Non. Parce qu'il est payé par des hommes qui devraient aller en prison.

— Aaaaaaaaaah...

Le petit garçon pencha la tête pour réfléchir, tandis que le flic de la série prenait la raclée prévisible. Je le contemplai sans vraiment le voir, l'esprit ailleurs. Mes cours de self-défense me suffiraient-ils pour infliger le même traitement à Walder Draconis cet après-midi, en cas de besoin ? Pas sûr, pas sûr... Mon regard dériva tout seul - pour la huitième fois en vingt minutes - sur les chiffres de l'horloge lumineuse du lecteur Blu-ray. Dix heures quarante-huit. Encore une heure et douze minutes avant que le maître des Draconis, les ennemis héréditaires des Scorpi, vienne au manoir présenter ses dernières avancées à Lazare. Youpi.

— Mais si Adam n'était pas payé, reprit Élias, interrompant le fil de mes pensées, on ne pourrait pas garder le manoir. Et tous les domestiques seraient à la merci des humains.

– Je sais, mon garçon, soupira Balard, mais vous pourriez trouver d'autres moyens de gagner de l'argent.

L'enfant approuva avec enthousiasme.

– On pourrait devenir dictateurs ! s'exclama-t-il. Ou présidents de la République ! On gagnerait des montagnes d'argent et en plus, les gens seraient contents de nous le donner !

La moue dubitative de Balard me dérida. L'inspecteur vivait au manoir depuis presque un mois, désormais. Le convaincre de rester avait pris environ sept secondes, le temps que Clématite, ma nymphe de compagnie préférée, lui glisse que les korrigans n'avaient pas leur pareil pour trouver des informations sur le Dark Net. Je n'avais pas vraiment compris ce que cela signifiait, mais les yeux acier de Balard s'étaient mis à briller. Depuis, il passait la majeure partie de ses journées avec les deux petites créatures à l'apparence d'enfants chahuteurs. Dans le même temps, les journaux avaient entamé une longue série d'annonces d'arrestations de criminels figurant sur les listes noires des gouvernements, ainsi que des démantèlements de réseaux à n'en plus finir. Au départ, l'inspecteur nous relatait ses trouvailles. Puis un jour, ses collègues de terrain avaient été devancés.

– Adam ! avait rugi Balard ce soir-là en surgissant dans le salon. C'est toi qui as fait ça ?

Il avait brandi un journal en portugais dont les photos montraient une dizaine d'hommes bien amochés, ligotés et allongés en ligne régulière sur le sol.

– Oui, avait répondu Adam avec un sourire jusqu'aux oreilles. Je les ai bien rangés, non ?

— Pourquoi tu as fait ça ? Qui a mis un contrat sur leur tête ?

— Personne. Si ça avait été un contrat, je les aurais tués.

L'inspecteur avait failli s'étrangler.

— Mais... Mais pourquoi ?

— J'ai décidé de faire un concours avec toi. Les mecs que tu débusques, le premier de nous deux qui les attrape a le droit de les transformer en saucissons géants. Je trouve ça très stimulant.

— Tu les as tabassés !

— Évidemment. Ils ne se sont pas laissé faire.

Depuis, Balard ne racontait plus rien de ses journées. Même pas à moi. D'un certain côté, je le comprenais. Lui et Adam passaient leur temps à me cuisiner pour savoir ce que mijotait l'autre. Pffff...

Lazare paraissait ravi de cet arrangement. Sur son ordre, les domestiques traitaient l'humain comme s'il avait toujours habité au manoir. Celui-ci semblait avoir pris fait et cause pour les créatures surnaturelles qui vivaient ici, même s'il avait encore quelques frayeurs certains matins en tombant sur des êtres sans glamour – le sortilège qui leur conférait une apparence humaine. De plus, Élias et lui s'étaient découvert une passion commune pour les séries policières américaines. Ils passaient des heures dans le salon du premier étage de la tour nord à enchaîner les épisodes. L'inspecteur appréciait le petit garçon qui, lui, l'adorait sans concession. Clématite m'avait confié que, dans notre dos, l'homme tentait d'inculquer quelques notions de compassion et de justice au dernier-né des Scorpi, en espérant le voir « retrouver le droit chemin ». À mon avis, c'était peine perdue. Élias vénérait beaucoup trop Adam et Lazare pour envisager une seule seconde de devenir autre chose que tueur à gages.

Je caressai les cheveux bruns du petit garçon avec tendresse tandis que l'épisode de la série prenait fin dans une musique suggérant un suspense insoutenable.

– Je parie trois biscuits à la cannelle que le justicier couche avec la fille du flic avant la fin de la saison, déclarai-je tranquillement.

– Oh ! s'écria Élias. Tu crois ?

Il fixa l'écran géant, sidéré, comme si le générique allait lui donner la solution. Je ne voyais pas pourquoi il se posait la question. Vu la longueur de jambes que possédait cette fille, elle allait même probablement coucher avec lui dès le prochain épisode. Heureusement que je ne vivais pas dans une série américaine. Mon mètre cinquante m'aurait condamnée au célibat éternel.

Balard poussa un grognement d'approbation et se leva.

– Votre ami Draconis arrive toujours à midi ? s'enquit-il.

– Ce n'est pas notre ami ! protesta Élias.

– Eh bien ce n'est pas le mien non plus. Je vais aller faire un petit tour à l'extérieur, aujourd'hui. Pas la peine de tenter le diable, surtout si on ne peut pas le mettre en prison.

Je lui jetai un coup d'œil mi-curieux, mi-envieux.

– N'essayez pas de me demander où je pars, Charlotte, ajouta l'inspecteur en surprenant mon regard. Je ne vous dirai rien.

Ah. Il se rendait sur une enquête. Aucune chance qu'il m'emmène, alors. Dommage...

– Je peux quand même vous accompagner jusqu'à la porte ? soupirai-je d'un air faussement blessé.

– Ça, oui.

– Et moi ? s'exclama Élias, tout heureux.

– Tu as dit à Adam que tu t'entraînais, ce matin, rappelai-je. Tu n'as pas fait grand-chose, jusqu'à présent.

– Oooooh...

– Vous l'encouragez, Charlotte ? s'indigna Balard.

Je me renfrognai.

– Tant qu'il y aura des Draconis sur terre, bougonnai-je, je préfère qu'Élias soit en mesure de leur casser la figure.

L'homme parut soudain très pensif et Élias bomba le torse.

– Compte sur moi, Charlotte ! s'écria-t-il. Je deviendrai aussi fort que papa et je te protégerai de tous les Draconis de la planète.

Il disparut dans un courant d'air frais avant que nous puissions répondre quoi que ce soit. Au moins, je l'avais motivé.

Balard et moi quittâmes la pièce de façon un peu plus conventionnelle - par la porte - et longeâmes les couloirs en devisant de sujets plus légers. L'épaisse moquette bordeaux étouffait le son de nos pas et la douce lumière de ce milieu de matinée, qui entrait par les grandes fenêtres, pâlissait comme octobre arrivait à son terme. Les bouquets de fleurs d'été qui décoraient encore les guéridons quelques semaines auparavant avaient peu à peu laissé place à des assortiments d'espèces plus résistantes ou de feuilles aux reflets mordorés, emplissant l'aïr de l'odeur de la sève. Nous croisâmes deux jeunes domestiques – ils avaient l'air jeune, en tout cas – vêtus aux couleurs de l'automne, qui ciraient un meuble avec énergie. Ils agitèrent leur chiffon dans notre direction pour nous saluer et je répondis d'un signe mesuré. Je m'étais nettement améliorée, niveau assurance, face aux créatures qui peuplaient le manoir. Cependant, je restais un peu nerveuse quand je leur tombais dessus au détour d'un couloir, sans savoir ce qui se cachait sous leur glamour – même accompagnée d'une armoire à glace telle que l'inspecteur Balard.

Nous arrivâmes dans le hall d'entrée.

— Charlotte ! lança une voix fraîche.

Je me retournai. En haut du grand escalier en marbre, sur le tapis de velours rouge, Julia Lesath, la seconde femme de Lazare, se tenait droite et royale dans une robe de soirée saumon qui n'avait rien à faire dans un hall d'entrée à onze heures du matin. Comme d'habitude, ses cheveux d'or tirés en arrière dans un chignon serré donnaient un air sévère à son visage fin. Malgré la distance, je me sentis rétrécir sous ses yeux sombres qui me foudroyaient.

— Bonjour Julia, marmonnai-je.

— Je veux juste te prévenir, lâcha-t-elle d'un ton sec. Si elle devait se rendre compte de quoi que ce soit et qu'elle mettait en péril notre manoir, je lui arracherais la langue de mes mains.

Sidérée, je la contemplai opérer un demi-tour princier dans sa robe saumon tournoyante et disparaître à grands pas. Mais de quoi parlait-elle, encore ? À qui voulait-elle arracher la langue ?

— Elle a vraiment un problème, cette bonne femme, grommelai-je quand je fus sûre qu'elle ne m'entendrait plus.

— Ma pauvre Charlotte, approuva Balard d'un air compatissant. Vous attendez quelqu'un ?

— Ben non, pourtant...

Je jetai un dernier coup d'œil torve vers le haut des escaliers désormais désert. Cinglée.

Nous sortîmes sur les dalles immaculées du perron. Le parc avait revêtu les couleurs de l'automne, tout en or et en pourpre, entrecoupé de chemins de gravier blanc.

— Bien, déclara l'inspecteur, je vous laisse ici, Charlotte. Je vous souhaite bonne... Mais qu'est-ce que c'est que ça ?

Je suivis son regard ahuri et aperçus Adam qui venait de sortir d'une des dépendances du manoir, portant sur l'épaule un crocodile furieux ligoté à une planche. Ah oui, je me souvenais de cette histoire. J'agitai gentiment la main dans sa direction.

— Bonne chance, mon amour ! lançai-je.

Il sourit de loin.

— Je serai rentré pour le déjeuner ! À tout à l'heure !

Balard se tourna vers moi, interloqué.

— Charlotte ! Qu'est-ce que c'est que ce truc ?

— C'est Schnappi, répondis-je en pressentant qu'il ne parlait pas de mon fiancé.

— Schnappi ?

— Oui. Comme le dessin animé pour enfants, vous savez ? Schnappi le petit crocodile.

— Mais il n'est pas petit, celui-là !

— Il a sûrement un peu grandi, depuis que les Lesath l'ont recueilli.

— Et il va faire quoi, avec ce Schnappi ?

Adam franchit les grilles du manoir et s'évanouit dans les ombres avec Schnappi, qui tentait de l'atteindre avec ses coups de pattes enragés.

— Il va s'occuper d'un trafiquant de médicaments en Afrique, expliquai-je. Le client a demandé une mort naturelle.

Les paupières de l'inspecteur s'écarquillèrent encore un peu plus.

— Être mangé par un crocodile, c'est une mort naturelle ?

— Bah... Toujours plus qu'une balle dans la tête...

Il leva les yeux au ciel.

— Décidément, Charlotte, Adam déteint beaucoup trop sur vous.

Je haussai les épaules. Je ne voyais vraiment pas pourquoi.

Balard s'éloigna vers la remise où il garait sa voiture de location. Je soupirai. Je n'avais plus qu'à rejoindre mon bureau pour avancer un peu ma paperasse.

Mon téléphone vibra dans ma poche. Je l'en tirai et vis le nom inscrit sur l'écran. Sophie. Je souris. Mon amie de Paris m'appelait-elle encore dans l'espoir de se faire inviter au manoir pour les vacances ?

— Allô ?

— *Charlooooootte ! Surpriiiiiiiiiiiiiiiiiiise !* lança la voix joyeuse de ma camarade.

— Surprise ?

— *Devine où je suis !*

— Euh... Au boulot ?

— *Voyons, Charlotte ! Un samedi ?*

Ah oui, exact.

— Dans ton lit ? proposai-je. À la piscine ?

— *Perdu et perdu !*

Son excitation se ressentait jusqu'à travers le haut-parleur du téléphone.

— *Je suis à la gare de Belfort !*

Ma mâchoire faillit se décrocher.

— De quoi ?

Elle éclata d'un rire ravi.

— *J'ai posé une semaine de congés et je suis venue te rendre visite ! Tu es contente ? J'ai trop de trucs à te raconter !*

L'air me manqua.

— Mais... balbutiai-je. Mais...

— *Ton mec est vraiment hyper sympa !* poursuivit-elle avec enthousiasme. *On a tout préparé en secret pour que tu ne soupçonnes rien et me voilà !*

Bouche bée, je me tournai vers l'endroit où Adam avait disparu une minute plus tôt. Il avait fait *quoi* ?

— *Ah, je crois que c'est pour moi. Attends une seconde...*

— *Mademoiselle Sophie ?* s'enquit une voix plus ténue que j'identifiai immédiatement comme celle de Louis, le troll jardinier.

— *Oui ?*

— *Je suis Louis, votre chauffeur. Je vais vous conduire au manoir. Si vous voulez bien me suivre...*

— *À tout de suite, Charlotte !* reprit Sophie. *J'ai hâte de te voir !*

Et elle raccrocha. Je clignai des paupières, à moitié abasourdie. Sophie... arrivait ? Sophie arrivait vraiment ? Mais alors... Oh mon Dieu ! C'était d'elle que parlait Julia !

L'estomac noué, je composai le numéro de téléphone de mon fiancé. Avec un peu de chance, il n'était pas encore arrivé sur son lieu de « travail » et pourrait me répondre. Cela captait-il, dans les ombres ? Adam décrocha au bout de deux sonneries.

— *Allô ?*

— Adam ? Je ne te dérange pas ?

Un énorme bruit d'étagères qui s'écroulent et un gémissement d'homme résonnèrent derrière lui.

— *Non, non, pas du tout*, assura-t-il.

Ah. Bon, s'il le disait...

— *Sophie est arrivée ?*

— Euh... Oui, bredouillai-je. Mais... tu l'as invitée ?

Nouvelle série de cris et de sons de bagarre.

— *Surprise !* s'exclama-t-il gaiement. *Tu es contente ?*

Oh bon sang ! Alors c'était vrai ! Quelle catastrophe ! Quelles excuses allais-je devoir inventer par dizaines pour expliquer les bizarreries des habitants du manoir ?

— Mais... Pourquoi ?

Le vagissement d'un crocodile en colère me répondit. Puis :

— *Je sais que ça n'est pas tous les jours facile pour toi, ici, ma douce. Surtout en ce moment. J'ai pensé que ça te ferait plaisir d'avoir la compagnie d'une de tes amies humaines pour te détendre...*

— Me détendre ? m'effarai-je. Sophie en visite le jour où Walder Draconis vient faire son rapport, ça doit me détendre ?

— *Ah, ça... Malheureux hasard du calendrier. Ne t'inquiète pas. Walder sait à quoi il s'expose s'il touche à quelqu'un qui se trouve sous notre protection. Surtout sous notre toit. Il n'est pas assez idiot pour ça. Et puis il ne restera pas très longtemps. À peine une heure. Deux au maximum. Et je serai rentré.*

— Julia a dit qu'elle la tuerait si elle découvrait quoi que ce soit du manoir.

Deux hommes hurlèrent de terreur à l'autre bout du fil et je dus éloigner le combiné de mon oreille. Ils braillaient fort, ces deux-là ! Que fabriquait Schnappi ?

— *J'ai pensé à tout*, me rassura mon assassin de fiancé, couvrant le tumulte. *Les domestiques ont reçu des consignes, ils ne feront rien de bizarre devant elle.*

— Tu parles, bougonnai-je. Comme s'ils pouvaient s'en empêcher.

— *J'ai mis Natacha sur le coup. Même Nicolette se tiendra bien.*

Je me redressai un peu. Natacha la banshee, la vieille nourrice Scorpi ? Si quelqu'un pouvait contrôler tout ce petit monde – Walder comme les domestiques un peu trop enthousiastes –, c'était bien elle, avec sa tenue de nurse anglaise d'un autre âge, sa canne noueuse et son regard qui aurait liquéfié n'importe qui. Peut-être qu'il n'y aurait pas d'incident, finalement.

— *En tout cas, j'ai hâte de rencontrer Sophie en chair et en os !* s'anima Adam dont la voix était entrecoupée de bruits de coups sourds. *Par mail, elle a l'air vraiment sympathique.*

Son entrain m'arracha un demi-sourire. Bien sûr qu'elle était sympathique, mon amie !

— Et toi ? m'enquis-je en repoussant avec inquiétude les frisottis blonds qui me chatouillaient le nez. Qui te surveille ?

— *Voyons, Charlotte*, gronda-t-il gentiment. *J'observe les humains tous les jours, je sais comment me comporter avec eux.*

Alors ça, j'en doutais sérieusement. Ou alors il ne regardait pas les bons.

– Tu as envoyé un chauffeur à Sophie, fis-je remarquer.

– *Et alors ?*

– Les humains normaux n'ont pas de chauffeur.

– *Mais si. Presque tous ceux que je tue en ont un. Tu veux que je demande aux mecs en face de moi ? Il y en a encore un qui peut parler.*

– Non, ça ira, merci.

Je le savais.

[illegible]

[illegible]

[illegible]

Vingt minutes plus tard, le paysage [illegible] vieilles pierres [illegible] comme [illegible] de mon [illegible] ces derniers jours [illegible]

[illegible]

— [illegible]

2
Cadeau d'anniversaire inattendu

Vingt minutes plus tard, je patientais près des hautes grilles en fer forgé surmontées de pics acérés qui marquaient l'entrée du domaine. Adossée contre le mur de vieilles pierres couvert de lierre, je fixais le chemin de terre qui menait jusqu'ici. Les feuilles d'arbres le recouvraient comme un tapis rouge et ocre. Une bourrasque froide les souleva et je resserrai mon foulard en mousseline autour de mon cou. La température avait vraiment chuté, ces derniers jours. Adam prétendait qu'il neigerait bientôt. À la fin octobre, cela m'étonnait un peu, mais depuis que je vivais au manoir, je ne jurais plus de rien.

Une voiture bleue apparut au détour du chemin, cahotant à vitesse réduite dans les ornières de l'allée. Je me redressai. Au volant, je reconnus Louis, le troll jardinier, avec son éternel chapeau de paille vissé sur ses cheveux touffus. À ses côtés, la crinière rousse de Sophie tressautait au rythme des aléas du terrain. Elle secoua la main en m'apercevant. Je répondis avec autant d'enthousiasme et le véhicule s'arrêta près de moi. Mon amie en jaillit.

– Charlotte ! s'écria-t-elle en fonçant vers moi. Ça faisait trop longtemps !

— Tu m'as tellement manqué ! répondis-je sur le même ton. Je n'arrive pas à croire que tu sois là !

Nous nous embrassâmes avec effusion, tandis que Louis extirpait la valise de Sophie du coffre en faisant semblant de la trouver lourde. La facilité avec laquelle ce frêle jeune homme d'un peu plus de vingt ans aurait soulevé cette valise en temps normal aurait déconcerté n'importe qui ignorant sa véritable apparence, celle d'un troll des forêts haut de plus de trois mètres et robuste comme un chêne centenaire. Aussi se donnait-il du mal pour gonfler les joues comme s'il fournissait un effort important. Je me sentis soulagée. Adam l'avait bien briefé, en fin de compte. Tout se passerait bien. Des jappements retentirent et un adorable beagle noir et caramel jaillit de la portière restée ouverte. Mon cerveau marqua un temps d'arrêt. Sophie avait amené Croquette ? Catastrophe ! Il allait courser les kobolds comme si c'étaient des poules ! Le chien courut vers nous et nous tourna autour en aboyant avec une joie manifeste.

— Mais oui, toi aussi tu es content de revoir Charlotte, déclara Sophie en se penchant pour lui caresser la tête. On va passer des super vacances et tu auras plein de place pour gambader, ici !

Mon Dieu... Adam avait-il prévu ça ?

Les grilles s'ouvrirent derrière nous, manipulées à distance par les créatures télékinésistes du manoir. Louis s'avança en agitant un boîtier en plastique noir.

— C'est une ouverture télécommandée, précisa-t-il avec un immense sourire.

Sophie souleva un sourcil perplexe.

– Pourquoi il me dit ça ? chuchota-t-elle à mon oreille.

Ça commençait déjà.

– C'est nouveau et il est très fier de l'avoir fait installer, brodai-je.

– Ah, OK. Il est bizarre, non ?

– Pourquoi ?

– Je ne sais pas. Il n'a pas arrêté de me raconter que vous aviez l'électricité dans le manoir et que c'était génial. Il vivait dans une grotte, avant ?

Mouarf. Il en avait fait des tonnes, quoi. Minute. Il n'y avait pas l'électricité, en réalité, dans le manoir ?

Les grilles se fermèrent tandis que je réfléchissais à cette importante question.

– C'est toujours automatique, lança Louis sur un ton important.

Je lui jetai un regard blasé. Heureusement, Sophie ne l'écoutait plus. Bouche bée, elle contemplait le parc aux couleurs de fin d'automne qui entourait comme un écrin une grande bâtisse de pierre blanche, le manoir Scorpi, et s'étendait derrière à perte de vue. Le troll souleva la valise pour ne pas la faire rouler dans les graviers blancs du chemin et nous invita à le suivre. De toute évidence, mon amie était trop occupée à admirer les bosquets taillés en forme d'animaux pour s'apercevoir de la force peu naturelle qu'il déployait. Je lui pris le bras pour l'entraîner vers la maison.

– Charlotte ! s'extasia-t-elle en retrouvant sa voix. C'est absolument sublime ! Tu dois avoir l'impression d'être une princesse, ici !

– On fait de notre mieux, se rengorgea Louis.

Ben tiens... Cette semaine allait être horriblement longue.

Un groupe d'enfants jouait près d'un des plans d'eau entouré de roseaux, sous la surveillance détendue de deux jeunes femmes assises sur un banc entièrement composé de lierre et de branchages. Je plissai les yeux. Ce banc-là, j'étais à peu près certaine qu'il n'existait pas la veille. Quelqu'un l'avait fait pousser pendant la nuit ? Les deux jeunes femmes nous adressèrent un signe amical auquel nous répondîmes volontiers et Croquette fonça sur le groupe d'enfants en jappant d'excitation. Ceux-ci s'éparpillèrent comme une volée de moineaux avec des cris de joie.

– Croquette ! le rappela Sophie, embarrassée. Au pied ! Croquette !

Le chien continua à virevolter entre les gamins ravis. Nous accourûmes. Le plus petit des enfants, qui ne paraissait même pas avoir quatre ans, restait immobile au milieu du tohu-bohu, à contempler Croquette de ses grands yeux verts débordants d'amour. Il serrait contre sa poitrine un doudou en tricot qui ressemblait à s'y méprendre à un brocoli souriant. Ciel. Un petit troll... Croquette s'arrêta devant lui pour le renifler.

– Ne vous inquiétez pas, intervint précipitamment Sophie à l'adresse des deux jeunes femmes qui n'avaient pas bougé de leur banc. Il est très gentil, il adore les enfants. Il ne mord pas.

– Aucun problème, répondit l'une des deux sur un ton tranquille. Nous ne nous faisions pas de souci.

Oui. Personne ne s'alarmait, ici, à part moi qui tentais d'estimer les chances de survie de Croquette à une semaine.

Le petit troll tendit la main vers le museau du chien.

– Comment tu t'appelles, zoli c'ien ? s'enquit-il de sa voix enfantine.

– Il s'appelle Croquette, dis-je rapidement, inquiète que le beagle donne une autre réponse compréhensible de l'enfant.

Celui-ci acquiesça avec gravité.

– Bonzour monsieur Croquette. Moi, ze m'appelle Hans.

Croquette jappa avec flamme et lécha copieusement les joues du petit troll, qui éclata de rire et s'essuya avec son doudou en tricot. Je me tranquillisai devant le regard bienveillant des deux domestiques. Personne n'avait l'intention de manger Croquette. Dans le parc, en tout cas. Sophie paraissait soulagée aussi et les autres enfants se rapprochèrent à leur tour pour caresser le chien. Tous possédaient les mêmes yeux verts étincelants. Il s'agissait donc de la prochaine génération de trolls des forêts du domaine. Un frisson me parcourut l'échine en songeant que, d'ici quelques années, la plupart d'entre eux remplaceraient les jardiniers actuels. En effet, si la plupart des créatures qui habitaient au manoir avaient une durée de vie bien plus longue que celle des humains, d'autres en avaient une beaucoup plus courte. Les trolls, par exemple. J'avais été choquée d'apprendre que le vieux Gustav, le chef des jardiniers, entrait tout juste dans sa trentième année. Hans ne devait même pas avoir un an. D'ailleurs, maintenant qu'on en parlait, Louis était allé chercher Sophie à la gare en voiture. Depuis quand avait-il son permis, lui ? Il avait sept ans !

Le troll jardinier nous escorta jusqu'au perron, où nous attendaient Firmin et Lazare lui-même. Si le majordome se tenait très droit dans son costume impeccable, le maître des lieux paraissait détendu et souriant. Dans la mesure où Lazare Lesath pouvait paraître détendu et souriant. Cette montagne de muscles au visage taillé à la serpe figeait sur place n'importe qui avec ses yeux d'un bleu glacial.

L'homme dégringola les marches avec un sourire charmeur.

— Voici donc la fameuse Sophie ! s'exclama-t-il en lui tendant la main. J'ai tellement entendu parler de toi. Bienvenue au manoir !

— Merci monsieur, répondit timidement mon amie dont les doigts disparurent complètement dans la poigne de Lazare.

— Lazare, ce sera plus simple.

Sophie acquiesça d'un signe de tête, visiblement impressionnée. Même si elle mesurait vingt centimètres de plus que moi, elle n'arrivait pas à l'épaule de ce mastodonte.

Firmin s'avança.

— Avec votre permission, dit-il avec emphase, je vais faire monter vos bagages dans votre chambre et je vous invite à vous rafraîchir avant le déjeuner. N'hésitez pas à nous faire connaître vos moindres désirs, nous sommes là pour les combler.

— D'accord, balbutia-t-elle. Merci.

Sur un signe du majordome, un homme en livrée vint prendre la valise.

— Si vous voulez bien me suivre.

Sophie et moi lui emboîtâmes le pas après un ultime remerciement de mon amie à Lazare.

– C'est incroyable, murmura-t-elle à mon oreille alors que nous arrivions en bas du grand escalier de marbre recouvert d'un tapis de velours rouge. C'est exactement comme tu m'as raconté !

– Tu ne me croyais pas ? raillai-je.

– Ben... Je pensais que tu exagérais.

Je glissai un regard en arrière pour voir Firmin et Lazare, restés devant la porte. Leur air accueillant s'était évaporé, laissant place à une mine sombre. Je retins une grimace. Ce n'était pas Sophie qu'ils attendaient sur le perron. C'était Walder Draconis.

– Oh mon Dieu ! s'écria mon amie dès que nous fûmes seules. C'est une chambre, ça ?

Je suivis le geste qu'elle esquissa pour montrer la décoration, toute en rideaux de velours rouge et en moquette d'un beige lumineux. Une armoire immense trônait à côté du lit à baldaquin et, au fond, une porte entrouverte laissait deviner une salle de bains au confort dernier cri. Si je n'avais pas tant aimé ma propre chambre, j'aurais adoré dormir dans celle-ci. Croquette renifla partout d'un air curieux, puis alla se poster devant l'immense baie vitrée qui donnait sur le parc en remuant la queue, la langue pendante. Plus clair, comme message, cela n'existait pas. Sophie l'ignora pourtant et se laissa tomber sur la housse en satin chocolat qui recouvrait son lit. Ses cheveux roux s'étalèrent comme un halo autour de son visage.

— Il n'aurait pas un frère, ton fiancé ? supplia-t-elle sans se redresser. Un type qui voudrait m'épouser ?

— À part Élias, j'ai peur que non, répondis-je en rejoignant Croquette près de la fenêtre pour le caresser.

— Ah... J'adore Élias, mais vu qu'il te prend pour sa maman, ça va être compliqué de lui demander de m'épouser. Et puis finir en taule pour détournement de mineur, non merci. Tu crois que je pourrais tenter ma chance avec les domestiques ?

— Tu penses à Louis ? souris-je.

— Oh non, plutôt au majordome, là, Firmin. Un mec qui me dit qu'il va combler tous mes désirs ? Qu'ils vont même s'y mettre à plusieurs pour ça ? Laisse tomber, c'est l'homme de ma vie !

Nous gloussâmes toutes les deux. Cela faisait du bien de la revoir. Même si cela me rappelait...

— Ça se passe bien, au boulot ? m'enquis-je d'un ton aussi détaché que possible.

Sophie me jeta un coup d'œil, pas dupe.

— C'est la première fois que tu me demandes ça depuis que tu es partie, nota-t-elle. Je pensais que tu ne voudrais plus jamais en parler.

Je fis semblant de me concentrer sur Croquette qui s'était avachi sur la moquette, heureux comme un pacha. Mon amie se tourna pour se mettre sur le ventre et se redressa sur ses coudes. Un sourire de requin fendit son visage couvert de taches de rousseur.

— Ta démission a fait beaucoup de bruit, figure-toi.

— Comment ça ? marmonnai-je.

— Ton mail de réponse automatique s'est répandu comme un virus informatique dans l'entreprise. Les gens se le sont tous transmis les uns aux autres. C'est remonté jusqu'aux oreilles du big boss et il y a eu une enquête interne.

Mes doigts se crispèrent malgré moi sur le pelage de Croquette. Cinq mois après, me rappeler le harcèlement que j'avais subi me mettait encore mal à l'aise. Le chien me lança un regard plein d'interrogation. Oups...

– J'ai enfoncé Thomas autant que je l'ai pu, tu t'en doutes, poursuivit Sophie dont les yeux bruns brillaient de plus en plus, mais ce qui a vraiment fait basculer les choses, c'est le témoignage de deux autres femmes de l'entreprise. Elles ont gardé l'anonymat parce qu'elles ont toujours peur, même si ça fait des années, mais tu n'étais pas la première victime de ce connard. Une autre a raconté qu'elle avait vu une collègue qui travaillait sous ses ordres se faire virer pour des raisons pas très nettes et que depuis, elle l'évite comme la peste parce qu'il l'a prise en grippe.

– C'est vrai ? m'exclamai-je. Mais personne ne s'était jamais plaint !

Sophie me lança un regard noir.

– Toi non plus, tu ne t'es pas plainte, lâcha-t-elle d'un ton de reproche. Tu te rappelles ton plan initial ? Ne pas bouger en attendant que Thomas se calme. Si ton mec n'avait pas pété les doigts de cet enfoiré, tu n'aurais...

– OK, OK, l'interrompis-je, mortifiée. Et maintenant ? Il s'est fait virer ?

Elle haussa les épaules, l'air soudain déçu.

– Non. Nos dirigeants sont des hommes et les hommes, ça se serre les coudes, surtout que tu n'as pas porté plainte. Au lieu de le virer, ils l'ont affecté à un autre service. Marianne aussi, d'ailleurs. Tout le monde la traitait comme une pestiférée depuis que j'ai raconté ce qu'elle avait répondu, quand tu avais essayé de lui parler.

J'en restai bouche bée. Marianne, mon ancienne chef, aussi ?

– Ne pas savoir est excusable, cita Sophie en levant un doigt. Savoir et ne rien faire est intolérable. Marianne a été remplacée par Héloïse.

– Oh...

Héloïse, une des comptables du service, mère de trois enfants. Pourquoi pas ?

– Cela dit, reprit ma camarade en joignant ses mains sous son menton comme un angelot innocent, d'après mes infos, la rumeur les a suivis jusque dans les services où ils ont atterri, l'un comme l'autre. On les regarde un peu d'un sale œil.

Je me mordillai la lèvre inférieure. Pour Thomas, c'était bien fait. Par contre, Marianne...

– Tu es en train de penser à des trucs beaucoup trop gentils, Charlotte, grogna Sophie qui me surveillait.

– Non, mais Marianne... tentai-je.

– Elle a mérité ce qui lui arrive, comme Thomas. Tu n'étais pas la première à te plaindre de lui, elle n'a cru ni toi ni les autres. En plus, elle ne t'a laissé aucune chance de te justifier quand Thomas a exigé ton licenciement. Ça sert à quoi, un supérieur comme ça ? Si elle avait été à la hauteur, tu bosserais toujours là-bas.

Je fis la moue et jetai un coup d'œil au parc Scorpi endormi sous le soleil à travers la fenêtre. Finalement, c'était peut-être mieux comme ça.

– Et toi, ça va ? relançai-je en espérant diriger la conversation vers des sujets plus légers.

– Oh moi ! s'exclama-t-elle en roulant sur le drap pour s'étaler sur le dos. Depuis vingt minutes, je baigne dans le bonheur ! Quant à mon taf, tu le connais sur le bout des doigts, alors parle-moi du tien. Il bosse dans quel secteur, ton mec ? J'ai l'impression que je te pose la question à chaque fois, mais je ne me rappelle jamais la réponse !

Et zut. Le remède était pire que le mal. Heureusement, quatre coups légers retentirent à la porte. Ah. Clématite.

– Entrez ! lançai-je, soulagée.

La porte s'ouvrit sur la plus belle créature du manoir. Comme à son habitude, Clématite portait une robe fluide qui mettait en valeur les courbes délicates de son corps parfait. Le vert pâle du tissu s'accordait à merveille avec celui de ses yeux en amande, et les barrettes en argent qui retenaient en arrière ses longs cheveux bruns brillaient comme des diamants. Croquette poussa un jappement plaintif et échappa à mes caresses pour courir se cacher sous l'armoire. Hum... Voilà qui me donnait à réfléchir sur le degré de dangerosité des nymphes. Il n'avait pas fait ça, avec Firmin ! Je me tournai vers Sophie avec un peu d'appréhension. La bouche de mon amie s'était arrondie comme une tasse à thé. À tous les coups, elle n'avait même pas remarqué la réaction de son chien. Je me demandai comment elle la voyait, elle. Car le glamour des nymphes donnait à celles-ci l'apparence de la beauté parfaite selon les critères de celui qui posait les yeux sur elles.

Clématite se laissa contempler de bonne grâce pendant quelques secondes.

– Mademoiselle Sophie, salua-t-elle avec une révérence élégante, c'est un honneur de vous rencontrer. Pardonnez-moi de vous déranger dans vos retrouvailles, le déjeuner sera servi d'une minute à l'autre.

Sophie bondit du lit.

– Déjà ! paniqua-t-elle. Je dois m'habiller comment ?

– Un pantalon noir, un chemisier et un pull à col en V, si vous avez ? suggéra négligemment la nymphe.

– J'ai !

Le contraire m'aurait étonnée. Après tout, Clématite lisait dans les pensées, elle n'aurait jamais proposé une tenue que mon amie ne possédait pas. Celle-ci se jeta sur sa valise et sortit les vêtements réclamés.

– J'arrive !

Elle disparut dans la salle de bains. Je me tournai vers Clématite.

– Tu attendais derrière la porte pour intervenir au bon moment ? chuchotai-je.

– Je crains que oui, mademoiselle, avoua-t-elle en rougissant.

– Merci.

– Oh... Je vous en prie, mademoiselle.

– Walder est arrivé ?

La nymphe se renfrogna.

– Ça oui, mademoiselle. Non seulement il est arrivé, mais en plus, ce goujat s'est invité à déjeuner. Vous allez devoir assister à un repas de famille.

– Quoi ? m'étranglai-je. Aujourd'hui ? Je veux dire... Avec Sophie ?

– Oui, mademoiselle.

C'était une catastrophe !

Elle acquiesça d'un signe de tête.

– Je sais, mademoiselle.

Sophie sortit de la salle de bains aussi vivement qu'elle y était entrée. Elle avait même recoiffé ses cheveux roux en une jolie natte sur le côté. Mais comment avait-elle fait pour aller aussi vite ? Il me fallait au moins dix minutes pour domestiquer mes frisottis blonds !

– Je suis prête ! annonça-t-elle.

– Si vous voulez bien me suivre.

Nous emboîtâmes le pas à Clématite dans les couloirs parsemés de grands miroirs qui renvoyaient la lumière sur les murs chatoyants, Croquette sur nos talons. Sophie me retint en arrière par le bras.

– Sérieux, Charlotte ! Faut que tu fasses virer cette fille ! murmura-t-elle à mon oreille.

– Hein ? m'ébahis-je.

– T'as vu le canon ? Tu peux être sûre qu'elle va se taper ton mec dans ton dos, un de ces quatre !

Par un jeu de reflets dans les miroirs, je vis l'expression totalement scandalisée de la nymphe et ses joues cramoisies.

– Tu ne crois pas ? insista Sophie.

Finalement, ce ne serait peut-être pas Julia qui tuerait mon amie la première. Je tapotai sa main sur mon avant-bras.

– Je crois que ça ne risque rien. Tu peux penser à autre chose.

Croquette gronda derrière nous. Je me retournai juste à temps pour voir une tenture s'immobiliser précipitamment. Je soupirai. Oh oui. La semaine allait être très très longue...

Firmin ouvrit les larges portes en bois laqué d'une des salles à manger.

— Mlle Charlotte et Mlle Sophie, annonça-t-il de sa voix distinguée.

Il s'écarta pour nous laisser passer. Sophie enfonça la tête dans ses épaules, intimidée, et nous entrâmes. J'ignorais qui avait eu cette bonne idée, mais cette salle à manger était la plus chaleureuse et la plus petite de celles que je connaissais. Ses murs tapissés d'un jaune pâle joyeux avec des frises couleur framboise disparaissaient sous des tableaux de desserts plus vrais que nature. On avait faim rien qu'à les regarder. Une jolie table rectangulaire recouverte d'une nappe brune brodée de feuilles dorées trônait au centre, déjà dressée pour le déjeuner avec une vaisselle simple. J'en soupirai intérieurement de soulagement. Ils n'avaient pas sorti l'argenterie et la porcelaine ! Les convives se tenaient autour de la table.

— Sophie ! s'écria joyeusement Élias en bondissant vers nous.

Il se jeta dans ses bras.

— Qu'est-ce que tu as grandi, Élias ! s'exclama mon amie. Tu es presque un homme, maintenant !

Le petit garçon se redressa fièrement pour gagner quelques centimètres.

— C'est trop cool que tu sois venue ! Tu vas toujours à la piscine, le mardi ? J'ai demandé à papa de t'en faire construire une rien que pour toi ! Tu veux que je te la montre ?

Sophie eut l'air passablement désarçonnée.

— Après le repas, Élias, l'arrêta Adam en avançant à son tour.

– OK!

– Je suis heureux de te rencontrer enfin, Sophie, déclara mon fiancé avec une pointe d'accent italien surgie de nulle part. Je suis Adam. Si tu as des ennuis, dis-le-moi. Ici, c'est la famille.

Son visage carré arborait une expression très formelle et il lui tendit une main, l'autre plongée dans la poche. Je me retins de lever les yeux au ciel. Heureusement qu'il savait se comporter avec les humains, qu'est-ce que cela aurait été autrement... Sophie ne parut pourtant pas trop surprise de cet accueil directement inspiré des parrains de la mafia – les meilleurs clients d'Adam – et lui serra la main avec tout autant de solennité. Elle avait sûrement déjà repéré qu'il était bizarre... Pendant un instant, je songeai à cette tradition Draconis qui exigeait que les enfants de créatures de l'ombre passent un an parmi les humains pour les observer et se fondre dans la masse. Peut-être que ça n'était pas si idiot, finalement.

– Oh! Un chien! s'écria Élias, les yeux brillants. C'est le tien, Sophie?

– Oui, c'est Croquette.

– Cool! Salut Croquette!

Il s'accroupit pour donner ses doigts à flairer au beagle, qui paraissait nettement plus suspicieux que sa maîtresse. Intelligente, cette petite bête.

– Le chien s'appelle Croquette? laissa tomber une voix féminine au fond de la salle.

Je levai les yeux. Julia se tenait entre Lazare et Walder, les lèvres pincées, très digne dans une robe de soirée noire incrustée de strass. Elle s'était changée?

Elle avait peur de manquer à l'étiquette si je la voyais deux fois de suite dans la même tenue ? Pffff...

– Sûrement, répondit Sophie d'un air dégagé. Je l'ai appelé Maximus quand je l'ai adopté, mais j'ai remarqué qu'il arrive plus vite quand je dis « Croquette ». J'en ai déduit que c'était son vrai nom.

– Ah ! s'exclama Walder en se frappant les cuisses avec entrain tandis que Julia haussait ses sourcils blonds. Elle est bien bonne, celle-là ! Tu sais choisir tes amis, ma petite Charlotte !

Il s'approcha de nous à grands pas et m'embrassa sur les deux joues avant que je puisse reculer. Stupéfaite, je remarquai à peine que Lazare et Adam s'étaient renfrognés en fixant un point derrière moi. Le Draconis se tourna vers mon amie et j'en profitai pour jeter un coup d'œil dans mon dos. Clématite se tenait toujours là, paisible, le regard rivé sur Walder. D'accord. Celui-ci n'avait donc pas de mauvaises pensées à mon égard, sans quoi la nymphe l'aurait égorgé et les Lesath regrettaient que ce ne fût pas le cas. Famille de psychopathes.

– Mademoiselle Sophie, je suis charmé, déclara le petit homme en penchant sa tête de fouine en un simulacre de baisemain. Je suis Walder, le grand-père d'Adam et Élias.

J'ouvris des yeux ronds. Ça alors ! Je n'avais jamais pensé à Walder Draconis en ces termes. D'ailleurs, même Élias, qui avait reculé d'un pas à l'approche de l'homme, le dévisageait avec perplexité. Bon, cela me rassurait.

– Enchantée, répondit poliment Sophie.

– Madame, mesdemoiselles, messieurs, intervint Firmin, si vous voulez bien vous donner la peine de vous installer, les valets s'apprêtent à servir le déjeuner.

– Bonne idée ! s'exclama Walder. Je meurs de faim. Pas toi, ma petite Charlotte ?

Il m'adressa un clin d'œil qui lui mangea la moitié du visage et s'en fut s'asseoir sans plus de cérémonie. Lazare et Julia l'imitèrent sans un mot, chacun à un bout de la table rectangulaire. Le visage d'Adam s'était totalement fermé et il ne me regarda même pas en s'installant à la gauche de Julia, en face de Walder. Eh bien... L'ambiance promettait d'être chaleureuse. Je m'approchai à mon tour. Des petits cartons blancs placés près des verres portaient nos prénoms calligraphiés avec soin. Si j'en croyais mes cours accélérés de savoir-vivre dispensés par Clématite, je devais me situer à droite ou à gauche de Lazare, et Sophie de l'autre côté. Au moins, nous serions en face l'une de l'autre. Je trouvai effectivement le carton « Charlotte » entre Adam et Lazare. Sophie s'installa en face et Élias prit la dernière place, entre Walder et mon amie.

– Quel bonheur, un bon petit repas en famille ! babillait Walder. Nous devrions faire cela plus souvent, n'est-ce pas Lazare ?

Comment arrivait-il à se montrer aussi détendu dans une atmosphère pareille ? J'aurais disparu trois fois sous la table, si Lazare m'avait jeté un de ces regards bleu glacé dont il avait le secret !

Sophie me lança un coup d'œil interrogatif et je ne pus que hausser les épaules en signe d'impuissance. Même si elle en ignorait les véritables raisons, elle connaissait l'aversion que Julia et moi nous vouions.

Elle était assez maligne pour comprendre toute seule le pourquoi de l'électricité dans l'air. La valse des plats commença, nous fournissant l'excuse idéale pour ne pas trop discuter. Le velouté de châtaignes et de citrouille qui ouvrit le bal, avec sa ciboulette ciselée et sa pointe de crème fraîche, fit redescendre la tension de deux crans.

– Merveilleux ! s'exclama Walder, la bouche pleine. Je viendrais manger ici tous les midis.

Lazare toussa comme s'il avait avalé de travers. Le Draconis à tête de fouine l'ignora et s'extasia ensuite sur le faisan rôti aux cèpes et au foie gras, sur les pommes de terre en robe des champs nappées de sauce de viande, puis sur le plateau de fromages du pays, faisant l'intégralité de la conversation à lui tout seul. Je tâchais de me concentrer sur mon repas pour ne penser à rien d'autre. Sophie et Élias gavaient Croquette en riant sous cape et Adam tranchait ses aliments, même ceux qui n'en avaient pas besoin, avec un peu trop d'énergie. Seule Julia tentait de répondre à son père, qui lui coupait la parole sans vergogne. Très agréable...

– Aaaaaaah... soupira l'homme en se rejetant contre le dossier de sa chaise après avoir fini son assiette d'apfelstrudel accompagné de glace à la vanille. Et maintenant, la surprise.

Adam et Lazare se raidirent d'un même mouvement. L'air fraîchit d'un ou deux degrés, mais personne d'autre que moi ne dut le ressentir.

Walder se tourna vers moi, tout sourire.

– Ma chère petite Charlotte, déclara-t-il avec emphase, comme cadeau pour ton anniversaire, je t'ai organisé un grand jeu de piste !

Je fronçai le nez. Mon cadeau d'anniversaire. Mais bien sûr.

– C'est ton anniversaire ? s'écria Sophie. Mince ! Je n'ai rien acheté !

– Mon anniversaire tombe le 29 janvier, signalai-je. Dans trois mois.

– Comment ? se décomposa Walder. Je me suis trompé ?

Sa déconvenue paraissait tellement sincère que, l'espace d'un instant, je me sentis coupable de lui avoir parlé de façon si laconique.

– C'est très aimable de ta part, Walder, articula Lazare entre ses dents serrées. J'imagine que Charlotte ne verra aucun problème à participer, même avec trois mois d'avance, n'est-ce pas Charlotte ?

– Euh... Non, bredouillai-je, éberluée qu'il m'encourage.

Il savait donc de quoi il retournait ? Cela expliquait-il l'attitude froide d'Adam, synonyme d'inquiétude à mon sujet ?

– J'adore les jeux de piste ! s'écria Sophie en repoussant sa tresse rousse. Vous croyez que je peux participer aussi ?

– J'allais vous le proposer, ma chère, répondit Walder avec un large sourire.

– Génial ! Charlotte, ça va être super !

Oui. À voir la façon peu convaincue dont Adam passait les doigts dans ses cheveux bruns, j'en étais beaucoup moins persuadée. Même Julia, qui avait menacé de tuer Sophie le matin même, mordillait ses lèvres trop minces en signe de malaise. Lazare se redressa, croisa les mains devant son visage et fixa son ennemi de toujours, les yeux plissés en une mince fente d'un bleu glacé.

– Merci Walder. Notre famille saura se souvenir de ton geste.

Holà. Dans quoi m'embarquait-on, cette fois ?

3
Jeu de piste

– En résolvant les énigmes, lut Sophie avec le plus grand sérieux, vous trouverez le nom de votre ville de destination. Bonne chance !

Assise sur l'un des bancs de chêne sculpté du parc, le col de mon manteau relevé jusqu'au nez à cause de la brise fraîche qui soufflait, je regardais distraitement Croquette et Hans, le petit troll, courir autour de buissons taillés en forme de chat. Il n'avait pas fallu deux minutes à l'enfant pour surgir de nulle part, doudou en tricot à la main, quand mon amie et moi étions venues nous installer au soleil et au calme pour étudier le « dossier de jeu » monté par Walder. Croquette s'était vraiment fait un copain. Je rongeais mon frein de mon mieux. Après un café expédié à vitesse grand V, le Draconis nous avait remis une pochette remplie de feuilles d'énigmes et un stylo avec un clin d'œil complice. J'avais tenté d'interroger Adam du regard, mais celui-ci s'était contenté de hausser les épaules d'un air résigné. Je n'aurais donc aucune explication avant un certain temps.

Sophie plaça la feuille entre nous pour me permettre de lire les énigmes.

1 – *Malles de voyage indispensables pour les vacances (première lettre).*
Indice : pensez à boucler les vôtres.
2 – *Esprit hurleur annonciateur de mort (dernière lettre).*
Indice : demandez à Natacha.
3 – *Exclamation de dépit, synonyme de femme de petite vertu (dernière lettre).*
Indice : pas d'indice.
4 – *Mangeur de criquets à très longue vie (avant-dernière lettre).*
Indice : il fait un excellent majordome.
5 – *Maîtres incontestés des tueurs de l'ombre (dernière lettre).*
Indice : votre serviteur.
6 – *Délicieux dessert aux fraises, ou aux amandes, ou au chocolat (dernière lettre).*
Indice : cherchez un miroir.

Je ne pus retenir une moue de déception. Mis à part la dernière définition, cela m'aurait amusée de répondre, si mon acolyte avait été n'importe qui d'autre que Sophie. Ce jeu n'aurait-il pas pu attendre son départ à la fin de la semaine ? Je serrai les dents.

— Faites voir ! s'exclama une petite voix dans notre dos.

Nous nous retournâmes et une tignasse brune manqua de heurter mon menton. Le front penché par-dessus mon épaule, sur la pointe des pieds, Élias s'accrochait au dossier du banc pour essayer de voir la feuille. Ah. Je n'étais pas la seule à adorer les énigmes !

— Tu joues avec nous ? demandai-je.

Il se laissa retomber sur les talons, l'air embarrassé.

– Walder a dit que je n'avais pas le droit, avoua-t-il d'une voix contrite. Mais je peux regarder quand même, pas vrai ?

– Tu n'as pas le droit ? s'étonna mon amie.

– Qu'est-ce que tu en penses ? lui demandai-je d'un air innocent. On change les règles et on autorise Élias à jouer, non ?

– Oui, bien sûr !

Un large sourire fendit le visage du petit garçon. Il contourna le banc pour s'asseoir à nos pieds et remonta les genoux contre sa poitrine.

– Trop cool, jubila-t-il à voix basse. Quand je serai grand, moi aussi je changerai toutes les règles que je veux.

Oui. Et un jour, je lui apprendrais à penser dans sa tête.

– Alors, ces définitions ? repris-je avec légèreté.

Sophie plaça la feuille entre nous trois.

– Le premier, évidemment, c'est « valise », reprit-elle avec un peu plus d'enthousiasme. Vous êtes d'accord ?

– Oui.

– Alors je note : V. Deuxième définition, « esprit hurleur annonciateur de mort »...

– Banshee ! s'exclama Élias en se trémoussant sur l'herbe. C'est une banshee !

– Un genre de créatures mythologiques, expliquai-je en voyant les yeux marron de Sophie s'arrondir. Quand elles hurlent sur un champ de bataille, les guerriers du camp d'en face meurent. Ou un truc comme ça.

Élias approuva vigoureusement d'un signe du menton.

— Je ne savais pas que vous vous y connaissiez, en créatures fantastiques ! admira Sophie. Il nous faut la dernière lettre. I ?

— E, corrigeai-je. Ça finit par deux *e*.

— OK, E. Pourquoi il faut demander à Natacha, pour l'indice ?

Je serrai les lèvres et Élias écarquilla les paupières, soudain muet, avec l'expression parfaite du gamin pris la main dans le sac. Génial.

— Natacha est une vieille domestique qui possède un million de bouquins sur le sujet, ça la passionne, éludai-je. Troisième définition ? « Exclamation de dépit, synonyme de femme de petite vertu ».

Je haussai un sourcil.

— Putain ! s'exclama Sophie. Je suis sûre que c'est putain !

Élias pouffa derrière sa main.

— Sophie a dit un gros mot !

— Parce que je ne vois pas pute, prostituée ou péripatéticienne comme une exclamation de dépit, ajouta celle-ci avec le plus grand naturel.

— Et salope ? demanda le petit garçon avec la même innocence.

— Élias ! m'insurgeai-je.

— Salope, pas plus, répondit Sophie. Je reste sur putain. Charlotte, arrête de rougir, ce sont juste des mots.

— Devant Élias, grognai-je.

— Ne te sers pas d'Élias comme excuse.

Je plaquai mes mains fraîches sur mes joues en feu. Walder avait vraiment un drôle d'humour. Peut-être était-ce une idée de Julia ?

— Il faut quelle lettre, de ce mot-là ? grommelai-je.

— La dernière. N. Je note et on continue.

Bonne idée.

— Alors cette fois, il nous faut l'avant-dernière lettre, reprit-elle. « Mangeur de criquets à très longue vie. Qui fait un excellent majordome ». Hum...

Lutin.

— La lettre, c'est I, déclarai-je alors qu'Élias s'agitait de nouveau, avide de donner la réponse.

— Ah bon ? s'étonna Sophie. Pourquoi ?

— On a déjà V, E et N. La dernière lettre, on sait que c'est E puisque le mot, c'est Charlotte. La ville, c'est sûrement Venise.

Sans compter que les « maîtres incontestés des tueurs de l'ombre », venant de Walder, cela ne pouvait être que « Draconis », faisant de la lettre manquante un S. Mais ça, j'aimais autant le zapper en présence de mon amie.

Celle-ci ouvrit de grands yeux et colla son nez couvert de taches de rousseur sur la feuille.

— Oh mon Dieuuuuuuuuuuuuu ! trépigna-t-elle. Tu crois qu'on va partir à Venise ?

— Je ne sais pas. Peut-être ?

Elle ne m'écoutait plus et compulsait les feuilles à toute allure.

— La suite, c'est un jeu de piste dans le manoir pour retrouver les billets ! Charloooootte ! Il est génial, ton... ton futur beau-grand-père !

— Mais...

— Ça commence dans les cuisines, regarde ! Bouge-toi ! On fonce !

Élias s'écarta juste à temps lorsqu'elle bondit du banc.

— Croquette ! appela-t-elle. Laisse Hans tranquille, on part à la chasse au trésor !

Je m'étais figée, soudain plus du tout certaine de vouloir jouer. Les cuisines ?

— Croquette ? Qu'est-ce que tu fabriques ?

L'inflexion de surprise dans la voix de Sophie me fit tourner la tête. Un peu plus loin, le chien flairait le plus gros des buissons-chats tandis que Hans tentait désespérément de s'interposer, doudou en avant. Oh oh...

Je sautai du banc à mon tour et courus jusqu'au buisson, sous le regard étonné de mon amie et d'Élias. Hans leva ses yeux verts étincelants pleins de panique quand j'arrivai près de lui.

— Mademoiselle Sarlotte... bredouilla-t-il.

Le buisson tremblait de toutes ses feuilles. Je le scrutai plus attentivement. Des petites formes ailées étaient blotties contre les branches. Croquette jappa avec enthousiasme. Je lui jetai un coup d'œil sévère.

— Croquette, ordonnai-je d'une voix impérieuse, couché !

Le beagle s'écrasa sur le sol en remuant la queue. Hans poussa un soupir de soulagement et baissa les bras.

— Vous êtes forte, mademoiselle Sarlotte, murmura-t-il, impressionné. Trollidou et moi, on n'arrivait pas à dire à M. Croquette d'arrêter...

— Trollidou ? répétai-je.

Il brandit son doudou-troll en tricot. Ah oui. Trollidou.

– Charlotte ! s'impatienta Sophie. Venise nous attend ! Les cuisines aussi !

Oui ? Ben il n'y avait pas de quoi courir !

Les immenses portes des cuisines se dressaient devant nous, sombres et closes. Des bruits de cuivre, de vaisselle entrechoquée et des interpellations vives traversaient le bois épais, ainsi qu'une délicieuse odeur de biscuits au chocolat. Élias colla son œil contre le trou de la serrure en bronze ouvragé.

– Alors ? chuchotai-je.

– Pourquoi tu parles à voix basse ? s'étonna Sophie.

– Chuuuuuut ! Elle pourrait nous entendre !

– Qui ?

– Nicolette.

Je me retins d'ajouter « le monstre des cuisines », mais je le pensai de toutes mes forces. Élias s'était redressé en se mordant les lèvres.

– Euh... Je crois qu'on ne devrait pas entrer... bredouilla-t-il avec un regard coupable vers Sophie.

Mouais, ça volait de partout à l'intérieur, quoi.

Sophie agita les papiers devant nous, ennuyée.

– Pourtant, ça dit bien que le premier indice est caché ici.

– Caché, en plus ! gémis-je. On doit fouiller la cuisine ?

– Non, je pense plutôt qu'on doit passer une sorte d'épreuve. Les termes exacts sont : « Récoltez l'indice au péril de votre vie. »

Hein ?

Croquette poussa un jappement plaintif et recula de quelques pas. Je n'eus pas le temps de chercher ce qui l'inquiétait, la porte s'ouvrit à la volée et une énorme silhouette s'encadra dans l'ouverture.

– Mademoiselle Charlotte ! rugit une voix de tonnerre.

Les poils de ma nuque se hérissèrent et Croquette décampa de toute la vitesse de ses pattes dans le couloir.

– Bonjour Nicolette ! salua gaiement Élias en agitant la main. Ça va ?

La silhouette se tourna vers lui et un peu de lumière filtra des cuisines, nous révélant deux immenses tresses blondes encadrant un visage aussi large que long.

– Monsieur Élias, répondit-elle. Avez-vous apprécié le déjeuner ?

– Ouais ! Il était trop bon ! Sauf la soupe. J'aime pas la soupe.

La monstrueuse cuisinière grogna et reporta son attention sur nous. Je sentis Sophie rétrécir à mes côtés. Pourtant, ses yeux violets étaient normaux, aujourd'hui, et non fendus à la verticale comme ceux d'un chat. C'était sûrement ça qu'elle appelait « faire un effort ». Encouragée par cette marque de bonne volonté, je pris une grande inspiration.

– Bonjour Nicolette, dis-je à mon tour en essayant d'empêcher ma voix de trembler, on vient parce qu'on cherche... euh... un genre d'indice pour... euh... le jeu...

– La peste soit de ce Draconis ! cracha la fée. L'enfer l'emportera quand j'arracherai sa tête ! Il faut vraiment que ce soit pour vous faire plaisir, mademoiselle Charlotte.

– Ah... Ah bon ?

– Voilà votre indice.

Elle esquissa un geste fluide improbable avec un bras aussi boudiné, et un éclair d'argent fonça vers le visage de Sophie dans un sifflement aigu. Celle-ci poussa un cri. Un bruit sec retentit et Nicolette nous tourna le dos. Les portes de la cuisine se refermèrent avec fracas.

Je me précipitai vers Sophie, plaquée contre le mur. Un couteau s'était fiché à deux centimètres de son oreille. Les yeux exorbités de frayeur, elle fixait les portes closes.

– Sophie ? bredouillai-je. Ça va ?

– Charlotte ! gémit-elle, la voix plus aiguë que d'habitude. Charlotte ! Elle... Elle m'a... C'est...

– Elle est trop forte ! déclara Élias avec un sourire admiratif. Elle aurait pu le planter encore plus près de ta tête, mais je pense qu'elle ne voulait pas te faire peur.

Mon amie et moi lui lançâmes le même regard incrédule. Elle ne voulait pas lui faire peur ?

J'attrapai le couteau pour le sortir du mur.

– Bon, voyons l'indice, soupirai-je en détachant le papier enroulé autour du manche.

– Hein ? s'exclama Sophie, ébranlée. Tu veux continuer à jouer ?

– Euh... Oui ? Pas toi ?

– Mais... Mais cette femme ! C'est un monstre ! Un...

– Chuuuuut ! Voyons ! l'interrompis-je, paniquée. Elle va t'entendre !

Mon amie ferma la bouche, les yeux soudain horrifiés.

– On devrait rejoindre Croquette, conclus-je. C'est le seul qui a eu le bon sens de s'enfuir en la voyant.

Je ne sais pas où il est caché, mais j'espère qu'on le retrouvera vite.

Nous récupérâmes Croquette sous une étagère couverte de livres, deux couloirs plus loin. Ou plus exactement, Élias localisa Croquette grâce aux battements de son petit cœur de chien affolé, et lui et moi fîmes semblant de le chercher jusqu'à lui mettre la main dessus. Sophie le serra contre sa poitrine.

– Mon pauvre amour, le consola-t-elle tandis qu'il tremblait dans ses bras. Cette méchante femme nous a fait peur, hein ? Heureusement que tu es là pour ta maman, mon Croquette.

Heureusement qu'il était là ? Il nous avait abandonnés pour sauver sa peau !

Je la laissai à ses mamours et ouvris le message du couteau. Une photo en tomba. Je la ramassai et mon souffle se raccourcit l'espace d'une seconde. Le petit homme sur l'image, qui regardait vers l'objectif sous ses sourcils broussailleux, avec ses arcades sourcilières proéminentes et ses mâchoires cubiques, c'était... le Geistjäger ? Je secouai la tête presque aussitôt. Non, il avait la peau trop sombre pour être le lieutenant Wilhelm Sauger. Et ses yeux allongés typiquement eurasiens n'avaient pas la même forme. Sans compter qu'Adam avait tué Sauger un mois plus tôt. Qui était ce type ? Un autre Geistjäger ? Qu'est-ce que Walder essayait de me dire, avec cette photo ? J'examinai l'autre document. Un plan. Et plus exactement celui de l'aile nord du manoir. Non loin de la tour où se situaient mon bureau et le salon de télé de l'inspecteur Balard, une croix noire était tracée à l'emplacement du dojo où je m'entraînais quotidiennement.

— Alors ? souffla Élias en faufilant sa tête brune sous mon bras.

— Ça ne va pas s'arranger, grommelai-je.

— Ah bon ?

D'ailleurs, Nicolette ne s'y était pas trompée. Le plan portait la mention « BON COURAGE » en grosses lettres manuscrites.

— On va où ? insista le petit garçon en se tordant le cou pour voir le plan.

— On va voir les goules.

— Cooooool !

Oui, cool. Mais pourquoi une photo de Geistjäger ?

Marius, mon instructeur de self-défense, était agenouillé sur le tatami vert, dans la position classique du judoka en attente. Derrière lui, toutes les goules du manoir patientaient de la même façon, vêtues de leur kimono blanc qui accentuait la pâleur de leur peau et la maigreur de leur corps, un immense sourire aux lèvres. Sophie entra à ma suite avec circonspection, Croquette dans les bras, et resta soigneusement en retrait. Le museau chocolat du chien avait disparu sous le coude de mon amie. On aurait pu jurer qu'elle portait une couverture poilue. Nicolette avait vraiment traumatisé cette pauvre bête.

— Mademoiselle Charlotte, mademoiselle Sophie ! nous accueillit Marius avec son enthousiasme habituel. Enfin !

Les goules s'agitèrent dans son dos. Elles semblaient bouillir d'impatience. Elles s'étaient donné du mal pour nous concocter une épreuve ? Je souris, touchée.

– D'après nos informations, vous possédez le prochain indice, dis-je d'un air mystérieux pour jouer le jeu. Pourriez-vous nous le donner ?

– Il faudra le trouver, mademoiselle, répondit Marius sur le même ton. Il est caché sous l'un des tatamis.

– Vous allez nous aider à le chercher ?

Le sourire de Marius s'étira sur son visage osseux.

– Non non non ! chantonna-t-il. Nous sommes ici pour vous en empêcher ! Mes amis, en place !

Les goules se précipitèrent chacune sur un tatami. Je haussai un sourcil.

– Si vous voulez soulever un tapis, il suffit de vaincre la personne qui se tient dessus ! expliqua Marius, excité comme une puce. C'est amusant, non ?

Les autres gloussèrent de plaisir. Je m'effondrai intérieurement. Vaincre une goule ? Il plaisantait ou quoi ? Quel humain en était capable ? En plus, il n'y avait aucune chance pour que nous tombions sur le bon tapis du premier coup !

Élias s'avança d'un pas. Ah oui, tiens...

– Oh non ! s'exclama Marius en secouant les mains, soudain alarmé. Monsieur Élias, je suis confus, mais vous n'avez pas le droit de participer !

– Pourquoi ? bouda le petit garçon. Moi aussi, je veux casser des bras !

– Non non non ! C'est un jeu pour Mlle Charlotte et Mlle Sophie !

– Mais elles ont dit qu'elles voulaient bien que je joue avec elles !

Au secours...

Je me retournai pour consulter Sophie du regard. Celle-ci contemplait les goules avec un mélange d'ahurissement et d'incrédulité. Je ne trouverais pas d'aide de ce côté-là non plus. Croquette choisit ce moment pour sortir le museau de dessous le coude de mon amie et japper furieusement. Une des goules poussa un cri d'effroi.

– Un chien ! Courez !

La panique se répandit comme une onde de choc et les créatures se mirent à bondir dans tous les sens. En moins de dix secondes, la salle s'était vidée. Je me passai la main sur les yeux. C'était vraiment n'importe quoi. En plus, j'avais caché mon carnet répertoriant les habitants du manoir à l'annonce de l'arrivée de Sophie, je ne pouvais même pas noter cette nouvelle information !

– Euh... Charlotte ? balbutia mon amie.

– Ne me demande pas ce qui se passe, soupirai-je avec lassitude, je n'en ai aucune idée. C'était sûrement... un genre de mise en scène, tu vois ?

Elle acquiesça, incertaine, et posa Croquette par terre pour ramener derrière son oreille des cheveux qui s'étaient échappés de sa tresse. Le chien s'avança sur les tatamis verts, le museau haut, clairement satisfait.

– On n'a plus qu'à chercher l'indice, repris-je. Vous m'aidez à soulever les tapis ?

Nous trouvâmes une enveloppe sous l'un des tatamis du fond de la pièce. Je l'ouvris et étalai les deux feuilles qu'elle contenait sur le sol. Il s'agissait à nouveau d'un plan, celui du parc cette fois, avec une croix à l'emplacement des cabanons de rangement des trolls des forêts, près de l'immense potager du manoir, ainsi que d'une feuille cartonnée joliment calligraphiée, rédigée dans une langue que je ne reconnus pas.

– Je n'y crois pas ! s'exclama Sophie en saisissant la fiche cartonnée. Une invitation ! Pour un bal, peut-être ?

– Tu parles cette langue ? me réjouis-je.

– Un peu. C'est de l'italien. J'en ai fait deux ans, à la fac.

Ah oui, logique. Walder nous envoyait à Venise pour une bonne raison, a priori.

– On va à un bal ? m'étonnai-je.

– Mmm... En fait, non. Plutôt à un genre de congrès, j'ai l'impression. Il Congresso scientifico per le colture biologiche di... trifoglio ?

– Ça veut dire quoi ?

– Ben... Que c'est un congrès scientifique sur la culture biologique du trèfle...

J'en restai aussi perplexe qu'elle. Avions-nous affaire à un code ?

Allongé sur le ventre, Élias me fixait avec des yeux brillants. Il savait donc de quoi il retournait. Avait-il l'autorisation d'en parler ? Ou devait-il tenir sa langue devant Sophie ? Il garda le silence. OK. Donc cela avait un rapport avec le Geistjäger de la photo précédente. Les pièces du puzzle s'emboîtèrent dans ma tête. À tous les coups, Walder avait réussi à déterminer que le Geistjäger se rendrait à cette convention. Or, le Draconis ne pouvait l'y suivre sans prendre le risque d'être démasqué, donc il m'envoyait moi, pour le filer et découvrir ce qu'un Chasseur de créatures attendait d'une conférence sur la culture du trèfle... Je comprenais mieux la contrariété d'Adam.

– C'est à Venise ? demandai-je par acquit de conscience.

Sophie lut l'invitation jusqu'au bout et la retourna.

– Oui, répondit-elle, c'est demain à dix-sept heures, mais l'adresse exacte n'est pas indiquée. Il y a juste écrit « Plus d'informations à venir ».

Je haussai un sourcil, déconcertée. Bizarre. En même temps, nous n'étions pas encore au bout du jeu de piste. Je me relevai.

– On continue ?

Assis sur une chaise en bois devant les cabanons en belles planches vernies, Gustav, le vieux jardinier unijambiste, prenait le soleil, les yeux fermés et les mains croisées sur son tablier vert. Sous son large chapeau de paille, son visage ridé paraissait sourire même au repos. Ses béquilles, ses gants de cuir et trois gros potirons reposaient près de lui. Derrière, le potager s'étendait largement, tout en déclinaison de couleur ocre et rouge. Au-delà des cabanons, une forêt d'arbres ressemblant à des trolls géants se balançait sous le vent. La queue de Croquette se mit à frétiller et le beagle fonça vers le vieillard en aboyant de joie. Ce dernier ouvrit un œil vert pétillant, caractéristique des trolls des forêts.

– Mais qui voilà ? demanda-t-il de sa voix chaude. Le nouveau camarade de mon arrière-petit-fils ?

Il se pencha pour caresser le chien qui se roulait à ses pieds, fou de bonheur. Ça aussi, il faudrait que je le note dans mon carnet. Les trolls adoraient les chiens, les goules les fuyaient en courant. Pour Nicolette, je ne savais pas trop si je pouvais en tirer une généralité au sujet des fées, vu qu'elle faisait le même effet à tout le monde. Sauf à Élias, bien sûr, qui lui vouait un culte.

Gustav leva la tête vers nous à notre approche.

— Voilà une bien belle journée pour que deux si magnifiques jeunes femmes viennent voir un vieillard comme moi ! sourit-il de toutes ses dents. Monsieur Élias, bien le bonjour.

— Sophie, je te présente Gustav, le chef des jardiniers, déclarai-je en réalisant qu'une rencontre se déroulait normalement pour la première fois de la journée. Gustav, voici Sophie, mon amie de Paris.

— Ah ! Paris ! s'exclama le troll en attrapant ses béquilles pour se redresser. On prétend que les femmes les plus élégantes du monde vivent là-bas. Je constate qu'on ne m'a pas menti.

Il accompagna sa phrase d'un coup d'œil admiratif à ma camarade qui rosit, flattée.

— Alors c'est vous qui entretenez tout ça, murmura-t-elle avec un regard éloquent au potager et au parc autour de nous. C'est très impressionnant. Même la forêt est belle...

— Oh ça, s'amusa Gustav en se tournant vers les arbres imposants. Ce sont des arbres-trolls.

— Des arbres-trolls ?

— La légende raconte que lorsqu'un troll meurt, ses pieds se transforment en racines qui s'enfoncent dans la terre et ses bras se changent en branches qui montent jusqu'au ciel.

Les yeux émerveillés de Sophie suivirent les branches en question. Elle devait trouver cela poétique, en plus. Moi, je regardais Gustav de travers. Les trolls devenaient des arbres en mourant ? Nous trouvions-nous devant un cimetière géant ? Il m'adressa son bon sourire chaud plein de gentillesse. Je me rassurai. S'il s'agissait d'un cimetière, c'était le plus beau et le plus vivant que j'avais jamais vu.

– J'imagine que vous êtes en quête de... la chose, ajouta-t-il d'un ton mystérieux.

– Je crois bien que oui, approuvai-je. Est-ce que vous voulez bien nous la donner ?

– Nous ferons mieux que cela, mademoiselle, nous irons la chercher ensemble. Voulez-vous ?

Élias frémit d'excitation à nos côtés.

– On va la chercher ? répéta-t-il, la voix vibrante. Est-ce que... Est-ce qu'elle est cachée là où je pense ?

– Ah... Je ne lis pas dans les pensées, monsieur Élias, répondit le troll d'un air faussement navré. Toutefois, je crois pouvoir affirmer que vous ne serez pas déçu.

– Ouiiiiiiii !

L'enfant leva les bras vers le ciel et dansa sur place. Sophie émit un rire amusé et moi, j'hésitai. La joie d'Élias n'était pas forcément très bon signe pour les humains normaux...

Gustav lui jeta un dernier coup d'œil pétillant et se détourna pour se diriger vers les cabanons. Il avait beau ressembler à un grand-père fatigué à qui il manquait une jambe, il se mouvait d'une façon étonnamment énergique, avec ses béquilles.

Il nous amena devant le cabanon qui portait le chiffre 3 gravé au-dessus de la porte et tira un jeu de grosses clés argentées de la poche de son tablier.

– Mesdemoiselles, monsieur Élias, dit-il avec un sérieux inattendu, je vais vous montrer le troisième cabanon. Je vous prie instamment de ne pas venir ici seuls. Quand vous aurez franchi le seuil, il faudra éviter de courir, de sauter et de parler trop fort. Entendu ?

Sophie leva un sourcil roux circonspect. Je pouvais presque deviner ce qu'elle pensait. Il avait peur qu'on réveille ses râteaux et ses bêches ? D'un autre côté, vu la taille du cabanon, si on entrait tous à l'intérieur, il ne resterait plus beaucoup de place pour sauter...

Élias agita la tête avec frénésie. Moi, je me contentai de hocher la mienne, curieuse de savoir ce que nous trouverions là-dedans. Le jardinier poussa la porte en bois. Croquette gronda et se mit à tourner en rond, l'air perdu.

— Tu n'as pas de souci à te faire, Croquette, le rassura le vieux troll de sa voix chaude. Il ne t'arrivera rien tant que tu resteras près de nous.

Le chien vint se blottir contre sa jambe. La mâchoire de Sophie manqua de se décrocher.

— Il vous comprend ! s'écria-t-elle.

— Il comprend comme un chien, tempéra Gustav. Il a entendu son nom, il vient réclamer des caresses.

Mouais... Mon amie ne paraissait pas beaucoup plus convaincue que moi, mais il ne nous laissa pas le temps de répliquer et pénétra dans le cabanon, Croquette entre son pied et ses béquilles, Élias sur les talons. Nous suivîmes donc le mouvement. La pénombre et une sensation de brise légère me surprirent. Mes yeux ne mirent qu'un instant à s'habituer à la semi-obscurité, puis un spectacle extraordinaire me coupa le souffle. Une galerie s'ouvrait devant nous, s'enfonçant sous terre. De grosses racines couraient sur les parois, certaines sombres, d'autres d'un vert laiteux phosphorescent assez lumineux pour éclairer le chemin. Des gemmes incrustées entre les racines étincelaient au rythme de nos pas. Je clignai des paupières, mais la vision enchanteresse ne disparut pas. Le cabanon n'était donc que l'entrée de cette galerie ? Je ne savais même pas que de telles splendeurs dormaient sous le manoir !

– Trop beau... souffla Élias à mi-voix, émerveillé.

Une mousse épaisse s'enfonçait sous nos pieds. La brise tiède et humide apportait des arômes de sève de pin et d'humus.

– C'est incroyable, murmurai-je à mon tour tandis que nous progressions dans cette grotte de racines. Adam m'avait caché cet endroit.

– Il n'était pas sûr que vous apprécieriez la visite, dit Gustav avec un sourire étrange.

– Ah bon ? Pourquoi ?

Le vieil homme haussa les épaules. Ah. Où nous trouvions-nous, en réalité ?

Sophie s'était approchée d'une paroi. Elle posa son doigt sur une racine lumineuse. Celle-ci se rétracta aussitôt et ses voisines bougèrent comme si elles tentaient de s'enfuir.

– C'est vivant ! chuchota mon amie, éblouie.

– Bien sûr que c'est vivant, se rengorgea Gustav. Tous les végétaux sont vivants. Je vous en prie, poursuivons.

La douce lumière verte prit des reflets bleu irisé comme la galerie s'enfonçait plus profondément sous terre. Croquette ne quittait pas d'une griffe l'abri des béquilles du vieux troll, mais aucun d'entre nous ne s'en alarma. Nous étions trop occupés à regarder partout.

Nous finîmes par arriver devant un renflement dans les racines. Gustav s'arrêta.

– Si vous voulez bien poser la main sur cette bosse, mademoiselle Charlotte, déclara-t-il avec malice, vous obtiendrez votre indice.

Je ne m'inquiétai pas une seconde. J'étais trop subjuguée par la beauté des lieux et je ne pouvais pas imaginer Gustav me faisant courir le moindre risque. J'avançai jusqu'au renflement et y posai la main. Comme avec Sophie un instant plus tôt, les racines se recroquevillèrent et un sac en toile apparut derrière. Je le saisis, enchantée. J'aurais voulu que toutes les épreuves ressemblent à celle-ci. La brise tiède parut s'amplifier et les racines s'agitèrent de nouveau. Croquette se roula en boule sur le sol avec un gémissement d'angoisse, la queue entre les pattes. Gustav frappa la mousse avec ses béquilles.

– Ta princesse, imbécile, marmonna-t-il. Tiens-toi.

Le vent retomba aussitôt.

– Comment ? demanda distraitement Sophie, toujours absorbée par la contemplation des parois.

– Rien d'important, répondit le vieux troll, à nouveau souriant. Félicitations, vous avez remporté cette étape avec succès ! Nous pouvons ressortir, à présent.

Je m'étais raidie. Mais qu'est-ce qui pouvait bien dormir ici ? Au point de faire dire à Adam que je ne voudrais pas y entrer ?

Nous rebroussâmes chemin. Le calme qui régnait et la beauté de la galerie eurent raison de mes interrogations. Quel endroit sublime ! Cela grimpait raide pour ressortir, mais le spectacle en valait la peine. Le soleil pourtant faible de la fin octobre nous blessa les yeux. Il me fallut quelques secondes pour me réhabituer et retrouver le paysage familier du parc. À quelques mètres de nous, les plantes hautes du potager se balançaient doucement dans la brise et cinq marmitons s'y promenaient en inspectant les légumes, sans doute à la recherche du menu du soir. Tout respirait la sérénité.

– C'était trop cool ! s'écria Élias en sautant en l'air. Merci Gustav ! T'es trop génial !

– Oui, merci monsieur, approuva Sophie, encore sous le charme. Je n'avais jamais rien vu de pareil de toute ma vie, c'était magnifique.

Gustav s'inclina aussi bas que le lui permettaient ses béquilles.

– Je vous en prie, répondit-il. Je suis heureux que cela vous ait plu. J'approuve rarement les plans de cette racaille de Draconis, mais si cela me permet de vous faire plaisir...

La mention de Walder me ramena à la réalité. J'ouvris le sac que je n'avais pas lâché pour y jeter un coup d'œil. Il contenait deux appareils photo numériques, deux loupes et un papier plié en quatre. Je sortis la loupe et la plaçai devant mon œil. Avec ça, mon iris marron devait ressembler à une grosse noix de coco.

– Appelez-moi Sherlock, plaisantai-je.

– Ça te fait une tête ! s'esclaffa Sophie. La prochaine étape, c'est l'étude des cafards ?

Ciel. Pourvu que non...

– Je crois que les loupes sont une façon un peu grossière de vous indiquer votre fonction des prochains jours, signala Gustav.

– Ah bon ? Quelle fonction ?

– Détectives, mesdemoiselles. Détectives.

Je retins une grimace. Nous devions donc bien filer le Geistjäger à ce congrès. Sophie poussa une exclamation de joie.

– Génial ! J'ai toujours rêvé d'être détective !

– On va où, maintenant, Charlotte ? s'enquit Élias, impatient de continuer.

Je sortis la feuille pliée en quatre. Un nouveau plan, bien sûr. La croix indiquait une salle que je ne connaissais pas, au troisième étage de l'aile sud.

– On retourne dans le manoir.

4
Briefing

Élias ne tenait plus en place depuis que je lui avais montré la prochaine étape. Qu'y avait-il donc dans cette salle ?

— Je vous rejoins en haut ! finit-il par déclarer alors que nous arrivions au pied du grand escalier du hall. Ne commencez pas sans moi !

Il courut vers le couloir de droite sans attendre la réponse.

— Eh ben dis donc, s'amusa Sophie. Il est excité comme une puce !

— Je me demande ce qu'on va trouver, là-haut, qui le mette dans cet état, approuvai-je.

— On peut essayer de deviner ! Qu'est-ce qu'il aime, dans la vie, ce petit ?

Tuer des gens.

— Les friandises ? tentai-je.

La peau pâle de Sophie devint un peu plus blanche sous ses taches de rousseur. Évidemment. J'aurais pu tenter de cibler quelque chose de moins effrayant que son souvenir des cuisines.

— Les jouets ? ajoutai-je. Il adore son déguisement de pirate. Il passe des après-midi entiers avec, à menacer les domestiques avec son sabre...

Elle se détendit.

– Il doit être trop mignon, là-dedans. Il faudra que je lui demande de me le montrer.

Bon, je dirais à Élias de prendre un sabre en plastique, pour la démonstration, pas le vrai.

Nous babillâmes ainsi jusqu'au troisième étage, sans rien croiser d'inquiétant, ni même de bizarre. Croquette trottinait tranquillement sur la moquette derrière nous, reniflant de temps à autre un rideau ou le bas d'un guéridon.

Quand nous débouchâmes dans le couloir du troisième, une silhouette voûtée se tenait appuyée sur une canne. Une silhouette de femme âgée, largement engoncée dans une robe noire et un tablier blanc, surmontée d'une coiffe de nurse anglaise façon XVIIIe siècle. Je m'arrêtai net. Était-il trop tard pour faire demi-tour ? Croquette s'était lui aussi pétrifié sur place, le museau pointé vers la nouvelle venue. Celle-ci se redressa à moitié vers nous.

– Ainsi donc, vous voici, mesdemoiselles…

– Bonjour Natacha, dis-je avec un sourire crispé.

Elle lança un regard perçant à Croquette.

– Toi, couché, dit-elle simplement.

Le beagle s'écrasa par terre et resta aussi immobile que possible. Pauvre toutou. On aurait dû le laisser dehors avec les trolls. Sophie contemplait la vieille domestique, visiblement indécise. Cette dernière leva les yeux vers elle.

– Mademoiselle Sophie, déclara-t-elle. Je suis Natacha, la nourrice des Lesath. J'espère que votre visite du manoir vous a plu et que les domestiques ont fait leur possible pour se rendre attachants.

Euh… Cela dépendait desquels…

Sophie me jeta un coup d'œil qui ressemblait à un appel au secours.

– C'est vous qui vous occupez de l'épreuve suivante, Natacha ? demandai-je courageusement.

– L'épreuve ? grinça la vieille femme. Non, mademoiselle Charlotte. Je suis trop âgée pour ce genre de pitreries. Je dois simplement vous remettre les consignes pour l'avion.

Elle tira une enveloppe allongée de la poche de son tablier blanc et me la tendit de ses longs doigts décharnés. Je remerciai en la prenant. Elle haussa les épaules et nous tourna le dos.

– Croyez bien, mademoiselle Charlotte, maugréa-t-elle alors qu'elle s'éloignait en claudiquant, que si vous deviez ne pas revenir en vie, nous saurions vous venger…

Sophie me regarda, effarée.

– T'inquiète, chuchotai-je en priant pour que la banshee n'entende pas. Elle radote depuis des années. Elle dit toujours plein de trucs flippants comme ça…

Mon amie esquissa une moue perplexe et je m'empressai d'agiter l'enveloppe.

– On regarde nos billets ?

Natacha sembla aussitôt lui sortir de la tête.

– Montre !

Je tirai un papier cartonné blanc sur lequel étaient imprimées des photos d'un avion, y compris d'un intérieur cuir assez classe, et la mention « Venise » avec la date du lendemain. Aucun numéro de vol, ni de nom de compagnie, ni d'heure de départ… Je fronçai les sourcils. Nous n'étions donc pas au bout de nos surprises ? Sophie poussa un cri étouffé.

– J'y crois pas ! Charlotte !

– Quoi ? m'inquiétai-je en scrutant mieux le carton.

– C'est... Ce n'est quand même pas... C'est un jet privé ?

Mes paupières s'écarquillèrent. Un jet privé ? Maintenant qu'elle le disait, oui, cela me sautait aux yeux ! Walder avait loué un jet privé pour nous ? Je croyais que les Draconis étaient beaucoup moins riches que les Lesath ! Mais alors dans ce cas... À combien devais-je estimer la fortune de mon fiancé ?

– C'est complètement dingue ! s'exclama Sophie, soudain folle de joie. La vache ! Tu as tellement de chance, Charlotte ! Ton futur beau-grand-père doit vraiment t'adorer !

Certes.

– Et en plus, on part demain ! Je n'aurai même pas besoin de défaire ma valise !

– J'espère qu'on ne va pas devoir assister à la conférence sur le trèfle, notai-je.

Elle se calma d'un coup.

– Ah oui, zut. Bah... Si ça se trouve, c'est un nom de code pour un autre truc.

Je fronçai le nez. Un autre truc auquel voudrait assister un Geistjäger ? Finalement, je voulais bien participer à une conférence sur le trèfle.

Un bruit de cavalcade retentit et Élias surgit au bout du couloir, en maillot de bain, lunettes de piscine sur le nez, une énorme bouée en forme de canard autour de la taille. Il fonça vers nous.

– Je suis prêt ! cria-t-il. On peut y aller !

– Euh... Tu pars à Venise comme ça ? s'alarma Sophie.

– Hein ?

Croquette vint renifler les pieds nus du petit garçon perplexe. Celui-ci retrouva aussitôt son aplomb.

– Tu dis n'importe quoi, Sophie. Pourquoi vous n'êtes pas prêtes, vous ?

Mon amie et moi échangeâmes un regard hésitant.

– Prêtes pour quoi ?

– Ben... Pour ça !

Il passa entre nous avec sa bouée pour ouvrir la porte devant laquelle se tenait Natacha quelques minutes auparavant et une odeur de chlore assaillit mon nez. Ma bouche s'arrondit. La fameuse piscine qu'il avait demandée à Lazare exprès pour Sophie !

Nous suivîmes Élias à l'intérieur et une bouffée de chaleur humide m'enveloppa. Sous une superbe verrière à motif de feuilles en fer ouvragé, une piscine de taille olympique occupait le centre de l'immense pièce. Deux toboggans serpentaient chacun à une extrémité et des bassins plus petits entouraient le principal. Certains bouillonnaient, d'autres étaient agités par des vagues de différentes tailles. Des palmiers de trois mètres de hauteur agrémentaient le tout, offrant de l'ombre à des chaises longues recouvertes de coussins à l'aspect moelleux. Je n'arrivais pas à le croire. Comment avaient-ils réussi à construire tout ça sans que je m'en rende compte, alors que je vivais ici ?

– Oh purée... coassa Sophie. Oh purée...

Si j'avais pu parler, j'aurais approuvé ! Mais... Et Venise ?

– Mesdemoiselles ? demanda une voix douce dans notre dos.

Nous nous retournâmes. Clématite nous souriait, un maillot de bain dans chaque main.

– Je me suis permis d'apporter quelques affaires, mesdemoiselles. Vous pouvez vous changer derrière les grands paravents en bambou, au fond de la salle. Vous y trouverez également toutes les serviettes nécessaires.

– Mais… bredouillai-je. Je croyais… Je croyais…

Je montrai le carton du jet privé que je n'avais pas lâché, perdue. Un éclat d'acier brilla dans les yeux émeraude de la nymphe. Mince. Elle voulait tuer quelqu'un.

– Demain, mademoiselle. En attendant, vous pouvez profiter de notre nouvelle piscine.

Sophie poussa un cri de bonheur absolu.

– Charlotte, ces vacances sont vraiment parfaites !

Les yeux fermés, je savourais la sensation de l'eau chaude de la douche qui coulait le long de ma colonne vertébrale. Je m'étais fait un devoir de tester chaque bassin avec Sophie tandis qu'Élias enchaînait les descentes de toboggan, mais mon esprit restait fixé sur Walder Draconis. Désormais seule sous la douche, je tentais de mettre de l'ordre dans mes pensées. À quoi tout cela rimait-il ? Que devions-nous faire à Venise ? Julia tuerait-elle réellement Sophie si elle découvrait la nature des habitants du manoir ? Dans ce cas, Walder tentait-il de protéger mon amie en l'éloignant ? Je n'y croyais pas une seconde.

Un courant d'air glacé me frôla soudain et Adam apparut à mes côtés.

– Adam ! chuchotai-je, mi-soulagée, mi-irritée. Je t'ai déjà dit qu'on ne se matérialise pas dans la salle de bains d'une femme !

– Ce n'est pas une salle de bains ! protesta-t-il sur le même ton. C'est une cabine de douche de piscine !

– C'est pareil !

– Non, rien à voir. En plus, tu n'es pas toute nue, tu es en maillot de bain.

– Ça aussi, c'est pareil !

– Ah bon ?

Il loucha sur ma poitrine qui, je devais bien le reconnaître, avait pratiquement doublé de volume grâce au maillot apporté par Clématite.

– Il est joli, ce maillot, dit-il d'un air ingénu.

– Je ne suis pas sûre que tu parles vraiment du maillot, bougonnai-je.

Son sourire malicieux m'apaisa. J'adorais le voir sourire.

– Qu'est-ce qui se passe ? murmurai-je tout de même. C'est quoi, toute cette histoire ?

Le front d'Adam se plissa d'un coup.

– Qu'as-tu compris ? maugréa-t-il.

– Qu'on devait suivre un Geistjäger à une conférence sur l'herbe à lapins ?

Il hocha la tête.

– J'ai remonté la piste de trois Geistjägern qui étaient en contact avec celui qui nous a causé des problèmes le mois dernier. Walder et ses hommes en ont bêtement éliminé deux il y a une semaine, mais on a réussi à les convaincre de ne pas toucher au dernier.

– Pourquoi ? m'étonnai-je.

— Nous voulions déterminer ce que savaient ces types et avec qui ils entretenaient des relations, pas les assassiner sans obtenir la moindre information.

J'acquiesçai d'un signe de tête. La logique des tueurs à gages m'échappait parfois un peu, mais ça, ça paraissait plein de bon sens.

— Alors vous avez trouvé cette espèce d'invitation sur le troisième ?

— Non. Le troisième, ni nous ni les Draconis ne l'avons approché. Il aurait pu se rendre compte de notre présence. Cette invitation vient des affaires des deux premiers. Ils en possédaient chacun une. Le troisième a réservé un vol pour Venise demain matin, donc on suppose qu'il en a une aussi.

Logique. Enfin... À un détail près.

— Ça s'intéresse au trèfle, un Geistjäger ? marmonnai-je, à peu près persuadée d'obtenir une réponse négative.

— Non, confirma Adam en se rapprochant de moi, laissant le jet de la douche mouiller son visage et sa chemise sans sourciller. Nous pensons qu'ils devaient se rendre là-bas pour rencontrer quelqu'un. Le plus probablement leur chef, ou au moins une forme d'autorité. A priori, personne ne s'est rendu compte que deux d'entre eux étaient morts, car le troisième a maintenu son voyage. C'est une chance pour nous.

J'acquiesçai en pressentant que la suite ne me plairait pas. Aucune adresse ne figurait sur le carton d'invitation. À dessein, certainement. Les créatures de l'ombre ne pouvaient pas filer un Geistjäger de près sans être repérées. Si Adam ou Lazare tentaient de suivre celui-là, au mieux, le Chasseur changerait d'itinéraire pour ne jamais arriver à ce congrès, ou au pire, ils s'engageraient dans un combat à mort au milieu des touristes.

– Vous voulez que je le suive pour localiser son chef, murmurai-je.

– Walder a garanti qu'il connaissait un humain de confiance très doué pour ça, grinça mon fiancé. Il a dit qu'il s'occupait de tout pour peu qu'on lui prête le jet privé Scorpi. Nous lui avons laissé carte blanche sans imaginer une seconde qu'il pensait à toi.

– Et qu'est-ce qui vous empêche de vous y opposer maintenant?

La mâchoire carrée d'Adam se crispa.

– Cet enfoiré a prévenu le Conseil de l'Ombre. Sous prétexte de tenir nos autorités au courant de l'enquête sur un réseau de Geistjägern, il leur a annoncé que la future princesse Scorpi assurait la partie espionnage. Nous ne pouvons pas le contredire sans que cela soit interprété comme un aveu de faiblesse. Et cela signerait ton arrêt de mort.

Je grimaçai. Je savais bien que ça craignait, cette histoire de princesse...

– Ça ne se passera pas comme avec Sauger, ajouta Adam en se rapprochant encore un peu plus sous la douche pour me prendre contre lui. Je ne te laisserai plus jamais seule face à un Geistjäger. Tu devras juste le suivre sans qu'il s'aperçoive de ta présence. Dès que tu auras localisé le lieu de rendez-vous ou que tu auras photographié son contact, je reprendrai la main pendant que toi, tu reviendras en sécurité ici.

Sa gravité me serra le cœur. Il s'en voulait encore pour ce qui s'était passé quelques semaines plus tôt. Comme si c'était sa faute.

— Alors c'est pour ça, les appareils photo, notai-je sur un ton plus léger en passant mes bras autour de son cou - mouillé pour mouillé, autant profiter de sa présence. Je croyais qu'on allait faire du tourisme.

— Tu peux visiter tout ce que tu veux, s'empressa de dire Adam. Le jet vous attendra.

— Tu as un jet, réalisai-je avec un temps de retard.

— Bien sûr.

— Comment ça, bien sûr ? Tu vas plus vite par les ombres, je te signale !

— Ah, oui...

Un sourire doux revint sur son visage et il posa son front plein de mèches brunes mouillées contre le mien.

— Mon père l'avait offert à ma mère en cadeau de mariage. Comme ça, elle pouvait le suivre dans ses missions et ils ont visité toutes les villes du monde ensemble.

Je me sentis fondre de tendresse. Il parlait de sa vraie mère, bien sûr, Florence, la première épouse de Lazare. Minute. Les missions de Lazare, c'étaient ses assassinats ?

— Peut-être qu'un jour, tu viendras avec moi ? ajouta mon fiancé, plein d'espoir.

— Tu rêves, grommelai-je.

Il éclata d'un rire monumental. Je me détendis et posai la tête contre sa chemise trempée. S'il fallait juste suivre un bonhomme de loin en faisant semblant de photographier des gondoles, cela devrait aller. En plus, je ne partais pas seule.

— Pourquoi avoir mis en place toute cette mascarade ? m'enquis-je tout de même. Le questionnaire, le jeu de piste...

— Une idée de Walder, répondit Adam en haussant les épaules. Il pensait que s'il proposait des vacances à Venise à Sophie de but en blanc, elle trouverait ça louche.

Je haussai un sourcil. Il n'avait rien trouvé de moins tiré par les cheveux, comme excuse ?

— Je ne te sens pas très convaincue, nota négligemment mon grand brun en prenant mon menton entre ses doigts pour me faire redresser la tête. Tu vois une autre raison ?

— Je ne sais pas, mais s'il avait voulu décupler les chances que Sophie trouve un truc bizarre dans le manoir, il ne s'y serait pas pris autrement.

— Tu veux dire qu'il aurait tenté de pousser ton amie à découvrir des choses qui nous auraient mis dans l'embarras, voire qui nous auraient obligés à la tuer ? Ce qui t'aurait traumatisée et t'aurait probablement séparée de moi pour toujours ?

Un éclat meurtrier s'était allumé dans ses yeux à deux teintes et la douche me parut plus froide. Je clignai des paupières, stupéfaite. Je n'étais pas allée jusque-là dans mon raisonnement. Mais maintenant qu'il en parlait… La chaleur revint.

— Eh bien, déclara-t-il sur un ton plus détendu, si c'était le genre de Walder, nous le saurions depuis longtemps, non ?

Il m'accorda un coup d'œil complice. Un poids tomba de mes épaules. Les Lesath n'avaient donc été dupes à aucun moment.

— C'est pour ça qu'Élias nous a suivies, compris-je à mi-voix.

– Il m'aurait appelé à la première anicroche et j'aurais réglé le problème, quel qu'il soit.

Je réfléchis.

– Adam ?

– Oui ?

– Qu'est-ce qu'il y a dans le cabanon 3 ?

Mon fiancé écarquilla les paupières.

– Vous l'avez visité ? s'exclama-t-il.

– Oui.

Il se renfrogna brusquement et se mit à bougonner dans sa barbe à propos de trolls complètement idiots et de petits frères sur qui on ne pouvait vraiment pas compter. Sans me répondre.

Je me disais, aussi...

Le dîner, sans Walder reparti chez lui, et sans Julia enfermée dans ses appartements pour cause de « migraine », fut bien plus agréable que le déjeuner. Lazare parut avoir un peu de mal à déglutir son gratin de patates douces et de potimarron quand Sophie lui raconta notre descente dans la galerie aux racines lumineuses, mais Élias enchaîna avec la piscine et l'anecdote glissa comme les poires fondantes au chocolat du dessert. Il faudrait vraiment que je me renseigne sur cette galerie. Lazare n'avait pas sourcillé quand je lui avais raconté la tentative d'attaque des goules !

Nous prîmes le café dans le salon au canapé et aux fauteuils beiges, face à la cheminée de marbre où flambait un feu sur lequel nous fîmes griller des marrons. La quiétude me gagna. Dans ces moments-là, la famille Lesath ressemblait à n'importe quelle famille normale. Adam avait les doigts noircis à force d'éplucher des marrons, Élias s'était brûlé la langue en essayant de les manger trop vite et Lazare ajoutait régulièrement une bûche dans le feu. Sophie caressait Croquette qui s'était allongé sur ses genoux avec un air de sérénité totale. Je soupirai de bien-être. Ces deux-là ne semblaient pas traumatisés, finalement. Et demain, nous nous envolerions pour Venise. Tout allait bien.

Bien entendu, je trouvai ma valise bouclée devant mon lit à baldaquin quand je gagnai ma chambre. Ça, c'était signé Clématite. Je l'ouvris et vérifiai rapidement son contenu. Jeans ultra-classiques, pulls chauds et discrets, lunettes de soleil, casquette avec logo publicitaire, nécessaire pour attacher mes cheveux, coupe-vent... Je soupirai de soulagement. Clématite avait donc bien retenu que Sophie et moi nous rendions là-bas pour une filature. Pendant un instant, j'avais craint qu'elle m'ait préparé ces robes somptueuses qu'elle aimait me voir porter, quitte à pleurer un peu si je décidais de mettre autre chose. Parfois, je me demandais si elle ne pleurait pas sur commande...

Adam arriva comme je refermais la valise.

– On devrait convenir d'un signal, annonça-t-il en claquant la porte derrière lui.

– Un signal ?

– Oui. Telle que je te connais, tu vas paniquer tout le temps, au décollage et à l'atterrissage du jet par exemple, et je ne saurai pas à quel moment tu as vraiment besoin de moi.

– Hein ? m'insurgeai-je.

– Donc il faut convenir d'un signal.

Je croisai les bras, hésitant un peu à me montrer vexée. Vu la vie que je menais, on paniquerait à moins, non ?

– L'idéal, reprit-il sans paraître remarquer mon attitude, ça serait que tu fasses battre ton cœur en morse et que tu m'envoies un SOS quand tu veux que je vienne.

L'effarement m'empêcha de trouver une repartie intelligente. Faire battre mon cœur en morse ?

– SOS, expliqua mon fiancé devant mon silence, c'est trois battements courts, trois battements longs et à nouveau trois battements courts.

– Adam, grommelai-je.

– Oui ?

– Si j'ai besoin de toi, je t'envoie un sms ou je fais sonner ton téléphone.

– Ah...

Il repoussa les mèches brunes qui lui tombaient devant les yeux, songeur.

– Oui, c'est une bonne idée aussi.

5
Voir Venise et mourir

Le jet atterrit sans encombre à l'aéroport Marco-Polo de Venise. L'enthousiasme de Sophie n'avait pas faibli depuis que Firmin nous avait conduites en Rolls jusqu'à l'aéroport de Bâle. Sa bonne humeur contagieuse avait commencé par déteindre sur Croquette, qui ne tenait plus en place, puis sur moi, malgré ma volonté de rester sur mes gardes. Les quarante minutes de vol ne nous avaient pas suffi pour explorer le jet de fond en comble. Il était moins spacieux que les films le suggéraient, mais il regorgeait de trappes ingénieusement dissimulées dans les parois. Si mon amie avait trouvé la cachette des cacahuètes et la réserve d'alcool, moi, j'étais tombée sur un assortiment de scalpels, un long sabre plat au manche duquel pendaient trois têtes réduites façon Jivaro, et des menottes en fourrure. Je m'étais empressée de refermer les trappes. Mais bon sang, à quoi pouvaient bien servir ces menottes ?

De gros nuages annonciateurs de pluie obstruaient le ciel italien lors de notre atterrissage à l'aéroport Marco-Polo, donnant un air nostalgique aux grands bâtiments de brique rouge et aux terminaux vitrés aux montants blancs. Je ne pus m'empêcher de ressentir une pointe de déception. L'Italie rimait pour moi avec soleil, glaces en terrasse et beaux garçons bronzés à la chemise ouverte. Évidemment, en cette fin octobre, l'homme qui accourut sur le tarmac pour nous réceptionner en bas des marches du jet portait un blouson fermé jusqu'en haut. Un vent puissant nous cueillit quand nous descendîmes sur la piste à notre tour et mes boucles se mirent à voler dans tous les sens. Misère. Heureusement que Clématite avait pensé à me fournir de quoi attacher mes cheveux solidement ! Nous traversâmes le tarmac bruyant au pas de course en tirant nos valises derrière nous.

– C'est quoi, le plan ? s'enquit Sophie, la chevelure rousse hirsute, tandis que nous entrions dans l'édifice et que le vacarme des moteurs s'atténuait derrière nous.

– On a le temps de passer à l'hôtel poser nos bagages et de déjeuner avant que l'homme mystérieux atterrisse ici, répondis-je en tentant bravement de me recoiffer. Après, on le suit. Si on en croit l'invitation, le congrès commence à dix-sept heures.

– Et ensuite, on ira faire une balade en gondole ?

– Euh... OK...

– Yeah !

L'entrain de mon amie me détendit. Après tout, elle avait raison, autant en profiter !

Nous longeâmes des couloirs et retrouvâmes très vite la foule habituelle des aéroports touristiques. Le terminal des arrivées grouillait de monde. Je repérai au milieu une jeune femme souriante, au chignon serré et au tailleur bleu marine très chic dévoilant des jambes interminables, qui tenait une pancarte « Charlotte

LAROCHE ». Walder avait même prévu un transfert personnalisé ?

– La classe ! s'exclama Sophie en l'apercevant à son tour. J'ai l'impression de voyager avec la princesse de Monaco !

Une question m'effleura. La principauté du Rocher comptait-elle plus d'habitants que le manoir Scorpi ? Pas sûr...

L'hôtesse, Agnese, nous conduisit jusqu'à des canaux où des dizaines de gondoles et de bateaux moins typiques s'alignaient dans un mélange joyeux de couleurs et d'interpellations. Le vent soufflait toujours autant et il ne lui fallut pas dix secondes pour détruire ma tentative de coiffure. Bah... Je n'avais personne à draguer, ici...

Nous montâmes dans une embarcation allongée en bois dont le moteur était habilement dissimulé pour donner un aspect ancien à l'ensemble. Agnese parlait un français très correct et elle nous raconta l'histoire de l'hôtel où nous devions loger tout le temps que dura le trajet. Les yeux noisette de Sophie s'illuminaient au fur et à mesure. J'écoutai d'une oreille distraite – les amours de George Sand et Alfred de Musset en Italie ne m'intéressaient que moyennement –, trop occupée à dévorer le décor du regard. J'avais l'impression d'avoir été transportée deux siècles en arrière. Parfois des trottoirs bordaient les canaux, parfois les immeubles plongeaient directement dans l'eau. Nous empruntâmes de larges voies où nous croisâmes des dizaines d'autres barques, puis de plus petites où la lumière du soleil n'entrait pas, masquée par les immeubles resserrés les uns contre les autres. Je finis par me rendre compte que j'avais la bouche ouverte, alors je la fermai.

Nous arrivâmes devant une entrée donnant sur l'eau, abritée par un auvent en fer forgé. Un maître d'hôtel nous y attendait.

– Bienvenue à l'hôtel Danieli, mesdemoiselles, dit-il dans un français impeccable. J'espère que vous avez fait bon voyage, nous sommes très heureux de vous recevoir.

Nous le suivîmes à l'intérieur tandis que deux porteurs se chargeaient de nos valises. Même Croquette se faisait tout petit aux pieds de Sophie, impressionné. Nous débouchâmes dans une immense entrée au sol dallé de blanc crème et d'or, avec des piliers de marbre brun qui montaient jusqu'à un plafond décoré de veinures dorées. Un escalier grandiose menait à l'étage dont j'apercevais juste le début d'une galerie ornée d'arcs brisés. Je n'en revenais pas. C'était presque aussi splendide que le manoir Scorpi ! Mais... Le propriétaire de l'hôtel était-il réellement humain ? Et le personnel ? Ce maître d'hôtel aurait fait un lutin parfait !

– Lorsque vous le souhaiterez, déclara celui-ci, vous pourrez passer à la réception. Nous vous y délivrerons les billets pour vous déplacer dans Venise. Conformément à votre réservation, nous vous avons préparé un forfait vaporetto et bus illimité pour une semaine.

– Merci, dis-je comme si je savais ce qu'était un vaporetto.

– S'il y a quoi que ce soit que nous puissions faire pour rendre votre séjour plus agréable, n'hésitez pas à nous en informer.

– Ils pourront nous indiquer les bons restaurants du coin, à la réception ? m'enquis-je.

– Bien sûr, mademoiselle.

Mes dernières craintes s'envolèrent. Nous allions passer des vacances merveilleuses !

Deux heures et demie plus tard, mes cheveux blonds solidement attachés, le ventre rempli des meilleurs spaghettis carbonara que j'avais jamais mangés, Sophie, Croquette et moi étions de retour dans le terminal des arrivées de Marco-Polo. La chaleur de l'aéroport tranchait avec la fraîcheur extérieure. Nos coupe-vent sur le bras, nous trouvâmes des places sur un banc entre une famille de touristes surexcités et un hippie avachi.

– Un palace, soupira Sophie en s'éventant avec sa main comme si elle allait s'évanouir. Et une suite avec vue sur la place Saint-Marc pour moi toute seule...

– Toi et Croquette, corrigeai-je, amusée, les yeux rivés sur le panneau lumineux annonçant les arrivées.

– Tu te rends compte que même Croquette a un panier grand comme une baignoire avec plein de coussins dedans ? C'est tellement classe ! Je n'arrive pas à croire que ton futur beau-grand-père soit aussi généreux, Charlotte !

Oui, moi non plus. D'ailleurs, maintenant que je savais que Walder avait emprunté le jet Scorpi, je ne doutais pas qu'il saurait présenter la note de l'hôtel à Lazare le moment venu.

– J'espère que tu as fait des photos de ta chambre, continuait Sophie en lissant sa tresse rousse. Moi, j'ai pris des tas de selfies et je les ai postés direct sur Facebook !

– L'avion a atterri ! l'interrompis-je soudain.
– Hein ?
– L'avion de l'homme mystérieux. Il a atterri. Le gars ne devrait plus tarder.
– Génial ! Tout le monde à son poste !
Nous nous faufilâmes jusqu'à un recoin de mur que nous avions repéré cinq minutes plus tôt. Persuadée que nous allions filer un comédien engagé par mon « futur beau-grand-père », Sophie jouait à fond le jeu de l'espionnage. Et à force de me prêter à la comédie, je me prenais moi-même à frémir d'excitation. Après tout, que risquions-nous ?
Nous n'eûmes pas très longtemps à attendre. L'homme sortit parmi les premiers, une petite valise de voyage d'affaires à la main, jetant des coups d'œil furtifs partout autour de lui. Son apparence me refroidit brutalement. Il avait beau s'être enfoncé dans un imperméable qui dissimulait son visage jusqu'aux yeux et qui lui tombait sur les chevilles, sa petite taille, sa carrure trapue presque aussi large que haute, ses arcades sourcilières proéminentes et ses cheveux noirs coupés en brosse ne laissaient guère de doute sur son identité. J'aurais juré voir passer la réincarnation de l'inspecteur Wilhelm Sauger, le type qui avait failli m'abattre le mois dernier. L'envie de partir en courant me broya l'estomac.
– C'est lui ! souffla Sophie à mi-voix, surexcitée. C'est lui !
Croquette aboya d'enthousiasme. Heureusement, dans le brouhaha de l'aéroport, cela passa inaperçu. Je me redressai un peu. Allons, il ne pouvait rien m'arriver. Il ignorait ma présence et ne savait pas qui j'étais.

Que craignais-je donc ? À part le souvenir d'un homme que mon tueur de fiancé avait fini par dégommer ?

Le Geistjäger traversa le hall à pas pressés, sans cesser d'examiner les environs. Adam m'avait prévenue que ce genre de types avait une légère tendance à la paranoïa. À juste titre, d'ailleurs. Son regard ne vint cependant pas dans notre direction. Il n'avait pas de bagage à récupérer ? Il ne comptait pas rester longtemps. Nous ne devions pas le lâcher d'un pouce.

— On y va ? murmurai-je - ce qui ne servait à rien - à Sophie.

— Et comment ! Fonce !

Nous nous lançâmes à ses trousses en réenfilant nos coupe-vent et nous arrivâmes dehors juste à temps pour le voir prendre un billet de bateau-bus à destination de Venise. Hum... S'il fallait monter dans le même que lui, il nous apercevrait, c'était inévitable. Et s'il nous repérait à nouveau un peu plus tard dans des circonstances semblables, il ne manquerait pas de faire le rapprochement. Sophie réagit au quart de tour et bondit dans un bateau-taxi, sous le regard éberlué de son capitaine.

— Taxi, suivez cette voiture ! s'exclama-t-elle en montrant l'espèce de péniche vénitienne.

L'homme la contempla, les yeux de plus en plus ronds sous sa casquette délavée par les intempéries. Mon amie m'adressa un sourire resplendissant.

— J'ai toujours rêvé de faire un truc pareil, soupira-t-elle avec délice. Alors, tu viens ?

Ni une ni deux, je sautai dans l'embarcation à ses côtés tandis qu'elle réitérait sa consigne en italien. Le capitaine haussa les épaules avec l'air de celui à qui les touristes en avaient déjà fait voir de toutes les couleurs et lança le moteur.

– Tu n'avais pas pensé à ça ? s'enquit-elle alors que nous partions dans le sillage du bateau-bus.

– Non, avouai-je. Le taxi, ce n'est pas trop mon truc. Je suis plutôt bus.

– Tu n'as pas encore des réflexes de riche ? Pourtant, avec ton mec, tu pourrais !

Je me renfrognai. Elle avait parlé avec Adam, c'était sûr. Il passait son temps à me reprocher mes « réflexes de pauvre ».

Le bateau-bus nous conduisit à l'intérieur de Venise et le Geistjäger descendit non loin de la place Saint-Marc. Je fronçai le nez. Je n'aimais pas savoir un type pareil aussi près de l'endroit où je devais passer la nuit. Nous arrêtâmes le taxi et je réglai son capitaine pendant que Sophie et Croquette débarquaient pour ne pas perdre notre cible de vue. Le Geistjäger inconnu marchait vite, mais nous parvînmes à ne pas le perdre de vue jusqu'à un petit hôtel aux murs abîmés par l'humidité. Je tirai mon appareil photo numérique de mon sac pour prendre une série de clichés de l'endroit. Même si nous n'arrivions pas à localiser le lieu de la convention ou à identifier son contact, au moins, je pourrais indiquer à Adam où il dormait.

– On fait quoi, maintenant ? s'enquit Sophie, un peu décontenancée. On le suit à l'intérieur ?

Je grimaçai. Même si ce gars ne me connaissait pas et qu'il n'avait aucune raison de me prêter attention étant donné ma nature humaine, je préférais garder mes distances. De plus, la soirée d'ouverture du congrès commençait à dix-sept heures, heure locale, soit d'ici deux heures environ. Et sauf erreur de ma part, il n'avait pas encore reçu les informations pour s'y rendre.

– On devrait attendre dix minutes, décidai-je. Si ça se trouve, il va juste poser sa valise et ressortir. Sinon, dans dix minutes, on va à la réception et on demande le numéro de sa chambre.

– Tu as raison, s'anima ma camarade. Après tout, il sait qu'il a deux filles à sa poursuite, il ne va pas rester dans l'hôtel, il va forcément ressortir pour qu'on puisse le filer !

– Voilà.

Satisfaite, elle s'accroupit pour caresser Croquette qui patientait en agitant la queue, langue pendante, prêt à jouer. Ma sérénité revint. Le Geistjäger ne tenterait rien contre deux humaines et un chien aussi mignon. L'inspecteur Sauger lui-même avait repoussé le moment de me tuer jusqu'à ce qu'il en reçoive l'ordre de son supérieur, car il ne s'en prenait pas gratuitement aux gens sans pouvoir.

Huit minutes plus tard, soit exactement le temps qu'il fallut au vent pour extraire quelques bouclettes de mon chignon bien serré, le Geistjäger ressortit de l'hôtel, toujours enfoncé dans son imperméable trop grand, désormais chaussé de grosses bottes, mais sans valise. Bingo. Il resta un instant immobile à fouiller du regard la petite place qui l'entourait, les canaux environnants et les ruelles. Ses yeux se braquèrent dans notre direction. Sophie et moi disparûmes derrière le recoin de la maison qui nous dissimulait. Mon cœur battait à cent à l'heure. Et je n'étais pas la seule. Si j'en croyais le souffle court de Sophie, elle stressait autant que moi. Quand nous prîmes à nouveau le risque de passer la tête, il s'était tourné vers une ruelle sur la gauche. Il enfonça ses mains dans ses poches et partit d'un pas curieusement énergique pour des jambes aussi courtes.

– On va le perdre ! s'exclama Sophie.

– Go !

Je m'élançai, Croquette sur les talons. Je m'aplatis contre le coin de la rue où il avait disparu et jetai prudemment un œil. L'homme attendait à l'arrêt du vaporetto – ces bateaux de transport en commun, comme nous avions fini par l'apprendre. Zut. Il allait falloir trouver un nouveau bateau-taxi, et sans traîner.

Sophie me rejoignit.

– Encore le bus ? murmura-t-elle.

J'acquiesçai en silence. Le Geistjäger consulta les horaires de passage, puis réprima un mouvement d'humeur et sortit une carte de sa poche. Je la reconnus dès qu'il la déplia. Nous avions reçu la même à l'hôtel quelques heures plus tôt. Elle indiquait les monuments touristiques de Venise et les lignes de transports en commun. Si nous avions de la chance, il n'aurait pas la patience d'attendre le vaporetto et il irait là où il devait se rendre à pied. Il étudia la carte un instant, puis partit de son pas nerveux en direction de la place Saint-Marc. Formidable !

Nous le suivîmes en gardant prudemment nos distances. Un quart d'heure plus tard, nous arrivions à l'immense place rectangulaire pavée de gris où patrouillaient en nombre égal touristes et pigeons. Croquette se mit à japper furieusement et à sauter partout.

– Il adore courir après les oiseaux, me glissa Sophie, ennuyée, en tirant sur sa laisse pour le retenir.

– Tu crois que c'est interdit de laisser son chien courir après les pigeons ? m'enquis-je sur le même ton. Parce que là, dans dix secondes, on est repérées.

– Tu as raison. Tant pis. Au pire, ton grand-père paiera l'amende.

– Hein ?

Elle se pencha pour libérer Croquette de sa laisse en un tour de main. Fou de joie, le beagle fonça sur le groupe de volatiles le plus proche en donnant tout ce qu'il avait comme voix.

– C'est vraiment génial, murmura mon amie avec une excitation palpable en m'entraînant dans la direction inverse. J'ai l'impression de jouer dans un film d'espionnage, avec Croquette qui fait diversion comme si c'était un chien génétiquement modifié pour être plus intelligent !

Eh bien...

Je retrouvai très vite le Geistjäger au milieu de la foule qui faisait la queue devant un immense bâtiment blanc, dont les portails imposants étaient encadrés de voûtes démesurées. Il dévisageait chaque personne qu'il croisait avec une insistance proche de l'impolitesse. Cherchait-il son contact ? Son nez s'enfonçait de plus en plus dans le col de son imperméable et ses sourcils épais ne formaient plus qu'une seule barre fournie, comme s'il se concentrait intensément. Je ne pus m'empêcher de me rapprocher de Sophie. Cherchait-il son contact... ou une éventuelle créature en balade à Venise ? Vu la façon dont il scrutait les gens, je me posais sincèrement la question.

— Il essaie de nous trouver ! jubila Sophie en reculant derrière un groupe de touristes armés d'appareils photo et de lunettes de soleil parfaitement inutiles par ce temps couvert. Il sait qu'on le suit !

Mes lèvres se serrèrent malgré moi. Heureusement que non...

Le Geistjäger longea la file d'attente à pas mesurés. J'en profitai pour lever les yeux vers l'énorme bâtiment qui finissait par des coupoles étincelantes et une multitude de colonnes. Leurs couleurs disparates m'étonnèrent. Sophie tira le guide offert par l'hôtel de sa poche.

— C'est la basilique Saint-Marc, dit-elle en lisant rapidement le descriptif. Je me rappelle ce que racontait notre prof d'italien à son sujet. Pendant les guerres de Religion et les croisades, Venise envoyait ses navires piller le royaume byzantin et toutes les œuvres qu'elle volait, elle les rapportait ici pour embellir la place.

— Intéressant, comme concept, remarquai-je en prenant une photo des voûtes devant lesquelles se tenait le Geistjäger. Et ils n'ont pas volé assez de morceaux de colonnes d'une seule couleur ? Ils ont dû faire du rafistolage avec ce qu'ils avaient piqué ?

Elle pouffa de rire.

— Exactement ! Les colonnes et les statues aussi. Les exposer ici symbolisait la puissance maritime de Venise.

Je haussai un sourcil, perplexe.

— Exposer sa malhonnêteté, c'est un symbole de puissance ?

— Bah... On parle de mecs qui se battaient pour une religion. Ils n'étaient déjà pas bien malins à la base.

Pas faux.

Nous suivîmes tranquillement le Geistjäger qui avançait toujours au ralenti.

– C'est vraiment sympa de sa part de nous laisser le temps de profiter ! s'enthousiasma Sophie en resserrant l'élastique qui terminait sa tresse. Tu crois qu'il nous a repérées ?

– J'espère que non.

– Il faudra faire une photo avec lui, quand le jeu sera fini.

Mais bien sûr...

Non loin de nous, des ouvriers finissaient de monter une espèce de chemin de planches surélevées qui faisait le tour de la place Saint-Marc, sous l'œil intéressé des touristes. Il allait sûrement y avoir un spectacle ou une manifestation quelconque.

Le Geistjäger avança un peu plus vite pour se retrouver devant un autre bâtiment aux arches gothiques. Celui-là, je n'eus pas besoin des explications de Sophie pour le reconnaître. Il apparaissait sur toutes les photos de Venise ou presque. Le palais des Doges. De nouveau, l'homme ralentit pour examiner les touristes. Nous longeâmes donc avec lui ce monument de l'architecture vénitienne, cachées par les visiteurs. Il marcha lentement jusqu'à la mer qui bordait les pavés, puis revint sur ses pas. Sophie et moi nous empressâmes de disparaître derrière un pilier, elle pouffant de rire, moi un tout petit peu plus angoissée. L'homme passa loin de nous sans nous accorder le moindre regard. Nous revînmes devant la basilique et partîmes cette fois vers les galeries tout en arches de pierre qui encadraient la place. Je repérai du coin de l'œil Croquette qui s'en donnait à cœur joie au milieu des pigeons, oreilles au vent. Il bondissait de flaque d'eau en flaque d'eau avec l'enthousiasme d'un enfant de quatre ans. Il allait être propre, quand nous allions rentrer...

Je tiquai brusquement. Flaques d'eau ? Je regardai mieux le sol. Je n'avais remarqué aucune flaque, quand nous étions arrivées. Et le ciel avait beau être couvert, il ne tombait pas une goutte. Pourtant, la place en était recouverte. Comment avais-je pu rater un détail pareil ?

– C'est vraiment joli, tout ça, rêvassa Sophie à mes côtés, le nez levé vers la colonne de pierre qui nous abritait du vent et de notre cible. Je vivrais bien ici, moi...

Je mordillai mes lèvres. Devais-je lui parler des flaques ? Si c'était un phénomène magique et qu'une créature apparaissait subitement pour tuer le Geistjäger, ne fallait-il pas partir en courant ?

Des cris retentirent sur la place. Mon cœur battit plus vite. Où ça ?

La rumeur enfla autour de nous, parmi les touristes. Personne ne paraissait paniquer, pourtant. Que se passait-il ? Sophie fronça les sourcils.

– Qu'est-ce qui leur arrive ?

– Je crois que c'est à cause des flaques, répondis-je prudemment.

Elle observa le sol et, pendant une seconde, l'incrédulité la plus totale écarquilla ses yeux marron. Je fis la moue. Ça ne valait pas une tête pareille, si ?

Mon amie se tourna brutalement vers moi et m'attrapa les mains, le visage illuminé par l'exaltation.

– Oh mon Dieuuuuuuu ! Charloooooootte !

– Quoi ? m'inquiétai-je.

– Je n'arrive pas à y croire ! Je n'arrive pas... Ton grand-père est un génie ! Et ce type, là ! L'acteur ! C'est pour ça qu'il marchait aussi lentement ! Il attendait que ça arrive !

Ça ?

– Mais qu'est-ce que tu racontes ? demandai-je, de plus en plus alarmée en la voyant trembler d'émotion.

– Il nous a amenées ici exprès ! On va voir l'acqua alta !

– La quoi ?

– L'acqua alta ! Ma prof d'italien en a parlé, une fois. La mer va recouvrir toute la place !

Ce fut à mon tour d'avoir la mâchoire qui tombait. La mer... allait recouvrir la place Saint-Marc ?

– Il faut courir ! paniquai-je.

– Mais non ! On aura dix centimètres d'eau, pas plus. Enfin je crois. On n'a pas entendu de sirène d'alarme pour prévenir que ça monterait plus haut, si ?

Je clignai des paupières. Une alarme ? Non. Mais en même temps, je n'avais pas fait attention.

– J'aurais dû m'en douter ! trépignait Sophie. On est en plein dans la bonne saison. En plus, il y a ce vent atroce ! C'est le sirocco !

– Le sirocco ?

– Le vent qui empêche la mer de ressortir de la lagune de Venise !

Le vent empêchait la mer de ressortir de la lagune... La prochaine fois que je quitterais la France, je lirais un peu de documentation avant de partir. Les flaques grandissaient lentement. Certaines se rejoignaient déjà. Les touristes pataugeaient avec allégresse et les appareils photo crépitaient. Je me sentis soudain totalement blasée. Et dire que pendant un instant, j'avais pensé à une créature qui sortirait de nulle part pour se battre contre le Geistjäger… Le manoir Scorpi avait une très mauvaise influence sur mes repères de normalité.

Je relevai la tête d'un coup. Le Geistjäger ! Pourvu qu'il n'ait pas profité de notre moment d'inattention pour déguerpir !

Je me rassurai très vite. Il avait avancé, mais il était toujours sur la place. Je comprenais mieux la raison des énormes bottes qu'il portait. Il savait, pour l'acqua alta, lui. Si l'eau montait réellement de dix centimètres, mes baskets allaient se transformer en aquarium. Je jetai un coup d'œil autour de moi. Les touristes commençaient à prendre d'assaut les chemins de planches surélevées qui entouraient la place. Ah. Ce n'était donc pas un spectacle qui se préparait. Enfin si, mais pas tout à fait comme je l'avais imaginé.

– Le courant ne risque pas de tout emporter ? m'inquiétai-je encore.

Sophie s'esclaffa.

– Mais non ! L'eau arrive par en dessous et elle repartira en s'infiltrant dans le sol. Ce n'est pas une vague, c'est juste de l'eau qui monte et qui redescend.

Je me mordillai les lèvres en surveillant le Geistjäger du coin de l'œil. Juste l'eau qui montait et qui descendait ? En tout cas, cela attirait les touristes par bateaux-bus entiers. La place se remplissait à vitesse grand V. Je n'avais pas intérêt à lâcher notre cible du regard, sans quoi je risquais de manquer son contact. Ce qui était sans doute le but, d'ailleurs. Se noyer dans la foule au milieu d'un événement atypique pour limiter une surveillance éventuelle.

— On devrait avancer un peu, suggérai-je. Sinon, on va perdre l'homme mystérieux avec tous ces gens.

Mon amie approuva avec enthousiasme et sortit son appareil photo pour le braquer vers les dalles de la place qui disparaissaient sous une fine couche d'eau. Hum... Elle était persuadée que le « comédien » nous avait amenées ici à dessein pour nous montrer l'acqua alta et qu'il nous laisserait en profiter jusqu'au bout, donc elle ne voyait pas l'intérêt d'une surveillance renforcée en cet instant précis. Je haussai les épaules et reportai mon attention sur le Geistjäger. Il s'était arrêté devant les boutiques de souvenirs où les commerçants s'activaient pour rentrer ou surélever présentoirs de cartes postales, portemanteaux couverts de T-shirts et bacs de peluches en forme de pigeons. Je plissai les yeux. Que fabriquait-il, à les scruter avec autant d'insistance ? Voulait-il acheter une casquette avec un joli dessin de gondole ? Je pointai discrètement mon propre appareil photo vers lui et zoomai à fond. Il lisait le nom des boutiques en fronçant le nez. Tiens, tiens... Il était perdu ? Il aborda un jeune vendeur au bronzage impeccable qui portait une caisse de porte-clés et la conversation qui s'ensuivit parut laborieuse, car l'Italien ne comprenait visiblement pas un mot de ce que racontait le Geistjäger. Je pris une photo en me retenant de pouffer de rire devant les efforts du vendeur. Elle amuserait les Lesath, celle-ci. Le jeune homme finit par désigner un point de l'autre côté de la place et le Geistjäger lui tourna le dos sans plus de cérémonie. Toujours aussi aimables, ces gars-là.

Je donnai un coup de coude à Sophie.

– Il faut traverser la place, grommelai-je.

– Pas de problème ! chantonna-t-elle, les deux pieds dans une flaque. C'était sûr qu'il allait nous pondre une entourloupe du genre. On fonce tant qu'il n'y a pas trop d'eau ou on prend les chemins piétons au sec ?

Je jetai un œil aux chemins surélevés. Trop de monde. Nous ne passerions jamais.

– On fonce.

– Oh yeah !

Sans perdre une seconde, je m'élançai vers le centre de la place en zigzaguant entre les touristes qui pataugeaient dans le centimètre d'eau déjà présent. Certains portaient des bottes, d'autres avaient les jambes enfoncées dans d'immenses sacs-poubelle. Pas bête. Les plus courageux avaient carrément retiré leurs chaussures. Je grimaçai en songeant que c'était ce qui m'attendait si je ne voulais pas prendre froid. Je consultai ma montre. Seize heures quinze. Cela faisait déjà trois quarts d'heure que nous tournions en rond ici. Si cet affreux jojo voulait être à l'heure à sa conférence sur le trèfle, il allait devoir commencer à se bouger !

Nous atteignîmes la galerie protégée par les arches de pierre de l'autre côté de la place sans nous faire remarquer. En tout cas, je l'espérais, mais comme le Geistjäger regardait désormais droit devant lui, je me sentais relativement confiante. Sophie avait plongé son nez couvert de taches de rousseur dans le guide offert par l'hôtel.

– Alors ça, ce sont les *Procuratie Nuove*, me renseigna-t-elle en tapotant une colonne. On vient de quitter les *Procuratie Vecchie* avec tous ses commerces. *Nuove*, ça veut dire « nouvelles » et *vecchie*, « vieilles ».

– Ça, c'est nouveau ? notai-je ingénument en levant les yeux vers la bâtisse à laquelle j'aurais donné cinq siècles sans hésiter.

– En 1582, quand ils ont commencé à les construire, c'était nouveau.

Nous pouffâmes de rire.

– Là-bas, c'est le célèbre Caffè Florian, reprit mon amie en désignant le salon de thé au charme désuet devant lequel s'était arrêté le Geistjäger.

– Il est célèbre pour quoi ?

– Aucune idée.

Je haussai les épaules.

– Tant pis, marmonnai-je. Si c'est célèbre, ça vaut une photo.

Je pointai mon appareil vers lui. L'intérieur du salon de thé semblait capter toute l'attention du Chasseur. Je plissai les yeux, circonspecte. Les reflets des vitres m'empêchaient de voir quoi que ce soit de là où je me tenais. Je me demandai ce qu'il pouvait bien y avoir d'aussi remarquable là-dedans, à part les prix prohibitifs inhérents aux commerces des grands lieux touristiques. La porte du salon s'ouvrit soudain et un homme en sortit. La mâchoire m'en tomba. Petite taille, larges épaules carrées, visage disparaissant entre des arcades sourcilières proéminentes et le col de l'imperméable remonté jusqu'au nez, il ressemblait trait pour trait au Geistjäger que nous avions suivi jusqu'ici.

– Oh merde... murmura Sophie. Il y en a deux !

– Cache-toi ! chuchotai-je, le cœur battant à cent à l'heure.

Nous nous rejetâmes derrière un des piliers des arcades. Les mains tremblantes, je ressortis juste un bout de bras avec l'appareil photo en mode film pour immortaliser la scène. Ils se saluèrent froidement et échangèrent quelques mots inaudibles pour nous. Une lettre changea de propriétaire.

– Qu'est-ce qui se passe ? trépigna Sophie à mi-voix en essayant de passer par-dessus ma tête pour voir.

– Numéro 2 est en train de donner des infos à numéro 1, soufflai-je sans bouger malgré le bout de sa tresse qui me chatouillait le nez.

Une sensation de froid dans les pieds me fit sursauter violemment. Je baissai les yeux, au bord de la panique. L'eau avait dépassé la semelle de mes baskets et s'infiltrait à l'intérieur. Je m'obligeai à respirer. Tant que ce n'était que ça, cela n'avait aucune importance. Les deux Chasseurs échangèrent un dernier signe de tête et partirent chacun dans une direction différente.

Sophie fronça les sourcils.

– Euh... Charlotte ? On continue à suivre numéro 1 ?

– Oui, murmurai-je.

– Mais... c'est lequel ?

Je lui jetai un regard inquiet et passai la tête au-delà de la colonne pour les regarder s'éloigner chacun de leur côté. L'effarement me scotcha sur place. De dos, ils étaient rigoureusement identiques.

– C'est trop fort ! jubila mon amie. Tu crois qu'ils sont jumeaux ?

Il fallait prendre une décision avant qu'ils soient trop loin.

– On se sépare, ordonnai-je d'une voix que j'espérais ferme.

– Ah bon ?

– Oui. Tu suis celui qui remonte vers la basilique et moi, je prends l'autre. Fais des photos de tout ce qu'il regarde et de tous les gens à qui il parle.

Sophie se mit au garde-à-vous.

– Compte sur moi, ma cocotte ! On se rejoint à la conférence sur les trèfles bio !

Elle tourna les talons et partit en courant. Heureusement qu'elle était sportive. Telle une flèche rousse, elle fendit la place désormais entièrement recouverte d'une fine pellicule d'eau, pas du tout dans la direction du Geistjäger. Des aboiements retentirent. Je vis Croquette accourir vers elle avec le soulagement du chien qui s'était cru perdu. Ils échangèrent caresses et coups de langue puis repartirent ensemble vers le Chasseur qui remontait lentement la file des touristes debout sur le chemin de planches. Je hochai la tête, l'estomac noué à l'idée du danger auquel je les exposais. Et si le Geistjäger les remarquait ? Je m'efforçai d'effacer cette perspective de mon esprit. S'il les remarquait... Eh bien il ne leur ferait rien, à part leur flanquer un peu les jetons pour qu'ils le laissent tranquille.

Je reportai mon attention sur ma propre cible, qui descendait vers le canal. Bien. Je m'élançai sur ses traces. Le floc-floc de mes chaussures me fut pénible au bout de trois pas. Avec la grimace de circonstance, je les retirai ainsi que mes chaussettes trempées, roulai le bas de mon jean jusqu'aux genoux et poursuivis mon trajet pieds nus avec prudence. Il s'agissait de ne pas s'arracher un orteil sur un obstacle immergé ! Et je ne parlais même pas de glisser...

Le temps déjà nuageux s'obscurcissait doucement. Je consultai à nouveau ma montre avec inquiétude. Seize heures trente. La nuit tombait-elle déjà ? À Belfort, dès dix-sept heures, on ne voyait plus grand-chose. Si je devais suivre le Geistjäger dans la pénombre, j'avais intérêt à ne pas laisser trop de distance entre lui et moi. Je pressai le pas comme l'eau montait. Le côté balade semblait terminé. Le Chasseur marchait désormais à une allure aussi soutenue que le lui permettaient ses bottes, en regardant droit devant lui. Il quitta la place et s'engagea dans une ruelle avoisinante. Je le suivis en tentant d'éviter de faire trop de bruit en marchant dans l'eau. Nous avançâmes ainsi pendant un bon quart d'heure. La lumière baissait toujours et les lampadaires commençaient à s'allumer, projetant des ombres fantomatiques sur les flots mouvants. J'étais totalement perdue. Les ruelles succédaient aux ruelles, plus sombres les unes que les autres. Je n'aurais jamais imaginé que Venise la Sérénissime possédait un visage si glauque. Nous devions arriver dans les parties basses de la ville car ici, l'eau me léchait les jambes jusqu'à mi-mollet. Je prenais bien garde de marcher exactement là où le Geistjäger marchait. Avec l'acqua alta, je ne distinguais plus les trottoirs engloutis des canaux. Il m'aurait suffi d'un seul pas hors du bon chemin pour boire sérieusement la tasse. Le Chasseur tourna au coin d'un immeuble en brique. Je me précipitai pour le suivre et passai prudemment la tête. Pour tomber nez à nez avec un visage trapu qui souriait d'un air démoniaque. Mon cœur cessa de battre.

— *Good evening*, mademoiselle Laroche.

Son haleine de menthe fraîche me fit l'effet d'une gifle. Je reculai brutalement. Il avança d'un air très sûr de lui. Un poids écrasa brutalement mes poumons. Le souffle coupé, l'esprit glacé, je tombai à genoux dans l'eau.

— Wilhelm a beaucoup parlé de vous, mademoiselle Laroche, dit l'homme avec un accent anglais doucereux en avançant encore. Je ne vous sous-estimerai pas comme il l'a fait. Il est temps de débarrasser le monde d'une humaine qui ne sait pas à quel camp elle appartient.

La panique me dévorait. Je n'arrivais pas à bouger ! Mes jambes refusaient de m'obéir. Ma respiration aussi. Et ce type avançait toujours. Il m'attrapa par le devant de mon coupe-vent et me projeta en arrière. Aucun son ne put franchir mes lèvres. L'eau froide se referma sur moi, comme un millier d'aiguilles qui se seraient enfoncées dans ma peau. Je tentai de me débattre, mais le pouvoir du Geistjäger me tenait toujours. Une horrible vérité se fraya un chemin dans ma tête. Je coulais à pic dans un canal. J'allais me noyer ! Je tentai de briser l'emprise maléfique avec l'énergie du désespoir. Il fallait que je bouge. Il fallait que je bouge. Il fallait que je bouge ! Mes membres restaient comme pétrifiés. Mes poumons me brûlaient. Une tristesse sans nom me submergea. Je n'allais pas vraiment mourir ? Et Adam ? Et Élias ? Ils allaient être malheureux ! Cette horrible pensée me redonna un soupçon d'énergie. Je devais m'en sortir ! Mon dos heurta le fond sans douceur. La douleur me donna l'impression de brûler tout entière. Bon sang ! Il fallait absolument que je bouge ! Je tentai de remuer les jambes. En vain. Je ne voulais pas mourir !

Deux bras s'enroulèrent soudain autour de ma taille et j'eus l'impression de partir comme une fusée sur le fond marin.

6
Framboise

Je filais si vite sous l'eau que la pression m'écrasait la tête dans les épaules. Les bras me ceinturaient toujours solidement, m'obligeant à avancer contre ce qui me semblait être un mur liquide. Il ne fallut pas cinq secondes pour que mes membres retrouvent leur liberté. J'étais sortie de la zone d'influence du Geistjäger ? Par réflexe, mes poumons en manque d'oxygène se dilatèrent. L'eau entra dans mon nez et dans ma bouche. La sensation d'étouffement reprit de plus belle. Je sentis que je changeais de direction et ma tête creva l'onde. Je toussai et crachai comme une perdue, les poumons sur le point d'éclater.

– Chut ! supplia une voix féminine à mes côtés. Ne faites pas trop de bruit !

Au bord de l'asphyxie, je m'appliquai à suffoquer en silence. Les bras me soutenaient de façon que mes épaules sortent de l'eau, pour me permettre de respirer plus commodément.

Il me fallut quelques secondes avant que je puisse regarder ma sauveuse. Sa peau laiteuse se détachait sur l'eau noire et ses cheveux sombres trempés collaient à son visage fin. Immergée jusqu'au menton, elle me contemplait de ses grands yeux noirs pleins d'inquiétude.

– Ça va mieux ? murmura-t-elle.

– Je crois, haletai-je, la voix rauque. Merci. Vous... Vous m'avez sauvé la vie.

– Je vous en prie.

Nous nous contemplâmes bêtement pendant un instant. Il fallait peut-être que je trouve un truc intelligent à dire.

– Je m'appelle Charlotte, me présentai-je finalement.

– Oh, je sais qui vous êtes, princesse Scorpion, répondit-elle avec un sourire timide.

Ah. Super. Elle n'était donc pas humaine. En même temps, elle nageait assez vite pour m'assommer à moitié et elle m'avait sauvée d'un Geistjäger. Cela faisait beaucoup d'indices.

– Et vous êtes ? tentai-je.

– Framboise.

Framboise. Charlotte et Framboise. Il ne faudrait jamais raconter ça à personne.

– Je vais vous ramener sur un trottoir, proposa-t-elle.

– Oui, merci.

Elle sembla s'allonger sous l'eau et une longue forme étincelante apparut auprès de moi. Oh bon sang ! C'était... une queue de poisson ? Mais elle mesurait combien de mètres ?

– Vous êtes une sirène ? m'ébahis-je.

– Bien sûr.

– Ah...

Ses bras qui me maintenaient toujours m'entraînèrent doucement vers les immeubles les plus proches.

Des carrés lumineux se découpaient dans les bâtiments sombres. Un vent de panique me gagna.

– Vous ne devez pas rester là ! m'exclamai-je. Il y a des Geistjägern dans la ville !

Elle s'enfonça dans l'eau jusqu'aux yeux, qui s'étrécirent pour devenir des fentes minces. Je me calmai instantanément. Là, elle faisait peur, la Framboise. Les sirènes mangeaient des humains, non ?

Un groupe de jeunes passa en riant non loin de nous, en pataugeant dans l'eau jusqu'aux genoux. L'acqua alta était toujours là. Ils s'éloignèrent sans nous voir et Framboise ressortit la tête de l'eau.

– Je sais, princesse, murmura-t-elle. Je les ai vus aussi.

– Mais… Vous ne vous êtes pas enfuie ?

– Non. C'est chez moi, ici. Les autres sont parties, mais pas moi. Et puis je savais que vous viendriez.

– Ah bon ?

– Les seigneurs Léviathan nous avaient prévenues.

Cela faisait beaucoup d'informations à la fois. Je tentai de reprendre au début.

– Vous êtes restée en sachant que je viendrais ? Pour me protéger ?

Un sourire désabusé dévoila de petites canines pointues.

– Je suis heureuse d'avoir pu vous porter secours, princesse, mais j'espérais vous rencontrer pour une tout autre raison.

– Laquelle ?

– Je suis à la poursuite de l'assassin d'Abricot.

L'assassin d'Abricot. Je clignai des yeux. Je n'avais assassiné aucun abricot, je le promettais. Et Adam non plus, à ma connaissance.

— Abricot ? répétai-je d'une voix chevrotante.

— Ma sœur. Elle a été enlevée par un Geistjäger ici, il y a presque un an. Je cherche des informations.

Ah, voilà qui changeait tout. Je me mordillai les lèvres tandis qu'elle nous rapprochait du bord.

— Vous croyez que vous pourriez le reconnaître ? m'enquis-je, pleine de doutes. Ils se ressemblent tous tellement...

Elle secoua la tête et ses cheveux trempés luisirent joliment dans la pénombre.

— Je n'ai guère d'espoir, chuchota-t-elle, je sais qu'elle est morte. Mais je voudrais savoir ce qui lui est arrivé. Quels ont été ses derniers instants. Ce qu'ils lui ont fait.

Je gardai à nouveau le silence. Étant donné ce que j'avais vécu le mois dernier, je doutais que la pauvre Abricot ait connu une mort douce et rapide. Framboise m'observait sous ses cils perlés de gouttelettes.

— Vous pensez que c'était elle, n'est-ce pas ? murmura-t-elle.

— Elle qui ?

— La voix qui vous a piégée, il y a quelques semaines, et qui a causé tellement d'ennuis à tous. Vous croyez que c'était la sienne ?

— Je ne sais pas, répondis-je prudemment. Je sais juste que c'était une voix de sirène, je ne saurais même pas dire si elle ressemblait à la vôtre.

— Était-elle douée ?

— Comment ça ?

— La voix a-t-elle fait mouche à chaque fois ? Ne s'est-elle jamais trompée ?

Je fouillai ma mémoire un peu brumeuse à cause du manque d'oxygène.

– Moi, elle m'a eue du premier coup, me souvins-je. Par contre, avec Clématite, elle a commencé par lui faire entendre ma voix, alors que j'étais à côté d'elle. Ensuite, elle s'est rabattue sur une autre voix.

Les larmes montèrent aux yeux de la sirène. Mince. Mauvaise réponse.

– Mais ça ne pouvait pas être votre sœur, ajoutai-je précipitamment. À ce moment-là, le Duc possédait déjà cette faculté, c'est lui qui s'est trompé.

Framboise sourit tristement et tourna la tête pour regarder l'eau mouvante du canal.

– Les pouvoirs de ma sœur étaient encore immatures, laissa-t-elle échapper. Elle était si jeune...

Ma gorge se gonfla d'émotion. La sirène me déposa sur le bord d'un trottoir noyé sous vingt centimètres d'eau et s'assit à mes côtés. Ses longs cheveux sombres couvraient sa poitrine nue, mais ses écailles luisaient dans la lumière des lampadaires. Si quelqu'un passait, on était grillées direct. Pourtant, vu la façon dont elle serrait les dents pour ne pas pleurer, je préférai ne pas le lui signaler. De longues traces nacrées miroitaient sur sa peau laiteuse. Je me retins d'écarquiller les paupières de surprise et d'horreur. Il ne s'agissait quand même pas... de cicatrices ? Elle en était couverte ! Le souvenir des requins et autres gros poissons mutilés par les pales des bateaux, filets de pêche et autres joyeusetés me traversa l'esprit. Mon cœur se comprima encore plus douloureusement. Un silence s'écoula avec lenteur, dans les clapotements de l'eau autour de nous et les bruits lointains de la ville.

— Merci, princesse, soupira-t-elle finalement.

— Euh... De quoi ?

— De l'avoir vengée.

— Hein ?

Elle tenta un nouveau sourire, toujours aussi malheureux.

— Les seigneurs Léviathan ont fait circuler ce qui était arrivé sur le territoire Scorpi. Ainsi que la façon dont vous avez terrassé le monstre qui volait nos pouvoirs. Alors merci.

— Vous êtes vraiment sûre que c'était elle ? m'enquis-je, déboussolée.

— Les sirènes ne disparaissent pas tous les quatre matins, princesse. Et les enfants sirènes encore moins. Je suis heureuse que vous ayez abattu ce démon.

Ah. Elle n'avait peut-être pas eu la version intégrale, celle où, en fait, Adam avait terminé le travail tout seul. Je me gardai à nouveau de le lui dire et posai ma main sur son poing serré, sans trouver de mots pour la réconforter. Elle releva la tête.

— Merci d'avoir mis un terme à tout ça.

— Je vous en prie, balbutiai-je. Je... C'est qui, les seigneurs Léviathan ?

Elle tourna ses yeux noirs vers moi, surprise.

— Eh bien... Les seigneurs Léviathan, répéta-t-elle. Peut-être que vous avez une façon différente de les appeler, au manoir ?

Je me contentai de la fixer, désarmée.

— Les seigneurs des mers ? proposa-t-elle. Les monstres des profondeurs ?

— Non, rien de tout ça.

— Vous les avez forcément vus ! On ne peut pas les rater, les plus petits mesurent vingt mètres de haut.

— Ah, compris-je. Non, je ne les ai jamais rencontrés, on n'est encore jamais partis en vacances, avec Adam. Ni au bord de la mer, ni nulle part.

Elle me jeta un coup d'œil torve.

— Les seigneurs Léviathan vivent au manoir, signala-t-elle.

Ce fut à mon tour de la regarder de travers.

— Quoi ?

Un éclair de compréhension et une inquiétude terrible se succédèrent sur le visage de la sirène.

— J'ai gaffé ? s'enquit-elle d'une toute petite voix.

Je me pris la tête dans les mains.

— OK, marmonnai-je. Je vous écoute. On a des monstres des profondeurs qui mesurent vingt mètres dans les étangs de la propriété ?

— Oui, mais ils dorment depuis des décennies, précisa-t-elle avec empressement.

— Super.

— Euh... Vous ne direz pas au prince Scorpion que c'est moi qui vous en ai parlé ?

Je levai les yeux vers le ciel sans étoiles.

— Je ne pense pas qu'Adam vous en voudrait pour ça, la rassurai-je tout de même.

Elle acquiesça d'un air penaud. Minute, ça ne collait pas, son histoire.

— S'ils dorment, comment ont-ils pu raconter à la terre entière ce qui s'est passé le mois dernier ?

— Ah, ça... murmura-t-elle en se frottant l'épaule d'un air gêné. Comment vous dire... ? Ils ne sont pas endormis au sens humain ou sirène du terme. Ils... Ils sont en repos et ils communiquent avec les créatures marines et les maîtres du manoir, mais ils ne sont pas vraiment réveillés. Heureusement, d'ailleurs.

– Comment ça, heureusement ?

– Eh bien...

Elle esquissa un sourire contrit et fit clapoter sa queue dans l'eau sombre.

– Ils détruiraient probablement toute forme de vie à trois kilomètres à la ronde.

Génial. Pas étonnant qu'Adam ne se soit jamais vanté de leur présence.

– Mais qu'est-ce qu'ils font au manoir ? m'effarai-je. Ils devraient aller dormir au fond de la mer !

– Oh non ! se récria Framboise. Ce serait beaucoup trop dangereux ! Si des humains tombaient sur eux, ce serait une catastrophe. Les seigneurs Léviathan les tueraient, d'autres humains viendraient pour les détruire et toute la faune de l'océan serait en péril.

Je me renfrognai. J'aurais dû me douter qu'il y avait une histoire comme ça...

– Ils ressemblent à quoi ?

– Euh... À des seigneurs Léviathan.

Des images de bateaux nordiques écrasés par des tentacules géants au milieu de la tempête me surgirent devant les yeux. Formidable.

Je remarquai soudain que je grelottais. Mes cheveux imbibés d'eau gouttaient dans mon cou. Toujours assise dans l'eau, je serrai mes bras autour de mes genoux en une vaine tentative pour me réchauffer.

– Il existe une façon de les contrôler, tenta de me rassurer Framboise en interprétant mon geste comme de la crainte.

— Ah bon ?

— Oui. Ils se calment quand ils entendent le chant d'une sirène.

— Mais il n'y a pas de sirène, à Belfort !

Elle eut l'air embarrassé. Mouais. On avait intérêt à ne pas les exciter, ces gus-là.

Je regardai autour de moi. La nuit était tombée pour de bon sur la ruelle où nous nous trouvions. Les immeubles semblaient plonger à pic dans le canal à cause de l'acqua alta. Seule la faible lumière d'un réverbère un peu plus loin colorait l'eau mouvante. Je me mordillai les lèvres. Comment allais-je retrouver mon chemin ?

Je posai machinalement les doigts sur mon sac à main trempé. J'avais perdu mes baskets que je transportais sur mon épaule nouées par les lacets, pendant mon passage dans le canal, mais mon sac était resté solidement accroché à moi en bandoulière. Malheureusement, je doutais de l'état de son contenu. Assez pessimiste, j'en tirai pourtant mon téléphone. Un filet d'eau coula quand j'ouvris la coque. Pas bon signe, ça. Je tentai de l'allumer, sans résultat. Je soupirai et sortis la carte de la ville offerte par l'hôtel. Celle-ci se déchira quand je la dépliai, malgré mes précautions. J'étouffai un juron.

— Il y a beaucoup de choses, dans ce sac à malices, remarqua Framboise en coulant un regard intéressé à l'intérieur.

— Le prochain, je l'achète imperméable, bougonnai-je.

— Ah bon ? Vous vous baignez souvent avec ?

Je haussai les épaules.

– Vous avez une idée de comment retourner à mon hôtel ? m'enquis-je.

– Bien sûr, je connais la ville comme mes écailles. Duquel s'agit-il ?

Mes épaules s'affaissèrent. Bonne question. Le nom m'échappait, je n'avais pas noté l'adresse et les couleurs sur le plan avaient littéralement fondu. J'aurais dû être plus attentive.

– Euh... C'est celui où George Sand retrouvait son amant...

Elle parut totalement perplexe. Misère...

– En plus, Sophie va me chercher, murmurai-je, déconfite.

– Sophie ?

– Mon amie, qui m'accompagne dans ce fichu voyage prétendument sans danger.

– Oh... Elle est humaine ?

– Oui.

Framboise tourna la tête vers la ruelle la plus proche.

– Sophie ! appela-t-elle. Sophie ! Où es-tu ? J'ai besoin de toi !

Je haussai un sourcil, perplexe.

– Normalement, elle est loin, remarquai-je.

Mon étrange compagne me retourna un sourire de requin.

– Ne vous inquiétez pas, princesse. Où qu'elle se trouve à Venise, elle m'a entendue. Elle va venir.

Je manquai de me frapper le front du plat de la main devant l'évidence. J'étais pourtant moi-même passée par là, je savais ce que l'on ressentait quand une sirène jetait son dévolu sur vous !

— Sophie ! appela à nouveau la créature. Je suis par là ! Dépêche-toi !

Je resserrai ma prise autour de mes genoux. Pauvre Sophie. Elle allait se sentir obligée de courir. Pourvu que son Geistjäger ne lui ait pas réservé le même sort qu'à moi. Nous attendîmes quelques instants, dans le silence agité par les bruits de moteurs et la rumeur de la ville au-delà de notre quartier inondé. J'examinais Framboise en essayant de ne pas en avoir l'air et, pour ce que j'en comprenais, elle faisait pareil de son côté. Nous devions avoir l'air malin, toutes les deux.

— Est-ce qu'il ne faudrait pas l'appeler encore ? m'inquiétai-je au bout d'un moment.

— Elle m'entend toujours même si je ne parle plus, princesse, répondit la sirène. La voix la guide par ici.

Ah.

— Euh… Si vous voulez, vous pouvez m'appeler Charlotte.

Son regard s'éclaira.

— C'est vrai ? s'exclama-t-elle.

— Bien sûr.

Elle sourit en reportant son attention sur l'eau du canal.

— Dans ce cas, vous devrez m'appeler Framboise.

Je clignai des yeux, perplexe. Comment étais-je censée l'appeler, avant ?

Des pas claquèrent sur le pavé, dans une ruelle voisine, plus en hauteur. Des pas qui couraient.

— Ah, dit la sirène en redressant la tête. La voilà.

Je tendis l'oreille et me sentis curieusement troublée. Ces pas… Sophie ? Depuis quand faisait-elle tant de bruit avec ses baskets ? Un pressentiment terrible m'envahit. Je me jetai sur Framboise et la poussai de toutes mes forces dans le canal. Elle s'enfonça sous l'eau sans le moindre clapotement, la bouche ouverte en un « O » stupéfait. Juste à temps. Une silhouette apparut au détour d'une maison. Une silhouette petite et trapue. L'appel de la sirène n'avait pas attiré que Sophie.

Tentant le tout pour le tout, je me dressai péniblement sur mes jambes, en prenant soin de bien les écarter pour qu'on les distingue de loin, et titubai vers les marches les plus proches, qui menaient à une ruelle au sec. Si c'était le même Geistjäger que celui qui m'avait poussée dans l'eau, j'étais perdue. Par contre, si j'avais la moindre chance qu'il s'agisse de son jumeau, je devais essayer de passer pour une touriste distraite qui avait trébuché.

– Sophie ? appelai-je faiblement en pariant que c'était ce que le Chasseur avait entendu. Tu es là ? Ce n'est pas drôle ! Je suis tombée !

Je grimpai quelques marches pour sortir de l'eau tout en surveillant l'homme du coin de l'œil. Il ne me prêtait pas la moindre attention et examinait la ruelle inondée avec intensité. Je m'éloignai encore, pieds nus sur le pavé glacé. Sauvée ?

Un autre bruit de course retentit, beaucoup plus léger celui-là, et accompagné de quatre pattes dont les griffes cliquetaient sur le sol. Une silhouette haute et sportive arrivait de l'une des rues qui donnaient sur l'escalier. Ça, c'était Sophie !

– Sophie ! appelai-je en m'élançant à sa rencontre, dans l'espoir qu'elle ne prononcerait pas mon nom – pas la peine de tenter le diable. Je suis là !

– Oh mon Dieu ! s'écria celle-ci en m'apercevant. Qu'est-ce qui t'est arrivé ?

– J'ai raté le trottoir. Je suis tombée dans l'eau.

L'ébahissement l'empêcha de m'arrêter quand je la pris par le bras pour nous éloigner. Le Geistjäger scrutait toujours la ruelle mal éclairée avec la plus grande concentration. Peut-être pensait-il être arrivé à temps pour m'éviter de devenir le repas de la sirène ? En tout cas, Framboise possédait assez de bon sens pour ne pas refaire surface.

– On rentre à l'hôtel ? suppliai-je en la tirant plus fort. Je suis congelée et je n'ai plus de chaussures !

Elle résista. Surprise, je me tournai vers elle. Son regard était tombé sur le Chasseur et ses yeux s'étaient élargis de stupeur.

– Sérieux, Charlotte, murmura-t-elle, c'est quoi ce délire ?

– De quoi tu parles ? dis-je avec un sourire forcé.

– Ces mecs, là...

– Eh bien ?

– Il y en a combien ?

Je haussai les épaules.

– Au moins trois ? tentai-je. Des triplés ?

Elle se tourna vers moi, le visage grave.

– Charlotte, c'est au moins le dixième que je vois ce soir.

Mon sang gela dans mes veines et cette fois, le froid n'y était pour rien.

7
Aux abords du congrès

Le coupe-vent de Sophie sur le dos, mes affaires soigneusement essorées à la main, je suivais mon amie le long des rues de Venise qui remontaient vers les parties hautes. Je grelottais, mais le froid avait été relégué à la dernière de mes préoccupations. Dix Geistjägern en ville ? Adam s'était trompé. Notre cible ne venait pas rencontrer une forme d'autorité, il se rassemblait avec ses semblables. Que mijotaient-ils ? J'espérais le découvrir. Sophie avait réussi à suivre son Chasseur jusqu'à un bâtiment aux larges fenêtres entouré de canaux et, en m'attendant là, elle avait vu défiler les hommes petits et trapus. Trop abasourdie par cet étrange spectacle, elle n'avait pas eu le réflexe de prendre des photos. Seule ma voix l'appelant de façon urgente était parvenue à la tirer de sa stupeur. Elle avait alors accouru. Mes cheveux gouttaient toujours dans mon cou, mais il n'était plus question de rentrer à l'hôtel. Nous devions d'abord retourner là-bas et recueillir le maximum d'informations. Combien étaient-ils ? Combien de temps resteraient-ils ? Que se racontaient-ils ?

Croquette trottinait derrière nous, levant régulièrement le museau vers moi comme pour s'assurer que j'allais bien. Je m'en attendris. Gentil petit toutou.

– On n'est plus très loin, me prévint Sophie en baissant spontanément la voix.

Effectivement, un bâtiment rectangulaire apparut au détour de la rue suivante au milieu d'une place pavée, isolé par des canaux qui formaient comme des douves autour de lui. La lumière chaude qui s'échappait des innombrables fenêtres donnait des reflets d'or à l'eau noire. Une espèce d'arche de pierre remplaçait le pont-levis. C'était magnifique. J'avais du mal à croire qu'un si bel endroit puisse accueillir de tels monstres. Un mouvement attira mon œil dans le canal que nous longions. Une masse sombre que j'aurais volontiers prise pour des algues flottait à quelques pas de nous. Des algues surmontant deux fentes minces dirigées vers le bâtiment. Framboise nous avait suivies et elle n'avait probablement rien manqué de notre conversation. Sophie et moi restâmes dissimulées sous un porche.

– Alors, qu'est-ce qu'on fait, maintenant ? murmura mon amie.

– Il faudrait savoir combien ils sont à l'intérieur, répondis-je sur le même ton. Je me demande si on peut les apercevoir par une des fenêtres...

Les canaux servaient à empêcher les curieux de coller leur nez aux vitres, c'était évident. L'organisateur avait bien choisi son lieu.

Sophie se tourna vers moi. Son visage couvert de taches de rousseur paraissait plus pâle que d'habitude.

– On joue toujours, là ?

– Bien sûr, la rassurai-je de mon mieux. Mon futur beau-grand-père est tellement riche que ça ne m'étonnerait pas qu'il ait organisé un truc pareil. Si ça se trouve, c'est une conférence sur les… les « presque-nains » et il a trouvé ça marrant, alors il a voulu nous faire partager cette curiosité.

Elle haussa un sourcil, l'air pas du tout convaincu. Zut.

– Charlotte.

– Oui ?

– La famille de ton mec est ultra-bizarre.

– Ah ça, approuvai-je, soulagée qu'elle le prenne comme ça. Tu ne peux pas imaginer ce que je vis depuis six mois ! Ça doit être le prix à payer pour habiter un manoir…

Mon amie se détendit légèrement.

– Le fric, ça rend complètement excentrique, déclara-t-elle. Ne deviens pas comme ça, Charlotte.

Je me gardai bien de répondre. Parfois, j'avais peur que les Lesath déteignent un peu sur moi, comme Balard ne manquait pas de me le faire remarquer.

Un homme surgit d'une ruelle avoisinante et avança vers le bâtiment. Son ombre haute et large se détacha sur le trottoir dans la lumière des fenêtres. Publicité mensongère. Ce type n'était certainement pas plus grand que moi en réalité. Il portait une espèce de veste de cuir, impossible à confondre avec les imperméables de ceux que j'avais vus jusqu'à présent. Un de plus, donc. Il franchit l'arche de pierre sans l'ombre d'une hésitation et frappa à la porte. Celle-ci s'ouvrit sur un colosse qui mesurait au moins deux fois sa taille. Je plissai les yeux pour mieux voir malgré le flot de lumière qui se déversait de la scène. Le Chasseur tendit quelque chose qui ressemblait à une invitation. Le colosse l'examina, puis s'écarta pour le laisser passer. La porte se referma sans un bruit.

Bon. Nous savions comment procéder. Il s'agissait sûrement de l'invitation fournie par Walder, mais nous n'en possédions qu'une. Par bonheur, Sophie l'avait gardée, en sa qualité d'interprète, et elle n'avait pas fini noyée au fond de mon sac. Je méditai une seconde. De toute façon, je ne pouvais pas entrer. Pas de façon officielle. Outre le fait que j'étais trempée et que j'attirerais tous les regards, le Geistjäger que je suivais m'avait appelée par mon nom. Si lui connaissait mon visage, je devais parier que d'autres seraient susceptibles de m'identifier. Je me tournai vers Sophie. Nous n'avions pas trente-six solutions.

— Il va falloir qu'on s'approche, commençai-je prudemment. Si on arrive à voir par la fenêtre et qu'on peut prendre une bonne photo malgré le canal, on ne sera pas obligées d'entrer.

Mon amie acquiesça en silence. Nous nous faufilâmes dans l'ombre des maisons jusqu'à ce que nous ne puissions plus avancer davantage sans entrer dans les carrés de lumière qui quadrillaient le sol.

— Attends, chuchotai-je en voyant Sophie qui s'apprêtait à s'élancer.

Elle s'immobilisa. Deux silhouettes venaient de déboucher d'une ruelle à l'opposé de la nôtre. Je frissonnai. Décidément, le format de ces bonshommes me fichait la chair de poule. Ils entrèrent dans le bâtiment comme leur compère auparavant et nous échangeâmes un regard.

— Go ?

— Go.

Nous fonçâmes jusqu'au pont de pierre et nous accroupîmes derrière l'une des deux colonnes ouvragées qui l'encadraient. L'eau noire clapotait à dix centimètres de nos pieds. Framboise avait disparu. Sophie se redressa en s'accrochant à la balustrade pour tendre la tête vers la fenêtre, par-dessus le canal.

— Alors ? chuchotai-je, inquiète.

— Je ne vois que dalle, marmonna-t-elle. Je suis trop petite. J'aperçois les lustres au plafond, mais pas ce qui se passe au-dessous.

Ennuyée, je me tassai sur moi-même. Si Sophie, qui mesurait vingt bons centimètres de plus que moi, était trop petite, cela ne valait pas le coup que j'essaie.

— Empêche-moi de tomber, ordonna-t-elle à mi-voix en sortant son appareil photo de son sac. Je vais tenter un truc.

Je saisis sa main et assurai ma prise en me campant solidement sur mes jambes tandis qu'elle allongeait son autre bras vers le haut. Le déclic de l'appareil retentit. Je fis la moue. Il faudrait penser à lui couper le son, à celui-là. Sophie revint près de moi et nous nous accroupîmes derrière la colonne pour admirer le résultat. La photo – un peu de travers – montrait une salle de bal au parquet ciré, aux murs couverts de miroirs et aux lustres étincelants, mais totalement vide.

— Ils ne sont pas là, constata mon amie, déconfite. On essaie de prendre une photo de l'autre côté du pont ?

Nous vérifiâmes que personne n'arrivait sur la place avant de filer vers le deuxième pilier. Croquette nous suivait en traînant la patte. Il devait commencer à trouver la balade un peu longue. Nous réitérâmes nos exploits d'équilibristes pour découvrir une autre salle tout aussi grandiose et tout aussi déserte.

– Mince alors, maugréai-je. Ils sont passés où, ces sales types ?

Sophie pouffa.

– Voyons, Charlotte ! Ce n'est pas parce qu'on les suit et qu'ils sont moches que ce sont des sales types !

Je me mordis l'intérieur des joues. Zut. J'oubliais le principal. Mon amie ne savait pas après quoi nous courions. Et tant mieux, sans quoi elle n'accepterait jamais ce que j'allais proposer maintenant.

– Il va falloir qu'on entre, repris-je avec légèreté.

– Tu as un plan ? Tu veux l'invitation ?

Je souris. Elle avait pensé à la même chose que moi.

– Je ne pense pas que le coup de l'invitation fonctionne, dis-je pourtant. Désolée, Sophie, mais tu es beaucoup trop grande et beaucoup trop belle. Le cerbère à l'entrée va piger direct que tu ne fais pas partie des invités.

– Oh... Comment, alors ?

– Eh bien...

J'hésitai une seconde. Pouvais-je envoyer mon amie courir un risque pareil ? Un reflet irisé dans le canal au-dessous de moi acheva de me décider. Au pire, ils la jetteraient à l'eau et Framboise n'aurait qu'à la cueillir.

– Tu vas y aller à l'italienne.

Sophie me contempla avec des yeux ronds.

– C'est-à-dire ?

– Tu frappes à la porte, Cerbère ouvre, tu lui débites n'importe quoi en italien à toute allure avec de grands gestes, tu entres sans te gêner et ensuite, tu essaies de voir où ils se cachent. Si tu arrives à prendre une photo, tu es géniale. Sinon, il faudrait que tu arrives au moins à compter combien ils sont.

Sa mâchoire en tomba.

– Qui êtes-vous et qu'avez-vous fait de Charlotte ? s'exclama-t-elle.

Je souris d'un air rusé.

– Je suis un démon qui sait que sa famille excentrique a tout prévu et qui ne veut pas la décevoir.

Son visage s'éclaira.

– Génial ! jubila-t-elle. Compte sur moi, je vais me transformer en l'Italienne la plus exubérante de la ville. Garde Croquette, OK ?

– OK.

Elle se redressa et se planta devant le pont, poings sur les hanches, menton relevé. Je me penchai pour attraper le beagle qui partait rejoindre sa maîtresse et nous ramenai tous les deux derrière la colonne.

– Sophie ! la rappelai-je à mi-voix.

– Oui ?

– Tu devrais me laisser ton sac à main. Comme ça, s'ils te fouillent, ils ne trouveront rien.

Ses yeux pétillèrent.

– On dirait que tu as fait ça toute ta vie, Charlotte !

Toute ma vie ? Elle exagérait ! Seulement depuis quelques mois.

Elle me confia son sac et s'éloigna avec une démarche assurée. Je regardai avec une pointe d'inquiétude ses cheveux roux qui brillaient en pleine lumière. Elle disparut très vite de mon champ de vision, mais ses pas claquaient toujours sur les pavés du pont. Je n'avais plus qu'à croiser les doigts. Je l'entendis frapper, puis parler à une vitesse qui me sidéra. Elle dut sidérer

Cerbère aussi, car la porte se referma vite, laissant le champ à un silence presque total. Elle était entrée.

Je serrai plus fort Croquette contre ma poitrine pour tenter de me réchauffer. Je n'avais pas remarqué à quel point je grelottais. L'eau frémit devant moi et Framboise en émergea jusqu'aux épaules.

– Vous pensez qu'elle va y arriver ? s'enquit-elle tout de go.

– Je l'espère.

– Merci de m'avoir protégée du Geistjäger, tout à l'heure.

Je hochai la tête. Je lui devais bien ça. Elle leva les yeux vers le pont au-dessus de nous.

– Elle ne sait rien, reprit-elle. Ni de la nature des créatures qu'elle espionne, ni de la vôtre.

– C'est plus prudent, chuchotai-je.

– Vous avez peur qu'elle vous trahisse ?

– Non. J'ai peur qu'elle soit tuée si elle en sait trop.

La sirène esquissa un sourire de renard qui dévoila ses canines pointues.

– Vous êtes une humaine prudente et perspicace, Charlotte.

Mouais. Croquette se tortilla pour échapper à mon étreinte et je le lâchai, malgré le froid qui me mordit aussitôt. Le chien tendit le museau vers la nouvelle venue, la queue frétillante. Cette pauvre bête ne possédait décidément pas deux grammes d'instinct de survie. Framboise tendit la main vers lui pour qu'il la renifle.

– Tu aimes mon odeur, petit chien ? s'amusa-t-elle. Je sens le poisson ?

Croquette lui lécha les doigts avec enthousiasme. Mes épaules s'affaissèrent soudain. C'était pour ça qu'il me montrait tellement d'intérêt depuis que nous étions réunis ? Je sentais le poisson, moi aussi ?

Je me ressaisis et me concentrai sur ce que j'avais l'intention de faire avant l'intervention de Framboise. Je n'avais pas demandé le sac à main de Sophie pour la raison que j'avais invoquée. Je l'ouvris sans état d'âme et cherchai son téléphone portable.

— Comme je vous envie ces sacs à malices, soupira Framboise en se rapprochant du bord, à la grande joie de Croquette. Ceux que mon peuple a tenté de fabriquer ne tiennent pas la route très longtemps, à cause de notre vitesse.

— Ah oui ? marmonnai-je en mettant la main sur l'objet convoité, dans la quatrième poche fouillée.

Elle acquiesça, mais je ne l'écoutais déjà plus. Si mes mésaventures des mois précédents m'avaient appris quelque chose, c'était bien que je devais connaître par cœur un minimum de numéros de téléphone. Je composai celui d'Adam. La tonalité sonna juste une fois.

— *Sophie !* s'exclama la voix de mon fiancé avec sa pointe d'accent mafieux. *Comment va la famille ?*

— C'est moi, Adam, soupirai-je.

— *Charlotte ? Alors, qu'est-ce que vous visitez de beau ?*

Je ne pus m'empêcher de sourire. Il essayait de maintenir les apparences.

— Sophie n'est pas là.

— *Ah. Alors ? Tu l'as trouvé ?*

Trêve de préambule.

— Adam, la ville grouille de Geistjägern.

— *Quoi ?*

– J'en ai vu au moins cinq rien que ce soir. Et Sophie dit qu'elle en a vu le double. Elle est en train d'essayer d'infiltrer le congrès des trèfles pour avoir un chiffre correct.

– *Quoi ?*

Cette fois, il s'était littéralement étouffé.

– Normalement, elle n'est pas en danger, notai-je. Au pire, ils la flanquent dehors manu militari, mais elle a survécu à pire.

– *Et là ? Tu es où ?*

– Devant le bâtiment où se tient le congrès. C'est plutôt chic.

– *Toute seule ?*

– Non, pas vraiment.

Je jetai un coup d'œil au canal, mais Framboise avait à nouveau disparu, laissant le chien seul et désemparé sur le rebord.

– Je suis avec Croquette, affirmai-je donc. Au fait, la sirène à qui appartenait la voix qui nous a posé tellement de problèmes le mois dernier, elle s'appelait Abricot.

Silence perdu à l'autre bout du fil. Puis :

– *Ce n'est quand même pas un Geistjäger qui t'a raconté ça ?*

– Non, confirmai-je. C'est sa sœur.

– *Sa sœur ? Il y a une sirène à Venise ?*

Une voix masculine m'interpella soudain dans une langue inconnue. Je me retournai d'un bond. Un Geistjäger se tenait à quelques pas de moi, ses épais sourcils froncés dans une expression désapprobatrice. Je me figeai. À quel moment était-il arrivé ? Je ne l'avais pas entendu ! Ses yeux s'écarquillèrent.

– Charlotte Laroche ? s'exclama-t-il avec un accent italien à couper au couteau.

Mon cœur manqua un battement. Il savait qui j'étais ? Et même trempée comme ça, il m'avait reconnue ? Sa bouche se tordit de colère et il me fonça dessus. L'adrénaline flamba dans mes veines. Je m'écartai à la dernière seconde et me retournai pour lui faire face. Il ralentit juste à temps pour ne pas basculer dans le canal. Je le vis se tourner vers moi et gonfler ses poumons comme pour crier. Mon sang se figea. S'il appelait, j'étais perdue. Et Sophie aussi.

– Baissez-vous ! ordonna une voix à ma gauche, dans le canal.

J'obéis par réflexe. Framboise bondit hors de l'eau. Une queue de poisson gigantesque siffla dans l'air et s'enroula autour de l'homme en claquant comme un fouet. J'en restai bouche bée. Elle mesurait au moins cinq mètres ! Avant que je puisse réaliser quoi que ce soit, elle retomba dans l'eau sombre, entraînant le Chasseur dans un bruit de plongeon monumental. Les éclaboussures jaillirent jusqu'à moi. Croquette gémit de désarroi, aplati sur le sol. Abasourdie, j'essuyai mon visage de mon mieux. La surface des flots dansait furieusement. Croquette rampa jusqu'à moi et je le serrai contre ma poitrine sans y penser. Oh mon Dieu ! Framboise combattait un Geistjäger ! Comment pouvais-je bien l'aider ? Je cherchai du regard autour de moi. Mes yeux tombèrent sur le portable que j'avais laissé tomber. L'écran était toujours allumé. Je l'attrapai et le portai à mon oreille.

– *Allô ? Allô ?* s'inquiétait la voix d'Adam. *Charlotte ? Qu'est-ce qui se passe ?*

Je battis des paupières. Tout s'était passé tellement vite qu'il avait à peine eu le temps de sentir mon cœur paniquer ?

– Je suis là, bredouillai-je. Je... J'ai juste été attaquée par... par un Geistjäger...

– *Quoi ? Tu as été attaquée ? Maintenant ?*

– Tout va bien, le rassurai-je. Enfin je crois. Framboise est en train de se battre avec lui.

Nouveau silence interloqué.

– *La sirène que tu as rencontrée*, reprit-il enfin, *c'est Framboise ?*

– Tu la connais ?

– *De réputation. On raconte que c'est l'une des meilleures des bancs de sirènes combattantes.*

Ah. Donc elle avait toutes ses chances pour flanquer une pâtée au Chasseur. Je repensai aux cicatrices. Les pales des bateaux n'y étaient peut-être pour rien, finalement.

– *Il se passe beaucoup trop de choses imprévues, à Venise*, maugréa-t-il. *J'arrive.*

– Surtout pas ! me récriai-je.

– *Charlotte ! Je ne peux pas te...*

– Vu le nombre qu'ils sont, tu n'as aucune chance de passer inaperçu. Surtout qu'ils ont l'air de tous connaître mon visage, alors je ne te parle même pas du tien.

– *Ils connaissent tous ton visage ?* s'étrangla-t-il.

– Ben... C'est le deuxième qui me voit de la soirée et le deuxième qui me reconnaît. Ça fait cent pour cent...

Il ne répondit rien. Il devait bouillir. Je me traitai mentalement d'idiote. J'aurais dû réfléchir avant de l'appeler. Avec des nouvelles pareilles, bien sûr qu'il allait vouloir débarquer dans la minute. Il fallait que je lui prouve que j'allais bien, ou il viendrait quoi que je dise.

L'eau se calmait, dans le canal. Les vaguelettes avaient repris leur cours paisible, teintées d'or par les lumières de l'édifice qui les surplombait. Croquette gardait le museau enfoui dans mon coupe-vent mouillé. Je devais peut-être bouger si je voulais éviter d'être repérée par un autre Chasseur en balade.

– Sinon, j'aime beaucoup Venise, déclarai-je d'une voix plus légère en soulevant le chien de mon bras libre. On a eu une acqua alta, aujourd'hui.

– *N'essaie pas de détourner la conversation*, gronda Adam.

– Au fait, c'est vrai qu'on a des seigneurs Léviathan au fond des étangs du manoir ?

Un grognement contrarié me répondit. Je vérifiai que la voie était libre avant de filer jusqu'à la ruelle la plus sombre de celles qui entouraient la place. Une petite arche plongée dans la pénombre formait une cachette idéale pour observer ce qui se passait sans être vu.

– Je dois raccrocher, Adam. Je te rappelle quand j'ai plus d'infos, d'accord ?

Silence.

– Oh ! Et encore une chose, Adam...

– *Quoi ?* maugréa-t-il.

– Dis bien à Julia que je l'embrasse et qu'on s'amuse comme des petites folles, avec Sophie. Ça lui fera les pieds.

Il soupira, mais il me sembla que ce soupir contenait une once de soulagement.

– *Charlotte.*

– Oui ?

– *Je te jure qu'un jour, je tuerai Walder.*

Je haussai les épaules et m'enfonçai dans l'ombre de la petite arche, en penchant bien la tête pour éviter une grosse toile d'araignée. Dans l'immédiat, la perspective du meurtre du Draconis ne m'aidait pas vraiment, mais Adam ne pouvait rien faire d'autre. Une créature de l'ombre contre vingt Geistjägern ? Alors qu'un seul lui avait donné du fil à retordre, un mois plus tôt ? Je ne voulais même pas y penser.

Framboise refit surface juste sous mon nez comme je raccrochais.

– Ça va ? m'inquiétai-je.

– Ça va, répondit-elle paisiblement en tendant le bras pour caresser Croquette. L'astuce, c'est de les embarquer avant qu'ils aient le temps de se servir de leur pouvoir de compression.

Ah, elle appelait ça comme ça, elle...

– Ils ne peuvent pas s'en servir sous l'eau ? m'enquis-je.

– Si, mais celui-là, je lui ai explosé la mâchoire contre le mur du bâtiment avant qu'il ait le temps de réaliser quoi que ce soit. Ça l'a à moitié assommé et ça m'a facilité les choses pour le noyer, ensuite.

Je frissonnai en essayant de ne pas imaginer. Elle en parlait si naturellement...

– Quand les autorités vont découvrir le corps, murmurai-je, les autres risquent de comprendre qu'il reste une sirène à Venise.

Elle s'arrêta net de jouer avec Croquette pour me regarder, choquée.

– Enfin, Charlotte ! Personne ne retrouvera jamais le corps !

Je tentai de conserver une expression neutre. Bien sûr. Où avais-je la tête ?

Nous attendîmes encore un moment avant que la porte de l'édifice ne s'ouvre à nouveau, répandant un flot de lumière dorée sur la place. Malgré notre position stratégique bien dissimulée, Framboise s'enfonça dans l'eau jusqu'aux yeux. Trois silhouettes se découpèrent en ombres chinoises dans l'embrasure. Je me tassai un peu plus sous mon porche. Impossible de se tromper, il s'agissait de Sophie, encadrée par deux Geistjägern. La discussion semblait animée entre eux. Leurs éclats de voix parvenaient jusqu'à nous et Sophie paraissait passablement éméchée. Soit elle avait sifflé trois coupes de champagne dans la réception, soit elle avait trouvé le meilleur plan de la terre pour être remise dehors sans douceur, mais sans ennui. Croquette pointa le museau en direction de sa maîtresse et ses oreilles se soulevèrent. Je m'empressai de l'attraper pour le serrer contre moi. Il n'aurait plus manqué qu'il flanque tout par terre en allant lui faire la fête !

Les Geistjägern raccompagnèrent mon amie jusqu'en bas du pont et restèrent plantés là, bras croisés en une attitude sans équivoque. Sophie exécuta une espèce de révérence de travers, pirouetta sur elle-même et s'éloigna en titubant vers une ruelle au hasard. Pas la bonne. Pas de chance. Les Chasseurs patientèrent encore quelques secondes avant de décréter qu'elle ne poserait plus de problème et de retourner à l'intérieur.

La porte se referma et la place fut à nouveau plongée dans la pénombre. Je lâchai Croquette. Celui-ci me jeta un regard interrogatif, comme s'il attendait ma permission pour cavaler après Sophie. Je me redressai péniblement. Le froid me gelait jusqu'aux os et l'immobilité avait empiré les choses.

– Allez, Croquette, marmonnai-je. On court.

Il partit à fond de train. Moi, un peu moins vite. D'abord parce que je restais courbée en rasant l'ombre des maisons, et ensuite parce que j'avais l'impression que mes articulations avaient rouillé. Nous rattrapâmes rapidement Sophie. Celle-ci attendait en sautillant d'excitation dans la rue. Aucun traumatisme à l'horizon, visiblement. Une partie de moi se détendit. Tout allait bien.

– Alors ? m'enquis-je dans un souffle.

– J'ai plein de photos ! Tu ne vas pas être déçue !

Je m'animai intérieurement. Elle avait réussi !

– Ma pauvre Charlotte ! Tu as l'air gelé ! On rentre à l'hôtel ?

J'acquiesçai en silence. Sa voix chantante se répercutait contre les murs des maisons étroites. Pas la peine d'attirer l'attention. Nous nous éloignâmes. Heureusement que Sophie savait où nous allions car moi, j'étais totalement perdue. Il nous fallut un bon quart d'heure pour gagner la place Saint-Marc, désormais sèche mais encore animée, avec des groupes de touristes qui photographiaient les monuments éclairés par de jolis spots de couleur. En temps normal, j'aurais apprécié le spectacle, mais là, mes dents qui s'entrechoquaient et mes doigts raidis par le froid m'empêchaient de m'extasier sur quoi que ce soit.

Dix minutes plus tard, je fermai la porte de la salle de bains de ma suite avec un soulagement sans nom. Quitter mes vêtements trempés fut plus difficile que je le pensais et l'eau chaude et pleine de mousse parfumée de ma gigantesque baignoire en marbre veiné de rose brûla ma peau gelée. Cela dura quelques secondes, puis la morsure passa et la chaleur réconforta mon corps endolori. La fatigue me tomba dessus d'un coup. Je fermai les yeux, vaincue. Les événements se bousculaient encore derrière mes paupières closes. Sophie qui avait refusé de me montrer quoi que ce soit avant que je ne sois réchauffée et séchée. Le personnel de l'hôtel qui n'avait pas paru surpris en me voyant débarquer toute dégoulinante sur le superbe carrelage de la réception. Croquette qui continuait à me coller avec des étoiles dans ses yeux de chien parce que je sentais le poisson... Je pris une inspiration et plongeai la tête sous l'eau. Fichues vacances. Dire que j'avais toujours rêvé de visiter Venise pour me promener dans des ruelles romantiques et promettre un amour éternel à l'homme de ma vie. Pfff...

Je sortis du bain dès que la chaleur emplit à nouveau mes membres. J'avais un millier de choses à faire, à commencer par passer Sophie à la question.

Croquette m'accueillit en aboyant joyeusement lorsque je vins frapper à la porte de la chambre de mon amie. Bon, très bien, il ne m'appréciait peut-être pas que pour mon odeur de poisson, mais j'aurais un doute toute ma vie.

— On va manger ? s'exclama Sophie avec enthousiasme en apparaissant sur le pas de sa propre salle de bains, fraîche et pimpante, ses cheveux roux relevés en un chignon lâche.

Zut. Bien sûr qu'il fallait aller dîner. Sans mauvais jeu de mots, je n'étais pas très chaude pour ressortir. Pas chaude du tout, même.

— J'ai eu Adam au téléphone, déclarai-je en ne mentant qu'à moitié, il a dit que le restaurant de l'hôtel était fabuleux !

— C'est vrai ? s'illumina ma camarade. Alors à table !

Ouf.

Assise devant une belle table recouverte d'une nappe en tissu pourpre, sous un lustre qui dispensait une lumière douce, j'avais repoussé mes couverts en argent sur le côté. Les bruits de cuivre qui s'échappaient des cuisines laissaient supposer que nos entrées se préparaient rapidement. Je ne savais pas trop ce qui se cachait derrière la *brennsuppe* et les *raviolini* aux pignons de pin, mais Sophie avait insisté pour que nous commandions cela, en plus d'une assiette de charcuterie italienne. À vrai dire, je n'avais pas la tête à la contrarier.

— Trente-sept et onze, marmonnai-je en crayonnant au dos du nouveau plan que m'avait donné le réceptionniste de l'hôtel. Quarante-huit.

— Et encore trois, annonça Sophie, le nez collé à l'écran de son appareil photo.

— Cinquante et un.

— Plus un qui est sorti des toilettes après.

— Cinquante-deux.

— C'est tout !

J'entourai le chiffre sur le plan et le contemplai, perdue. Cinquante-deux. Cinquante-deux Geistjägern, répartis dans les trois salles du premier étage du congrès. Ils auraient dû être cinquante-trois, mais Framboise avait réglé un cinquante-troisième du problème à sa façon. Les photos de Sophie montraient en grande majorité des hommes râblés courts sur pattes, mais aussi quelques costauds qui dépassaient les autres de deux ou trois têtes, et même un grand échalas au visage émacié. Lazare m'avait parlé, quelques semaines auparavant, de ces Geistjägern autoproclamés. Le sang des faunes était plus dilué donc moins puissant chez eux, voire quasiment inexistant car certains ne descendaient même pas de ce peuple disparu – ils se contentaient de tuer des créatures pour le plaisir. Aucune femme ne comptait parmi eux. J'avais eu raison de ne pas tenter de nous présenter comme des Geistjägern potentielles. Nous aurions été démasquées tout de suite.

— Tu as pu écouter ce qu'ils racontaient ? demandai-je à Sophie qui avait troqué son appareil photo contre un verre de vin.

— Ils parlaient en petits groupes, répondit-elle en prenant un air mystérieux. Dans plein de langues différentes. Si j'ai bien compris, ce soir, c'était l'ouverture. Les conférences sont à partir de demain.

Je hochai la tête. Les conférences, hein ? Si ces types y assistaient, il y avait autant de probabilités qu'ils parlent de trèfles que de voir Croquette se mettre à chanter *La Marseillaise*. De quoi allaient-ils bien pouvoir discuter ? J'avais un million d'hypothèses et aucun moyen de les vérifier. Pas sans me faire tuer, en tout cas. Et j'avais grillé ma cartouche Sophie. Les *strangolapreti* aux épinards avec pintade royale au sapin – traduction spéciale Sophie – et le tiramisu revisité par la maison m'aideraient-ils à trouver une solution ? Pourvu que oui...

La porte de ma chambre se referma derrière moi et un silence bienveillant tomba enfin. Je soupirai de soulagement. Quelle journée... J'avais prétexté auprès de Sophie une grosse fatigue à cause de ma chute dans le canal pour ne pas ressortir avec elle. Elle était donc partie promener Croquette toute seule, un peu déçue. Je m'en voulais de laisser tomber mon amie, mais j'avais vécu largement assez d'émotions pour aujourd'hui. Et même pour les trois mois à venir.

Je m'affalai sur le grand lit moelleux et attrapai le téléphone accroché au mur. Un appel vers la France allait coûter bonbon, mais les Lesath n'étaient probablement pas à ça près. Ils possédaient un jet privé, nom d'un chien ! Je composai par cœur un numéro très différent de celui que j'avais appelé plus tôt dans la soirée.

Cela décrocha presque immédiatement. Bien entendu. Les bulles temporelles, hein ?

— *Résidence Lesath ?* s'enquit une voix guindée.

— Bonjour Firmin, c'est Charlotte.

— *Bien le bonsoir, mademoiselle. Votre séjour à Venise se déroule-t-il selon vos souhaits ?*

Je retins un sourire amer.

— Pas vraiment, non. Est-ce que Lazare est là ?

— *Bien sûr, mademoiselle. Je vous passe monsieur.*

— Attends ! Firmin !

— *Mademoiselle ?*

— Adam est avec lui ?

Un silence. Il cherchait, sans aucun doute.

— *Non, mademoiselle*, répondit-il finalement.

— Alors je veux bien que tu me passes Lazare. Merci.

— *Je vous en prie.*

Comme d'habitude, aucune curiosité n'avait marqué sa voix. Pourtant, j'étais à peu près sûre que je l'avais intrigué.

— *Allô ?* reprit une voix plus grave.

— Bonjour Lazare.

— *Ah ! Charlotte. Je suis heureux de t'entendre. Adam m'a raconté que tu avais apprivoisé une sirène. Ça ne m'étonne pas de toi, ça.*

Je levai les yeux au ciel. Ils avaient une façon d'interpréter les choses, dans ce manoir...

— Il n'a dit que ça ? demandai-je pourtant comme si de rien n'était.

— *Non. Il m'a aussi parlé de rencontres bien moins amusantes.*

Je rassemblai la couette autour de moi et entrepris de lui raconter mon après-midi par le menu, de la filature depuis l'aéroport jusqu'à notre retour à l'hôtel, sans rien omettre des deux Geistjägern qui avaient tenté de mettre fin à mes jours. Il m'écouta sans m'interrompre, même si je devinais que ses sourcils se fronçaient au fur et à mesure de mon histoire. Je finis sur le chiffre effrayant que Sophie et moi avions déterminé. Cinquante-deux.

— *Eh bien...* marmonna-t-il quand j'eus terminé. *Heureusement qu'Adam n'est pas là pour entendre ça.*

Nous étions d'accord. Et dans la mesure du possible, si je ne voulais pas finir mes jours cloîtrée au manoir, j'avais intérêt à ce qu'il n'en apprenne rien.

— *Ne quitte plus l'hôtel, Charlotte.*

— Ah bon ? Mais il faut qu'on sache de quoi ils vont parler et...

— *Nous avons largement sous-estimé la situation. Je n'aurais jamais imaginé que les Geistjägern organisaient de tels colloques. Tu es en danger à Venise. S'ils ne connaissent pas encore tous ton visage, cela ne saurait tarder.*

— Ils me croient morte, fis-je remarquer. Le Chasseur qui a essayé de me tuer ne sait pas qu'il m'a ratée, et le seul qui m'a vue en vie est mort depuis.

— *Ton corps n'a pas refait surface. Avec ces fichus paranoïaques, cela ne prendra pas vingt-quatre heures pour qu'ils te déclarent à nouveau bien vivante.*

Je me renfrognai. Zut alors.

— Sophie va faire la tête, quand je vais lui dire que je ne sors plus.

— *Je te promets de trouver une solution demain matin au plus tard. D'ici là, ne t'inquiète pas. Tu es en sécurité là où tu es.*

— Le personnel de l'hôtel n'est pas humain ? m'exclamai-je.

— *Bien sûr que si. Pourquoi ?*

Ah. Bon.

Lazare raccrocha sur d'autres paroles rassurantes et je pris une brochure touristique pour tenter de me changer les idées. Peine perdue. Plus j'y pensais et plus une question m'obsédait. À quel moment le Geistjäger avait-il compris que je le suivais ?

8
La culture biologique du trèfle version Geistjäger

Plan de la ville et stylo en poche, je descendis les grands escaliers de marbre qui conduisaient à la salle du petit déjeuner. La nuit m'avait permis de retrouver un peu de sérénité. J'avais l'intention d'entraîner Sophie dans une folle tournée des lieux touristiques les plus fréquentés de Venise, en commençant par la basilique Saint-Marc. Même si nous y croisions un Chasseur, il ne pourrait rien contre nous au milieu de la foule, et Sophie serait heureuse de visiter vraiment Venise. En milieu d'après-midi, j'envisageais même un tour de la ville en gondole. A priori, à ces heures-là, les Geistjägern seraient en pleine conférence sur la meilleure façon de planter du trèfle. Satisfaite de mon idée, j'arrivai dans une vaste salle aux tables rondes déjà bien occupées. J'avançai un peu pour en trouver une libre et un mouvement attira mon attention. Près de l'entrée, un homme immense qui occupait presque deux places à lui tout seul agitait la main dans ma direction. Ma mâchoire manqua de tomber. L'inspecteur Balard !

Je m'empressai de le rejoindre et m'assis en face de lui.

– Qu'est-ce que vous faites ici ? soufflai-je, sidérée.

— Moi aussi, je suis content de vous voir, Charlotte, sourit-il gentiment. Thé ou café pour votre petit déjeuner ?

— Euh... Thé.

Il souleva un des deux jolis pichets en argent posés près de lui et versa de l'eau brûlante dans une tasse vide, puis la poussa vers moi, entre une ribambelle de croissants, pains au chocolat, beurre, confiture, tranches de bacon grillé et œufs sur le plat encore fumants.

— Je suis arrivé il y a une heure, expliqua-t-il en me tendant un assortiment de sachets de thé dans une corbeille. Vous saviez que les Lesath possédaient un jet privé ?

— J'ai découvert ça, oui, marmonnai-je.

— Adam est venu me chercher tard hier soir, alors que je planquais devant la maison d'un baron de la drogue. Une longue histoire. Bref. J'étais furieux qu'il s'immisce dans mes affaires, mais il avait ce regard, vous savez ? Celui qui dit que ce n'est pas le moment de rigoler.

Je hochai la tête. J'avais déjà eu un aperçu de ce regard, quand mon ex-patron était allé un peu trop loin dans le harcèlement qu'il me faisait subir.

Balard poussa un soupir résigné.

— J'ai donc fait un Rio-Belfort par Air Adam. C'est vraiment spécial, ce truc de marcher dans les ombres, hein ? Ensuite, il m'a collé dans le jet et il m'a dit de vous retrouver.

Je ne pus retenir un gloussement devant son air dépité. Air Adam. Je la recaserais, celle-là.

— Comment avez-vous su que je dormais ici ? m'enquis-je tout de même.

— Lazare m'attendait dans le jet. Il m'a tout raconté, du jeu de piste organisé par le Draconis jusqu'à vos deux tentatives d'assassinat. Il m'a fait jurer de ne jamais raconter ça à Adam et ensuite, il a sauté.

— Il a sauté?

— Oui. Dans le vide. Je ne sais pas trop ce que nous survolions, mais il s'est enfermé dans une cabine pressurisée, il a ouvert la porte qui donnait sur le vide et il a sauté.

J'examinai le visage placide de l'homme. Il racontait ça comme il m'aurait raconté une partie de pêche, mais je voyais bien que le départ du roi Scorpion le perturbait.

— Il ne pouvait pas venir jusqu'à Venise, tentai-je de le réconforter en soufflant sur mon thé. Il voulait passer un peu de temps avec vous, mais il ne pouvait pas prendre le risque d'utiliser son pouvoir en ville ensuite.

— Certes, maugréa le pauvre inspecteur. Enfin bref. Cinquante-deux Chasseurs, hein? Je comprends mieux la contrariété d'Adam. Autant de nuisibles qui vous tournent autour, ça doit le rendre fou.

— Lazare a un plan? demandai-je pour ne surtout pas penser à mon fiancé se morfondant à mon sujet.

— Oui. Je dois investir ce congrès et en trouver le programme. Pour cela, j'aurai besoin de l'invitation qui est en votre possession, Charlotte. Vous n'avez aucune chance de passer pour une Geistjäger, mais moi, si.

— Sophie l'a rangée dans son sac. Elle vous la donnera. Et ensuite?

— Ensuite?

Le regard acier de Balard se perdit dans le vide, derrière moi.

– Ensuite, si j'ai bien compris, Venise va devenir une ville très dangereuse.

– Comment ça ?

– Votre amie vient d'arriver.

Je suivis son signe du menton et me retournai. Sophie se tenait sur le pas de la porte, Croquette dans les bras, me cherchant visiblement au milieu des clients de l'hôtel déjà attablés. Je lui adressai de grands signes. Son visage s'éclaira et elle vint s'asseoir avec nous.

– Salut Charlotte. Tu te fais des amis ?

Je lui tirai la langue, amusée. Elle n'avait donc pas reconnu le policier qui, quelques mois plus tôt, avait tenté de dissuader mon ex-chef de m'importuner. Tant mieux. J'allais pouvoir le présenter autrement.

– Sophie, prononçai-je avec le formalisme qui s'imposait, je te présente Daniel.

– L'oncle d'Adam, précisa celui-ci en se levant pour la saluer.

– Daniel, voilà Sophie.

L'inspecteur lui tendit la main par-dessus la table et mon amie la serra avec chaleur.

– Des renforts pour le jeu ! s'exclama-t-elle.

– Plutôt un inspecteur des travaux finis, plaisanta Balard. Charlotte m'expliquait que vous aviez réussi à terminer ?

Ah bon ?

Sophie s'installa à table avec nous et se servit une assiette d'œufs avec du bacon.

– On a terminé ? répéta-t-elle avec une inflexion déçue.

L'homme sourit largement.

— Vous avez réussi à trouver le lieu du congrès sans vous faire remarquer, vous avez gagné !

— Ah bon... Mais alors on va faire quoi, aujourd'hui ?

— Me rendre mon invitation ? suggéra Balard avec un clin d'œil complice.

— C'est la vôtre ?

— Bien sûr ! Il faut bien qu'elle appartienne à quelqu'un.

Sophie le scruta de la tête aux pieds d'un œil critique.

— Pardon de vous le dire, mais vous n'avez pas exactement le bon physique.

— Je ne participe pas au concours, s'esclaffa l'inspecteur comme si elle venait de faire la meilleure blague du monde. Je suis juste invité d'honneur.

Le nez plongé dans ma tasse de thé, je les observai avec curiosité. Qu'avait-il donc inventé ?

— Le concours ? s'étonna Sophie. Le concours de quoi ?

— Vous n'avez pas remarqué ? Un concours de sosies !

Mon amie se frappa le front avec l'air de quelqu'un qui vient de recevoir la révélation.

— Évidemment ! Charlotte ! On aurait dû le deviner !

— C'est clair, approuvai-je.

— Des sosies de qui ?

— De Grahim le Terrible, répondit posément Balard.

— De qui ?

— Un personnage célèbre de la mythologie nordique. On raconte qu'il était mi-homme mi-nain et qu'il décapitait ses ennemis avec une hache aussi grosse que lui. J'ai écrit plusieurs livres sur sa vie supposée, c'est pour ça que je suis invité au concours tous les ans.

Hum... On en apprenait tous les jours, ici. Et j'étais sûre que si je lançais une recherche Internet, je tomberais sur une bibliographie détaillée de Balard, ainsi que sur des centaines de références à ce Grahim, soigneusement concoctées par les enfants korrigans du manoir.

Les yeux de Sophie étincelaient.

– Extra ! s'exclama-t-elle. Je ne connaissais pas ce personnage, mais je trouve ça hyper cool. Tu le savais, Charlotte ?

– Je savais que Daniel écrivait des livres sur la mythologie, répondis-je en feignant la gêne, mais je ne savais rien de ce... Grahim le Terrible. Pardon, Daniel.

– Aucun problème, voyons ! s'amusa l'inspecteur. Alors ? Mon invitation ?

Sophie fouilla dans son sac et la lui tendit comme à contrecœur.

– Vous croyez qu'on pourrait assister au concours ? s'enquit-elle avec espoir.

– Les épreuves préliminaires sont fermées au public, répondit Balard dans sa grande sagesse. La finale, par contre, aucun problème. Je peux vous avoir des places dans la tribune d'honneur, si vous voulez.

Hein ?

– Génial ! C'est quand ?

– Dans dix jours exactement.

Les épaules de Sophie s'affaissèrent de déception sous ses cheveux roux tandis que je croquais à belles dents dans mon toast, rassurée. Dans dix jours, les vacances de ma camarade auraient pris fin depuis longtemps.

— Voudriez-vous m'indiquer sur un plan le lieu de rassemblement ? demanda-t-il encore.

— Vous ne le connaissez pas ?

— Non. C'est la première épreuve du concours. Les participants disposent du nom de la ville et ils doivent ensuite se débrouiller seuls pour découvrir l'endroit précis. On rappelle ainsi la quête de Grahim lorsqu'il cherchait le Walhalla. Cette année, j'ai été retenu par des affaires un peu plus longtemps que prévu donc je n'ai pas pu jouer. Je suis déjà très en retard.

Sophie hocha la tête, convaincue.

— Charlotte, murmura-t-elle tandis que Balard sortait un plan pour que nous l'annotions, la famille de ton mec est vraiment fantastique !

Ah ça, je ne pouvais pas prétendre le contraire.

Une heure plus tard, nous partions à l'assaut de Venise, sac à dos sur les épaules, coupe-vent fermé jusqu'en haut, Croquette sur les talons. L'esprit empli d'anxiété pour l'inspecteur Balard, je tentais de me rassurer comme je le pouvais. Le policier avait l'habitude de se frotter à des truands et des meurtriers, non ? Il connaissait le contexte, il savait de quelle étoffe ces gars étaient faits, il ne prendrait aucun risque inutile. Il avait déjà affronté pire que ces tueurs de fées. Après tout, les cartels de la drogue mexicains ne faisaient pas dans la dentelle non plus et Balard en avait démantelé trois dans sa carrière. Sans compter qu'il avait pris le numéro de téléphone de Sophie avant de nous quitter, et promis de nous tenir au courant « s'il se passait quelque chose d'excitant ». Il pourrait donc nous appeler au secours si ça tournait mal. Raffermie par ces pensées, je souris bravement à chaque fois que Sophie s'extasia en lisant son guide sur tout le trajet qui nous menait à la place Saint-Marc.

Nous visitâmes enfin la fameuse basilique, sans le moindre ennui à l'horizon. Je passai plus de temps à vérifier qu'aucun Geistjäger ne se cachait parmi les touristes qu'à admirer le décor, mais la splendeur des lieux ne m'échappa guère. Nous enchaînâmes avec le palais des Doges, grandiose, puis avec des musées plus magnifiques les uns que les autres. Les touristes ne se bousculaient pas, à cette époque de l'année. Les gondoliers attendaient le client avec un ennui visible. Sophie et moi en profitâmes pour nous renseigner sur leurs tarifs… et nous rabattîmes sur les vaporettos pour nos déplacements de musée en musée. Petit à petit, le charme de cette ville aux pieds dans l'eau opéra. L'éclat de la Sérénissime sous le pâle soleil de novembre, associé aux anecdotes croustillantes de Sophie, me fit oublier ce qui nous avait amenées ici. Oreilles au vent, Croquette courait après les pigeons et les autres chiens ou aboyait à l'adresse des poissons lorsque nous voyagions en vaporetto. Sans sa présence joyeuse et turbulente, j'aurais presque pu me croire revenue au temps de la noblesse vénitienne.

Nous déjeunâmes sur la terrasse couverte d'un petit restaurant plein de charme – même si les lasagnes sentaient l'industriel à plein nez –, puis nous embarquâmes pour la fameuse balade en gondole dans les *sestieri* – les quartiers – de Santa Croce. Les nuages masquaient désormais le soleil et le vent soufflait plus fort que jamais. Je sautai sur l'excuse pour rabattre ma capuche sur mes cheveux bouclés reconnaissables de loin et en nouer soigneusement le cordon sous mon cou. Cachée comme ça, bien malin serait le Geistjäger qui pourrait m'identifier ! Le gondolier – un grand homme aux muscles saillants sous sa marinière rayée et au visage souriant à moitié caché sous son chapeau de paille traditionnel – nous fit faire le tour de la ville en baragouinant dans un anglais musical. Il simula des embardées pour nous amuser en prétextant des chocs contre des bâtiments engloutis, réclama un baiser à Sophie quand nous arrivâmes sous le pont des Soupirs et nous raconta l'histoire du grand Casanova. Il nous chanta même *O sole mio !* à tue-tête lorsque nous passâmes dans des canaux étroits et sa voix de ténor résonna contre les murs comme dans une cathédrale. L'après-midi passa à une vitesse phénoménale. À la demande de Sophie, le gondolier nous ramena à la place Saint-Marc. Elle sortit Croquette, qui avait trouvé une place confortable et à l'abri du vent sous l'un des petits bancs de l'embarcation effilée, tandis que je réglais la somme astronomique réclamée par le batelier qui souriait jusqu'aux oreilles.

– On va prendre le goûter au Caffè Florian ? s'enquit mon amie avec des yeux gourmands quand nous eûmes retrouvé la terre ferme.

– Euh... hésitai-je. C'est bien là où on a vu nos deux premiers sosies se retrouver ?

– Oui.

– Euh...

– Il est célébrissime ! On ne peut pas quitter Venise sans y avoir pris au moins un café et des gâteaux !

Ah. Si elle le disait... En théorie, les Geistjägern étaient à leur congrès, de toute façon. Par mesure de précaution, je gardai quand même ma capuche sur la tête pour traverser la place. Le vent soufflait toujours, mais aucune alerte à l'acqua alta n'avait été donnée pour aujourd'hui. Nous avions vérifié, cette fois.

Je pris le temps d'observer la devanture du Caffè Florian. La veille, j'étais trop occupée à me cacher du Geistjäger pour profiter du décor. Une lumière chaude émanait des baies vitrées et les clients occupaient déjà une bonne partie des tables visibles depuis l'extérieur. Sophie replongea dans son guide.

– Inauguré en 1720, le Caffè Florian a reçu d'illustres clients, tels que les doges de Venise, Goethe, Alfred de Musset, George Sand, Giuseppe Verdi, Lord Byron et Giacomo Casanova, lut-elle avec enthousiasme. Il contient plusieurs petits salons indépendants aux ambiances diverses, pour le plus grand bonheur des clients. Les montants en bois vieilli par le temps et les colonnes de pierre abîmées par les embruns donnent au lieu un cachet indéniable.

Je fis la moue. Moi, je trouvais ça carrément défraîchi. Même les cartouches contenant le nom « Florian » au-dessus des devantures méritaient un bon coup de peinture.

– On entre ?

Je vérifiai une dernière fois qu'aucun homme petit et massif ne se tenait dans le salon de thé et acquiesçai.

– On entre.

Nous poussâmes la porte qui s'ouvrit avec un bruit de grelot. L'impression de délabrement extérieur s'évanouit aussitôt. Ici, les murs recouverts de fresques et les moulures dorées reflétaient la lumière de petites lampes ouvragées. Les conversations et les rires des gens couvraient une musique baroque de fond probablement diffusée par des haut-parleurs. Bon sang, nous venions de faire un bond d'au moins un siècle en arrière ! Une grande serveuse aux cheveux cachés sous un voile se précipita pour nous accueillir avec une expression contrite.

– *Sorry, ladies*, dit-elle d'une voix chantante. *The dogs are not allowed in the...*

Elle s'interrompit en me voyant retirer ma capuche et ses yeux s'élargirent de surprise. Cela ne dura qu'une seconde. Elle se ressaisit.

– Mais je suppose qu'on peut faire une exception, pour une fois, reprit-elle dans un français parfait. Nous n'allons pas laisser un petit chien aussi mignon dehors, avec un froid pareil.

Je m'arrêtai net, interdite. Elle connaissait mon identité ? Amie ou ennemie ? Je l'examinai avec méfiance. Rien dans son apparence ne m'aidait à l'identifier. Ni ses cheveux voilés, ni sa haute taille, ni son visage longiligne, ni ses jolis yeux en amande, ni son uniforme du Florian. Si elle essayait de nous entraîner dans les salons du fond, je partais en courant !

Elle nous montra une petite table entourée de deux chaises couvertes de velours rouge dans un recoin, presque invisible de l'extérieur, mais qui permettait de voir tout ce qui se passait aux alentours. La table que j'aurais choisie sans hésiter pour échapper à d'éventuels Chasseurs. Plutôt amie ? Autant me comporter comme telle et rester sur mes gardes.

– Comment elle a su qu'on était françaises ? souffla Sophie à mon oreille, aussi surprise qu'admirative.

— Aucune idée, grommelai-je. L'élégance à la parisienne de ma capuche ?

Mon amie pouffa de rire et avança pour la rejoindre à la table. Je la suivis avec un peu plus de prudence, tout en répondant au sourire de la serveuse.

— Je vous conseille le chocolat liégeois, nous confia-t-elle en nous distribuant des menus. Recette maison avec plein de chantilly, servie dans des tasses en porcelaine.

— Merci.

Elle s'éloigna d'un pas léger étonnant pour une femme aussi grande. Sophie ouvrit la carte et pâlit légèrement sous ses taches de rousseur. Sur le qui-vive, je m'empressai de consulter la mienne… et écarquillai les yeux devant les tarifs exorbitants.

— La vache… souffla Sophie. C'est pire qu'à Paris…

— À ce prix-là, c'est dans des tasses en or, qu'ils devraient nous servir, approuvai-je, pas des tasses en porcelaine !

— Grave… Et tu as vu ? On a un supplément si l'orchestre joue.

Un peu inquiètes, nous cherchâmes d'où venait la musique d'ambiance, mais les haut-parleurs ne semblaient pas relayer un orchestre quelconque. Tant mieux. Nous mîmes un certain temps à choisir. Entre les pâtisseries alléchantes et les dizaines de cafés et chocolats différents, je changeais d'avis à chaque nouvelle ligne. De ma place, je voyais très bien la serveuse partie s'occuper d'autres clients. Elle me surveillait du coin de l'œil et me souriait dès que nos regards se croisaient. Hum… Si c'était une psychopathe, elle était vraiment redoutable.

Croquette s'était allongé sur le carrelage chaleureux, la tête sur mes pieds. Je ne sentais plus le poisson, pourtant. Je l'espérais, en tout cas. Je m'étais frotté l'intégralité du corps trois fois avec le savon ! Sophie se débarrassa de son coupe-vent et de son écharpe.

– Je passe deux secondes aux toilettes, souffla-t-elle. Tu gardes mon sac ?

– Pas de problème.

Elle s'éloigna en furetant comme un chat curieux. La serveuse attendit qu'elle tourne au coin d'un mur pour venir s'asseoir à ma table.

– Je suis heureuse de vous voir ! s'exclama-t-elle à mi-voix. J'avais peur qu'ils aient réussi à vous mettre la main dessus.

– Qui ? demandai-je avec un effort sur moi-même pour rester droite malgré mon envie de reculer.

– Les Geistjägern. Ils savent que vous vous trouvez à Venise. Je les ai entendus en parler.

Mille questions se bousculèrent dans ma tête.

– Euh... On peut reprendre à zéro ? bredouillai-je.

– Oh ! Bien sûr, pardonnez-moi, princesse Scorpion.

Ah. Il y avait longtemps...

– C'est Charlotte, corrigeai-je machinalement.

– Pardonnez-moi, princesse Charlotte.

Je retins une moue blasée. Bon, il y avait du progrès.

– Et vous, vous êtes... ?

– Estelle. Je suis une cousine d'Eusèbe. Il m'a beaucoup parlé de vous et il m'avait avertie que vous veniez passer quelques jours ici.

Mes épaules se détendirent. Eusèbe, l'elfe qui jouait les sommeliers au manoir Scorpi. Quel âge pouvait avoir mon interlocutrice, sous son apparence de femme de quarante ans ? Quinze siècles ? Vingt ?

— Quand j'ai vu un Chasseur entrer ici, hier, reprit-elle, j'ai cru ma dernière heure arrivée. Mais il ne venait pas pour moi. Il m'a ignorée tout le temps qu'il est resté, puis il est sorti et il en a rejoint un autre.

Je hochai la tête. Nous avions assisté à la même scène.

— J'ai tendu l'oreille pour entendre leur conversation depuis l'intérieur, poursuivit-elle. Le nouveau venu expliquait à l'autre qu'Upsilon Scorpi avait recruté une femme humaine pour le pister. Il a ensuite donné une description très fidèle de vous, en précisant qu'il ne savait pas où vous vous trouviez, mais que vous étiez probablement déjà sur ses traces. Il a ajouté que si l'un d'entre eux vous apercevait, il devait vous éliminer par tous les moyens.

Le sang quitta mon visage.

— Il ne savait pas où je me trouvais, répétai-je d'une voix blanche, mais il savait que je devais le suivre ?

— Oui, princesse.

Mes neurones pédalaient dans la semoule. Personne ne savait que je devais venir ici. Moi-même, je l'ignorais encore deux jours auparavant. Qui avait pu le prévenir ? Pas les domestiques, encore moins les Lesath. Walder Draconis lui-même ? Mais il était une créature de l'ombre ! S'il avait approché un Geistjäger, celui-ci aurait tenté de le dégommer, non ?

Je cherchai encore. Adam m'avait dit que Walder avait vanté mes « talents » devant le Conseil de l'Ombre. Beaucoup de gens savaient, en réalité.

– Il y a une taupe quelque part, murmurai-je, effondrée.

– Sans aucun doute, approuva l'elfe voilée, mais le Chasseur ne l'a pas mentionnée. Avez-vous une idée de qui il s'agit ?

Je secouai la tête négativement. Autre chose venait de me traverser l'esprit.

– Un Geistjäger a pris son café ici et il ne vous a pas sentie ? m'étonnai-je.

– Je suis restée loin de lui. Une de mes collègues a accepté de le servir à ma place. Je lui ai raconté que c'était mon ex-mari...

– Il n'a pas détecté votre glamour ?

– Je ne porte pas de glamour, princesse. C'est peut-être ce qui m'a sauvée.

Mes paupières s'écarquillèrent d'elles-mêmes. Pas de glamour ? Mais elle avait l'air tellement... humaine !

Elle jeta un regard prudent autour de nous et tira légèrement le voile qu'elle portait pour découvrir son oreille du côté du mur. Pointue. Une vraie oreille d'elfe. Elle remit le voile en place d'un geste expert.

– Ah, bafouillai-je. Alors vous n'êtes pas... Vous n'êtes pas...

– Je ne pratique aucune religion humaine, si c'est votre question, s'égaya-t-elle. Je suis beaucoup trop vieille pour ça.

Oh bon sang ! Je ne verrais plus jamais les femmes voilées de la même façon !

– Il y a beaucoup de créatures, à Venise ? me ressaisis-je en songeant que je m'ébahirais plus tard.

– Les créatures d'eau aiment venir à la saison des acquas altas et un banc entier de sirènes a longtemps vécu dans les maisons englouties, sous la ville. Je crois qu'il n'en reste plus qu'une, aujourd'hui.

— Framboise, murmurai-je.

— Vous la connaissez ?

— Eh bien... En fait, les Geistjägern me sont bel et bien tombés dessus. Et Framboise est tombée sur les Geistjägern.

En gros. Pas la peine de rentrer dans les détails.

L'elfe porta la main à ses lèvres, catastrophée.

— J'aurais dû vous chercher, chuchota-t-elle. J'aurais dû vous prévenir du danger que vous couriez. Si seulement je...

— Ne vous inquiétez pas, je vais bien. Il faut juste prévenir les créatures de Venise, pour qu'elles restent cachées dans la mesure du possible. Les Geistjägern ne sont pas là pour vous. Ils participent à une conférence sur la culture biologique du trèfle.

La femme fronça les sourcils.

— En tout cas, c'est ce qu'ils prétendent, ajoutai-je avant qu'elle se mette à douter de ma santé mentale. On en a compté cinquante-deux avec mon amie, hier soir, mais ils pourraient être plus nombreux.

Elle accusa le coup en clignant des yeux.

— Très bien, souffla-t-elle.

— Est-ce qu'ils ont dit quoi que ce soit d'autre ?

— Non. Malheureusement, non. Juste que vous étiez à Venise et votre description. Ces Chasseurs sont de fichus paranoïaques.

Oh. « Fichus paranoïaques » était donc une expression consacrée ?

Le sac de Sophie se mit à vibrer. J'en tirai son téléphone portable et reconnus aussitôt le numéro qui s'affichait, bien qu'il ne soit lié à aucun contact. L'inspecteur Balard. Sa mission du jour me revint brutalement à l'esprit et je décrochai.

– Allô ? dis-je d'une voix inquiète.

– *Charlotte ? Vous avez volé le téléphone de votre copine ?*

Son ton taquin me rassura.

– Vous n'allez pas m'arrêter pour ça ? m'exclamai-je, faussement effarée.

– *Non. Surtout que vous tombez bien, c'est vous que je voulais avoir.*

Estelle l'elfe se leva et me salua d'un signe de tête. Je faillis la retenir quand je vis Sophie revenir des toilettes.

– Je vous écoute, soupirai-je, un peu déçue.

– *Nos amis les Chasseurs ne cultivent pas le trèfle.*

– Sans rire ? Ça alors ! Qui l'aurait cru ?

– *Ne plaisantez pas, Charlotte. Où êtes-vous ?*

Sophie s'assit en face de moi avec un regard intrigué.

– On est au Caffè Florian et on s'apprête à vider nos plans d'épargne pour un chocolat, répondis-je avec légèreté.

– *Bien, je connais. Ne bougez pas, je viens vous chercher.*

– Pourquoi ?

Un silence. Puis :

– *Ils ne cultivent vraiment pas le trèfle. Restez où vous êtes.*

– Mais...

– *Sinon, Adam me tuera.*

À ce point-là ?

– Bon, OK.

– *À tout de suite.*

Il raccrocha. Je tendis le téléphone à Sophie qui me dévorait du regard.

– C'était Daniel, l'oncle d'Adam, expliquai-je. J'ai reconnu son numéro, alors j'ai décroché. Il nous demande de l'attendre, il voudrait aussi vider son compte en banque pour un moelleux au caramel.

Elle pouffa de rire.

– Tu as choisi un moelleux au caramel, alors ?

– Mmm... En fait, non.

Je repris la carte. Des dizaines de questions tournaient dans ma tête. Qui avait vendu la mèche pour ma présence ici ? Pourquoi ? Que gagnait-il à me faire tuer ? Comment prévenir Adam de cette nouvelle information sans inquiéter Sophie ? *Con panna* signifiait-il bien « avec crème » ?

Bon, pour prévenir Adam, j'avais ma petite idée. Je montai la carte jusqu'à mon nez pour cacher ma bouche.

– Estelle, chuchotai-je. Est-ce que vous voulez bien appeler votre cousin, tout lui raconter au sujet de la taupe et lui demander de transmettre le message aux Scorpi ?

Occupée à répondre à des clients deux tables plus loin, l'elfe me jeta un regard en coin et acquiesça d'un signe de tête imperceptible. Bien. Deuxième étape.

– Sophie ?

– Oui ?

– *Con panna*, ça veut dire « avec crème » ?

Il fallut à peine vingt minutes à Balard pour nous rejoindre et quinze secondes pour fixer son choix sur un café *con panna* et une part de tarte meringuée. Cet inspecteur m'impressionnerait toujours.

– Alors ? s'enquit Sophie en remuant soigneusement son chocolat liégeois. La compétition se passe bien ? Vous avez déjà une idée du vainqueur ?

– Pas encore, voyons ! s'exclama l'homme. Les épreuves commencent à peine.

– Et aujourd'hui, c'était quoi ?

Les épaules massives de Balard se haussèrent imperceptiblement.

– Démonstration de la meilleure manière de démembrer une fée, répondit-il avec le plus grand naturel.

Je fronçai le nez. Démembrer une fée ?

– Cool ! jubila Sophie avec une grimace dégoûtée.

– C'est assez spécial, sourit l'inspecteur.

– J'imagine, oui. Beurk !

Et elle avala une cuillère de chantilly avec délice. Je jetai un coup d'œil à mon craquant au praliné, l'estomac soudain révulsé.

– Vous auriez vu ça, Charlotte, poursuivit Balard en pointant négligemment vers moi une cuillère en argent, ils la capturaient comme ceci…

Il esquissa un geste qui lui aurait sans aucun doute permis d'attraper une mouche. Je fronçai les sourcils.

– Puis ils lui arrachaient les ailes…

Il mima un déchirement du bout des doigts, sur deux centimètres. Mais ça mesurait combien, une fée, pour un Geistjäger ?

– Et enfin, ils s'occupaient des membres.

Il se servit de sa cuillère pour découper les extrémités de sa part de tarte et me sourit largement, très content de lui-même. Je pouffai, totalement rassurée. J'allais leur présenter Nicolette, on allait bien rire !

– Énorme ! m'esclaffai-je. J'aurais adoré participer à cet atelier !

– C'est ce que j'ai pensé aussi, approuva-t-il. J'ai tourné une petite vidéo pour vous montrer, on la regardera à l'hôtel. Vous verrez, ils font ça avec beaucoup de sérieux.

Ça, je n'en doutais pas. Par contre, s'ils réussissaient à arracher à Nicolette ne serait-ce qu'un demi-centimètre d'aile sans se faire défoncer le crâne par une louche géante, je mangeais Croquette.

– Toutes les épreuves relèvent de ce genre de choses, conclut Balard en sortant un papier froissé de sa poche. J'ai pris un programme pour vous montrer. Il est en anglais, mais je pense que vous comprendrez quand même...

Sophie et moi nous penchâmes dessus d'un même mouvement. Les activités des prochains jours douchèrent vite mon enthousiasme.

To catch a kobold avoiding its familiar.
Which guns to perfore troll's skin?

To trap a nymph on its liquid form.
The main Shadows' families[1]*...*

Je clignai des yeux. Les principales familles de l'ombre ? Ils faisaient une conférence sur les principales familles de l'ombre ?

---

1. « Attraper un kobold en évitant son familier. / Quelles armes pour perforer la peau de troll ? / Piéger une nymphe sous sa forme liquide. / Les principales familles de l'Ombre. »

— Vous me direz quelles activités vous intéressent le plus, Charlotte, dit Balard en me tapotant l'avant-bras. J'y assisterai pour vous.

Un flyer plié en quatre tomba de sa manche près de mon poignet. Sophie lisait encore le programme des « festivités » en gloussant. L'inspecteur m'indiqua le flyer d'un signe de son menton proéminent. Je l'attrapai et le dépliai discrètement sous ma table. Mon sang se glaça dans mes veines. Ma photo apparaissait en plein milieu, surmontée de l'inscription *Wanted*. Les petites lignes en dessous donnaient mon état civil complet et précisaient que quiconque me croisait devait m'abattre sans préavis. Les mains tremblantes, je le repliai et le fourrai dans ma poche. Sophie riait toujours en commentant le programme, mais je ne l'entendais plus. J'étais devenue la cible de tueurs aussi redoutables qu'Adam. Je devais quitter la ville au plus vite.

9
Les principales familles de l'ombre

Je prétextai un mal de tête pour rentrer à l'hôtel. Comme Balard avait proposé de me raccompagner, Sophie suivit le mouvement général et nous revînmes rapidement devant notre palace, côté terre ferme cette fois. Un tourbillon miniature franchit la porte alors que nous approchions.

– Charlooootte !

J'ouvris des yeux ronds.

– Élias ?

Le petit garçon se jeta dans mes bras, fou de joie.

– Surprise ! Tu es contente ?

– Euh... oui, bredouillai-je en posant machinalement ma main sur ses cheveux bruns. Mais qu'est-ce que tu fais là ?

– Je viens vous aider à visiter Venise !

Nous aider ? Nous n'avions pas besoin d'aide, nous avions besoin de partir d'ici ! Les informations d'Estelle n'étaient pas arrivées assez vite...

– Tu es venu tout seul ? m'inquiétai-je.

– Non, papa est là aussi. On a pris le jet. C'était trop cool ! On voyait les nuages au-dessous de nous !

– Tu n'avais jamais voyagé en jet ? s'étonna Sophie.

— Oh bah non. Ça ne va pas assez vite.

— Et Adam ? demandai-je avant que mon amie s'intéresse de trop près à cette étrange réponse.

— Il viendra après. Le jet est reparti le chercher.

Je hochai la tête. Au moins, ils ne passaient pas par les ombres. Mais pourquoi diable les Lesath se rassemblaient-ils ici ? Je pensais qu'ils voudraient nous rapatrier dans la journée, pas venir nous chercher en chair et en os !

Balard semblait soulagé. Il avait cessé de jeter des coups d'œil furtifs dans tous les coins. Le pauvre. Le trajet entre le salon de thé et l'hôtel avait dû lui paraître long.

— Eh bien, allons saluer Lazare, lança-t-il tout de même pour nous faire rentrer à l'abri des regards. Il doit être fatigué de son voyage.

Élias prit ma main, confiant, et nous obtempérâmes. Appuyé contre un des piliers de marbre de l'entrée, les bras croisés, Lazare Lesath semblait moins imposant que d'habitude dans un costume noir très élégant. Je ne l'avais encore jamais vu habillé de la sorte. Avec sa chemise blanche, sa cravate bleue et l'énorme montre en or qu'il portait au poignet, il ressemblait « seulement » à un homme d'affaires richissime adepte du culturisme. Ce qui n'était pas tout à fait faux, en y repensant. Pouvait-on comparer Upsilon Scorpi à un empire financier honnête ? Si l'on considérait qu'il existait des empires financiers honnêtes ? Lazare se redressa et décroisa les bras pour nous accueillir. Bien, je méditerais sur l'intégrité de l'espèce humaine plus tard.

— Vous êtes venu, finalement ! s'exclama Sophie sans lui laisser le temps de parler. C'est génial ! Si vous saviez comme Venise est magnifique ! Je ne vous remercierai jamais assez !

— Je vous en prie, sourit l'homme d'un air avenant. Rien n'est trop beau pour ma future belle-fille et sa charmante camarade.

Sophie rosit sous le compliment et se pencha pour caresser Croquette comme si de rien n'était.

Lazare se tourna vers moi.

— Ça va, Charlotte ?

Le souci sourdait dans sa voix, malgré sa décontraction apparente.

— Très bien, répondis-je avec légèreté. Je viens de ruiner votre famille.

— Comment cela ?

— J'ai payé pour tout le monde, au Caffè Florian.

Le coin gauche de ses lèvres se releva en un sourire sombre.

— Je vois. Je ne sais pas si nous pourrons nous en relever un jour.

— Et à part ça, Daniel a récupéré un programme du concours de sosies qui a lieu dans la ville ces jours-ci, ça nous a fait mourir de rire. Vous lui montrez, Daniel ?

L'inspecteur tira le programme de sa poche et le tendit à Lazare.

— L'activité de demain après-midi me paraît particulièrement prometteuse, déclara le premier en tapotant une ligne précise.

— Une conférence sur les principales familles de l'ombre ? lut le second en haussant un sourcil. Ma foi, je serais curieux de savoir ce qu'ils vont en dire...

Et moi donc. Si cela se trouvait, ils en savaient plus que moi. Le regard d'Élias courait de la feuille de planning à moi.

— Charlotte, chuchota-t-il.

— Oui ? répondis-je sur le même ton.

— C'est vraiment Daniel qui l'a trouvé ou c'est toi ?

— C'est Daniel, voyons !

— Ah bon...

Sa petite moue déçue n'échappa pas à l'inspecteur.

— Mais sans Charlotte, je n'aurais rien pu faire, précisa-t-il à mi-voix, lui aussi.

L'enfant se ragaillardit d'un coup.

— Pourquoi vous dites ça ? me scandalisai-je. Vous savez la réputation invraisemblable que je me traîne déjà ?

— Justement, asséna l'homme. Les enfants ont besoin de héros auxquels s'identifier et j'aime autant que ce gamin prenne exemple sur vous plutôt que sur son frère.

Je levai les yeux au ciel. Lazare sourit pour de bon.

— Bien, déclara-t-il, je suis content de voir que rien n'a changé.

Hum. Il avait eu peur de me retrouver traumatisée ? J'avais les chocottes, certes, mais pas assez pour rester de marbre quand on racontait des trucs ahurissants à mon sujet !

— De quoi parlez-vous ? demanda Sophie en se redressant, les yeux pleins de curiosité.

— J'ai préparé une petite surprise pour vous, répondit Lazare. Je pense que ça va vous plaire. Mesdemoiselles ?

Deux jeunes femmes sortirent de l'ombre des piliers pour s'avancer vers nous, tout sourire. La stupéfaction me cloua sur place. Clématite et Myosotis ?

Qu'est-ce que Lazare n'avait pas compris dans la phrase « cinquante-deux Geistjägern grouillent à Venise » ?

Les nymphes émirent un gloussement réjoui. Ah. Elles m'avaient entendue.

– Nous sommes heureuses de vous revoir, mademoiselle, dit posément Clématite en s'avançant. Quand M. Lazare nous a proposé de participer à sa surprise, nous n'avons pas hésité une seconde.

– Quelle surprise ? s'exclama Sophie.

Clématite et Myosotis échangèrent un regard complice.

– Si vous voulez bien nous suivre, mesdemoiselles...

Je jetai un coup d'œil à Lazare, qui hocha la tête en signe d'assentiment. Nous emboîtâmes donc le pas aux nymphes, qui nous emmenèrent dans des couloirs plus petits, mais somptueusement décorés, avec de lourds tapis carmin à franges d'or, de superbes fresques murales représentant la vie à Venise, des fenêtres aux montants de bois sculptés et des statuettes abîmées par le temps. Un véritable musée.

– Aux origines du palace, expliqua Myosotis, ces parties servaient de salles de réunion secrètes pour les familles nobles qui se sont succédé ici, parfois pour les doges eux-mêmes. Conspirateurs, assassins ou maîtresses, ils recevaient ici tous ceux dont le monde devait ignorer l'existence.

Je ne pus m'empêcher de sourire en imaginant les complots ourdis entre ces murs disparaissant sous la richesse du décor. Minute. Comment Lazare connaissait-il cet endroit ? Avait-il déjà été convoqué ici ? Ou son père ? Ou son grand-père ? Les trois ? Il avait abdiqué quand, déjà, le dernier doge ?

Les épaules de Clématite tressautèrent imperceptiblement, comme si elle retenait un fou rire. Il fallait que j'arrête de penser.

– Et on a le droit de visiter ? s'ébahit Sophie.

– Oh, nous allons faire plus que visiter, mademoiselle, répondit Myosotis. Ces quartiers ont été rénovés en centre de balnéothérapie de luxe et en salons de massage. Ils sont privés, bien entendu, et strictement réservés aux clients les plus prestigieux.

Ah. Ce dernier point n'avait pas beaucoup changé depuis l'époque des doges, quoi.

Les épaules de Clématite tressautèrent plus fort.

– Cela n'a pas beaucoup changé, confirma tranquillement Myosotis.

– De quoi ? s'enquit Sophie, tout excitée. Qu'est-ce qui n'a pas changé ?

– L'ambiance. On a toujours l'impression de se trouver dans un endroit clandestin et les secrets des confréries planent encore au-dessus de nos têtes...

– Oooooh !

Mon amie se tourna vers moi, des étoiles plein ses yeux noisette.

– Charlotte, c'est vraiment top !

– Je ne savais pas qu'il y avait des parties réservées seulement à certains clients, approuvai-je, le regard rivé sur le couloir comme si un doge allait surgir de derrière un rideau.

Clématite et Myosotis s'arrêtèrent devant une porte en bois.

– Premier arrêt, mademoiselle Sophie, annonça Myosotis de sa voix chantante. Si vous voulez bien vous donner la peine d'entrer…

Elle ouvrit en grand et des vapeurs fruitées s'échappèrent de la pièce. Je penchai la tête pour voir. Une merveilleuse petite pièce aux lumières tamisées et aux murs mauves tranchait avec le côté préservé du couloir. Là-dedans, tout respirait la modernité et le confort, de la table de massage recouverte d'une serviette rose pâle à l'aspect moelleux jusqu'au petit bassin qui bullait en glougloutant au fond de la salle. Des dizaines de flacons aux formes élégantes s'alignaient sur des étagères en verre délicatement ouvragé et un pouf violet foncé attendait près d'une table basse couverte d'accessoires de manucure et de pédicure.

– La vache, soufflai-je. Ils ne font pas semblant, quand ils rénovent…

– Une salle de détente identique vous attend un peu plus loin, mademoiselle Charlotte, m'informa Clématite d'un ton docte. Vous vous retrouverez pour le dîner.

Sophie posa la main sur mon épaule.

– Tu étais au courant, pas vrai ? gloussa-t-elle.

– De quoi ?

– Ne joue pas les innocentes ! Tu voulais absolument rentrer à l'hôtel, mais tu n'avais pas mal à la tête, hein ? Tu voulais me faire la surprise ? Lazare t'avait prévenue ?

– Il m'a juste dit de trouver un prétexte pour rentrer, feignis-je d'avouer sous le sourire innocent des nymphes. Ça te plaît ?

— Carrément ! Charlotte, je t'adore !

Elle entra en dansant dans la pièce, accompagnée de Myosotis, et la porte se ferma derrière elles. Je me tournai vers Clématite, incertaine de ce qui allait suivre.

— Il y a vraiment une autre salle pour moi ? demandai-je sur un ton beaucoup plus bas.

Le sourire de Clématite se crispa.

— J'ai peur que non, mademoiselle. M. Lazare nous a demandé d'occuper Mlle Sophie afin que vous puissiez vaquer à vos activités.

— Mes activités ? Vous m'avez rapporté ma comptabilité comme devoirs de vacances ?

Elle esquissa une moue sarcastique.

— Vos activités de princesse Scorpion, mademoiselle Charlotte.

— Mouais. Ben la princesse Scorpion, elle n'a pas intérêt à mettre le nez dehors, bougonnai-je en fouillant mes poches pour retrouver l'avis de recherche. Tiens, regarde ça.

Elle prit la feuille et se tendit.

— Je vois, murmura-t-elle. Nous devrions rejoindre M. Lazare.

La nymphe fit à peine un pas avant de s'arrêter net, les yeux exorbités. Mon cœur bondit.

— Quoi ? m'exclamai-je en cherchant le danger.

Clématite se tourna vers la porte close et gonfla les joues, le visage rouge vif.

— Votre amie a l'intention de profiter de son tête-à-tête avec Myosotis pour la cuisiner ! s'insurgea-t-elle.

— La cuisiner ?

— Elle veut lui demander si j'ai eu une aventure avec M. Adam !

Ah. Bon, tout allait bien.

– Comment cela, tout va bien ? Vous trouvez que tout va bien ?

Zut. Il fallait vraiment que j'arrête de penser.

Lazare attendait toujours dans le hall de l'hôtel et discutait à voix basse avec Balard. À leurs pieds, Élias jouait avec Croquette, qui semblait avoir oublié ses craintes vis-à-vis du petit garçon. Comme quoi, on s'habituait à tout.

Le maître des Scorpi se tourna vers nous.

– Merci, Clématite.

– Je vous en prie, monsieur, répondit celle-ci avec une petite révérence.

– Si tu le souhaites, tu peux aller te mettre à l'abri.

Un éclat sauvage brilla dans les yeux verts de la nymphe quand elle releva la tête.

– Avec votre permission, monsieur, j'aimerais vous assister et rester auprès de Mlle Charlotte.

– Comme tu veux.

Le sourire entendu de Lazare me fit froncer les sourcils. Qu'avais-je manqué, cette fois ?

Clématite se rapprocha de moi jusqu'à presque me toucher.

– Eusèbe nous a appris qu'un de nos semblables nous avait trahis, dit-elle d'une voix sourde. Tant que nous ne l'aurons pas identifié, je me tiendrai à vos côtés pour l'empêcher d'approcher par surprise.

– Vous savez pour la taupe ? m'exclamai-je.

– Oui.

– Alors qu'est-ce que vous fichez tous là ? Vous vous rendez compte du nombre de Chasseurs qui traînent en ville ? Je pensais que vous alliez nous sortir de là en deux temps trois mouvements ! Pas que vous viendriez en convoi !

Lazare et Clématite échangèrent un regard, mi-moqueur mi-bienveillant pour le premier, fataliste pour la seconde.

— Je vous avais prévenu qu'elle réagirait comme ça, monsieur.

— C'est vrai, Clématite, c'est vrai...

— J'ajoute que je partage le point de vue de Charlotte, intervint Balard, soucieux. Votre plan me semble voué à l'échec. J'ai vu Adam se battre contre l'un d'entre eux le mois dernier et je sais combien c'est difficile, même pour vous. Sur ce coup-là, ils sont vraiment trop nombreux pour vous.

— Quel plan ? m'inquiétai-je.

Lazare sourit négligemment, ce qui, associé au costard, lui donna plus que jamais des airs de requin de la finance.

— Nous n'avons pas souvent l'occasion de mettre la main sur un tel troupeau de Geistjägern, dit-il avec légèreté. Nous allons en profiter pour les attaquer.

— Quoi ?

Je m'étais à moitié étranglée. Réalisait-il qu'à deux – à trois en comptant Élias, ce que je ne voulais même pas imaginer –, ils n'avaient aucune chance ? Ils allaient se faire massacrer !

— Il faut que vous compreniez, mademoiselle, intercéda Clématite. Lorsque nous croisons un Geistjäger d'ordinaire, c'est parce qu'il chasse près de nos lieux de vie. Nous ne pouvons pas le combattre, car il saurait alors que nous habitons là et, si nous ne parvenons pas à le tuer, il revient avec des renforts. Et si, par bonheur, nous réussissons à l'éliminer, alors ses semblables mènent l'enquête pour savoir où il a disparu et qui l'a combattu. Nous ne gagnons jamais. En tout cas, pas sans abandonner tout ce que nous avons construit pendant des années. Aujourd'hui, une occasion unique se présente. Ils sont des dizaines, regroupés loin de chez nous. Si nous les attaquons maintenant, même si nous ne les abattons pas tous, nous n'avons pas à craindre de représailles.

Lazare hocha la tête.

– Bon résumé, Clématite.

– Mais ça ne change rien au problème ! éclatai-je. Vous êtes deux et ils sont cinquante-deux !

– Qui est deux ? s'enquit une voix musicale près de la lourde porte du hall.

Je me retournai d'un bond. Un couple et une jeune fille qui n'avait probablement pas dix-huit ans se tenaient près d'une grosse valise à roulettes. La carrure de l'homme n'avait rien à envier à celle de Balard. Sa longue chevelure corbeau nouée en catogan et sa peau noisette m'évoquaient les populations indiennes traditionnelles, même s'il portait un jean et un pull passe-partout. Ses yeux noirs qui brillaient au milieu d'un visage franc me dévisageaient avec intérêt. La femme à son bras en faisait autant. Sa peau pâle contrastait avec celle de l'homme et elle avait beau porter les cheveux courts, une mèche brune lui tombait sur le nez, masquant un regard bleu clair qui rappelait furieusement celui de Lazare.

– Marthe ! s'exclama celui-ci en avançant vers eux, les bras grands ouverts. Tu soignes toujours autant tes entrées !

La femme éclata de rire et lâcha l'homme à ses côtés pour se jeter au cou du maître d'Upsilon Scorpi.

– Qu'est-ce que je ne ferais pas pour mon grand frère préféré ? Surtout quand il me propose des vacances en famille à Venise. C'est tellement exotique !

Je restai bouche bée. Son grand frère ? Préféré, en plus ? Je ne savais pas qu'il existait d'autres Lesath que ceux qui vivaient au manoir !

– C'est une façon de parler, souffla Clématite à mon oreille. M. Lazare et Mme Marthe ne sont que deux.

Élias avait bondi sur ses pieds.

– Bonjour tante Marthe ! s'écria-t-il en courant vers eux, Croquette sur les talons, tout content du nouveau jeu. Bonjour oncle Hiro !

– Élias ! s'exclama la femme. Comme tu as grandi ! C'est incroyable, j'ai failli ne pas te reconnaître.

Le petit garçon se redressa fièrement tandis que sa tante l'embrassait avec chaleur. Je n'en revenais pas. Et pourtant, quand j'y repensais, c'était logique. Adam m'avait dit que son grand-père paternel avait épousé une femme elle-même créature de l'ombre. Il avait donc eu droit à deux enfants, pour garder la population de l'ombre constante. Pourquoi n'avais-je jamais entendu parler de cette Marthe ? Et de ce... Comment s'appelait-il, déjà ?

– Hiro, répondit Clématite à mi-voix. C'est le nom d'un dieu polynésien. La famille Apodis est d'origine maorie.

Ah. Pas indien, donc, maori.

– Apodis ? releva Balard en se penchant vers nous.

– Apodis, confirma la nymphe. Du nom de l'étoile la plus brillante de la constellation de l'Oiseau de Paradis. Une puissante famille de l'ombre de l'hémisphère Sud.

– Vous savez qu'ils sont fichés par Interpol ?

Le contraire m'aurait étonnée...

– Toutes les familles de l'ombre portent des noms d'étoiles ? demandai-je à mon tour. Pas seulement les Lesath et les Draconis ?

– Absolument, mademoiselle. Les étoiles ont besoin de l'ombre pour briller.

Oh...

Je savourai une seconde cette nouvelle information.

– Charlotte ? Daniel ?

Je relevai le nez. Lazare nous faisait signe de les rejoindre. Nous obtempérâmes, Clématite collée à moi comme mon ombre.

– Voici ma sœur Marthe, mon beau-frère Hiro et ma nièce Moeta, présenta-t-il solennellement. Chers tous, voici Charlotte, la fiancée d'Adam, et Daniel, un très bon ami de la famille.

L'inspecteur se crispa un peu sous son imperméable. Le pauvre. Le dénommé Hiro fit un pas vers moi.

– La fameuse humaine dont le nom résonne jusqu'au fin fond de la Nouvelle-Zélande, déclara-t-il en me tendant une main large comme une pelle.

– N'essaie pas de l'effrayer ! le morigéna sa femme en donnant une petite tape sur son épaule. Les Draconis s'en sont largement chargés !

Il sourit. Génial. Tout le monde connaissait ma vie sur le bout des doigts...

Marthe s'approcha de moi à son tour avec un air serein.

– Bienvenue dans notre famille, Charlotte. J'imagine que tu te poses des milliers de questions, depuis que tu connais Élias et Adam.

– Euh... Oui, avouai-je en serrant les mains tendues les unes après les autres.

– Si tu veux, tu peux m'en poser une maintenant. Celle que tu veux. Ce sera mon cadeau de fiançailles.

– Ah ?

Alors ça, j'appréciais vraiment ! Je la regardai, puis son mari qui la dominait d'une bonne tête, puis elle à nouveau.

– Vous vous êtes rencontrés comment ? m'enquis-je avec timidité.

Ses yeux bleu clair s'écarquillèrent de surprise.

– Tu peux me demander n'importe quoi sur les secrets des créatures de l'ombre et tu veux savoir comment j'ai rencontré mon mari ?

– Sauf si c'est indiscret, corrigeai-je précipitamment.

Assise sur la valise, la fille du couple pouffa de rire. Balard sourit d'un air entendu et Hiro tapota l'épaule de Lazare.

– Elle est vraiment comme tu l'avais raconté, déclara-t-il avec une satisfaction visible.

– Tout le reste est vrai aussi, précisa Lazare.

– Tout le reste ? m'alarmai-je. Le reste de quoi ?

– Très bien, j'accepte cette question, s'inclina Marthe avec un rire dans la voix. J'ai rencontré Hiro à une commission du Conseil de l'Ombre. C'était à Lazare d'y aller, mais il avait reçu une commande d'assassinat urgente, alors je l'ai remplacé. Sur place, j'ai appris que Laslo Aldébaran, un type qui me draguait éhontément depuis des semaines, était présent aussi. J'ai sauté sur le premier quidam venu pour lui demander de me cacher pendant toute la session. Ensuite, j'ai appris que le quidam en question s'appelait Hiro et qu'il représentait les Apodis. Je me suis sentie un peu gênée. Je n'avais pas pensé qu'il appartenait à une famille aussi prestigieuse.

– Ça n'a pas dû le choquer, puisqu'il t'a demandée en mariage deux semaines plus tard, s'amusa la fille assise sur sa valise.

Marthe baissa ses yeux clairs d'un air faussement modeste. Deux semaines plus tard ? Adam était normal, alors ? Les créatures de l'ombre avaient la décision rapide, quand il s'agissait de mariage ?

Je me concentrai sur la jeune fille. Sa peau était plus claire que celle de son père et elle avait hérité de ses cheveux corbeau, mais ses yeux appartenaient sans conteste à une Lesath, avec leur bleu presque électrique. Cet étrange mélange lui donnait une beauté atypique et exotique. Même assise sur son siège improvisé, elle était plus grande que moi. Comment s'appelait-elle, déjà ? Mouette ?

– Moeta, intervint précipitamment Clématite à mon oreille. Cela signifie « Celle qui découvre l'âme des êtres ».

Ah. Logique, pour quelqu'un qui voyait le cœur des gens. En tout cas, elle me contemplait en jouant avec ses longs cheveux noirs, aussi curieuse de moi que je l'étais d'elle.

– Je me demande ce que tu vas faire d'une info pareille, dit-elle avec un soupçon de moquerie dans la voix. Tu n'aurais pas préféré savoir combien de contrats on exécute dans une année ou combien de cibles on peut éliminer en une seule fois ?

Je me renfrognai. Sans façon, merci, Mouette.

– La question de Mlle Charlotte n'était pas si innocente qu'elle en avait l'air, devisa négligemment Clématite à mes côtés. Avec cette anecdote, elle vient de s'autoconfirmer un des principes fondamentaux des relations entre créatures de l'ombre.

Ah bon ? Quoi ? Qu'ils étaient tous des psychopathes irréfléchis ?

Les yeux en amande de la nymphe se plissèrent tandis qu'elle se mordait les lèvres pour ne pas rire. Oui, c'était sûrement ça.

– Passons dans le salon d'à côté, ordonna Lazare. Nous y serons plus à l'aise pour discuter tranquillement.

– Qu'as-tu fait de ton dragon, grand frère chéri ? s'enquit Marthe en lui emboîtant le pas comme si elle dansait.

– Julia garde le manoir. Elle n'a pas apprécié de rester en retrait, mais nous ne pouvons pas courir le risque de laisser la propriété sans surveillance. Sans lutin et sans elfe, en cas de menace, les autres créatures ne suffiraient pas à protéger les lieux.

Les Apodis hochèrent gravement la tête et je fronçai les sourcils. Sans lutin et sans elfe ? Pourquoi ? Où étaient-ils passés ?

Nous arrivâmes dans un grand salon aux murs crème et aux dorures éclatantes. Une immense cheminée de marbre vide trônait au fond et des canapés recouverts de velours entouraient de petites tables agrémentées d'amuse-gueules.

Marthe se laissa tomber sur le divan le plus proche, croisa élégamment les jambes et repoussa la mèche brune qui lui tombait devant les yeux.

– Cinquante-deux Geistjägern ? s'enquit-elle sur un ton beaucoup plus sérieux. C'est un chiffre définitif ?

– Pas totalement, tempéra Balard en redressant ses larges épaules, soudain beaucoup plus à l'aise dans son rôle d'inspecteur. D'autres ont pu arriver dans la nuit et, comme ils se séparent pour leurs différentes… conférences, il est difficile d'avoir un chiffre précis avec nos moyens actuels.

– Leurs différentes conférences ?

Lazare tira le planning de la poche intérieure de son costume et le donna à sa sœur. Hiro et Mouette tendirent le cou d'un même mouvement pour lire par-dessus son épaule. Le silence plana un instant. Puis Hiro leva ses yeux sombres vers Lazare, qui s'était tourné vers la cheminée, les mains dans les poches de son pantalon noir.

– Tu as bien fait de nous appeler, Lazare, dit-il simplement.

– Donc vous allez être quatre ? m'inquiétai-je. Ou cinq, si Mouet… si Moeta vient aussi ? Ça reste beaucoup trop dangereux !

– Cinq ? releva Mouette, appuyée sur le dossier du divan. Pourquoi cinq ? Qui ne vient pas ?

– Élias est chargé de la protection rapprochée de Charlotte, répondit Lazare avec un coup d'œil à son fils qui essayait de dresser Croquette sur ses pattes arrière à grand renfort d'amuse-gueules. Clématite et lui ne la quittent plus d'une semelle. Deux Geistjägern s'en sont déjà pris à elle depuis qu'elle est ici.

– Deux Geistjägern ? répéta Marthe, sidérée. Mais...

Elle se tourna vers moi et me contempla comme si elle me voyait pour la première fois.

– Comment as-tu survécu ?

– J'ai eu de la chance, éludai-je en haussant les épaules.

– On n'échappe pas à deux Chasseurs avec de la chance !

– Surtout qu'un des deux est mort, précisa Clématite avec satisfaction.

Le regard des Apodis s'emplit de respect. J'esquissai une moue désabusée. Et voilà, ça recommençait.

– Une sirène m'a sauvée la première fois, tentai-je d'expliquer. Et la deuxième, elle a sauté à la gorge du Chasseur et l'a noyé.

– Tu as réussi à obtenir l'aide d'une sirène ? Elle a tué quelqu'un pour toi ?

– Euh... Oui. Pourquoi ?

Ce n'était plus du respect, c'était de l'admiration qui brillait dans leurs yeux. Mes épaules s'affaissèrent de découragement. Ça ne s'arrangeait pas... Clématite gloussa de plaisir et Lazare hocha la tête. Élias vint prendre ma main avec ses doigts collants de sucre et de bave de Croquette.

– Charlotte, c'est la plus forte du monde, déclara-t-il de sa voix la plus péremptoire.

– Je commence à croire que vous n'avez rien exagéré, approuva Marthe, ravie.

– Élias, grommelai-je.

– Oui ?

– On se lave les mains, après avoir joué avec un chien.

– Ah ? D'accord.

Il partit en gambadant avec Croquette vers une porte où était affiché un homme stylisé. Appuyé contre son canapé, Hiro croisa les bras.

– Non, en effet, murmura-t-il. Ils n'ont rien exagéré du tout.

– Une dernière chose, conclut Lazare en passant négligemment une main dans ses cheveux bruns. Une taupe se terre au sein du Conseil de l'Ombre.

– Tu plaisantes ! s'exclama sa sœur.

– Quelqu'un a prévenu le Chasseur que suivait Charlotte non seulement de sa présence, mais aussi de sa mission. Or, en dehors du manoir, seuls les membres du Conseil savaient.

Les Apodis serrèrent les dents d'un même mouvement.

– Pourquoi les avais-tu prévenus ? demanda Hiro.

– Pas moi. Cette vermine de Draconis.

– Draconis ? Walder Draconis ?

– Lui-même.

– Et tu cherches vraiment la taupe, mon ami ?

Lazare haussa les épaules.

– Julia m'a juré qu'il n'y était pour rien.

– Tu lui fais confiance ?

– Oui. Elle ne m'a jamais menti sur des sujets aussi graves. En plus, je ne vois pas pourquoi Walder aurait saboté sa propre enquête en dénonçant Charlotte à sa cible. D'après mes nymphes, mes fées et mes elfes, les seules choses qui le préoccupent sont la sécurité et la place de Julia dans notre monde. C'est la raison pour laquelle il mène cette enquête, d'ailleurs. Avec la plus grande application. Il n'éprouve aucune agressivité à l'égard de Charlotte. Que du mépris.

Je laissai échapper une moue blasée. Génial.

— Si quelqu'un prévient les Chasseurs de notre attaque, remarqua Marthe, nous perdrons l'effet de surprise et les choses vont être beaucoup plus compliquées.

— C'est pourquoi nous devons débusquer cette taupe avant toute tentative contre eux, approuva Lazare. J'ai envoyé un message aux membres du Conseil, en leur indiquant l'hôtel où est descendue Charlotte. À chacun un hôtel différent. En fonction de l'établissement qui subira une tentative d'intrusion, nous aurons le nom du traître.

Perplexe, je haussai un sourcil.

— Vous croyez qu'ils vont essayer de s'en prendre à moi en sachant que vous êtes là ?

Lazare me retourna son sourire de requin.

— Eh bien... Officiellement, nous autres dormons tous ici et toi, dans les hôtels les plus excentrés de Venise. Pour des raisons de sécurité, au cas où les Chasseurs tenteraient d'attaquer ce palace.

— Et ils sont tombés dans le panneau ?

— Ils n'ont aucune raison de ne pas me croire.

Hum...

— Lazare, jeune gredin ! lança une voix forte derrière nous. Cela faisait une éternité !

Je tournai la tête. Cinq personnes venaient d'entrer dans l'immense salon. Un homme qui aurait pu être mon grand-père, accompagné de deux hommes de l'âge de Lazare et deux femmes, mère et fille si j'en croyais leurs traits. La plus jeune devait avoir quelques années de plus que moi.

– Eh bien, que du beau monde, déclara le vieil homme en s'avançant. Marthe, toujours aussi belle et fraîche, à ce que je vois. Cette délicieuse enfant serait-elle la fameuse Moeta ? Quelle splendeur !

Mouette rougit malgré sa peau mate.

– Bonjour monsieur Deneb.

– Éloigne-toi de ma fille, vieux brigand ! s'exclama Hiro.

Ils s'étreignirent en riant. Les autres s'étaient approchés et saluaient Lazare et sa sœur comme de vieux amis. Intimidée, je restai en retrait près de l'imposante cheminée de marbre avec Clématite et Balard. Si la nymphe écoutait probablement tout ce qui se passait dans les pensées des nouveaux arrivants, j'étais à peu près sûre que l'inspecteur prenait des notes mentales sur cette incroyable réunion de criminels.

Trois autres arrivèrent dans la foulée, puis quatre. Deneb, Spica, Regulus, Libra, Corvi, Altaïr, et même les fameux Aldébaran, le hall se remplissait d'hommes et de femmes aux noms célestes qui semblaient tous se connaître. Certains possédaient la stature de mastodonte de Lazare, d'autres des silhouettes beaucoup plus passe-partout et un jeune homme semblait même plus frêle que moi, ce qui m'inquiéta un peu.

– Vous vous rendez compte du coup de filet historique qu'on pourrait réaliser, avec un bon car de flics ? marmonna Balard dans sa barbe.

– Vous vous rendez compte qu'ils disparaîtraient aussitôt que vous tourneriez le dos ? répondis-je avec légèreté.

– Rhaaaa... Laissez-moi rêver, Charlotte...

Je pouffai de rire et la tension qui pesait sur nous depuis le début de cet étrange défilé s'apaisa. Les nouveaux arrivants continuaient à affluer. Je comptai vingt-quatre personnes, Mouette incluse. Élias revint des toilettes en gambadant, toujours accompagné de Croquette. Le chien marqua tout de même une seconde d'hésitation devant le salon rempli. Il gémit, la queue entre les pattes, puis fit soigneusement le tour en rasant les murs de marbre pour nous rejoindre. Bon, il n'était pas si dénué de bon sens que ça, finalement, ce toutou. Je me penchai pour le caresser.

– Ne t'inquiète pas, Croquette, lui chuchotai-je d'une voix rassurante. Ils ne mangent pas les chiens.

Clématite hocha la tête dans une direction indéfinissable, les yeux dans le vague. Mince. Il y en avait qui mangeaient du chien, dans le lot? Ou réagissait-elle à autre chose?

Adam franchit enfin la porte du salon à son tour, le front plissé par la contrariété, accompagné de Walder et de trois jeunes hommes aux cheveux d'un blond identique à celui de Julia, ainsi que de deux garçons bruns que je reconnus immédiatement. Basile et Régis Toussaint, les frères phénix. Que fabriquaient-ils ici? J'ignorais ce que valait Basile au combat, mais Régis ne savait pas faire grand-chose d'autre que mourir et ressusciter trois minutes plus tard!

Le regard de mon fiancé parcourut l'assemblée et parut flamber en s'arrêtant sur moi. Je lui adressai un sourire timide, pas trop sûre de son état d'esprit. Le soulagement imprégna ses traits. Bon, cela ne semblait pas trop mal. Il fendit d'un pas assuré les groupes qui s'étaient formés autour des plateaux de petits-fours et me saisit dans ses bras sans prêter la moindre attention aux yeux qui se tournaient vers nous.

— Charlotte, murmura-t-il en enfouissant son visage dans mes cheveux bouclés.

Je lui rendis son étreinte et blottis mon nez contre sa chemise, sans perdre de vue les personnes qui nous entouraient.

— Tout va bien, répondis-je sur le même ton. Enfin… Sauf que vous êtes là alors qu'on devrait partir en courant et qu'en plus, tout le monde nous regarde.

Je le sentis se détendre et il s'écarta de quelques centimètres pour poser son front contre le mien.

— Tu as honte de moi ? me taquina-t-il.

— Très drôle. Je te signale que vingt-cinq tueurs sanguinaires se tiennent dans la même pièce que moi, que Balard a décidé d'entrer dans l'histoire en les arrêtant tous d'un seul coup et que Clématite a sous-entendu que quelqu'un risquait de manger Croquette. Si je pouvais me trouver ailleurs, ça m'arrangerait.

— J'ai sous-entendu une chose pareille ? s'étonna Clématite.

Adam sourit et me serra plus fort. Autour de nous, des remous agitaient les créatures de l'ombre.

— C'est elle, Charlotte ? chuchota une voix parmi elles. Je croyais qu'elle mesurait deux mètres et qu'elle pouvait abattre un mur avec ses poings !

Hein ?

— Ne te fie pas aux apparences, répondit une autre. Marthe vient de dire qu'elle a tué deux Geistjägern depuis son arrivée à Venise.

C'était vraiment n'importe quoi.

Lazare nous rejoignit.

– Adam, où sont les Mirfak ?

– Désolé, papa, ils ne viendront pas, répondit Adam en haussant les épaules sans me lâcher d'un pouce. Ils ont dit que c'était notre problème et qu'ils n'allaient pas prendre des risques pour nous. Tu les connais.

Un éclair de colère passa dans les yeux bleu glacé du roi Scorpion.

– Bien, dit-il pourtant. Alors nous sommes au complet.

Il se retourna et tapa dans ses mains pour attirer l'attention générale sur nous – bien inutilement à mon avis puisque tout le monde nous observait déjà par en dessous.

– Les amis, lança-t-il d'une voix forte, cinquante-deux de nos camarades Chasseurs ont organisé une petite sauterie ici, à Venise, avec des activités telles que des ateliers de démembrement de fée ou une exposition d'armes susceptibles de trouer la peau d'un troll.

Un silence lourd tomba sur l'assemblée.

– Demain après-midi, reprit-il, une conférence sur les principales familles de l'ombre doit avoir lieu.

Il sourit d'un air féroce, plus inquiétant que jamais dans son costard-cravate, en promenant son regard sur chacun des membres présents.

– Je propose que nous ajoutions un peu de pratique à leur théorie.

Un frisson courut le long de mon dos. Les principales familles de l'ombre étaient réunies. Balard n'avait pas menti. Venise venait de devenir un endroit très dangereux.

10
Verrouillage de cible

Lazare nous avait invités à nous asseoir sur les canapés et relatait nos découvertes des dernières quarante-huit heures, en omettant soigneusement les dangers que j'avais réellement courus et la présence d'une taupe. Installée entre Adam et les frères Toussaint, je me penchai vers ces derniers.

– Régis, soufflai-je. Qu'est-ce que vous fichez ici, Basile et toi ?

Le jeune garçon se redressa fièrement.

– On est venus faire ce qu'on sait faire de mieux, répondit-il à mi-voix.

– C'est-à-dire ?

Basile esquissa un sourire sombre.

– Nous sommes venus mourir, Charlotte.

– Hein ?

Sur un signe de tête de son aîné, Régis se pencha à son tour pour que ses mots échappent à d'éventuels curieux.

– On sait pour le traître et on sait pour les hôtels que tu es censée occuper. Lazare a besoin de connaître le nom de celui qui sera attaqué pour trouver la taupe. Seulement, si quelqu'un d'aussi puissant qu'un membre du Conseil attaque la chambre ou qu'il envoie... quelque chose pour le faire, la personne dans la chambre mourra.

J'acquiesçai. Pas bête. Il n'y avait qu'un problème.

– Mais vous n'êtes que deux ?

– On occupera les chambres que Lazare a données aux deux membres qu'il apprécie le moins. Pour les autres, des elfes monteront la garde dans la rue.

– Des elfes ? paniquai-je. Bon sang, mais vous êtes venus à combien ?

– Bah... On a rempli le jet...

Je me passai la main sur le visage. Le mois dernier, ils ne voulaient pas poser un orteil hors du manoir parce qu'un seul Geistjäger se baladait à Belfort, et voilà qu'ils débarquaient en masse à Venise au beau milieu d'un congrès de Chasseurs ?

Debout derrière notre canapé, Clématite s'inclina pour parler à notre hauteur.

– Ils ne les craignent plus, désormais, mademoiselle, chuchota-t-elle. Votre présence les rassure.

– Comment ça ? m'effarai-je.

– Ils ont confiance en vous. Ils savent que vous les défendrez s'ils se retrouvent en mauvaise posture.

Moi ? Les défendre ? J'avais déjà du mal à rester en vie quand je n'avais pas une sirène dans le coin pour me repêcher !

– Ne t'inquiète pas, Charlotte, intervint Basile à mi-voix. On connaît tous très bien tes limites, en tant qu'humaine. Disons juste que l'on te considère comme... un genre de porte-bonheur géant.

Mes épaules s'affaissèrent. Misère...

Assis à mes pieds, Croquette sur les genoux, Élias avalait les petits-fours les uns après les autres. Il leva ses yeux bleus pleins d'innocence vers moi.

– Charlotte, tu aimes être un porte-bonheur géant, comme a dit Basile ? s'enquit-il, les joues pleines de minisaucisses.

– Pas trop, bougonnai-je.

– Tu veux que je le tue ?

Basile se redressa sur le canapé de velours, outré. Je haussai un sourcil.

– Juste pour le punir, précisa Élias. Je sais bien que je ne peux pas le tuer pour toujours.

Et il avala sa minisaucisse. Je soupirai. Décidément, il ne savait plus quoi proposer…

– Non, mon chou. On ne tue pas ses amis. Même s'ils ressuscitent après.

– Ah bon ? Mais Adam le fait, quand il s'entraîne avec Basile à tuer les gens sans douleur. Et après, Basile lui dit s'il a réussi ou pas.

Vraiment ? Je jetai un coup d'œil intéressé au phénix qui haussa les épaules et croisa les bras pour se renfoncer dans le canapé, vexé. Tant pis. Je demanderais des explications plus tard. Je reportai mon attention sur le discours de Lazare, qui semblait avoir fini d'exposer la situation.

Debout près de la cheminée, lui et l'inspecteur Balard affichaient une grande carte de Venise. Un cercle rouge indiquait le lieu du congrès. Devant son auditoire attentif, le roi Scorpion symbolisa par des flèches le mouvement que les attaquants devraient suivre pour monter à l'assaut du bâtiment sans être repérés. Je fronçai les sourcils. Qu'est-ce que c'était que ce plan ? Ils n'allaient quand même pas foncer dans le tas comme des bourrins !

Une tension perceptible crispa les épaules massives de Balard, trahissant sa nervosité. Pensait-il comme moi, ou planifier un assassinat collectif ne lui plaisait-il guère ?

Lazare passa aux consignes globales – ne pas utiliser les ombres pour approcher, bondir par-dessus le canal, escalader à mains nues. Le sang quitta lentement mon visage. Alors c'était ça ? Parier sur l'effet de surprise, alors qu'ils se trouvaient en sous-effectif ? Ne craignait-il donc pas qu'une fois l'alerte donnée, nos forces soient dépassées ? Même si chacune des créatures de l'ombre arrivait à dégommer un Geistjäger avant que ceux-ci comprennent la situation, il en resterait encore autant derrière, et ceux-là ne se laisseraient pas faire !

Je posai ma main sur celle de mon fiancé.

— Adam... chuchotai-je d'une voix blanche.

— Je sais, ma douce, m'interrompit-il doucement. Ne dis rien. Ce n'est pas fini.

Ah.

L'estomac noué, j'écoutai donc Lazare déterminer qui passait par quel chemin. Il donna encore quelques détails de topographie, puis acheva son exposé.

— Nous profiterons de la tombée de la nuit pour couvrir notre approche. L'attaque aura lieu demain à dix-huit heures précises, au moment de cette fameuse conférence.

Je déglutis péniblement. Cette fois, c'était fini et rien n'avait changé. Ils couraient toujours vers la mort.

Le maître d'Upsilon Scorpi promena son regard satisfait sur l'assemblée.

— Des questions ? s'enquit-il.

Walder Draconis se leva.

— Je ne suis pas d'accord avec toi, Lazare, déclara-t-il avec hauteur. Ton plan va nous conduire à la catastrophe. Ils sont deux fois plus nombreux que nous. Nous ne pourrons pas tous les tuer pendant le temps qu'ils mettront à réaliser que nous les attaquons.

— C'est risqué, admit Lazare en remettant tranquillement les mains dans ses poches. Mais si nous voulons tous les avoir d'un coup, nous n'avons pas vraiment d'autre choix.

Le Draconis secoua sa tête de fouine, agacé.

— Deux contre un, Lazare ! Même en un contre un, nous ne sommes pas sûrs d'avoir le dessus ! Alors deux contre un ? C'est du suicide !

— Charlotte en a vaincu deux, fit remarquer Marthe avec un sourire gentil. Cela ne me semble pas hors de portée pour nous.

La stupeur écarquilla mes paupières. Elle se fichait de moi ? J'ouvris la bouche pour répondre, mais les doigts d'Adam serrèrent plus fort les miens.

— Silence, ma douce, chuchota-t-il, les yeux brûlants d'une lueur étrange.

— Mais...

— Fais-nous confiance. Laisse-nous nous servir de toi.

Ils... se servaient de moi ?

— N'importe quoi ! s'exclama Walder Draconis, le nez retroussé dans une moue hargneuse. Si on suit ce plan, nous allons être massacrés !

— Les attaquer alors qu'ils sont dispersés en ville n'est pas envisageable non plus, signala le vieux

Deneb. Nous ne savons pas où les trouver et si nous nous baladons à leur recherche, ils risquent de nous repérer les premiers. Si un seul d'entre eux nous voit, il préviendra les autres et nous perdrons une occasion unique de nous débarrasser de cette vermine.

– Et si on essayait simplement de réduire leur nombre, comme l'a fait la princesse Scorpion ? suggéra un homme de haute stature.

Les autres se tournèrent vers lui. L'esprit plein de questions plus effrayées les unes que les autres, je tentai de me rappeler son nom. Visage tout en longueur, coupe brune impeccable, physique de lord anglais... Lawrence Altaïr ? Lazare l'avait accueilli un peu froidement, si je me souvenais bien.

– Explique-toi, Lawrence, l'invita celui-ci.

– Une attaque éclair dans la rue, à la façon de la princesse. Pas de témoin, pas de corps.

Euh... J'avais fait ça, moi ?

– On ne sait pas où les trouver, objecta Deneb.

– Si, on le sait.

Lawrence agita le programme qu'il avait récupéré d'un geste gracieux.

– Demain matin, à dix heures, ils participent à un atelier d'attrapage de nymphes. À neuf heures quarante-cinq, il y aura des Chasseurs plein les rues qui entourent le congrès.

– On ne va pas les attaquer en pleine rue ! Surtout que d'autres risquent d'arriver en renfort !

– Si nous choisissons des petites rues peu fréquentées, nous avons une chance d'y voir passer un Chasseur seul. Il suffit que nous fonctionnions par équipes. Certains d'entre nous feront le guet pendant que d'autres attaqueront l'homme isolé.

– Voilà ! appuya Walder. Ça, c'est une bonne tactique. Merci Lawrence.

– Stratégie de couards, renifla Deneb.

– Deneb, reprit Lawrence sur un ton glacial, tout le monde ici n'est pas aussi fort que ta famille et toi, ou que ces monstres de Lesath. Il y aura des morts des deux côtés avec une attaque frontale.

Je suivais ces échanges, en proie à un dilemme terrible. Le plan de Walder me semblait assurément plus prudent que celui de Lazare, mais je ne pouvais pas m'y rallier publiquement contre les Scorpi ! Si j'essayais simplement d'en glisser un mot à Adam... ? Appuyé contre le dossier de notre canapé, les épaules détendues, celui-ci écoutait paisiblement le clan Altaïr-Draconis s'opposer à celui des Deneb, qui soutenaient la stratégie initiale de Lazare. Les bras croisés, toujours debout devant la cheminée, ce dernier attendait, les yeux plissés en deux fentes bleues. Je fronçai les sourcils. Je n'aurais pas pu le jurer, mais... Cette crispation minuscule au coin de ses lèvres... Il s'amusait, non ? Du coup, j'examinai le reste de l'assemblée. Certains observaient les protagonistes avec un sourire entendu, d'autres mangeaient des petits-fours en écoutant distraitement et les derniers attendaient, l'air blasé. Je me redressai légèrement. Quelque chose m'échappait.

– Alors ça ressemble à ça, une réunion de créatures de l'ombre, laissa échapper Régis, émerveillé. Papa avait raison, c'est... c'est...

– Subtil ? proposa Clématite.

– Bizarre ? ajouta Élias en levant les yeux.

– Épatant de mauvaise foi ? compléta Basile.

– Eh ! protesta Adam. Je vous signale que je vous entends !

Les autres pouffèrent de rire. Sans aucun doute, je ratais un truc. Mon fiancé surprit mon regard contrarié.

– Je t'expliquerai, murmura-t-il. En attendant, ne t'inquiète pas, tout va pour le mieux.

– Lawrence a raison ! invectivait Walder. Tuons-en la moitié avant même de commencer, nous serons plus en sécurité !

– Ne sois pas ridicule, Dragon ! cracha Deneb. Si nous éliminons la moitié des Chasseurs avant qu'ils atteignent le congrès, les autres se méfieront et nous perdrons l'effet de surprise. Ils annuleront peut-être même les festivités.

– Si nous formons des groupes de trois ou quatre pour ne prendre aucun risque, signala Lawrence, sachant que nous sommes vingt-huit, au mieux, nous en éliminerons sept. Et cela n'arrivera que si nous parvenons tous à en coincer un tout seul, ce qui n'est pas garanti. Sur cinquante-deux, leur disparition devrait passer inaperçue.

– Si c'est pour en tuer deux, pas la peine de s'enquiquiner à tendre des pièges et risquer de trahir notre présence. Autant suivre le plan initial.

– Si tu espères te débarrasser de certains d'entre nous avec ce plan barbare, Deneb, rugit Walder, tu te fourres le doigt dans l'œil !

Lazare leva les mains en signe de reddition.

– Bien, bien, tempéra-t-il. Je pense que nous sommes tous d'accord.

Perturbée, je reportai mon attention sur lui. Il y avait des gens d'accord, ici ?

– Nous nous séparerons en groupes de trois ou quatre et, demain matin, nous nous disperserons dans les rues qui entourent le congrès. Avec un peu de chance, nous éliminerons quatre ou cinq Chasseurs. Cela nous fera toujours ça de moins à affronter en fin de journée et surtout, nous aurons l'occasion d'observer nos cibles quand elles arriveront. D'après les informations de Daniel, des plateaux-repas sont distribués pour le déjeuner, mais si jamais un ou deux sortent pour manger à l'extérieur, nous pouvons essayer de répéter la manœuvre à midi. Bien entendu, il sera beaucoup plus ardu de se montrer discret avec les touristes qui se promèneront un peu partout, alors prudence. Il ne doit y avoir aucun témoin.

Des têtes s'inclinèrent gravement dans l'assemblée.

– Nous passons au vote, déclara Lazare. Qui est pour ce plan ?

Le bras de Walder se détendit comme un ressort. Son sourire victorieux faillit m'arracher une grimace quand je remarquai que la main de Deneb avait suivi presque aussi vite. J'ouvris des yeux ronds. Je croyais qu'il était totalement contre ? Il ne fallut pas deux secondes pour que tous pointent un doigt vers le plafond aux moulures dorées. Très bien. Je n'avais vraiment rien compris à ce qui venait de se passer.

– Parfait, conclut Lazare. Ensuite, nous attaquerons le bâtiment demain soir, à la tombée de la nuit, vers dix-sept heures. Quelques consignes pour cette attaque...

Il se redressa soudain et son visage s'assombrit.

— Restez groupés et ne leur laissez aucune ouverture. Dès l'instant où notre présence sera connue de nos ennemis, nous pourrons nous servir des ombres. Si l'un d'entre nous est blessé, deux autres doivent l'évacuer et rester à ses côtés. Si notre nombre devait descendre sous dix combattants à l'intérieur du bâtiment, alors nous battrons en retraite, peu importe combien il reste de Geistjägern en vie. Nous ne sommes pas là pour mourir. Nous n'avons rien à défendre, ici.

Un silence lugubre tomba. Mon estomac s'était noué à nouveau, plus fort que jamais. Malgré l'amélioration apportée au plan initial et l'assurance qu'il affichait, le maître d'Upsilon Scorpi envisageait la possibilité d'une défaite ? Des blessés ? Des morts ? Et Adam pourrait faire partie d'eux ? Un vertige me brouilla la vue.

— Merci à tous de votre présence, reprit Lazare avec moins de gravité. Je vous souhaite une excellente soirée.

Des discussions s'élevèrent aussitôt des quatre coins de la pièce et les convives se redressèrent pour quitter le salon. Lazare et l'inspecteur Balard nous rejoignirent.

— Ils s'en vont comme ça ? balbutiai-je, encore sous le choc.

— Qui ? s'étonna Adam.

— Les invités ! Enfin... les... les... les autres !

— Pourquoi voudrais-tu qu'ils restent ?

— Ben... Je ne sais pas ! Constituer les groupes ? Dire qui va où pour... pour les pièges, demain ? Leur rappeler de ne pas se servir des ombres le matin ? Tout ça ?

Un sourire amusé releva le coin des lèvres de Lazare.

— Les groupes sont déjà constitués, Charlotte. Nous allons nous mettre par famille. Demain, chacun se placera où il voudra.

– Ce sont des tueurs chevronnés, ajouta Balard, mi-figue mi-raisin. Même sans consigne, ils ne devraient pas se marcher sur les pieds.

– Et je ne pense pas que quelqu'un soit assez bête pour se servir des ombres, acheva Adam. Ils se sont tous donné la peine de venir en avion, ce n'est pas pour se trahir maintenant.

Ah. Je tentai de me ressaisir, mais la vision de ces gens succombant dans le congrès des Geistjägern persistait dans mon esprit. Adam passa son bras autour de moi.

– Ça va aller, ma douce, murmura-t-il à mon oreille. Tu as entendu mon père ? Nous partirons si nous nous rendons compte que nous ne pouvons pas les vaincre.

– Mais... Mais...

– Lazare ! s'exclama Hiro en s'approchant. Félicitations, mon ami.

Il lui asséna une grande claque dans le dos. Lazare ne cilla pas d'un millimètre. Je clignai des yeux. Un coup pareil m'aurait envoyée valser à l'autre bout de la pièce, désormais pratiquement vide.

– Dans le rôle de la brute sans cervelle, tu es toujours aussi brillant.

– Merci, répondit Lazare avec un sourire de loup.

– Qu'est-ce qu'on gagnerait comme temps, si Walder n'avait pas un tel esprit de contradiction, soupira Marthe en nous rejoignant. Tu es toute pâle, Charlotte, ça va ?

Toute pâle ? Cela ne m'étonnait pas.

– Je n'ai pas très bien compris ce qui vient de se passer, avouai-je timidement.

– En fait, c'est assez simple, expliqua tranquillement Basile, toujours enfoncé dans le canapé. Les Draconis n'accepteront jamais un plan de Lesath sans le discuter et le changer sur tous les points, si parfait soit-il à l'origine. Du coup, Lazare a proposé une stratégie un peu brute de pomme, à laquelle Walder s'est bien sûr opposé, puis Lawrence Altaïr a exposé le véritable plan comme s'il l'inventait au fur et à mesure, en détaillant ses subtilités quand Deneb lui en donnait l'occasion.

La mâchoire m'en tomba. Ils avaient fait ça ?

– Eh bé... marmonna Balard, aussi abasourdi que moi. J'aurais juré que ce Lawrence ne vous portait pas dans son cœur, Lazare...

– C'est mon meilleur ami, répondit ce dernier avec légèreté. Nous prenons garde à ne pas le montrer en public, cela nous permet de nous entendre à l'avance sur la meilleure façon de manipuler les Draconis.

L'inspecteur leva les yeux au ciel.

– Vous autres, vous avez une vie tellement saine...

– On s'ennuierait, sans ça, plaisanta Marthe.

– Mais tout le monde savait ce qui se passait ! m'exclamai-je. Quand vous discutiez, les gens se doutaient qu'il se tramait des choses par en dessous.

– Tout le monde sait qu'il existe une lutte d'influence, acquiesça Lazare, mais ceux qui connaissent les véritables alliances se comptent sur les doigts d'une main. L'important, c'est que Walder ait l'impression de sortir vainqueur de la négociation. De cette façon, il suivra le plan comme si c'était le sien.

Mes yeux s'écarquillèrent quand je réalisai que moi aussi, j'avais cru que Walder avait gagné !

— Mais… Mais personne ne se rend compte que Lawrence est du côté des Lesath ? bredouillai-je.

— Tu t'en es rendu compte, toi ?

OK. Bon argument.

— Moi non plus, grommela Balard en interprétant mon silence.

— Alors c'est parfait, conclut Lazare. Et personne n'a discuté l'unique argument bancal de notre exposé : le prétendu assassinat de deux Geistjägern par Charlotte. Je ne pensais pas qu'il passerait aussi bien, celui-là. Tout le monde y a cru.

Élias cessa de jouer avec Croquette l'espace d'une seconde.

— C'est parce que c'est la meilleure ! Pas vrai, Charlotte ?

Adam posa fièrement son bras sur mes épaules. Je me sentis soudain très abattue. La façon de penser Scorpi, hein ? Un jour, je m'habituerais.

Sophie revint éreintée de sa séance de soins aux mains de Myosotis.

— Tout ce que vous voulez, mais pas trop loin, avait-elle supplié lorsque nous avions commencé à parler de dîner.

À mon grand soulagement, nous avions donc à nouveau profité du restaurant étoilé de l'hôtel. J'avais bien assez de matière pour me torturer les neurones en pensant au lendemain, pour ne pas m'inquiéter en plus de croiser un Geistjäger à la sortie d'une *trattoria*.

Après une soirée écourtée par une Sophie qui ne cessait de bâiller et un Lazare qui prétexta devoir se coucher tôt, je posai un baiser sur le front d'Élias qui partit en gambadant avec son père et Adam m'accompagna jusqu'à ma suite. Nous souhaitâmes une bonne nuit à mon amie qui s'enferma dans la sienne avec Croquette.

— Qu'est-ce qu'elle lui a fait, Myosotis ? m'inquiétai-je à voix basse quand la porte claqua.

— Rien, me rassura Adam. Juste des massages en pressant des points très précis pour endormir sa vict... sa... la personne dont elle s'occupe.

— Sa victime ? me récriai-je.

— Chut, voyons ! Bien sûr, sa victime. Les nymphes utilisent ce genre de techniques pour endormir ou tuer les hommes.

— Et pourquoi voudraient-elles endormir ou tuer des hommes ? bougonnai-je.

Il haussa les épaules.

— Tu connais la particularité du glamour des nymphes. Il les rend particulièrement désirables et certains hommes se moquent du consentement des femmes, tant qu'eux en ont envie. Tu le sais mieux que personne, non ?

Je grimaçai malgré moi. Il parlait de mon ex-chef, évidemment.

— Eh bien, si tu avais été une nymphe, ma douce, tu aurais fait semblant d'accepter de te compromettre avec lui, il aurait baissé sa garde, tu l'aurais massacré et moi, j'aurais été très content.

Hum. Son sourire façon chat-qui-a-piégé-un-canari indiquait qu'effectivement, la perspective lui plaisait. Bah... Je ne le réinventerais pas...

Son expression s'adoucit et il approcha son visage du mien.

— Et maintenant, murmura-t-il d'une voix tentatrice, que dirais-tu de te compromettre avec moi ?

Je rougis d'un coup.

— Vous essayez de corrompre une pauvre humaine innocente, prince Scorpion ? entrai-je pourtant dans son jeu.

Son sourire s'élargit et il me souleva. Je gloussai en m'accrochant à lui. Il récupéra la carte de ma chambre qui dépassait de mon jean et ouvrit la porte. La somptueuse suite à l'épaisse moquette rouge et aux rideaux brodés d'or nous accueillit dans un silence feutré. Adam tâtonna pour trouver l'interrupteur qui inonda la pièce d'une lumière douce et ferma la porte d'un coup de pied bien placé.

— Attends, murmura-t-il en me déposant contre le mur. J'en ai pour une seconde.

Il se rendit aux immenses fenêtres et tira les rideaux d'un geste vif. Je clignai des yeux en me rappelant ma triste réalité du moment. Personne ne devait me voir. Les Geistjägern et la taupe du Conseil voulaient ma tête.

— Je dors bien ici, alors ? m'assurai-je quand Adam revint près de moi.

— Oui.

— Et tu dors avec moi ?

— Oui. Sauf si tu ne veux pas.

Une moue amusée m'échappa malgré tout. Il était toujours tellement sérieux à ce sujet. Je passai mes bras autour de son cou.

— Aurais-je une raison de ne pas vouloir ? le taquinai-je.

— Tu as passé deux jours éprouvants, lista-t-il très sérieusement, tu viens de rencontrer les plus grands meurtriers de la planète, Élias t'a encore proposé de tuer quelqu'un, tu dois simuler que tout va bien pour Sophie et Clématite monte la garde dans le couloir.

Mes oreilles s'empourprèrent. Clématite montait la garde… ? Alors elle savait tout ce que j'avais pensé depuis qu'Adam avait fermé la porte ? Mes joues chauffèrent plus fort. Eh bien tant pis pour elle. Elle en avait déjà entendu des pires, non ? Après tout, Adam et moi étions censés nous marier !

Adam me dévisagea avec curiosité.

— Je paierais cher pour savoir ce qui te donne cette couleur, ma douce.

— Clématite, marmonnai-je. Et sinon, tu vois une autre raison pour que je te mette dehors ?

Une ombre passa dans ses yeux.

— Non, répondit-il.

Son baiser m'empêcha de creuser davantage. Ses bras s'étaient refermés sur moi comme une coquille protectrice. Mes doigts dessinèrent les contours de sa mâchoire carrée. Quelque chose clochait. Une tension inhabituelle durcissait ses épaules. Je passai la main dans ses cheveux bruns et la laissai couler le long de sa nuque, mais il ne se détendit pas d'un pouce.

— Adam, murmurai-je quand ses lèvres descendirent dans mon cou. Qu'est-ce que tu as ?

Il se redressa pour ancrer son regard bleu dans le mien. La gravité que j'y lus me fendit le cœur.

— Rien, dit-il pourtant.

– Ce n'est quand même pas parce que j'ai rencontré les pires meurtriers du monde ? m'inquiétai-je. Ou à cause de Clématite ?

Un sourire sombre le dérida et il posa son front contre le mien, comme il aimait tant le faire.

– Non.

– Alors quoi ?

Il enfouit son visage dans mes boucles blondes. Eh bien ?

– Si jamais il devait se passer quelque chose, demain, murmura-t-il doucement en caressant mon dos, je veux que tu saches que tu pourras vivre au manoir aussi longtemps que tu le voudras. Jusqu'à la fin de ta vie si tu le désires.

Mon cœur se mit à battre beaucoup trop vite.

– Quoi ? bredouillai-je.

– J'ai donné des ordres aux domestiques dans ce sens. Tu ne manqueras jamais de rien et Élias veillera sur toi.

Mes poumons se bloquèrent, comme si l'air n'arrivait plus à y entrer.

– Mais... Mais qu'est-ce que tu racontes ? Tu m'as dit que ton père... que vous aviez tout prévu pour qu'il ne vous arrive rien ?

Il releva la tête pour m'étudier une seconde. Mes poings s'étaient comprimés d'eux-mêmes sur sa chemise. Le bleu clair de ses yeux ressortait comme deux diamants au milieu de leur cercle bleu marine.

– Adam ! paniquai-je. Tu ne vas pas mourir !

– Non. Normalement, non. Mais mieux vaut prévoir, au cas où.

— Au cas où quoi ? Au cas où tu mourrais quand même ?

Ma voix était partie dans les aigus. Adam resta de marbre.

— Tu l'as souligné toi-même, ma douce, dit-il gravement. Ils sont deux fois plus nombreux que nous.

— Mais… le plan ! C'est bien pour… pour…

— Pour limiter les dégâts.

— Donc c'est bon, non ?

Le silence régna un instant. Puis mon grand brun se détendit.

— Oui, approuva-t-il d'un ton soudain léger. Tu as raison, c'est bon. N'en parlons plus.

Mon estomac se crispa brutalement. Il fronça les sourcils.

— Je pensais te le dire un peu plus tard pour ne pas gâcher la soirée, ma douce. Je suis désolé. Je ne voulais pas te mettre dans cet état.

— Mais… balbutiai-je. Tu es… Tu es très fort !

— Oui.

— Et ton père encore plus !

— Oui.

— Et vous êtes… vous êtes quand même nombreux.

— Oui.

— Alors… Alors il ne vous arrivera rien, pas vrai ?

— Non, rien.

Je fermai les yeux. Je n'obtiendrais rien de plus de lui. Je commençais à bien le connaître. Il avait passé son message, il ne montrerait plus la moindre inquiétude. Mais il envisageait réellement de ne pas revenir de son combat contre les Geistjägern. Il l'envisageait tellement qu'il avait pris ses dispositions par rapport à moi. Mes pensées se brouillèrent. Je ne pouvais pas imaginer une chose pareille. Je me cramponnai à lui.

– Je t'interdis de mourir, chuchotai-je.

Il prit mon menton entre ses doigts pour m'obliger à relever la tête et m'embrassa tendrement. Le cœur battant, je répondis avec une fièvre pleine d'angoisse. Je l'aimais tellement ! Je ne voulais même pas réfléchir à ce qui arriverait s'il devait ne pas rentrer. Je pris une grande inspiration pour m'emplir de son odeur chaude. Très bien. D'une façon ou d'une autre, je devais l'empêcher d'y aller le lendemain. Mais comment ? En étais-je seulement capable ? Mes neurones se mirent à fonctionner à fond de train.

– On va se coucher ? proposa Adam d'une voix où perçait l'inquiétude.

J'acquiesçai distraitement, l'esprit trop occupé à trouver une idée viable. Il m'entraîna avec douceur. La chambre à proprement parler se trouvait à l'autre bout de la suite. Il fallait traverser le salon et un couloir sur lequel s'ouvrait la salle de bains pour y parvenir. Quand nous passâmes devant cette dernière, Adam s'arrêta en apercevant l'immense baignoire de marbre veiné de rose. Un sourire malicieux étira ses lèvres.

– Ah, murmura-t-il à mon oreille. Et si on ne dormait pas tout de suite ?

Je clignai des paupières, contrariée par les dizaines de plans qui me passaient par la tête et qui me paraissaient désespérément voués à l'échec. Un bain ? J'adorais les bains avec Adam et il le savait mieux que personne.

– D'accord, approuvai-je sans y penser.

Adam me lâcha pour ouvrir les robinets et vérifia la température de l'eau, puis versa du produit moussant. Le front plissé par la concentration, je le regardai faire sans réagir, en plein établissement de scénarios plus ou moins fantaisistes pour le retenir à l'hôtel. Le bruit de l'eau sur le fond de la baignoire emplit toute la pièce. Adam bondit sur ses pieds.

– Mademoiselle, dit-il en s'inclinant galamment. M'autorisez-vous à vous déshabiller ?

Je ne pus m'empêcher de sourire et mes joues rosirent. Adam hocha la tête, satisfait, me prit dans ses bras et repoussa une mèche frisée qui me tombait sur le nez pour y poser un baiser.

– Je prends ça pour un oui, d'accord ?

– D'accord, murmurai-je.

Il me sourit, amusé. Ses mains se faufilèrent sous mon pull pour l'ôter d'un geste expert. Mon haut et mon pantalon suivirent et rejoignirent le pull sur le carrelage crème entrecoupé de dalles couleur chocolat. Le froid me saisit violemment. Je déboutonnai la chemise d'Adam pour ne pas être en reste. Il esquissa un mouvement de recul par réflexe quand mes doigts frôlèrent son torse.

– Bon sang, bougonna-t-il. Il faut agir d'urgence.

– Comment ça ? m'inquiétai-je.

– Tu es glacée ! Je vais te réchauffer, moi...

J'étais glacée ? Je ne m'en étais pas rendu compte ! Il attrapa mes poignets et les maintint dans mon dos pour m'empêcher de le toucher. Ses yeux glissèrent sur l'échancrure de mon soutien-gorge. Sa main libre vint caresser la dentelle qui bordait ma poitrine. Un frisson courut le long de ma colonne vertébrale.

— Adam... murmurai-je.

Mes sous-vêtements atterrirent à leur tour sur le sol.

— N'aie pas peur, ordonna-t-il d'une voix rauque.

Il me souleva sans effort et me déposa assise dans la baignoire qui se remplissait à gros bouillons. L'eau chaude mordit ma peau froide. La mousse m'arrivait déjà au nombril. Je serrai mes genoux contre ma poitrine dans l'espoir de me réchauffer plus vite. Adam se débarrassa rapidement de ses vêtements. Je détournai timidement les yeux et l'entendis rire.

— Tu as le droit de me regarder, ma douce. Parce que moi, je ne me prive pas.

Je virai à l'écarlate. Il essayait de me changer les idées, hein ? Il y arrivait drôlement bien ! Je lui glissai un coup d'œil par en dessous et sentis le rouge me monter jusqu'à la racine des cheveux. La pudeur n'existait pas chez ce garçon. Les muscles, par contre... Et en plus, de toute évidence, la perspective de me « réchauffer » le stimulait grandement. Je tentai de me concentrer sur la cicatrice qui ornait son épaule. Sans grand succès. Je ne voyais que le reste.

Il vint s'asseoir à mes côtés. L'eau monta de quelques centimètres, mais je n'eus pas besoin de bouger d'un poil. Cette baignoire aurait pu en accueillir trois comme nous. Ce que je ne souhaitais pas particulièrement, soit dit en passant. Je me blottis contre lui, l'esprit déchiré entre mes craintes pour sa vie et l'envie qui naissait en moi. Il passa un bras autour de moi pour m'attirer contre sa poitrine et m'enveloppa tout entière. La chaleur de l'eau qui montait toujours et celle de son corps me firent frémir.

— On a vraiment un lien avec les salles de bains, déclara-t-il négligemment en traçant un dessin imaginaire sur mon omoplate. La première fois qu'on a fait l'amour, c'était dans une salle de bains. Et à chaque fois qu'on prend un bain ensemble, on finit par une relation sex...

— Adam ! l'interrompis-je, effarée. Pourquoi tu parles de ça ?

Il haussa un sourcil.

— Eh bien... Je suis romantique, non ?

— Romantique ?

— Je parle d'amour. Firmin m'a assuré que c'était comme ça qu'on s'y prenait. C'est bien ce que tu voulais ? Que je sois romantique ?

Sidérée, je le contemplai, la bouche ouverte. Du coup, il perdit un peu d'assurance.

— Non ?

J'éclatai d'un fou rire monumental. Mon pauvre fiancé se renfrogna, vexé.

— Quoi ?

— Oh mon Dieu, Adam ! hoquetai-je, les yeux pleins de larmes d'hilarité. Tu es vraiment incroyable !

— Pourquoi ?

— Firmin voulait dire... l'Amour ! Avec un grand A ! Les sentiments, pas l'acte !

— C'est quoi la différence ?

Mon fou rire repartit de plus belle et je me jetai à son cou.

— Surtout, ne change rien, murmurai-je en blottissant mon visage contre sa peau humide, encore agitée de soubresauts de rire. Je t'aime.

— Ah...

Il posa sa tête sur la mienne, rassuré. L'eau nous arrivait désormais presque sous les bras et la mousse me montait jusqu'au nez. Adam coupa le robinet et me cala mieux contre lui. Ses mains plongèrent sous la surface pour courir sur ma peau. Je frissonnai. Autant ses caresses sur mes épaules m'avaient rassurée et apaisée, autant celles qui frôlaient désormais ma poitrine échauffaient mes sens. Je couvris de baisers sa peau émergée et parfumée par la mousse. Il se redressa un peu pour prendre possession de mes lèvres. Mon cœur s'emballa. Cette soirée ne pouvait pas être la dernière. Mes doigts se perdirent dans ses cheveux et j'enroulai mes jambes autour de ses hanches. Non, c'était impossible. J'allais trouver une idée. Je l'enlaçai plus fort. Il était à moi. Je ne laisserais aucun Geistjäger me l'enlever. Sa peau humide contre la mienne m'électrisait et la raideur contre le bas de mon ventre m'empêchait de réfléchir correctement. Il avait raison. Nous avions un lien avec les salles de bains.

Ses doigts remontèrent le long de mes jambes puis effleurèrent mes cuisses et j'oubliai tout autour de moi. Mon souffle se raccourcit entre nos baisers et la chaleur dans les parties intimes de mon corps m'embrasa. Mon bassin ondula contre le sien, comme une invitation. J'avais tellement envie de lui, de sa présence contre moi, en moi. Je voulais le garder pour toujours. Les caresses d'Adam se prolongeaient avec une douceur infinie. Pourtant, il ne franchissait pas la barrière de ma féminité. J'avais lâché ses épaules pour nouer mes bras autour de son torse.

– Adam ? chuchotai-je.

– Oui ?

Mes joues s'enflammèrent.

— C'est bon, je suis réchauffée.

Il se décala à peine pour m'adresser un sourire rieur.

— Tu progresses, ma douce. Un jour, tu finiras par me le dire clairement.

— Te dire quoi ? marmonnai-je en détournant les yeux.

Ses lèvres frôlèrent ma tempe.

— Me dire que je peux te pénétrer parce que tu en as envie.

Je sentis mes oreilles devenir rouge vif. Jamais de la vie ! Ces mots-là n'appartenaient pas à mon vocabulaire !

Adam rit devant ma réaction et ses mains reprirent leur exploration, plus profondément. La délicatesse de ses mouvements attisa le feu qui brûlait déjà en moi. Mes mains contournèrent ses hanches, s'attardant sur les articulations de ses cuisses, et frôlèrent son membre raidi par le désir. L'étreinte d'Adam se fit plus forte et son souffle sur mon cou me grisa. Je le guidai en moi, lentement, profitant de chaque seconde de sa présence. Je ne pensais plus à rien d'autre qu'à lui, à ses muscles qui roulaient sous sa peau à chaque nouvelle caresse, à ses lèvres qui jouaient avec le lobe de mon oreille, à ses cheveux bruns dans lesquels j'avais enfoui mon visage et à l'odeur de son corps qui emplissait mes narines. Je ne voulais que lui au monde. La plénitude m'envahit. Il entama un mouvement de va-et-vient très lent, encore amorti par l'eau du bain. Je me mordis l'intérieur des joues. C'était délicieux. Je donnai une impulsion pour accélérer et Adam me serra plus fort. Le plaisir montait comme une vague impérieuse. J'en voulais plus. Oubliant toute pudeur, je m'agrippai à ses hanches pour l'attirer plus profondément encore. Je l'aimais tellement ! L'eau s'agita autour de nous comme nos mouvements devenaient plus rapides. La mousse passait par-dessus bord, mais ni Adam ni moi n'y prêtions la moindre attention. Notre rythme atteignait un point de non-retour. Mes gémissements noyés dans le bruit des éclaboussures semblaient galvaniser Adam. Ses mains sur mes hanches m'imposaient une danse de plus en plus rapide.

La jouissance déferla sur moi avec une douceur fabuleuse. Pendant un instant, mon souffle resta comme suspendu dans les airs. Puis je me laissai aller contre le corps d'Adam, qui reprenait sa respiration, adossé contre le rebord de la baignoire. Ses bras m'emprisonnèrent comme s'il craignait de me voir partir. Durant un long moment, le silence régna, seulement entrecoupé par le bruissement de la mousse. La tête contre la poitrine de mon fiancé, j'entendais son cœur battre calmement, apaisé. Écoutait-il le mien de la même façon ?

Mes pensées revinrent malheureusement trop vite à ce qui me préoccupait. Je n'avais toujours aucun plan pour l'empêcher de partir. Discuter ne servirait à rien avec lui, j'en avais bien conscience. Alors quoi ? Je me crispai. Adam remua.

– Bon, murmura-t-il. J'imagine que pour le moment, je m'en contenterai.

– De quoi ? m'inquiétai-je.

– Du « je suis réchauffée ».

Le rouge me remonta aux joues.

— Bonne idée, bougonnai-je. Et si tu veux plus que ça, tu as intérêt à revenir de cette fichue convention.

Une étincelle d'intérêt s'alluma dans ses yeux.

— Vraiment ? Donc, après-demain, si je suis encore en vie, tu me le diras ?

— On verra.

Il était fichu de me le réclamer, tel que je le connaissais, l'animal ! Il laissa échapper un rire et réajusta sa prise sur moi pour que je ne glisse pas. Je reposai ma tête contre son épaule. Une nouvelle idée germa dans mon esprit. Si je ne pouvais pas lui interdire de partir, le lendemain, et si... ?

Adam caressa doucement mes cheveux.

— Merci, ma douce, chuchota-t-il.

— De quoi ?

— De ne pas essayer de m'empêcher d'y aller.

Je ne répondis rien. Mon plan était désormais clair dans ma tête et nul ne devrait rien en savoir jusqu'à ce que je le mette à exécution. Sauf qu'une personne le connaissait déjà.

Je me concentrai de toutes mes forces tandis qu'Adam refermait les yeux pour se laisser aller contre le rebord de la baignoire.

Clématite, songeai-je. *Si tu parles, je te jure que c'en est fini de notre amitié.*

Aucune réponse ne me parvint. Évidemment. Je ne lisais pas dans les pensées des autres, moi. Il n'y avait plus qu'à espérer qu'elle ait entendu.

11
Escarmouches façon Charlotte

Adam se leva tôt le lendemain matin. Je l'imitai pour petit-déjeuner avec lui et nous fûmes rapidement rejoints par Lazare, visiblement contrarié. La partie du plan destinée à déterrer la taupe n'avait pas fonctionné. Aucun des hôtels où j'étais censée passer la nuit n'avait subi d'intrusion. Soit notre plan avait fuité, soit ma mort n'était plus une priorité. Aucun d'entre nous ne savait s'il fallait s'en réjouir ou non et mes tartines me parurent bien fades.

Les deux Lesath s'éclipsèrent dès que les Apodis vinrent les retrouver. Si mon ventre se noua d'angoisse, je n'en montrai rien. Aucun d'entre eux n'allait manquer mon changement de fréquence cardiaque, mais je tenais à sauver les apparences. J'allais devenir une Scorpi, que diable ! Et puis, en théorie, ils ne risquaient rien avant dix-sept heures, ce soir. Les échauffourées de début de congrès seraient des combats à sens unique. Les Chasseurs mourraient avant d'avoir eu le temps de comprendre qu'ils étaient attaqués. Je les regardai partir, droite et stoïque sur le pas de la porte de l'hôtel. Un pas léger résonna derrière moi et Clématite surgit à mes côtés. Une expression revêche couvrait son visage d'ordinaire si gracieux. Ah. Elle avait dû m'entendre, en fin de compte.

– J'ai entendu, oui, grommela-t-elle.

– Et ? m'enquis-je négligemment.

– Je désapprouve d'un bout à l'autre.

Ça, je le savais.

– Et ? insistai-je.

La nymphe grimaça.

– Permettez-moi au moins de vous accompagner, mademoiselle.

– Non.

– Vous aurez besoin d'aide !

– Tes pouvoirs ne fonctionnent pas sur les Geistjägern.

Elle se renfrogna.

– Quand nous serons de retour au manoir, grogna-t-elle, moi aussi, je prendrai des cours avec les goules.

– D'accord, approuvai-je légèrement. Faisons comme ça.

Je sentis son regard anxieux sur moi, mais ma décision était ferme et définitive.

– Ils sont déjà partis ? demanda une voix grave dans notre dos.

Je jetai un coup d'œil. Balard venait de descendre dans le hall.

– Oui, soupirai-je. Ils voulaient être sûrs d'arriver les premiers, au cas où, je cite, « ces paranoïaques de Geistjägern mettraient des sentinelles sur le chemin ».

Balard hocha la tête.

– Vous avez pris votre petit déjeuner, Charlotte ?

– Oui, mais je vous accompagne quand même. Ce sera mieux que d'attendre toute seule dans ma chambre...

Il me tapota gentiment l'épaule pour me réconforter et lança un regard à Clématite.

– Et vous ? demanda-t-il prudemment. Vous mangez... la même chose que nous ?

– Bien sûr, répondit la nymphe avec un battement de cils charmeur. Un homme comme vous, cela donne faim !

L'inspecteur haussa un sourcil. Clématite se frappa le front, avec l'air de se rappeler brusquement un détail.

– Ah ! Suis-je bête, s'exclama-t-elle. C'est vrai que ça ne fonctionne plus sur vous. Dans ce cas, non, non, merci Daniel, je ne déjeune pas avec vous. La nourriture tripotée par des tas de robots métalliques, très peu pour moi.

Elle nous adressa un sourire radieux accompagné d'une petite révérence et partit vers l'escalier. Balard se tourna vers moi, blasé.

– Je ne sais pas comment vous faites, Charlotte...

Un soupçon de bonne humeur me revint. Ils avaient le chic, quand même...

Sophie nous rejoignit dans la salle du petit déjeuner une bonne demi-heure plus tard. Balard avait eu le temps d'avaler l'équivalent d'une baguette, deux brioches, quatre croissants, une tranche de jambon bien épaisse et un certain nombre de morceaux de fromage, ce qui ne l'empêcha pas de reprendre des toasts beurrés et un grand bol de café pour accompagner mon amie. Lui, la nourriture tripotée par des robots métalliques ne le dérangeait pas.

En repassant par la salle de réception, nous aperçûmes Élias qui jouait avec Croquette près d'un fauteuil.

– Regardez ! nous lança-t-il de loin. J'ai appris des tours à Croquette !

Nous approchâmes.

– Croquette, dit gravement le petit garçon, assis.

Le chien s'assit sur son arrière-train. Je hochai la tête d'un air encourageant et Sophie esquissa un sourire amusé. Le beagle connaissait l'ordre « assis » depuis des années.

– Et maintenant, Croquette, reprit Élias, roulé-boulé !

Croquette agita la queue tout en dévisageant l'enfant de ses yeux chocolat pleins d'amour.

– Mais non ! Je ne t'ai pas dit de frétiller de la queue ! J'ai dit roulé-boulé !

Aucune réaction côté beagle. Sophie pouffa derrière sa main et Balard regarda poliment ailleurs.

– Allez ! Roulé-boulé ! Roulé-boulé, Croquette ! Tu ne te souviens pas ? Comme ça !

Élias se mit à quatre pattes et roula sur le tapis. Croquette inclina la tête et laissa pendre sa langue, l'air très satisfait. Bon. Croquette avait dressé Élias à faire des roulés-boulés. En une demi-journée. Cela promettait pour la suite.

– Tu as mangé, mon chou ? demandai-je distraitement.

– Oui. Mais c'est moins bon que ce que prépare Nicolette.

– Tu trouves ? s'étonna Balard.

– On fait quoi, ce matin, Charlotte ?

Je lançai un regard interrogatif à Sophie, qui sortit son guide un peu froissé de sa poche.

– J'ai noté plein de choses que vous allez adorer ! Ça vous dit de visiter un atelier de masques ?

Un immense intérêt m'anima soudain. Des masques ? Mais quelle bonne idée !

Sac à dos sur les épaules – j'avais laissé tomber mon sac à main abîmé par son passage sous l'eau –, je suivis la troupe dans les galeries qui racontaient l'histoire des masques et du carnaval de Venise, tout en surveillant Élias du coin de l'œil. Le petit garçon levait parfois le nez comme s'il écoutait un bruit lointain, puis courait aux vitrines suivantes. Adam et Lazare ne devaient pas rencontrer de difficultés particulières. Combien de Chasseurs réussiraient-ils à éliminer ?

Comme je m'en doutais, la visite de l'atelier se clôturait sur une boutique aux articles hors de prix. Je choisis pour moi un superbe masque blanc moucheté d'émeraude, aux lèvres rouge sang et au contour des yeux bordé de délicates courbes pourpres. Une petite voilette descendait jusqu'à l'arête du nez, masquant élégamment mon regard, et un foulard rubis était destiné à recouvrir les cheveux. Sophie frôla la crise cardiaque en voyant les tarifs, mais opta pour un loup crème orné de plumes noires quand je lui proposai de le lui offrir. Balard pencha pour un modèle entièrement doré surmonté d'une coiffe bleue qui le faisait plus ressembler à une momie égyptienne qu'à un Vénitien en plein carnaval, et Élias poussa des hurlements de joie en découvrant le masque d'Iron Man caché sous une pile. Je réglai pour tout ce petit monde et nous nous retrouvâmes dehors.

— Charlotte, je peux mettre mon masque ? exulta Élias.

— Bien sûr, mon chou.

— Génial !

Ni une ni deux, Iron Man miniature fut parmi nous et se mit à courir sur les pavés qui bordaient le canal le plus proche. Croquette fonça le rejoindre en aboyant avec un enthousiasme évident. J'entourai mes cheveux de mon voile rouge et enfilai mon propre masque.

— Tu vas te balader comme ça ? s'étonna Sophie.

— Oui, affirmai-je d'un ton désinvolte. Je ne vais quand même pas laisser Élias jouer tout seul.

— Oh...

Du coup, elle sortit son loup du sac et le posa sur son nez. Avec un sourire entendu, Balard nous imita. Parfait. Avec ça, même si nous croisions un Chasseur en pleine rue, au mieux il ne nous prêterait pas la moindre attention, au pire il nous prendrait pour un groupe de touristes un peu neuneus. Aucune chance qu'il identifie la princesse Scorpion sous le déguisement.

Il fallut retirer nos accoutrements pour manger et montrer nos têtes aux entrées des musées, mais nous déambulâmes ainsi la moitié de l'après-midi. Aucun de nous ne le regretta, d'ailleurs, car le ciel voilé et les températures froides de ce début novembre rendaient la morsure du vent désagréable. Les Vénitiens nous jetaient des regards indifférents, les gondoliers nous saluaient en agitant leurs chapeaux et pas l'ombre d'un

Geistjäger ne vint troubler nos visites. Je n'arrêtais pas de consulter ma montre, le ventre noué. Le moment fatidique approchait. Pourtant, Élias ne montrait toujours aucun signe d'inquiétude. Comment pouvait-il rester aussi serein ?

Une église sonna seize heures trente au moment où nous sortions du Palazzo Mocenigo, un très beau palais qui exposait une superbe collection de costumes d'époque et de parfums. Élias se frotta le nez, le masque d'Iron Man sur le haut du crâne. Il s'était beaucoup amusé à renifler les flacons un par un, je n'étais pas sûre qu'il arriverait à sentir quoi que ce soit d'ici le lendemain. La luminosité baissait à vue d'œil. Timing parfait.

– Et maintenant, le muséum d'histoire naturelle ! lançai-je joyeusement.

– Ouais ! Les dinosaures ! s'exclama Élias en levant les bras vers le ciel.

– Et les mammouths, précisa Sophie.

– Et les mammouths !

Je souris. Le plan se déroulait sans la moindre anicroche. Nous partîmes à pied. La distance entre les deux musées ne nécessitait pas un vaporetto. Quelle chance, ce musée providentiel !

Nous y arrivâmes rapidement et Sophie se décomposa devant un panneau à l'entrée.

– Oh mince, murmura-t-elle. C'est interdit aux chiens.

En effet. C'était même précisé sur l'un des dépliants que nous avions épluchés au déjeuner, alors que nous préparions notre programme de l'après-midi. J'étais la seule à avoir repéré le petit pictogramme sur le prospectus et j'avais soigneusement posé ma tasse dessus. Les épaules d'Élias s'affaissèrent de déception.

– Oh non ! Comment on va faire ? On ne va pas partir, hein, Charlotte ?

Je fis semblant de réfléchir en frottant le menton de mon masque, puis m'accroupis devant lui.

– Je sais, déclarai-je en refermant la fermeture éclair de son anorak jusqu'en haut. On va former deux groupes. Sophie, Daniel et toi, vous allez voir les dinosaures pendant que moi, j'emmène Croquette.

Un éclair de suspicion traversa les yeux acier de Balard, seule partie visible de son visage sous le masque doré.

– Vous allez faire quoi ? s'inquiéta Sophie.

– Prendre un bon thé bien chaud dans un café, répondis-je d'un ton rassurant. Comme je commence à avoir mal aux pieds, ça sera parfait pour me reposer.

– Tu es sûre ?

– Certaine.

– Tu ne vas pas t'embêter ?

Je haussai les épaules.

– Ne t'inquiète pas. Quand j'aurai fini mon thé, je rentrerai à l'hôtel et on se retrouvera là-bas. Ce musée est le dernier de la journée, de toute façon, non ? Si on veut être à l'heure au théâtre, ce soir ?

Elle hocha la tête et les plumes noires de son loup ondulèrent.

– Je vais me joindre au groupe Charlotte-Croquette, annonça l'inspecteur. J'ai les pieds en compote, moi aussi. Et les dinosaures, ça n'est pas trop mon truc.

Élias se tourna vers Sophie, les yeux écarquillés par la crainte.

— On va quand même voir les dinos, hein ?

— Euh… Oui, bredouilla mon amie, un peu surprise par le rebondissement.

— Ouais ! On pourra manger des glaces ?

Je souris. Mon brave petit chou. Je savais que je pouvais compter sur lui. Même s'il ne le faisait pas exprès. Il n'y avait plus qu'à espérer que Balard ne me mettrait pas de bâtons dans les roues.

Je confiai quelques billets à Sophie contre sa promesse d'acheter une glace et un souvenir à Élias au muséum, puis déposai un baiser sur le front du petit garçon, ce qui me valut un regard plein d'amour. Le temps qu'ils disparaissent dans le musée, je prenais déjà la direction du vaporetto. Balard me suivit, tout comme Croquette.

— Charlotte, maugréa l'homme, dites-moi que vous n'avez pas l'intention de rejoindre Adam.

— Pas du tout, répondis-je avec légèreté. Il serait fou de rage.

— Ah…

Il m'observa avec suspicion tandis que je grimpais sur le ponton qui servait d'arrêt bateau-bus.

— On va réellement boire un thé ?

— Ça vous inquiète beaucoup ? demandai-je gentiment.

— Adam m'a chargé de votre sécurité. Bien sûr que ça m'inquiète.

— Ah bon ? Je croyais que c'était Élias qui devait veiller sur moi ?

Le policier haussa les épaules.

— Adam semblait penser que son frère n'était pas fiable à cent pour cent. Quand je vois que le petit vient de vous lâcher pour des os de diplodocus, je comprends son manque de confiance.

Je souris en caressant Croquette, qui s'était assis à mes pieds avec une expression grave, comme si lui savait exactement ce qui nous attendait.

– Où va-t-on, alors ? reprit-il.

– On va juste surveiller, expliquai-je prudemment.

– Ce qui signifie ?

– On va là-bas, on se cache pour voir si tout se passe bien. Et si ça ne se passe pas bien...

Je haussai les épaules. Balard soupira.

– Adam vous sentira arriver à des kilomètres.

– Non. Mon cœur bat trop vite depuis le début de la journée, il ne doit plus s'en inquiéter. Et en théorie, il devrait être concentré sur autre chose, à présent. Il ne m'entendra pas venir.

L'inspecteur se renfrogna. Le vaporetto arrivait.

– Nous ne devrions pas nous mêler de ça.

Je me redressai pour le regarder droit dans les trous de son masque.

– Inspecteur, j'y vais. Un point c'est tout.

Quelques secondes de silence. Puis :

– Vous savez le pire, Charlotte ?

– Non ?

– J'étais en train de chercher une excuse pour tous vous planter là et aller les rejoindre sans vous le dire.

Ah. Eh bien heureusement qu'il n'en avait pas eu le temps, on aurait eu l'air bête à se retrouver devant le lieu du congrès... Nous montâmes dans le bateau-bus.

– Pourquoi avoir emmené Croquette ? s'enquit l'homme en nous trouvant trois places libres côte à côte – deux pour son immense carcasse, une pour le beagle et moi.

— À cause d'Adam. Quoi qu'il arrive, il me reprochera d'être venue toute seule. Je pourrai répondre que je n'étais pas seule, j'avais mon fidèle Croquette.

— Je croyais que ce chien était un trouillard.

— Oh ça, il l'est ! Mais normalement, Adam ne le sait pas. Ne vendez pas la mèche, d'accord ?

Le masque doré soupira. Cela voulait sûrement dire oui.

Nous ralentîmes le pas en arrivant dans la rue qui menait au congrès. J'hésitais. Retirer mon masque, au risque que mon visage soit reconnu, ou le garder, et attirer tous les regards ? L'obscurité s'épaississait et les lampes dans les maisons s'allumaient les unes après les autres. Si j'attachais bien mes cheveux et que je restais dans l'ombre, a priori, personne ne s'intéresserait à moi. Surtout qu'à cette heure-ci, les Geistjägern devaient prendre place pour leur fameuse conférence sur les principales familles qui allaient débarquer. Balard acheva de me décider en ôtant son propre masque et son turban bleu. Je l'imitai et rangeai l'ensemble dans mon sac à dos.

— Et maintenant ? chuchota-t-il.

— Je connais une bonne planque où on pourra observer sans être vus. Venez.

Nous longeâmes une rue adjacente jusqu'à la cachette où je m'étais dissimulée deux jours plus tôt. La petite arche plongée dans la pénombre était toujours là, avec sa toile d'araignée, à quelques pavés du canal étroit. Je m'y dissimulai de mon mieux. Croquette trottina jusqu'au bord de l'eau et tendit le museau pour renifler l'eau noire, la queue frétillante. Une masse qui ressemblait à un amas d'algues troubla la surface. Tiens, tiens...

— Bon sang, marmonna le policier en s'accroupissant près de moi. Ils sont déjà là.

Je me détournai du canal pour observer le bâtiment. Des silhouettes sombres se découpaient dans la lumière chaude émanant des vitres et traversaient la place pavée comme des flèches. L'eau qui clapotait et les bruits éloignés de la ville couvraient le son de leur course. Arrivées près du chenal qui servait de douve, ces silhouettes bondissaient d'un mouvement souple et atterrissaient sur le mur de l'autre côté, où elles restaient immobiles, quasiment invisibles si on ne les cherchait pas. Je frissonnai, autant de froid que d'inquiétude. Comment parvenaient-elles à s'accrocher à cette paroi lisse ? Les créatures de l'ombre possédaient-elles du sang d'araignée ?

— La vache... marmonna Balard en resserrant son imperméable autour de lui. Ils réussissent à distinguer les jointures des briques pour s'y cramponner depuis l'autre côté du canal. Je comprends mieux comment ils ont pu perpétrer certains meurtres. Ces types ne sont vraiment pas humains...

— Ah, c'est ça, soupirai-je, soulagée.

Il me jeta un coup d'œil surpris.

— Que pensiez-vous que c'était, Charlotte ?

Je haussai les épaules en évitant de lever le nez vers la toile d'araignée qui pendait au-dessus de nos têtes. Pas la peine de passer pour une nouille...

Une ombre plus grande que les autres se lança à son tour. Je me tassai un peu plus. Ça, c'était Lazare. Il se cramponna au mur et commença à grimper. Comme si elles n'attendaient que cela, les autres créatures se mirent à escalader elles aussi. Elles s'arrêtèrent autour des fenêtres. Une seconde s'écoula. Puis un crissement retentit. Très léger. Et toutes les fenêtres volèrent en éclats.

Mon souffle se suspendit. Les créatures de l'ombre s'engouffrèrent dans le bâtiment avant même que les morceaux de verre atteignent l'eau. Je serrai les poings et comptai dans ma tête. Un. Deux. Trois. Le premier cri retentit. Un véritable hurlement de rage. Je me forçai à respirer à fond. Hors de question que mon cœur s'emballe. Je ne voulais pas alerter Adam. La main de Balard s'était crispée dans la poche intérieure de sa veste. D'autres cris résonnèrent et des bruits de lutte se mirent à les entrecouper. Tous mes muscles se bandèrent par réflexe. Et voilà. Cela avait commencé. Les Geistjägern n'avaient pas mis longtemps à retrouver leurs esprits. Combien nos amis avaient-ils réussi à en éliminer ?

– Charlotte, grommela l'inspecteur sans quitter le bâtiment des yeux, s'il devait se passer quelque chose, il se peut que je fasse usage de mon arme. Il ne faudra pas avoir peur, d'accord ?

– D'accord, bredouillai-je.

– Il se pourrait même...

Il hésita une seconde.

– Il se pourrait que je tue quelqu'un. Vous supporterez ça ?

Je clignai des paupières et réalisai brusquement que, ce que je souhaitais, c'était l'extermination pure et simple d'un groupe entier d'êtres humains. Je déglutis péniblement.

– Daniel ? bredouillai-je.

– Oui ?

– Vous croyez que je suis devenue un monstre ?

Il cessa une seconde sa surveillance pour me jeter un regard incrédule.

– Un monstre ? Vous ?

– Je... Je ne crois pas que ça me dérangera, si vous en tuez un...

Il plissa les yeux pour m'étudier.

– En plus, je n'ai pas essayé d'arrêter Adam quand il parlait de massacrer tous ces gars, ajoutai-je d'une toute petite voix.

– Ça aurait fonctionné, si vous aviez essayé ?

– Euh...

En fait, non. Cela ne fonctionnait déjà pas quand j'essayais de l'empêcher de tuer des humains lambda – ceux qui ne démembraient pas les fées avec des petites cuillères –, alors ceux-là...

– Mais je... je souhaite vraiment qu'ils meurent, ces horribles types, avouai-je.

Il haussa les épaules.

– Si tous les gens qui souhaitent la mort de quelqu'un sont des monstres, Charlotte, il ne reste plus grand monde de correct sur terre.

– Ah ?

– Tant que vous n'égorgez personne avec les dents, ça me va. Et ne vous évanouissez pas si j'utilise mon arme, s'il vous plaît.

Je pinçai mes lèvres, révulsée. Égorger quelqu'un avec les dents ? Quelle horreur !

Le dôme du bâtiment se couvrit soudain d'une couche blanche et des lézardes de givre s'étendirent sur les murs, étincelantes dans la lumière des lampadaires. Je me forçai à inspirer à fond pour rester calme. Les créatures de l'ombre étaient repérées et identifiées en tant que telles. Leurs pouvoirs n'avaient plus besoin de rester secrets. Croquette lâcha un jappement penaud et vint se blottir sous mes genoux, la queue entre les pattes. Toujours accroupie dans l'ombre de l'arche, je le caressai pour le rassurer. Heureusement qu'il ne raconterait jamais à Sophie ce qu'il voyait...

Un cri couvrit soudain les autres. Un cri de femme. Mon sang se glaça. Il n'y avait pas de femme chez les Chasseurs. Les créatures de l'ombre étaient en difficulté. Je me redressai malgré moi.

– Charlotte ! s'exclama Balard.

– Ils ont des problèmes, gémis-je. Il faut les aider.

– Et vous espérez faire quoi ?

Je me mordis les lèvres. L'esprit brisé entre mon envie de courir à la rescousse et la certitude que je ne les aiderais en rien, je fis un pas dans la direction du bâtiment et m'immobilisai.

– Cachez-vous ! souffla l'inspecteur sur un ton qui n'admettait aucune réplique.

Je l'entendis à peine. Adam s'en sortait-il ? Qui avait crié ? Sa cousine ? S'était-il précipité à son secours ? Et si les Geistjägern leur avaient tendu un piège ? Un guet-apens ? Et si mon fiancé n'en revenait vraiment pas ? Adam avait pris ses dispositions pour le cas où...

Mes pieds avançaient sans même que je m'en rende compte.

– Charlotte !

La bouche sèche, je jetai un coup d'œil en arrière. J'avais parcouru pratiquement la moitié de la distance qui nous séparait du pont de pierre. La tête de Balard émergeait de l'arche, le visage tourmenté par l'angoisse.

La porte du bâtiment s'ouvrit d'un coup. Je sursautai violemment. Un Geistjäger sortit à reculons et la claqua derrière lui. Il se mit à courir sur le pont. Mon sang ne fit qu'un tour. Il allait s'échapper ! Non ! Où étaient les créatures de l'ombre ? Il fallait l'arrêter ! Je bondis en avant et fonçai vers lui. Il ne pouvait pas avoir tué ses adversaires ! Si ? Mais qui ?

Il me vit arriver et sa bouche s'arrondit en un O abasourdi. La rage cogna à mes tempes. Qu'avait-il fait à mes amis pour réussir à s'enfuir, ce monstre ? Je lui décochai un coup de poing dans le ventre avec tout l'élan de ma vitesse. Il se plia en deux, le souffle coupé. Sans hésiter, je lui en collai un deuxième en plein dans la mâchoire. Il tituba en direction du canal.

– Framboise ! hurlai-je.

La sirène jaillit de l'eau noire dans une gerbe bruissante. J'en restai bouche bée. Elle s'était propulsée à au moins trois mètres de haut et sa queue en mesurait largement cinq. Sa peau et ses écailles luisirent dans la lumière des lampadaires. Je n'eus pas le temps d'en voir plus. La queue interminable s'enroula autour du Chasseur hébété et ils s'enfoncèrent sans douceur dans le canal. Abasourdie, je me retournai pourtant d'un bond quand un froid brusque lécha mes épaules. Un homme se tenait derrière moi et contemplait les remous de l'eau avec un air totalement incrédule. Son nom me revint. Laslo Aldébaran. Le type qui avait dragué Marthe dans leur jeunesse.

— Je n'y crois pas, marmonna-t-il en se passant la main sur le menton. Elle a dressé une sirène...

Dressé ? Il voulait mourir ou quoi ? On parlait d'une sirène, pas d'un phoque ! Et que fichait-il là, au lieu de protéger Adam ?

— Retournez vous battre, vous ! rugis-je en désignant le bâtiment. Et grouillez-vous !

Il recula d'un pas et leva les mains en signe de paix.

— Très bien, désolé. J'ignorais que l'issue était gardée. Je voulais juste empêcher ce Chasseur de...

— Grouillez-vous, j'ai dit !

Laslo hocha la tête et se fendit d'une petite courbette avant de disparaître dans un courant d'air glacé. Non mais !

Je restai seule devant le pont de pierre, le cœur battant, désœuvrée. La main avec laquelle j'avais frappé le Geistjäger m'élançait violemment.

— Charlotte !

Je me retournai. Balard courait vers moi, Croquette sur les talons. Il m'attrapa par le coude et m'entraîna dans l'ombre du pilier du pont de pierre.

— Ne restez pas au milieu ! pesta-t-il. Avec le bruit, les gens vont commencer à regarder dehors.

Déconcertée, je levai le nez vers les fenêtres des maisons alentour. Rien ne bougeait, pourtant. Les yeux de Balard fouillaient les environs.

— Quand je pense que je m'inquiétais d'utiliser mon arme devant vous, maugréa-t-il. Depuis quand vous êtes-vous mise à la boxe ?

– Euh... bredouillai-je.

– C'est elle, votre copine sirène dont Lazare m'a parlé ?

– Euh... Oui.

– Elle va s'en sortir, toute seule ?

– Ben... J'espère...

– Bon. Pitié, restez derrière moi, maintenant. Sinon, on va se faire repérer et Adam va me tuer.

Le canon de son revolver brilla dans la pénombre tandis qu'il scrutait le canal, au cas où le Chasseur remonterait. Malgré ma confiance en ma nouvelle amie, je me tassai prudemment sur moi-même. Croquette rampa sur les dalles jusqu'au bord de l'eau comme s'il comprenait les enjeux de notre présence, et pointa le museau vers les remous qui s'apaisaient. Hum. Il l'aimait vraiment, sa sirène. Il faudrait que je demande des explications à Clématite. Plus tard.

Je relevai les yeux vers le bâtiment. Si un autre Geistjäger s'avisait de sortir, peu importaient les invectives de Balard, je lui sauterais dessus ! Ma main m'élançait toujours. Je grimaçai. Pourvu que je n'aie rien de cassé...

Quelques secondes passèrent, troublées par les bruits de lutte, de verre brisé, et les cris des hommes à l'intérieur. Je renonçai à maîtriser les battements de mon cœur. Bon sang, cela durait depuis des heures, non ? La porte s'ouvrit soudain à nouveau. Je me ramassai sur moi-même, prête à bondir. Une silhouette petite et trapue s'élança sur le pont.

– Halte ! s'exclama Balard en braquant son arme vers elle. Police !

Hein ? Mais à quoi jouait-il ?

La silhouette ralentit mais ne s'arrêta pas. Une sensation d'étouffement m'écrasa brutalement la poitrine. Je vacillai, furieuse. Évidemment ! L'inspecteur tomba à genoux. Un coup de feu fendit le silence. Le Geistjäger poussa un cri et trébucha sur le pont. L'oppression sur mes poumons ne cessa pas pour autant.

– Daniel ! gémis-je.

– C'est bon, suffoqua celui-ci. Je lui ai tiré dans la jambe, il ne s'échappera p...

Sa phrase se fondit dans le râle qui lui échappa. Je m'écroulai sur le sol. L'écrasement redoublait. Oh mon Dieu, non ! Un froid tomba soudain sur mes épaules et je pus respirer librement. J'inspirai à grandes goulées. Sur le pont, une ombre fine se redressa, poings sur les hanches. Le Chasseur gisait à ses pieds.

– Si vous vous contentez de les blesser, déclara l'ombre d'une voix claire, ils ne vous rateront pas, eux.

Je plissai les yeux. Mouette ?

C'était bien elle. La cousine d'Adam nous contemplait en agitant négligemment l'extrémité de sa longue queue-de-cheval noire. Daniel s'assit sur le sol, la main encore posée sur sa poitrine, perturbé.

– Mais... Mais je voulais...

– Vous vouliez lui donner une chance de se rendre pour le juger avec la justice des humains, je sais. Malheureusement, ça ne fonctionne pas comme ça. Si vous leur accordez les sommations obligatoires dans les pays civilisés, vous y laisserez votre peau. Adam nous a raconté que vous aviez l'habitude des criminels, mais ceux-là, vous ne les verrez pas sortir leur arme. Si vous le permettez...

Elle me rejoignit et m'attrapa sous les aisselles pour me remettre sur pied.

– On y va.

– Quoi ? m'exclamai-je. On va où ? Je...

– Ordre d'Adam. On ne discute pas. Quelqu'un viendra vous chercher, Daniel.

– Mais... Non !

Trop tard. La jeune Polynésienne me saisit par la taille et les ombres se refermèrent sur nous.

– Arrête ! criai-je en me débattant tandis qu'elle me soulevait sans effort apparent. Lâche-moi tout de suite ! Pose-moi par terre ! Mouette !

Elle me jeta un regard sidéré sans cesser d'avancer.

– Mouette ? répéta-t-elle.

– Moeta ! Je ne veux pas partir !

– OK, OK...

Elle me laissa tomber par terre et le voile d'ombres se dissipa. Ce qui ne changea pas grand-chose à la luminosité. Mon pied glissa sur le sol pentu et Mouette me rattrapa par le bras au dernier moment. Un vertige me saisit. Nous nous trouvions sur le toit d'une maison.

– Tu nous as emmenées où ? gémis-je.

– Pas très loin. Le congrès est là, regarde.

Je suivis la direction indiquée et aperçus la place, à une rue de là, désormais grouillante de silhouettes noires qui couraient dans tous les sens.

– Qu'est-ce que c'est que ça ? m'exclamai-je.

– Nous n'étions plus assez nombreux. Comme prévu par le plan, Lazare a sonné la retraite. Mais il ne pouvait pas le faire tant que tu montais la garde devant l'issue la plus évidente. C'est pour ça que je t'ai évacuée.

– Vous… Vous saviez que j'étais là ?

Mouette me jeta un regard par en dessous.

– Quoi ? marmonnai-je, mortifiée.

– Tu n'es pas encore princesse, tu sais ?

– Et alors ?

– Alors normalement, tu ne peux pas encore nous donner d'ordres.

Je haussai un sourcil, un peu inquiète.

– Je ne t'ai pas donné d'ordres ! m'exclamai-je en fouillant ma mémoire pour vérifier que je n'avais pas dérapé. Tu étais en train de me kidnapper, je me suis juste défend…

– Pas à moi. À Laslo Aldébaran.

– Hein ?

– Il est allé se plaindre à Lazare. C'est comme ça qu'il a su que tu étais là.

– Ah…

Je tentai de me souvenir des mots que j'avais employés. Je lui avais hurlé de retourner se battre. Et de se grouiller. Hum…

– Et il a répondu quoi, Lazare ? demandai-je, très ennuyée.

– Il a eu son sourire de chacal, là, tu sais ? Et il a dit à Laslo qu'il n'avait qu'à pas t'obéir, si ça ne lui plaisait pas.

Le rouge de la confusion me monta aux joues. Mon Dieu. J'avais donné un ordre pas du tout aimable à un type capable de me décoller la tête avec une seule claque. Déconfite, je contemplai la débâcle des Chasseurs survivants qui s'échappaient du bâtiment, là, en bas. Personne ne les poursuivait – pas de façon visible, en tout cas – mais ils couraient comme s'ils avaient la moitié des démons de l'enfer à leurs trousses. Je me concentrai pour les compter, histoire de cesser de songer à Laslo Aldébaran. Quinze. Dix-sept. Peut-être vingt. Vingt-deux ? Ils n'arrêtaient pas de bouger et certains avaient déjà disparu. Où étaient les créatures de l'ombre ?

Mouette me dévisageait sans cacher sa curiosité.

– À quoi tu penses, Charlotte ?

– Ben... murmurai-je. Je sais que c'est bête, mais quand je... quand j'ai dit à Laslo de... de retourner se battre, je n'ai pas envisagé une seule seconde qu'il n'obéirait pas.

La jolie Polynésienne opina du bonnet d'un air approbateur.

– C'est à ça qu'on reconnaît les vrais chefs, déclara-t-elle.

– Mais... Mais je... Il faudra que je m'excuse ?

– Surtout pas. Tu es une Scorpi, à défaut d'être une Lesath.

Ah. Cela signifiait sûrement quelque chose...

– La prochaine fois, ajouta-t-elle, attends juste d'être mariée à mon cousin, ça évitera les enn...

– Charloooootte !

Un véritable boulet de canon me fonça dans l'estomac et y resta. Le souffle coupé, je voulus reculer mais deux petits bras fermes retenaient ma taille. Je reconnus la tignasse d'Élias sous ma poitrine.

– Tu l'étouffes, Élias, nota aimablement Mouette sans intervenir le moins du monde.

L'étreinte se desserra et je pris une grande inspiration. Le petit garçon leva la tête vers moi. Mes poumons se bloquèrent à nouveau. Son visage était ravagé par les larmes. Mon cœur manqua un battement. Quelqu'un était mort ? Pas Adam !

— Charlotte ! sanglota-t-il. Tu es partie sans moi !

— Quoi ? m'écriai-je, au bord de la panique. Mais qui est mort ?

— Hein ?

— Qui est mort ?

— Ben... Personne.

Ah. Je me calmai. Les pleurs d'Élias redoublèrent.

— Tu es partie sans moi, Charlotte ! Je voulais venir !

— Désolée, mon chou, soupirai-je avec soulagement. Tu sais bien que je ne pouvais pas t'emmener. Il fallait quelqu'un pour distraire Sophie.

— Mais... Mais... je t'aime, Charlotte ! Je voulais tuer des gens pour toi !

Je fis la moue. Il y avait longtemps.

— En plus... sanglota-t-il de plus belle. En plus... tu es partie toute seule ! Adam... Il va me gronder !

— Je ne suis pas partie toute seule, mon chou. Daniel m'accompagnait. Et Croquette, aussi.

— Ah bon ? Croquette aussi ?

Je savais bien que Croquette était un bon argument.

— Et Framboise aussi, ajoutai-je avec de plus en plus d'assurance. Elle a de nouveau noyé un Chasseur.

Élias renifla et s'essuya le nez sur mon coupe-vent. Misère...

— Tu m'aimes quand même ? demanda-t-il d'une toute petite voix.

— Bien sûr que je t'aime ! m'exclamai-je en le serrant plus fort dans mes bras.

— Même si... Même si je n'ai tué personne ?

Il y avait vraiment un truc qui ne tournait pas rond chez ce gosse.

– Ce n'est pas la quantité de gens que tu tues qui est importante, Élias, décréta Mouette, c'est la qualité.

– Ah ?

– Un jour, tu trouveras la bonne personne à tuer pour Charlotte et ce jour-là, elle t'aimera encore plus.

Élias se redressa et frotta ses joues humides, l'air décidé.

Je soupirai, soudain très lasse. En fait, c'était toute la famille qui avait un problème.

12
Consignée au manoir

Mouette nous escorta jusqu'à l'hôtel, Élias et moi. Nous retrouvâmes en chemin l'inspecteur Balard qui portait dans ses bras un Croquette complètement traumatisé et Marthe, dont le front était marqué par une ride de souci verticale. Mon ventre se serra de nouveau.

— Où est Adam ? demandai-je d'une voix un peu trop aiguë. Et Lazare ?

— Ils supervisent la filature des derniers Chasseurs, répondit la femme sur un ton fatigué. Nous ne les attaquerons plus ce soir, mais il faut surveiller qu'eux ne se retournent pas contre nous. Hiro, mon frère, mon neveu et quelques volontaires tâchent de savoir où ils comptent trouver refuge.

— Et les autres ? soufflai-je. Ils vont bien ?

Marthe haussa les épaules et ses yeux bleu électrique s'assombrirent.

— Ils ne vont pas bien ? m'étranglai-je.

— Certaines familles ont dû évacuer leurs blessés de la zone rapidement, dit-elle à contrecœur. Je ne pourrais pas le jurer, mais... il me semble... J'ai l'impression qu'un ou deux rythmes cardiaques se sont éteints pendant la bataille.

– Quoi ?

– Il faudra vérifier. Ils sont peut-être juste devenus inaudibles pour moi pendant que j'étais concentrée sur autre chose.

Mouette n'ajouta rien, le regard rivé sur ses pieds. La panique me gagnait lentement, occultant même la douleur dans ma main.

– Adam va bien, reprit Marthe en me surveillant du coin de l'œil. Il a pris un coup dans la poitrine qui l'a envoyé valser contre un mur, mais Lazare a réglé son compte au Chasseur qui l'attaquait. Je ne suis même pas sûre qu'il ait des bleus.

Je me contentai de respirer à fond l'air froid et humide pour retrouver un peu de calme. L'image d'Adam projeté contre un mur allait me donner des cauchemars pour les trois prochaines semaines. Nous arrivions devant l'hôtel dont les éclairages chaleureux tranchaient étrangement avec l'ambiance pesante.

– Et Walder ? grogna Balard, le museau de Croquette caché sous son bras.

Marthe se redressa soudain et ses yeux lancèrent des éclairs.

– Aucune idée, siffla-t-elle. Je ne l'ai pas vu de tout le combat. Je ne sais pas où il se trouvait, mais pas au même étage que moi, ça c'est sûr.

– Ni au même étage que moi, releva Mouette.

– Tssssss...

Une bouffée de colère gonfla ma poitrine.

– Il est resté planqué tout du long ? m'exclamai-je.

– Ce sera impossible à prouver, cracha Marthe, mais il n'y avait que deux étages dans ce bâtiment. Sale pleutre...

– Vous voulez que je le tue ? s'enquit Élias, plein d'espoir.

– Et Croquette ? relançai-je en tentant d'étouffer mes propres projets de mort imminente à l'égard du Draconis. Qu'est-ce qui lui est arrivé ?

– Il n'a pas bien digéré le voyage dans les ombres, répondit Balard avec un coup d'œil critique au beagle dont la tête disparaissait toujours sous son coude. Ce chien ne sert vraiment à rien. Quand je pense qu'il n'a même pas essayé de mordre votre assaillant...

– Charlotte !

Le cri d'angoisse nous figea tous comme un seul homme. Sophie jaillit de l'entrée, en larmes.

– Oh Charlotte ! s'écria-t-elle. C'est horrible, j'ai perdu Él...

Son regard tomba sur le petit garçon qui me tenait la main.

– Élias !

Elle fondit sur lui et le serra de toutes ses forces dans ses bras.

– Espèce d'idiot ! cria-t-elle, à mi-chemin entre la fureur et le soulagement. Pourquoi est-ce que tu as disparu sans prévenir ? Tu te rends compte comme j'ai eu peur ? Et comment j'aurais pu annoncer ça à Charlotte, s'il t'était arrivé quelque chose ?

Élias la dévisagea comme si elle était devenue complètement folle. Mouette aussi. Balard fronça un sourcil et Marthe s'approcha subrepticement de moi.

– Tu veux que je la tue ? s'enquit-elle à mi-voix.

Hein ? Mais c'était une plaisanterie !

Elle recula sous mon regard foudroyant.

— Très bien, très bien, marmonna-t-elle. Je voulais juste aider…

Je me penchai vers le petit garçon qui disparaissait toujours sous l'étreinte de mon amie et pris mon ton le plus désapprobateur.

— Élias, tu t'es sauvé sans prévenir Sophie?

L'enfant leva ses yeux à deux teintes de bleu vers moi et je lus toute la complexité de la réponse dans sa moue embêtée. Il avait entendu mon cœur paniquer et avait couru me rejoindre sans réfléchir. Je ne pouvais qu'imaginer ce qu'avait ressenti mon amie en découvrant qu'elle était seule.

— Je suis tellement désolée, Charlotte, sanglotait celle-ci. J'aurais dû faire plus attention… Je… J'étais en train d'appeler la police avec les gens de l'hôtel…

Je grimaçai. J'avais intérêt à bien choisir mes mots si je voulais que le message passe du côté d'Élias tout en rassurant Sophie.

— Ne t'inquiète pas, Sophie, tentai-je donc. Tout va bien. Et Élias sera puni pour t'avoir flanqué une frousse pareille.

— Oh non! protesta le petit garçon.

— Oh si.

— Mais je voulais juste te…

— Taratata, l'interrompis-je. On ne disparaît jamais sans prévenir les gens qui doivent veiller sur nous. Sinon, ils s'inquiètent. Il aurait pu t'arriver n'importe quoi.

— Bien sûr que non!

— Bien sûr que si. Tu es un petit garçon de dix ans et la ville est pleine de gens qui ne sont pas tous gentils.

Élias voulut croiser les bras pour bouder, mais Sophie le tenait toujours comme si sa vie en dépendait.

– Présente tes excuses à Sophie, repris-je dans l'espoir que cela suffirait.

– Pardon Sophie, bougonna le petit garçon.

– Et dis-lui que tu ne recommenceras plus.

L'enfant haussa les épaules.

– Je ne recommencerai plus, ânonna-t-il sans conviction.

– Mais pourquoi es-tu parti ? gémit Sophie en le serrant plus fort. Je me suis tellement inquiétée ! J'ai cru que tu avais été kidnappé !

– J'avais envie de voir Charlotte.

– Mais... tu savais où elle était ?

– Euh...

– Je l'ai trouvé dans la rue qui revenait à l'hôtel, intervins-je.

– Oui, approuva Élias en opinant du bonnet. J'étais sûr qu'elle reviendrait bientôt.

– Il fallait me le dire ! explosa Sophie, au bord du désespoir. Je t'aurais accompagné !

Le petit garçon eut tout de même la décence de regarder le bout de ses baskets d'un air contrit. Sophie se redressa en essuyant son visage.

– Je suis tellement désolée, Charlotte, murmura-t-elle, défaite.

– Tu n'y es pour rien, assurai-je avec un coup d'œil assassin à Élias. Cette tête de pioche et moi allons avoir une discussion très sérieuse, tout à l'heure.

– Euh...

Elle s'aperçut seulement de la présence de Marthe, Mouette et Balard qui portait toujours Croquette.

— Bonjour, dit-elle timidement.

— Ah, oui, repris-je. Je te présente Marthe, la sœur de Lazare, et Moeta, la fille de Marthe. Marthe, Moeta, mon amie Sophie, en vacances avec moi à Venise.

— Je suis content de vous revoir, Sophie, intervint l'inspecteur pour voler à mon secours dans le silence qui s'annonçait. Croquette a eu une grosse frayeur.

— Ah bon ?

— Un bateau qui ressemblait à un scooter s'est mis à pétarader près de nous et ce pauvre toutou a été aspergé d'eau glacée. Je l'ai séché comme j'ai pu, mais il ne quitte plus mes bras.

— Mon pauvre Croquette !

Elle se précipita pour le récupérer. Le beagle gémit en changeant de porteur et s'anima quand il reconnut sa maîtresse. Celle-ci se retrouva assaillie de coups de langue soulagés. Bon, tout le monde allait bien.

— On rentre ? proposai-je. On doit pouvoir se faire servir du thé à l'hôtel, pour nous remettre de nos émotions.

Les autres acquiescèrent. Marthe jeta un ultime regard autour de nous. Hum. Elle et Mouette ne nous accompagnaient pas du tout parce qu'elles trouvaient notre conversation agréable...

Le maître d'hôtel nous avait ouvert un petit salon privé chaleureux aux murs couverts de miroirs et au mobilier élégant. L'épaisse moquette bordeaux sous nos pieds étouffait le son des pas du jeune homme qui nous apporta une grosse théière fumante et une ribambelle de gâteaux à la crème.

Il fallut deux théières complètes avant que les épaules de Sophie se détendent enfin. Moi, par contre, je restais raide comme la justice. Marthe et Mouette avaient beau afficher un visage serein et une discussion légère, signe que ni Lazare, ni Adam, ni Hiro ne se trouvaient en situation périlleuse, je ne parvenais pas à me tranquilliser. Ma main m'élançait moins, mais elle se teintait d'une couleur sombre annonciatrice d'un beau bleu. Assis par terre, un plateau de gâteaux sur les genoux, Élias agitait les pâtisseries sous la truffe d'un Croquette remis de ses émotions. Ses cinq minutes de bouderie passées, le petit garçon avait repris ses habitudes et proposé à Balard de tuer le conducteur du bateau-scooter qui avait traumatisé Croquette. J'en avais soupiré de dépit. Il était là, pourtant, quand l'inspecteur avait expliqué le vrai problème du chien...

Adam arriva aux deux tiers de la troisième théière. Les mèches brunes qui masquaient son visage fermé m'apprirent qu'il ne se tramait rien de bon.

– Si vous voulez bien m'excuser, annonça-t-il sans ambages, je vous emprunte Charlotte.

Il prit ma main – la non-douloureuse – et m'entraîna avec une poigne de fer. J'eus tout juste le temps d'adresser un sourire contrit à Sophie avant que les portes se referment derrière nous. Adam me conduisit dans les marches sans un mot.

– On va où ? m'enquis-je timidement.

– Dans ta chambre.

Ah.

– Tu m'en veux beaucoup ? demandai-je d'une toute petite voix.

Pas de réponse. Donc oui. En même temps, je savais à quelles conséquences je m'exposais en me rendant à la salle de conférences des Geistjägern. Et j'étais prête à les affronter.

— Je sais que tu veux me protéger, dis-je avec un peu plus d'assurance, mais moi aussi, je m'inquiète pour vous. Je n'allais pas rester les bras croisés pendant que tu combattais une bande de monstres. Surtout que même toi, tu ne savais pas si tu allais t'en sortir. Je ne pouvais...

— Je sais, Charlotte, m'interrompit-il en s'arrêtant devant la porte de ma chambre.

— Hein?

— Je sais déjà tout ça. Pas besoin de me le dire.

Je fronçai le nez sans comprendre et déverrouillai la porte.

— Mais alors si tu sais, pourquoi tu...

— Je ne t'en veux pas, me coupa-t-il en me tirant à l'intérieur. Je m'en veux à moi.

— Comment ça?

— J'aurais dû le savoir.

Alors là, je ne comprenais plus rien.

— Tu aurais dû savoir quoi?

Il ferma le battant derrière moi.

— J'aurais dû savoir que tu me suivrais, murmura-t-il en m'attirant contre lui. J'aurais dû savoir que tu voudrais veiller sur nous. J'ai été stupide.

Il posa son visage contre mes cheveux bouclés. J'en restai toute bête. Il ne se fâchait pas? Il ne comptait pas m'ensevelir sous les reproches? J'avais embarqué Croquette et préparé ma défense pour rien?

Ses doigts glissèrent sous mon menton pour me faire redresser la tête et il embrassa mon front, puis il me lâcha.

– Qu'est-ce que tu fais ? m'étonnai-je en le voyant me tourner le dos et saisir ma valise.

– Tes bagages.

– Quoi ?

Il s'immobilisa et son regard bleu étincelant rencontra le mien. Je fus saisie d'un frisson. Un éclat sauvage brillait dans ses yeux.

– Je ne peux pas t'empêcher de sortir de cet hôtel, articula-t-il comme s'il maîtrisait une rage bouillonnante, et je n'ai pas l'intention de t'enchaîner à ton lit. Donc je m'assure que tu seras en sécurité quand même.

– Tu vas me remettre dans l'avion ? compris-je, inquiète.

– Oui.

Et il se retourna pour remplir la valise. Je me renfrognai.

– Comment j'explique à Sophie que les vacances sont finies ? bougonnai-je.

– Je m'en occuperai.

– Je ne veux pas rentrer tant que tu restes ici.

Ses larges épaules se soulevèrent, signe qu'il inspirait profondément pour se calmer.

– Tu ne peux pas rester, Charlotte.

– Pourquoi ?

– Pour ça.

Il tira une feuille froissée de sa poche et me la tendit. Je la dépliai et grinçai des dents. Mon avis de recherche. Zut.

– Tu le savais ! s'exclama-t-il devant mon haussement d'épaules fataliste.

– Daniel m'en avait touché deux mots, reconnus-je.

– Tu le savais et tu t'es quand même baladée dans Venise aujourd'hui !

– Avec un masque, rétorquai-je. Et les Chasseurs étaient occupés à apprendre à démembrer des fées dans leur congrès, ils ne respiraient pas des parfums au Palazzo Mocenigo.

Adam accusa le coup en fronçant ses sourcils noirs.

– Cette fois, c'est sûr, grogna-t-il, même si je dois te remettre de force dans le jet, tu pars dans une heure.

– Mais...

– Les Chasseurs ne sont plus cloîtrés dans leur séminaire. Ils se cachent dans toute la ville et, à partir de maintenant, nous allons nous traquer mutuellement. S'ils te mettent la main dessus...

Il n'acheva pas sa phrase et détourna le regard. Pas assez vite, toutefois. J'avais eu le temps de saisir l'angoisse qui l'animait. Je me radoucis.

– Et toi ? m'inquiétai-je. Si c'est toi, qu'ils trouvent ?

– Nous ne nous déplacerons pas seuls. Et sept escouades complètes de lutins sont arrivées à Venise, de toutes les maisons de l'ombre. Il ne m'arrivera rien.

– Mais... Et si... Il en reste combien ?

– Vingt et un selon notre dernier décompte. Tu vois ? Nous sommes quasiment à un contre un sans compter les lutins. Tu n'as plus à t'inquiéter.

Je me rapprochai alors qu'il reprenait le remplissage de la valise, entourai sa taille de mes bras et posai ma joue contre son dos. Il s'immobilisa.

– Tu dois savoir quelque chose, Adam, murmurai-je.

– Quoi ?

– Tu as pris tes dispositions pour que je vive bien si jamais tu mourais, mais ça ne sert à rien.

– Pourquoi ?

– Si tu meurs, moi non plus, je ne m'en remettrai jamais.

Il se tourna brutalement vers moi et me serra contre lui. Je manquai d'étouffer. Il ne relâcha pas son étreinte d'un pouce et m'embrassa avec violence. À court d'air, je me sentis faiblir sur mes jambes. Adam me souleva comme si je ne pesais pas plus lourd qu'une plume et me posa sur le lit. Je repris mon souffle.

– Charlotte, grommela-t-il en m'attirant à nouveau contre lui.

– Euh... Oui ?

– Ne dis plus jamais une chose pareille.

Je voulus répondre, mais trop tard. Ses lèvres imposaient le silence aux miennes.

Deux heures plus tard, le jet décollait effectivement de l'aéroport Marco-Polo, avec à son bord Sophie, Élias, Croquette, Clématite, Myosotis et moi. J'ignorais comment, mais Balard avait réussi à négocier de rester avec les créatures de l'ombre. Accoudée près du hublot, je contemplais la ville qui s'éloignait, rapidement recouverte par les nuages gris. Clématite s'occupait d'appliquer une pommade sur ma main, qui avait pris une couleur violacée tout à fait intéressante. Je me sentais engourdie jusqu'au poignet, mais c'était là le cadet de mes soucis. Je n'avais plus essayé de me battre contre la volonté d'Adam. Je savais comme il avait souffert du décès de sa mère et des mois d'égarement que son père avait ensuite connus. Il préférait mourir que de traverser ce que Lazare avait vécu. C'était un peu égoïste pour moi, mais je n'avais pas jugé bon de le lui signaler. Inutile de réveiller ses anciens cauchemars plus qu'ils ne l'étaient déjà. Avant de partir, Marthe m'avait glissé qu'elle garderait un œil sur lui. Cela m'avait curieusement réconfortée. Elle me rappelait Lazare par bien des côtés et, même si elle ressemblait en tout point à une femme ordinaire – excepté ses yeux d'un bleu glacé –, je la soupçonnais de pouvoir écraser le crâne d'un homme entre deux doigts. Élias m'avait montré comment on faisait sur une pastèque, un jour. Technique familiale...

Allongée sur l'un des confortables divans en cuir de la cabine, Sophie caressait distraitement Croquette roulé en boule sur son ventre.

– C'est quand même dingue que ta voiture ait été réquisitionnée par la police pour interpeller des types qui s'évadaient de la prison de Belfort, dit-elle rêveusement. Heureusement qu'on n'était pas là, ça m'aurait fichu la trouille d'être prise dans une fusillade. Tu imagines le flip ?

– Grave... marmonnai-je, aussi affligée par l'excuse trouvée par Adam que par le fait que Sophie y croyait.

– Par contre, c'est dommage que tu sois obligée d'aller la récupérer sous vingt-quatre heures. Personne d'autre que toi ne pouvait y aller ?

Je haussai les épaules. Où Adam avait-il déniché une histoire pareille ? Y avait-il des sites répertoriant les pires excuses bidon de la planète ?

– Malheureusement non, répondis-je prudemment. La voiture est à mon nom.

– Pas cool. J'aurais bien aimé aller au théâtre, ce soir. J'espère que tu pourras te faire rembourser les billets... Enfin bon. Au moins, on a fini le jeu du grand-père d'Adam. Ça m'aurait fait mal au cœur de devoir partir sans avoir terminé, avec tout le mal qu'il s'est donné pour nous.

Certes. Je fis un gros effort sur moi-même pour ne pas grimacer. Walder avait réapparu quelques instants avant notre départ, avec les trois autres Draconis. En tendant l'oreille, je l'avais entendu expliquer à mi-voix à Marthe qu'il avait poursuivi des Chasseurs dans les caves du bâtiment pour couper une retraite par d'éventuels souterrains. La sœur de Lazare l'avait gratifié d'un coup d'œil sceptique, mais n'avait rien rétorqué. J'avais pourtant deviné ses pensées comme si elles s'étaient imprimées sur son front. Des souterrains dans une ville bâtie sur l'eau ? Il faudrait vérifier pour ne pas passer pour des idiotes, mais j'avais vraiment du mal à y croire. Je le soupçonnais même d'avoir déchiré sa chemise tout seul pour nous faire avaler qu'il s'était battu !

Au-dessous de nous, les nuages formaient une couche dense et cotonneuse. Clématite était restée près de moi après avoir fini de s'occuper de ma main et lisait à présent une revue de mode. Sophie avait fermé les yeux et Croquette s'était levé pour aller flairer le contenu d'une des nombreuses trappes de l'appareil. La perspective qu'il déterre quelque chose de suspect m'effleura l'esprit. Je me laissai aller contre mon dossier, blasée. Je n'étais plus à ça près, si ? Allons, disons que si.

– Élias ? m'enquis-je en me tournant vers le petit garçon qui jouait sagement à l'arrière avec des Legos

– il construisait une guillotine si j'interprétais bien l'assemblage et la position des personnages en plastique. Tu ne voulais pas apprendre les roulés-boulés à Croquette ?

— Si ! s'exclama l'enfant. Croquette, au pied !

Le chien abandonna la trappe pour courir vers Élias. Bon, ça, c'était réglé.

Un jeune homme presque aussi droit que Firmin nous accueillit au manoir. Bien sûr. En tant que chef des lutins, le majordome se trouvait à Venise, pour chasser le Geistjäger.

— Mesdemoiselles, monsieur Élias, nous accueillit-il avec le même flegme que celui qu'il remplaçait, bon retour chez vous.

— Merci Alfred ! chantonna Élias.

— Alfred ? chuchota Sophie à mon oreille. Comme dans Batman ?

Je l'évaluai d'un coup d'œil. Il paraissait avoir vingt ans. Les lutins vivant trois fois plus longtemps que les humains, il devait en avoir soixante. Donc...

— Sûrement à cause de Batman, si tu veux mon avis, répondis-je sur le même ton. Firmin a dû trouver que l'Alfred de Bruce Wayne était le modèle à suivre...

Elle pouffa de rire, ce qui nous valut un coup d'œil curieux d'Alfred. Oh ? Tous les lutins n'étaient pas aussi impassibles que notre majordome habituel ?

— Alfred est le fils de M. Firmin, me renseigna Clématite, juste derrière nous.

— Ne vous inquiétez pas, mademoiselle, déclara celui-ci le plus sérieusement du monde. Même si je semble jeune, je suis efficace.

– Il y a beaucoup de choses qui m'inquiètent, aujourd'hui, marmonnai-je, mais certainement pas vos compétences, Alfred.

Le « jeune » lutin acquiesça et une ombre passa sur son visage.

– Comme je vous comprends, mademoiselle...

Un éclair de compassion passa entre nous. Bien entendu. Son père se battait aux côtés de mon fiancé.

Sophie me doubla soudain et se campa devant le nouveau majordome, poings sur les hanches.

– Le fils de Firmin ! s'exclama-t-elle en le détaillant de la tête aux pieds, l'air ravi. Ça alors ! Quelle bonne nouvelle !

– Euh... Oui, mademoiselle, répondit le lutin avec un clignement d'yeux un peu inquiet.

– Vous aussi, vous considérez que vous devez réaliser mes moindres désirs ?

– Eh bien... J'imagine que oui, mademoiselle...

– Vous ne voudriez pas m'épouser, par hasard ?

Alfred parut soudain avoir un peu chaud. Je fis la moue. Firmin avait encore bien des choses à transmettre à cet apprenti majordome, s'il voulait en faire l'Alfred de Batman !

– Arrête de l'embêter, Sophie, soupirai-je.

– Pourquoi ? Il a le bon âge, lui, non ?

– Ce n'est pas une raison pour le mettre mal à l'aise.

– En plus, il est plutôt sexy.

Le malheureux lutin pâlissait à vue d'œil. Clématite leva les yeux au ciel.

– Si vous souhaitez vous délasser quelques instants dans vos appartements, mesdemoiselles, intervint-elle, je vais faire savoir en cuisine que vous êtes rentrées. À quelle heure désirez-vous souper ?

Je jetai un regard à la pendule du hall. Vingt et une heures approchaient.

– Maintenant, répondis-je. On va poser nos bagages et on arrive. Sophie ?

Mon amie soupira.

– Très bien, très bien...

Nous nous dirigeâmes vers le grand escalier de marbre tandis que deux domestiques se précipitaient pour nous débarrasser de nos valises. Du coin de l'œil, je vis Élias gambader jusqu'à Alfred et lui glisser quelques mots. Le pauvre lutin pâlit encore plus et secoua vigoureusement la tête de gauche à droite. Mouais. Mon petit Scorpion avait encore proposé de tuer Sophie...

13
Le château de ronces

Les yeux grands ouverts, je contemplais le toit de tulle qui surmontait notre lit à baldaquin. Aucun bruit n'agitait le manoir. Le radioréveil égrenait lentement les minutes. Trois heures sept du matin. Je soupirai et me retournai une fois de plus sous ma couette. Le sommeil refusait de venir, malgré presque deux mille moutons comptés et une ribambelle d'exercices de respiration. Le souci me rongeait de l'intérieur. Que faisait Adam ? Se battait-il ? Dormait-il ? Pistait-il encore les Geistjägern à cette heure avancée de la nuit ? Je posai la main sur son oreiller, comme si cela pouvait me connecter d'une façon ou d'une autre à ses pensées. Pour la première fois de ma vie, je regrettais de ne pas être une créature de l'ombre et de ne pas pouvoir entendre le cœur des gens que j'aimais. Je me retournai à nouveau. J'avais trop chaud. Je repoussai la couette. Le froid me saisit. Je remis la couette. Un soupir m'échappa quand je regardai le réveil. Trois heures neuf. Cette nuit n'en finirait jamais...

Quatre coups discrets résonnèrent soudain contre la porte. Je me redressai d'un bond.

— Clématite ? m'exclamai-je en allumant la lampe de chevet.

La porte s'ouvrit et la nymphe se faufila à l'intérieur. L'angoisse qui déformait son visage me glaça le sang.

— Qu'est-ce qui se passe ? m'étranglai-je. C'est Adam ?

— Oh non, mademoiselle, gémit-elle, c'est bien pire que ça.

Je me sentis pâlir.

— Pire ? Lazare ? Les deux ?

— Mademoiselle ! Le manoir est encerclé !

Mon cerveau rata une marche.

— Hein ?

— Des hordes de gobelins sont à nos portes ! Que devons-nous faire ?

L'ahurissement manqua de me décrocher la mâchoire.

— Hein ? ne pus-je que répéter.

— Des gobelins, mademoiselle. Des gobelins partout !

Un horrible souvenir remonta du fin fond de ma mémoire. Gobelins. La moitié de ma taille, peau grise, oreilles pointues, crâne dégarni, défenses façon sanglier, petits yeux noirs perçants.

— Ici ? bredouillai-je.

— Oui, mademoiselle ! Quels sont vos ordres ?

Ma mâchoire tomba un peu plus. Mes ordres ?

— Mais... Euh... Et Julia ?

Clématite se redressa et secoua ses beaux cheveux comme une crinière.

— Nous ne l'avons pas encore prévenue, mademoiselle, dit-elle fraîchement.

– Pourquoi ?

– Parce que. Alors ? Vos ordres ?

Je clignai des yeux et tentai de me reprendre. Je ne comprenais rien, mais visiblement, il y avait urgence.

– Mais... Euh... Ça arrive souvent ? m'enquis-je en me levant pour attraper un gros gilet en laine.

– Seulement quand le manoir est en position de faiblesse.

Super. Ça m'aidait, ça.

– Ils viennent pour quoi ? demandai-je encore, dans l'espoir de trouver un sens à ce qui se passait.

– Pour nous tuer, mademoiselle.

Question bête.

– Mais pourquoi ? insistai-je en la suivant en courant dans les couloirs qui menaient au hall d'entrée. Adam dit que les gobelins sont des créatures stupides, qui ne savent qu'obéir aux ordres ! Qui les envoie ?

– Aucune idée, mademoiselle.

Nous dégringolâmes les marches du grand escalier de marbre. Alfred se trouvait devant la porte entrouverte. Un calme total régnait. Étions-nous réellement attaqués ?

– Vous voilà, dit gravement le jeune majordome. Selon les enfants elfes, les gobelins portent des étendards noirs sur lesquels sont brodés des archers d'argent.

– Les enfants elfes ? m'écriai-je. Qu'est-ce qu'ils font dehors ? Il faut qu'ils se cachent !

Clématite et Alfred me retournèrent un regard sombre.

– Pardonnez-nous, mademoiselle, mais il ne reste plus qu'eux.

— Quoi ?

— Les elfes adultes, tout comme les lutins, sont actuellement à Venise.

Je me figeai. Comment avais-je pu oublier ce détail ?

— Un archer d'argent ? releva Clématite en revenant à l'information précédente. Les gobelins seraient donc envoyés par les Mirfak ?

Le nom me fit tiquer. J'avais déjà entendu ça quelque part, non ?

— De toute évidence, oui, acquiesça Alfred à l'intention de la nymphe.

— Mirfak, Mirfak... marmonnai-je. Ce ne sont pas ceux qui ont refusé l'invitation d'Adam à se rendre à Venise, sous prétexte que ça ne les concernait pas ?

Les deux domestiques se raidirent.

— Tiens donc, murmura Clématite.

— De toute façon, il faut agir, reprit Alfred. Quels sont vos ordres, mademoiselle ?

Allons bon, ils recommençaient avec ça.

— Il faut prévenir Adam, déclarai-je. Et Lazare.

— C'est la première chose que j'ai essayé de faire, grinça le majordome. Ils sont injoignables. Mon père ne répond pas non plus à mes appels, ni téléphoniques, ni d'invocation. Aucun de ceux qui sont partis ne répond, d'ailleurs. Ils doivent chasser. Je suis vraiment confus, mademoiselle. Il n'y a que nous.

Je me sentis pâlir. Adam ne pouvait pas venir à mon secours ?

— Il va sentir mon cœur, bredouillai-je.

— Pas s'il est trop concentré sur la traque, murmura Clématite. Et même s'il l'entend, il ne pourra pas forcément tout lâcher pour venir, s'il pense que vous êtes en sécurité ici.

La chair de poule couvrit mes bras. Alors ça, c'était une catastrophe.

– Mademoiselle ? insista le jeune lutin sur un ton suppliant. Que devons-nous faire ?

Je tentai de me ressaisir.

– Les gobelins sont dans le parc ? m'enquis-je d'une voix pas complètement assurée.

– Pas encore. Ils ont encerclé la propriété et ils essaient de percer le mur d'enceinte pour entrer sans se faire repérer.

Les derniers éléments du puzzle s'emboîtèrent dans ma tête. Nous avions donné nous-mêmes des informations sur l'absence de défense de notre manoir à des ennemis qui n'espéraient que ça. Une vague de dégoût se superposa à mon angoisse.

– OK, marmonnai-je. Donc le plan des Mirfak, c'est d'éviter la bagarre et de massacrer tout le monde pendant qu'on dort. Ces salopards attendaient juste la bonne occasion et on la leur a servie sur un plateau d'argent.

– Ils n'avaient juste pas prévu que les enfants des elfes monteraient la garde à la place de leurs parents et qu'ils nous avertiraient, nota Clématite.

Je plissai les yeux. Même si je ne les avais jamais rencontrés, je détestais déjà ces Mirfak.

– Moi aussi, mademoiselle, approuva la nymphe.

– Les murs vont tenir ? demandai-je sans relever qu'elle était une fois de plus dans ma tête.

– Les trolls des forêts sont sur le pied de guerre et ils renforcent les murs en les enlaçant de grosses racines.

— Les gobelins ne les ont pas repérés ?

— Pas encore, mademoiselle, mais ce n'est qu'une question de temps. Que suggérez-vous ?

Je me massai les tempes pour tenter de dissiper le brouillard d'angoisse qui me menaçait. Ils me demandaient de défendre une place forte que je n'avais pas réellement explorée de fond en comble, avec des domestiques dont je ne connaissais pas l'étendue des compétences, contre des ennemis dont j'ignorais tout ou presque et où chaque clan essayait de ne pas montrer à l'autre qu'il était là. J'avais déjà affronté des choses pires, non ?

— Je suggère de réveiller Julia.

Alfred et Clématite se renfrognèrent d'un coup.

— Mademoiselle, si nous pouvions éviter de...

— Ne soyez pas stupides, tranchai-je, soudain sûre de moi. Si les Mirfak sont derrière cette attaque, ils vont forcément finir par se montrer. Et vous, je ne sais pas, mais moi, je ne suis pas capable de tenir tête à une créature de l'ombre. Nous avons besoin de Julia.

Clématite soupira et se tourna vers les marches. Je suivis son regard, mais l'escalier était désert.

— Myosotis se charge de réveiller madame, marmonna la nymphe. Et maintenant ?

— Maintenant, on va voir les trolls.

Alfred ouvrit des yeux ronds comme des soucoupes.

— On va voir les trolls ? Vous voulez sortir, mademoiselle ?

Je haussai les épaules.

— Si Firmin avait été là, signalai-je avec légèreté, il n'aurait pas marqué la moindre surprise et il m'aurait tendu mon manteau.

Le majordome se redressa d'un coup.

– Oui, évidemment, mademoiselle.

Je vis à peine l'air se troubler autour de lui et une doudoune épaisse apparut entre ses mains. Ah. Le jeune lutin ne maîtrisait pas encore tous les codes de conduite, mais les bulles temporelles, ça, ça allait. J'enfilai la doudoune par-dessus mon pyjama et mon gilet. Je devais offrir un drôle de spectacle, avec ma motte de cheveux emmêlés et mes pantoufles en pilou, mais les domestiques eurent le bon goût de ne pas faire de réflexion. Ce qui me donnait une idée de l'urgence de la situation. Clématite ne m'aurait jamais laissée sortir comme ça en temps normal, fût-ce de nuit et dans mon propre jardin.

Je me glissai à l'extérieur, suivie de près par la nymphe. Le vent glacé me saisit et j'écarquillai les yeux. Une fine pellicule blanche et brillante recouvrait le parc.

– Il a neigé ? bredouillai-je.

– Oui, mademoiselle. Jusqu'à minuit. Cela s'est dégagé, depuis.

– Mais... Mais on est à peine début novembre.

– Oui, mademoiselle. La neige a tardé, cette année.

Stupéfaite, j'en oubliai presque les gobelins. De la neige avant l'hiver ! Jamais je n'aurais imaginé une telle chose chez mes parents, à Montpellier ! Et je n'avais pas eu l'occasion de voir l'hiver à Paris. Les territoires étaient-ils donc si disparates, en France ? Des nuages passaient devant le premier croissant de lune, voilant par intermittence la lumière argentée qui se reflétait sur le manteau immaculé. Je resserrai frileusement ma doudoune autour de moi et revins à la réalité qui nous menaçait. Le silence de la nuit était ponctué de petits bruits, comme si quelque chose cognait doucement contre une paroi très dure. Cela venait de partout. Les gobelins.

– Des bottes, mademoiselle ? s'enquit Alfred en m'en tendant une paire.

Je ne cherchai pas à savoir d'où il les sortait et les enfilai en un tour de main. Bien entendu, elles m'allaient comme un gant. Enfin, comme des bottes. Je descendis une par une les marches du perron. La neige craquait sous mes pieds et mon souffle formait de la buée devant mon nez. Alfred resta prudemment dans l'entrebâillement de la porte.

– Clématite, soufflai-je à la nymphe qui me suivait comme mon ombre, ça a quel âge, un enfant d'elfe ?

– Guère plus d'un siècle ou deux, mademoiselle, je le crains.

Je me retins de lever les yeux au ciel. Les créatures et la notion du temps. Du coup, je culpabilisai un peu moins de les savoir près du mur d'enceinte. Avec la neige, je n'arrivais plus à distinguer l'herbe des graviers. Je décidai donc de marcher en ligne droite dans la direction du mur le plus proche. Clématite m'emboîta le pas.

– Et Alfred ? demandai-je encore.

– Quarante-sept ans, mademoiselle.

OK. Le double de mon âge. Et c'était moi qui devais mener la bagarre.

– Ne voyez pas les choses ainsi, chuchota Clématite. À cause de leur longévité, ils perçoivent le temps écoulé d'un point de vue relatif et, aux yeux de tous ceux qui restent ici, vous êtes plus âgée et plus expérimentée qu'eux.

– Alors ça, c'est le pompon, bougonnai-je. Et toi ? Tu me considères aussi comme une vieille croûte ?

– Oh non, mademoiselle. Mon cas est un peu différent puisque ma durée de vie ne possède pas de limite dans le temps. Tant que personne ne me tuera, je vivrai. Je m'estime donc bien plus âgée que vous.

À la bonne heure.

– Félicitations, Clématite. Tu viens de gagner le commandement des troupes.

La nymphe esquissa un sourire sombre.

– Croyez bien que je vous protégerai jusqu'à mon dernier souffle, mademoiselle, mais je ne peux m'octroyer la place qui vous échoit.

– Pourquoi ?

– Je ne suis pas la princesse Scorpion.

– Moi non plus, marmonnai-je. Pas encore. Mouette m'a même enguirlandée pour ça. Mais pourquoi est-ce que ça vous rebute autant de demander à Julia ?

Une seconde de silence s'écoula, troublée uniquement par les craquements de nos pas dans la neige et les coups de plus en plus nets contre les murs.

– Eh bien... soupira enfin la nymphe. La dernière fois que des gobelins ont attaqué le manoir, c'était sous les ordres de Walder Draconis.

Un flash me revint.

– Adam a parlé de ça, un jour, je crois, me souvins-je. Il a été gravement blessé, non ?

– Oui. Et beaucoup de domestiques sont morts, cette nuit-là. M. Adam vous a-t-il parlé de la clause qui scellait la paix entre Lesath et Draconis ?

Je hochai la tête affirmativement. Le mariage de Lazare et Julia. Clématite n'ajouta rien. Je clignai des yeux, mal à l'aise. OK. Je comprenais que les créatures n'aient pas envie de placer leur sort entre les mains de la fille de leur ennemi juré. Surtout dans une situation pratiquement identique à celle qui les avait traumatisées quelques années plus tôt. Mais je n'étais pas sûre qu'elles soient gagnantes avec moi.

– Et moi, je ne suis pas sûre que vous ayez le temps de vous poser la question, mademoiselle, chuchota Clématite.

– Sors de ma tête, grommelai-je.

– En aucun cas.

Nous approchions du mur. Le bruit des coups était désormais parfaitement net. Dans l'ombre, je distinguai les hautes silhouettes mouvantes des trolls sans glamour, penchées sur la terre, les mains plongées dans la neige. Les pierres de l'enceinte me parurent étranges. Je plissai les paupières pour mieux voir et retins mon souffle en comprenant de quoi il s'agissait. Des racines aussi épaisses que moi glissaient lentement le long des pierres, tels d'énormes serpents silencieux. Je fermai la bouche en réalisant que je l'avais grande ouverte. D'accord. Ça, je voulais bien admettre que cela empêcherait les murs de tomber. Bon sang ! Les trolls avaient le pouvoir de faire pousser des racines de cette taille aussi vite ?

Un des trolls se redressa lentement et vint à notre rencontre en marchant comme au ralenti. Ma mâchoire retomba. En y réfléchissant bien, je n'avais jamais vraiment vu les trolls se déplacer sans glamour. C'était incroyable. On aurait dit qu'ils marchaient en apesanteur, avec une grâce et une élégance aériennes. Le seul que j'avais vu avancer sans glamour, c'était Rolf, le troll des montagnes, et sa démarche lourde et pataude ne laissait en rien présager la majesté de celle de ses cousins des forêts.

– Mademoiselle, murmura-t-il en s'inclinant devant nous. Quels sont vos ordres ?

Je retins une grimace. Décidément...

– Quelle est la situation, Olivier ? demanda Clématite à voix basse.

– Égale, mademoiselle, répondit le troll comme si c'était moi qui avais posé la question. Ces idiots de gobelins n'ont pas remarqué notre présence. Ils continuent à donner des coups suffisants pour faire tomber un mur, mais pas pour briser des racines. Si vous souhaitez voir...

Il posa par terre une main large comme un tapis de salle de bains.

– Montez.

Je jetai un regard inquiet à Clématite qui hocha la tête en signe d'encouragement. Je mis donc un pied sur la main, le plus doucement possible pour ne pas lui faire mal, puis le second. Il me souleva sans effort apparent et me hissa le long du mur jusqu'à ce que le haut de ma tête dépasse. Je m'accrochai aux racines mouvantes et regardai de l'autre côté. Mon sang se figea dans mes veines. Les gobelins grouillaient à perte de vue. Leurs crânes gris et chauves brillaient dans la lumière de la lune, entre de grands étendards noir et argent. Je ne voyais plus un mètre carré de sol. La panique m'envahit. Et en plus, ils encerclaient le manoir tout entier ? Oh mon Dieu ! Mais combien de centaines étaient-ils ?

Les racines serpentaient toujours le long du mur enneigé. Je sentais les vibrations des coups contre elles. Je m'accroupis dans la main d'Olivier, qui me ramena près de Clématite. Tremblante, j'acceptai l'aide de la nymphe pour bondir au sol.

– Vous croyez que les murs vont tenir longtemps ? demandai-je d'une toute petite voix.

– Jusqu'à ce que quelqu'un leur explique qu'ils sont repérés et qu'ils n'abattront pas nos défenses de cette façon, répondit gravement Olivier.

– Quelqu'un comme... comme la créature de l'ombre qui les dirige, par exemple ?

– Par exemple, oui. Pour le moment, ils doivent penser qu'ils ne tapent pas assez fort, mais ils ont sûrement reçu comme consigne de ne pas faire de bruit, alors ils n'osent pas y aller plus franchement.

– Si on arrive à les contenir dehors assez longtemps, ils vont se décourager et partir ?

Un éclat triste brilla dans les yeux verts du troll.

– Ça non, mademoiselle. Aucune chance. Nous ne faisons que gagner quelques précieuses minutes pour laisser à ceux du manoir capables de se battre le temps de se réveiller.

Je me tournai vers Clématite.

– On a des gens capables de se battre ? m'exclamai-je le plus doucement possible.

– Personne de particulièrement puissant, malheureusement, mademoiselle, me découragea-t-elle. Les goules, certaines lamias, les korrigans qui peuvent jouer quelques tours assez pendables pour tuer... Et M. Élias, bien sûr.

Mon cœur déjà paniqué manqua un battement. Élias ? Sûrement pas !

– C'est le plus puissant du manoir, mademoiselle, plaida Clématite.

Je ne répondis pas. Je n'écoutais même plus. Une autre phrase avait retenu mon attention. Les korrigans jouaient donc des tours assez pendables pour tuer... Si nous devions affronter les gobelins dans une bataille rangée, nous étions condamnés. Ils étaient trop nombreux. Un sursaut de courage me revint.

– Clématite, murmurai-je, dis à Myosotis de réveiller tout le monde. Absolument tout le monde. Sauf Sophie. Et nous, on retourne au manoir, j'ai besoin de mon carnet.

– Bien, mademoiselle.

– Tout le monde ? s'effara Olivier. Mademoiselle, ils vont se faire massacrer ! Ce ne sont pas des guerriers !

– Ça tombe bien, ce n'est pas ce que je compte leur demander, marmonnai-je. D'ailleurs, Olivier...

– Mademoiselle ?

– Si jamais les gobelins réussissent à entrer, n'essayez pas de vous battre. Cachez-vous.

– Mais nous devons défend...

– Vous savez faire pousser des fleurs au parfum toxique ?

– Euh... Oui...

– Alors voilà. Cachez-vous et faites ça. OK ?

Les yeux verts du troll étaient devenus tout ronds.

– Euh... OK... Euh... Je veux dire : bien, mademoiselle...

– En attendant, tenez-les aussi longtemps que vous pouvez. Et quand ils se décideront à frapper plus fort...

– Oui ?

Je souris d'un air torve.

– Faites pousser des ronces, de l'autre côté.

– Des ronces, mademoiselle ?

– Des ronces. Ou n'importe quoi avec de bonnes grosses épines, du style qui leur embrochent les poings quand ils essaient de taper le mur. Ça va leur faire tout bizarre.

Une joie malsaine remplaça la stupéfaction sur le visage brun du troll.

– Oh... Ce genre de ronces. Bien entendu, mademoiselle. Des ronces, donc. Et des fleurs toxiques. Compris.

Debout au milieu du hall, indifférente au tohubohu qui régnait autour de moi, je compulsais frénétiquement mon Carnet des créatures. Il fourmillait d'indications qui, bien exploitées, pouvaient permettre de ralentir les gobelins, mais il me manquait l'idée pour les éliminer totalement, ou mieux encore, les persuader de renoncer. Clématite m'avait habillée en un tour de main, sans même que je m'en rende vraiment compte, tout absorbée que j'étais par la mise au point de mon plan. Dès que je trouverais l'idée centrale, tout irait bien. Élias apparut près de moi dans un souffle frais, vêtu de son pyjama Spiderman, les cheveux bruns en bataille, les yeux encore ensommeillés.

– Il se passe quoi, Charlotte ? demanda-t-il d'une voix mal réveillée.

– Rien, mon chou, répondis-je distraitement en passant la main dans ses cheveux. Tu peux aller te recoucher.

– D'accord. Pourquoi tout le monde court partout?

– Pour pas grand-chose. On s'apprête à repousser l'attaque des gobelins.

La bouche d'Élias s'arrondit d'ahurissement, puis un espoir fou passa dans ses prunelles bleues.

– Tu veux que je les tue?

Je marquai une seconde d'hésitation. Et si je tenais là ma pièce maîtresse? En la protégeant solidement, tout devrait bien se passer, non? Le petit garçon sentit mon incertitude et s'engouffra dans la brèche.

– Gratuitement! s'écria-t-il, les yeux pleins de lumière.

– Encore heureux, grommelai-je. C'est ta maison qu'on défend, là...

– C'est oui? C'est vraiment oui?

Il ne tenait plus en place.

– Oui, mais pas tout de suite, tempérai-je. J'ai un plan.

– Ouaaaaaaaaaaaaaaais !

Élias se mit à danser sur les dalles de marbre, les bras levés vers le plafond.

– Elle a dit oui! Clématite! Elle a dit oui!

– J'ai entendu, monsieur, répondit poliment la nymphe occupée à rassembler les domestiques par races autour de moi. Mademoiselle, tout le monde est là. Si vous voulez commencer...

Je levai le nez de mon carnet. Une foule de créatures se tenait dans le hall, leurs yeux emplis de crainte tournés vers moi. Je sentis le rouge me monter aux joues et mes jambes faiblirent. Bon sang! Comme si c'était le moment d'être timide!

– Euh... Bonjour, bredouillai-je. Désolée de vous réveiller en pleine nuit... Euh...

Personne ne bougea. Ma nervosité grimpa un peu plus. J'aurais dû rester avec les trolls, finalement. Combattre les gobelins me semblait moins ardu que présenter un plan hasardeux à des créatures dix fois plus vieilles que moi.

– Ben... En fait... coassai-je. On est attaqués... Alors... On va essayer de se défendre, d'accord?

Sans aucun doute la phrase la plus motivante du monde. Je fis un effort pour ne pas partir en courant. Les domestiques attendaient, pendus à mes lèvres.

– Le plan, mademoiselle, chuchota Clématite.

– Ah oui, le plan... Euh... Alors... J'espère que vous trouverez ça bien...

– Je vais tuer des gobelins! annonça fièrement Élias.

– Voilà, approuvai-je avec l'impression de me liquéfier sur place. Quand les gobelins auront réussi à trouer le mur d'enceinte, on les laissera entrer quelques-uns par quelques-uns, et Élias les neutralisera au fur et à mesure.

Un murmure approbateur agita l'assemblée.

– Tu peux en combattre combien à la fois, Élias? demandai-je au petit garçon qui souriait de toutes ses dents.

– Au moins cinq!

– Bon... Alors... Euh... S'il vous plaît?

Le silence revint aussitôt. Cinq? Élias avait bien dit cinq? Hors de question!

– L'idée, c'est qu'Élias ne combatte jamais plus de trois adversaires à la fois.

– Mais... protesta l'enfant.

– Donc il va falloir se tenir à ses côtés pour retarder ceux qui s'engouffreront dans la brèche.

Un murmure affolé parcourut la foule des domestiques. J'agitai mon carnet.

– Les gobelins ont peur de la lumière, ajoutai-je. On se mettra en arc de cercle autour d'Élias et on leur braquera des lampes de poche dans les yeux. Au mieux, on leur fait fondre le cerveau, au pire, ils seront aveuglés assez longtemps pour qu'Élias leur règle leur compte. On aura aussi des flambeaux. Si jamais il y en a qui passent quand même, on les tiendra en respect avec ça. Et si certains arrivent quand même à entrer dans le parc, on passera au plan B. On les combattra.

– Comment on va faire ? s'exclama un marmiton aux yeux écarquillés par la frayeur. Nous ne sommes pas des soldats !

Je lui jetai un regard torve. S'il y en avait qui n'avaient pas le droit de dire ça, c'étaient bien les marmitons !

– Vous rigolez ou quoi ? marmonnai-je. À chaque fois que j'approche des cuisines, j'ai peur de finir embrochée.

Le marmiton me contempla comme si je tombais de la lune.

– Vous savez faire voler les trucs, non ? ajoutai-je.

– Euh... Léviter, oui mademoiselle.

– Bon, eh bien vous n'avez qu'à balancer des casseroles à la tête des gobelins. Un bon coup de poêle à frire, ça devrait suffire à les calmer.

Les fées des cuisines se redressèrent comme un seul homme, soudain pleines d'intérêt.

– Au travail, marmitons ! rugit Nicolette qui descendait l'escalier de sa démarche d'éléphant. Nous avons assez de couteaux et de fourchettes à planter dans les yeux de ces vermines pour les rendre aveugles trois fois, même sans lampe de poche ! Après ça, ils réfléchiront deux minutes avant d'attaquer le petit M. Élias.

– On a aussi des bidons d'huile, dans la cave, intervint une fée qui faisait la moitié de la taille de Nicolette – soit le double de la mienne. On peut la faire bouillir, au cas où ?

– Voilà ! Bonne idée ! approuvai-je.

– Mademoiselle Charlotte, reprit Nicolette, j'arrive de la chambre de Mlle Sophie. Vous pouvez faire tout le bruit que vous voulez. Avec le sort que je viens de lui jeter, même cinq princes charmants éperdus d'amour ne parviendraient pas à la réveiller.

Ah. Euh... Bon. Super. Et Croquette ? Planqué sous le lit à l'approche de la fée, sans aucun doute. D'ici à ce qu'il en sorte...

– Et... Et si elle a besoin de s'enfuir en courant ? demandai-je quand même timidement. Si les gobelins arrivent ?

– Ne vous inquiétez pas pour ça, mademoiselle. Si les gobelins montent là-haut, c'est que nous sommes tous morts.

Charmant. Et pas complètement faux. Je grimaçai. Surtout, ne pas perdre de vue mon objectif.

Cela commençait à s'agiter sérieusement autour de moi. Les marmitons passaient en revue l'ensemble du contenu des cuisines.

— Et nous, mademoiselle ? s'enquit Marcus, le chef des goules, dont la peau laiteuse semblait plus pâle que jamais.

— Vous, vous vous cacherez autour d'Élias, hors de son champ d'action. Vous devrez attraper ceux qui tenteront de l'éviter. Vous bougez assez vite pour créer l'effet de surprise, alors restez cachés jusqu'au moment où vous attaquerez, puis cachez-vous à nouveau.

Il s'inclina.

— Compris, mademoiselle.

— Les lutins, poursuivis-je en me tournant vers le groupe de jeunes et d'enfants mené par Alfred, vous enfermerez tous ceux que vous pourrez dans des bulles temporelles et vous ne les briserez que lorsque vous serez sûrs qu'ils ne se relèveront pas. Genre après s'être fait mordre par quelqu'un de venimeux.

Je louchai vers des jeunes femmes vêtues de jupes qui traînaient jusqu'au sol, dissimulant de longues queues de serpent. Les lamias. Elles hochèrent la tête avec énergie.

— Comptez sur nous, mademoiselle.

— N'essayez pas de combattre des trucs non figés, hein ? m'inquiétai-je. Ils sont trop nombreux.

— Entendu.

— Et nous, mademoiselle ? lança une autre voix.

— Et nous ?

— Et nous… ?

Je rouvris mon carnet aux pages que j'avais cornées. Nous ne pouvions pas lutter dans une bataille rangée, arme contre arme. Nous n'étions pas de taille pour cela. Eh bien nous allions nous y prendre autrement.

— Les kobolds ? appelai-je. Ils peuvent être gros jusqu'à quel point, les familiers que vous invoquez ?

Quelques minutes plus tard, les domestiques avaient tous quitté le hall pour aller chercher du matériel ou pour aller guetter sur les marches du perron, les pieds dans la neige. Les gobelins continuaient de frapper les murs sans relâche et sans succès. Je me souvenais qu'ils étaient stupides, mais à ce point...

Un courant d'air frais frôla mon visage. Déjà ? Élias venait de monter s'habiller car Clématite lui avait signalé que les pyjamas Spiderman ne seyaient guère aux tueurs Scorpi en action. Il avait fait vite !

— Tu es prêt, Élias ? demandai-je, inquiète tout de même du risque qu'il allait prendre. Tu penses que tout ira bien ?

Julia apparut à mes côtés, vêtue d'une longue robe de chambre de soie rouge. Ses cheveux d'or lâchés sur ses épaules lui donnaient un air royal même au saut du lit. Elle me contempla de haut, comme à son habitude.

— Des lampes de poche et des fourchettes dans les yeux ? déclara-t-elle sobrement. Ma chère Charlotte, c'est tout ce que tu as trouvé pour défendre ce manoir ?

Je me renfrognai d'un coup.

— Si vous avez de meilleures idées, je vous écoute, bougonnai-je, vexée.

— Je n'ai rien de mieux à proposer, laissa-t-elle tomber en s'étirant avec grâce. Je vais attendre et regarder. Il semblerait que le cirque soit en ville, alors autant en profiter, non ? Comme dit Lazare, je pense que cela va être divertissant.

Une bouffée de colère envahit ma poitrine.

— Vous n'allez pas nous aider ?

— Pour quoi faire ? Tu as pensé à tout, n'est-ce pas ?

Elle s'assit sur le tapis de velours qui recouvrait les marches et croisa les jambes avec élégance. Je serrai les poings de rage. Quelle sale...

— Tout le monde vous attend dehors, mademoiselle, intervint précipitamment Clématite. Nous devrions les rejoindre.

Je tournai les talons et suivis la nymphe, beaucoup trop raide pour paraître naturelle. Cette garce ! Si un jour je pouvais lui faire bouffer sa robe de chambre, je n'hésiterais pas une seule seconde ! Et qu'elle s'étouffe avec !

— Ne pensez pas ça, mademoiselle, chuchota la nymphe alors que nous dégringolions les marches du perron. Elle n'a effectivement rien de mieux à proposer et, si elle reste dans le manoir, c'est parce que c'est le point central. Si jamais le mur s'écroulait en deux endroits différents, elle a l'intention de s'occuper de l'entrée où ne se trouve pas M. Élias.

— Pourquoi elle ne l'a pas dit, tout simplement ? fulminai-je.

— Eh bien... Parce que c'est Mme Julia.

Je ne répondis rien. Je lui en foutrais, moi, du Mme Julia...

Des cris résonnèrent soudain au loin. Je relevai la tête.

— Ça y est ! s'exclama Myosotis qui avait pris place au milieu des domestiques. Les gobelins savent que les trolls protègent les murs !

Mon ventre se noua brutalement. Et voilà. Cela allait commencer. Pourvu que je ne lance pas tout le monde dans la plus grande erreur de ma vie. Les cris s'amplifiaient et certains se muèrent en cris de douleur. Le cœur battant, j'attendis. De là où nous nous tenions, nous ne pouvions pas voir les murs d'enceinte.

— Mais qu'est-ce que c'est que ça ? tonna une voix parmi les domestiques.

Je me tournai dans la direction où tous regardaient. Des formes courbes apparaissaient au loin et montaient vers le ciel en s'entrelaçant gracieusement.

— Des ronces, murmura un enfant elfe non loin de moi, les yeux écarquillés. Ce sont des ronces géantes.

Un silence admiratif accueillit ses paroles. Les ronces montaient de partout autour de la propriété. Nicolette se mit à glousser de sa gorge de Viking femelle.

— Je vois d'ici la tête de M. Lazare quand il va rentrer ! tonitrua-t-elle. Il a laissé un beau manoir fleuri aux couleurs de l'automne, il va retrouver un château de ronces sous la neige !

La tension se dégonfla comme un ballon crevé et certains allèrent même jusqu'à rire avec elle. Je restai tendue. Je préférais que Lazare retrouve un château de ronces sous la neige que pas de château du tout. Et surtout... Dans quoi avais-je embarqué Élias ?

14
Le plus puissant des Scorpions

Immobiles, nous attendions. Les hurlements de douleur se multipliaient. Mes doigts se crispèrent sur ma lampe de poche. Décidément, ces gobelins n'avaient rien dans le ciboulot...

– Wow... souffla le petit elfe à mes côtés. Il y a des fleurs sur les ronces...

– Quel genre de fleurs ? le pressa un marmiton.

– Des fleurs de mandragores tueuses, des brins entiers de *Digitus Daemonicus* et des *Mandibulae Lupi*.

Je haussai un sourcil. Je savais assez de latin pour traduire grossièrement cela en « doigt démoniaque » et « mâchoires de loup ». Pas des mûres, quoi.

– C'est quoi, ça, comme fleur ? marmonnai-je.

– Ce sont des plantes magiques, mademoiselle. Elles n'existent pas aux yeux des botanistes humains parce qu'ils sont incapables de les cultiver, mais les trolls le peuvent. Je n'en avais jamais vu d'aussi grosses...

– Et c'est toxique ?

Le jeune elfe hocha la tête en tripotant distraitement sa torche encore éteinte.

— C'est le moins qu'on puisse dire, mademoiselle. Je ne voudrais pas que ces fleurs entrent dans le parc. À la limite, je préfère encore les gobelins.

Ah. Peut-être qu'on n'aurait pas à se battre finalement, si les plantes que les trolls avaient eu le bon sens de faire pousser sur les ronces – et non dans la propriété comme je l'avais suggéré – venaient seules à bout de nos envahisseurs.

— Mademoiselle Charlotte, lança une voix sèche depuis l'intérieur du manoir.

Je me retournai. Comme tout le monde, d'ailleurs. La silhouette voûtée de Natacha se détachait dans la lumière de l'entrée. Appuyée sur sa canne noueuse, elle semblait plus vieille et plus fatiguée que jamais. Ses yeux noirs me fixaient sous son bonnet de vieille gouvernante anglaise.

— Je n'ai pas été sollicitée, déclara-t-elle sur un ton de reproche.

— Euh... Désolée, bredouillai-je. Je... Euh...

— Je pense que c'est à mon tour, maintenant.

— Votre tour ?

— Les gobelins savent que nous savons. Plus la peine de nous cacher.

J'ouvris des yeux ronds. Elle se redressa lentement et sa lourde robe noire se fondit en un immense plumage d'un noir d'encre. Le bonnet blanc et la canne tombèrent dans la neige à ses pieds, devenus d'énormes serres sombres. Elle ouvrit les ailes. Mes cheveux se dressaient un à un sur ma tête. Son visage s'était métamorphosé en une face cauchemardesque, cadavérique, aux globes oculaires verdis par la mort. Quelle horreur ! Le souffle coupé, je ne pus que la regarder prendre son envol, un envol lourd et puissant, dont chaque battement d'ailes résonnait comme un vent sinistre. Elle partit droit vers le mur. Clématite se jeta sur moi.

– Bouchez-vous les oreilles ! cria-t-elle à la cantonade.

J'eus tout juste le temps de sentir ses mains se plaquer autour de mon visage. Un hurlement pétrifiant retentit. Pendant une seconde, je crus que j'allais mourir ici. Maintenant. Dans ce parc plein de cadavres glacés. Puis le son cessa de bourdonner dans mes tympans et les cadavres s'évanouirent.

– Oh purée... murmurai-je en essuyant les larmes qui roulaient toutes seules sur mes joues.

– Attention, avertit Clématite qui pleurait aussi. Elle va recommencer. Bouchez-vous bien les oreilles.

Cette fois, j'obéis et Clématite couvrit ses propres oreilles, tandis que les domestiques qui étaient tombés à genoux sous la puissance du choc se relevaient, le visage aussi ruisselant que les nôtres. Un nouveau hurlement retentit. Mon sang se glaça. Mon corps ne voulait plus m'obéir. L'image de mes parents morts baignant dans leur propre sang jaillit devant mes yeux. Je hoquetai d'horreur. La vision s'effaça. Il me fallut un instant pour réaliser que le bruit s'était arrêté. Alors c'était ça, le cri d'une banshee. Misère... Clématite reprenait sa respiration à mes côtés. Elle surprit mon regard.

– Et encore, articula-t-elle, haletante. On ne le prend pas de plein fouet. Imaginez ce que ressentent les gobelins.

Je ne préférais pas.

– Clématite, gémis-je.

– Oui ?

– Natacha... Elle...

– Oui ?

– Tu te rends compte ? Elle a dragué Daniel !

La nymphe roula des yeux.

– Bon sang, mademoiselle ! Vous arrivez encore à penser à ça ? Elle va recommencer !

Je plaquai vivement mes mains sur mes oreilles. L'énorme oiseau à tête de cadavre survolait les ronces géantes autour de la propriété. Le hurlement résonna de nouveau, plus puissant que jamais. Je crus que mon cœur allait exploser. Mes poumons gelèrent. Ma tête se mit à tourner et, pendant un instant, tout devint noir.

La sensation de gifles sur mes joues me fit revenir à moi. J'ouvris les yeux. J'étais toujours debout en bas des marches du perron, le corps aussi raide que si j'avais été constituée de pierre. Clématite me tapotait le visage avec fermeté.

– Revenez parmi nous, mademoiselle, ordonna-t-elle.

– Clématite ? bredouillai-je.

– Tout va bien.

– Les... Les gobelins sont morts ?

– Hélas, mademoiselle, répondit la voix bougonne de Natacha derrière moi, ces fichues bestioles sont plus résistantes que les humains.

Je me retournai. La banshee était revenue en haut du perron enneigé, sous sa forme humaine. Un des petits elfes lui tendait sa canne et son bonnet. La fatigue qui creusait le visage de la vieille gouvernante me donna l'impression d'un coup de poing dans le ventre. Combien d'énergie ces trois hurlements lui avaient-ils coûté ?

– Toutefois, reprit-elle avec une satisfaction certaine, nous avons gagné un peu de temps. D'ici à ce que ces stupides créatures s'en remettent, elles auront eu le temps de respirer abondamment le parfum des fleurs des trolls. Les premiers rangs, en tout cas. Cela réduira d'autant le nombre de nos ennemis...

– Vous croyez qu'il y en a combien ? murmurai-je.

Ses yeux noirs s'imprégnèrent d'une profonde mélancolie.

– Vraiment beaucoup, mademoiselle...

Élias apparut soudain à mes côtés, les sourcils froncés par l'inquiétude.

– Ça va, Charlotte ? demanda-t-il.

– Euh... Oui...

– J'ai entendu Natacha crier et ton cœur est devenu tout froid. Il ne faut pas que tu t'inquiètes, tu sais ? Elle crie un peu, mais elle est gentille.

Mais bien sûr...

Je remarquai que le petit garçon portait sa tenue Scorpi et un grand sabre pendait à sa ceinture.

– C'est quoi, ça ? marmonnai-je.

– Mon épée de pirate, répondit-il fièrement. Pour te rassurer. Je sais que tu as peur si les gobelins me touchent, alors j'ai pris mon épée pour les tuer sans les mains !

Ah.

– C'est... ton sabre en plastique ? m'enquis-je encore, un peu inquiète.

– Oh bah non, c'est le vrai ! Tu préfères que je prenne celui en plastique pour ne pas me blesser ?

— Euh... Non, non...

Autour de nous, les domestiques s'étaient séparés en petits groupes et discutaient avec animation.

— Ils préparent leurs chausse-trappes, expliqua Clématite qui suivait mes pensées pas à pas. Tenez, votre lampe de poche.

Elle me tendit l'objet qui avait dû me glisser des mains pendant mon moment d'absence.

— Merci, murmurai-je. Et les trolls ? Ça va ?

— Ils continuent de faire pousser les fleurs interdites. Ceux qui gardent le mur ouest semblent un peu plus anxieux que les autres.

— C'est lequel, le mur ouest ?

La nymphe pointa son doigt sur ma droite. Je tournai la tête, mais ne vis que la muraille de ronces qui surplombait l'enceinte de la propriété, comme partout.

— J'y vais, décida Élias.

— Ne sors pas du parc ! l'avertis-je.

— D'accord.

Il s'éloigna en gambadant. Il n'avait pas parcouru dix mètres qu'un grondement effrayant fit trembler le sol. Des flammes gigantesques s'élevèrent dans la nuit, dévorant les ronces du mur ouest. Des hurlements de joie résonnèrent. La frayeur me glaça le sang. On avait prévu, ça ?

— Je crains qu'il ne se passe beaucoup de choses non prévues, cette nuit, mademoiselle, grinça Clématite. Voulez-vous y aller aussi ?

Aussi ? Comment ça, aussi ?

Je regardai autour de moi. Les domestiques partaient en courant vers l'incendie qui se reflétait dans la neige. Ma gorge se noua. Je ne pouvais pas les laisser seuls. Ils allaient se battre à cause de moi.

– J'y vais, articulai-je péniblement, avec la sensation de condamner tout le monde à mort.

– Ça va aller, mademoiselle. M. Élias y est déjà.

Et c'était censé me rassurer, ça ?

La nymphe secoua la tête avec désapprobation.

– Vous ne lui faites pas assez confiance, mademoiselle.

Je ne me donnai pas la peine de lui répondre et fonçai à mon tour vers les flammes lointaines. On m'attrapa soudain par le dos du manteau et mes pieds décollèrent du sol. Je poussai un cri d'angoisse.

– Ne craignez rien, mademoiselle ! lança une voix au-dessus de ma tête. Je vous tiens !

Je levai le nez. Une créature qui ressemblait à un bourdon de la taille d'une autruche vrombissait en me souriant d'un air confiant.

– On arrivera les premiers, ne vous inquiétez pas !

Hein ? Mais je ne voulais pas du tout arriver la première, moi !

Nous dépassâmes en volant les domestiques qui couraient vers le mur. Lampes et torches s'allumaient partout sur le trajet. Je me concentrai sur l'incendie et mon cœur manqua un battement. Illuminée par la lumière rouge et mouvante de la fournaise, une brèche large comme trois voitures laissait entrer des flots entiers de gobelins. La neige avait totalement fondu dans toute la partie du parc qui entourait la brèche et l'herbe mise à nu avait noirci, témoignant de la violence de l'explosion.

— Mais… Mais pourquoi ils entrent ? bredouillai-je. Ils n'ont plus peur du feu ?

— Si j'en crois la façon dont ils enfoncent leur casque sur leur tête pour passer, je dirais bien que si, mademoiselle, grommela le bourdon géant. Ils doivent craindre encore plus celui qui les pousse à l'intérieur.

Je déglutis péniblement. En effet, les gobelins ralentissaient au passage de la brèche et se tassaient les uns contre les autres, les bras devant le visage, avant de recommencer à courir une fois de nouveau dans la nuit.

— Ouh là ! s'exclama mon étrange porteur. Accrochez-vous, mademoiselle, on va monter !

S'accrocher ? Mais à quoi ? Et pourquoi montait-on ?

Au-dessous de nous, le sol se couvrit brusquement d'une couche de givre étincelante, qui s'étendit avec une vitesse stupéfiante. Les gobelins qui étaient entrés dans la propriété gelèrent net. Les flammes dans les ronces furent soufflées comme de vulgaires bougies, plongeant à nouveau la scène dans l'obscurité. Pendant une seconde, un silence absolu régna. Je n'en croyais pas mes yeux. Qui était-ce ? Adam lui-même n'avait jamais déployé une telle puissance, même lorsqu'il combattait le Geistjäger ! Tout avait gelé sur au moins cinquante mètres !

— Le voilà, jubila le gros bourdon.

— Quoi ? balbutiai-je. Qui ?

— Le plus puissant des Scorpions.

Le plus puissant… ? Il y en avait un que je ne connaissais pas ? Une petite silhouette apparut au milieu de la plaque de glace, entourée de gobelins statufiés. Une petite silhouette qui dégaina une épée aussi longue qu'elle.

– Sus à l'ennemi ! cria la petite voix d'Élias.

Il se mit à virevolter au milieu des ennemis immobilisés et les sculptures de glace volèrent en éclats par dizaines. L'air me manqua. Élias ? Élias pouvait faire ce genre de choses ?

Les hordes de gobelins se remirent à déferler depuis l'extérieur, beaucoup plus rapides en l'absence de feu. Élias abandonna les statues pour bondir à leur rencontre. Des têtes se mirent à sauter dans la lumière de la lune.

– Il faut aller l'aider ! m'écriai-je.

– Impossible, mademoiselle ! Si nous entrons sur le champ de glace, nous gênerons M. Élias. Tout ce qu'il a gelé est en son pouvoir.

– Mais... Mais... c'est trop grand ! Il n'y arrivera jamais !

– Oh si, mademoiselle, il y arrivera. M. Élias maîtrisait déjà les ombres la dernière fois que les gobelins nous ont attaqués, il y a presque dix ans.

– Quoi ? Qu'est-ce que vous racontez ? Élias a dix ans !

– Précisément, mademoiselle.

Incrédule, je me tordis le cou pour le foudroyer du regard. Il se contenta de sourire.

– Toutes les créatures qui prophétisent un peu dans cette maison sont unanimes, mademoiselle. M. Élias sera le plus grand prince Scorpion que cette terre ait jamais connu.

Mon estomac se noua d'angoisse et je reportai mon attention sur le petit garçon, quinze mètres plus bas. La lame de son épée de pirate tournoyait dans la lumière des torches et des lampes qui entouraient la plaque de glace, braquées vers l'ouverture. L'enfant apparaissait et disparaissait avec une vitesse stupéfiante. Je vis aussi les statues des gobelins congelés continuer à exploser sur le cercle le plus extérieur de la plaque de glace. Les goules étaient arrivées. Une armée de fourchettes nous dépassa et fonça vers la brèche. Des hurlements de douleur résonnèrent dans la nuit. Les fées étaient là aussi. Un mouvement attira mon attention. De grandes silhouettes gracieuses s'éloignaient des lieux du combat pour regagner l'abri des arbres. Les trolls. Ils se cachaient comme je le leur avais demandé.

La brèche vomissait toujours plus de gobelins. De notre altitude, je voyais de l'autre côté du mur. Les créatures des ténèbres avaient cessé de s'en prendre aux ronces et attendaient leur tour pour s'engouffrer dans l'ouverture. Mon estomac se comprima d'angoisse. Je ne voyais pas la fin de leur armée. Elle s'étendait devant, à droite et à gauche. Elle entourait intégralement le domaine. Même si Élias était plus fort que je le pensais, et même si tous les domestiques donnaient leur maximum en lumière, échauffourées et chausse-trappes, combien de temps tiendrions-nous ?

Mon porteur finit par me poser sur le sol et fonça aider les goules, torche brandie comme un sabre. Je me tassai dans la neige derrière un arbre pour illuminer avec ma propre lampe les créatures des ténèbres qui tentaient de s'échapper par mon côté, morte de culpabilité de ne pas pouvoir intervenir davantage. Élias ne montrait aucun signe de fatigue, aussi à l'aise dans les rayons mouvants des lampes de poche qu'une star du show-biz dans les flashs des journalistes. Je voyais bien à quel point la lumière les gênait, tout comme je voyais certains gobelins se figer mystérieusement et s'écrouler, d'autres arriver en titubant, désorientés, voire à moitié morts, des manches de couteaux dépassant des yeux, preuve que les domestiques se démenaient de leur mieux. Mais le petit garçon affrontait bien plus que trois monstres à la fois, sur sa plaque de glace ! Je ne savais dire si la façon dont il les contenait m'impressionnait ou me terrifiait. Deux aspirateurs passèrent en vrombissant près de moi et foncèrent vers la brèche, dégommant les gobelins comme des quilles sur leur passage. Les korrigans ? Les grands tuyaux d'argent brillèrent dans la lumière de la lune et se mirent à assommer tout ce qui passait à leur portée tandis que les tuyaux souples s'enroulaient autour des jambes et des cous. Des silhouettes dégingandées surgissaient de nulle part, pâles et hirsutes, fondaient sur les groupes de gobelins qui tentaient d'éviter Élias, et disparaissaient aussi vite qu'elles étaient apparues, laissant leurs ennemis morts dans la neige. Je déglutis péniblement. Je croyais que les goules, avec leur apparence d'albinos anorexiques, ne portaient pas de glamour en temps normal. Pourtant, à l'évidence, si. Les créatures qui jaillissaient autour d'Élias étaient bien plus effrayantes que celles qui m'enseignaient le self-défense sur les tatamis du manoir. Des casseroles au contenu enflammé passèrent en sifflant au-dessus de ma tête et se vidèrent sur les gobelins qui franchissaient la brèche. Ils s'embrasèrent en hurlant, faisant reculer ceux qui les suivaient. Je déglutis. L'huile bouillante ? Les fées y avaient mis le feu, finalement ? Bien vu. Malheureusement, cela ne ralentit pas longtemps les gobelins – juste assez pour que tout le monde respire un grand coup – et le flot reprit de plus belle. Les bruits de lutte et les cris me perçaient les oreilles. Je détestais ça. Mon cœur cognait beaucoup trop fort dans ma poitrine et ma respiration m'oppressait. Comment pouvais-je aider Élias ? Comment pouvais-je tous les aider ?

Clématite surgit à mes côtés.

– On dirait que ça se passe bien, dit-elle d'une voix rassurante.

Je la scrutai. Son front creusé par le souci et ses narines dilatées par la peur démentaient le ton qu'elle employait.

– Ne m'étudiez pas comme ça, mademoiselle, grommela-t-elle avec un sourire sans joie. J'essaie de vous réconforter.

– Rien ne pourra me réconforter tant qu'ils ne seront pas partis, chuchotai-je en retournant à mon illumination sporadique des gobelins.

Elle acquiesça en silence.

– Au fait, murmurai-je, tu sais te battre, toi, non ?

– Moi, mademoiselle ?

– Tu me dis toujours que tu as tué plein d'hommes...

– Des humains, mademoiselle. Des humains envoûtés par mon pouvoir, que j'ai tués un par un. Rien de comparable à une horde de gobelins qui me massacreront même s'ils voient en moi la plus jolie des gobelines. Je suis un détecteur de danger et ma seule fonction utile cette nuit, c'est de vous servir de bouclier.

Je me mordillai les lèvres. Comment était-ce exploitable, ça ? Bon, en attendant de servir de bouclier, ce qui ne m'enchantait guère, elle faisait un super relais radio.

– Ah oui, aussi, dit-elle, pensive. Je n'avais jamais vu les choses comme ç...

Une énorme explosion l'interrompit. Abasourdies, nous nous tournâmes vers l'origine du son. Le mur, exactement à l'opposé de l'endroit où nous nous trouvions, avait sauté à son tour. Les flammes léchaient les ronces jusqu'au ciel. Je pâlis. Ils avaient ouvert un deuxième accès.

– Clématite ! gémis-je. Est-ce que Julia... ?

– Oui, souffla la nymphe. Oui. Elle est déjà en route.

– Et les trolls ? Ils vont b...

Des cris d'angoisse retentirent. De notre côté, cette fois. Je me retournai à nouveau et ma tête me sembla soudain complètement vide. Allongé sur la glace, Élias gisait sans connaissance. Les gobelins s'étaient immobilisés autour de lui, hésitant visiblement sur la conduite à tenir. Qui avait fait ça ? Le hoquet d'horreur de Clématite me tira de mon état de choc. Je me redressai d'un bond et me ruai hors de l'abri des arbres.

– Allez le chercher ! hurlai-je. Dépêchez-vous !

Les domestiques armés de torches flamboyantes se jetèrent sur les gobelins. Alfred apparut près d'Élias et le souleva.

– Ramenez-le au manoir ! criai-je, folle d'angoisse.

Deux bras m'entourèrent pour m'empêcher de courir à la rencontre du jeune lutin.

— Ça ne sert à rien, mademoiselle, grogna la voix de Clématite, étrangement déformée et venant de beaucoup plus haut que d'habitude. Il est juste assommé. Alfred va le ramener. N'y allez pas.

Je levai le nez et frôlai la syncope. Une créature de presque deux mètres me maintenait contre elle. Sa peau miroitait comme de l'eau sombre et ses cheveux verts ressemblaient à des algues visqueuses. Deux yeux noirs me contemplaient avec sévérité. Ses bras longs et fins comme des lianes me lâchèrent et se rétractèrent pour retrouver une taille normale.

— Clématite ? bredouillai-je.

— Vos ordres, mademoiselle ?

— Hein ?

— Une créature de l'ombre vient de pénétrer le parc du manoir et de s'en prendre à M. Élias.

Effarée, je regardai partout autour de moi. C'était le chaos complet. On se battait dans tous les sens, mais je ne voyais rien qui ressemblait à un humain.

— Elle se dissimule dans les ombres, mademoiselle, dit la chose avec la voix de Clématite. Je ne peux pas capter ses pensées. C'est pourquoi je n'ai pas pu prédire son attaque. Mais si elle est maligne, sa prochaine cible, c'est v…

— Élias ! l'interrompis-je, le cœur au bord des lèvres. Il va bien ?

— Alfred l'amène au docteur Romaric.

Je clignai des yeux. Au docteur Romaric. Juste assommé. Je pris conscience des bruits de combat qui résonnaient autour de nous.

— Mademoiselle, reprit Clématite en me voyant reprendre mes esprits, la prochaine cible, c'est vous.

Des flashs d'une horrible vérité se succédaient dans ma tête. Les domestiques s'étaient lancés dans une bataille rangée contre les gobelins qui arrivaient toujours de la brèche. Ils ne tiendraient pas longtemps. J'avais lâché ma lampe de poche. Élias ne pouvait plus rien faire. Une créature de l'ombre me cherchait pour me tuer.

– Si les Mirfak commencent à s'en prendre à nous, articulai-je d'une voix tremblante, on n'a plus qu'une personne capable de nous protéger.

– Mme Julia ?

– Il faut qu'on retourne tous au manoir. Elle ne pourra rien faire si on est répartis dans le parc.

Je me retournai avec la ferme intention de courir jusqu'à l'autre bout de la propriété pour aller chercher Julia, trébuchai sur un objet mou et m'affalai dans la neige.

– Mademoiselle ! s'épouvanta Clématite en se jetant sur moi pour faire barrage de son corps.

– Je vais bien, la rassurai-je. Je suis tombée toute seule. Sur ce truc-là...

Je récupérai l'objet. Un petit objet doux, en tricot, tout vert, représentant un troll souriant. Ma bouche s'asséchа brutalement. Trollidou.

– Clématite ! Les trolls... Ils n'avaient quand même pas envoyé les enfants ?

Le visage aqueux sembla se fermer.

– Pour protéger l'intégralité de la propriété, il fallait tout le monde, mademoiselle.

– Mais... Mais... Ils sont... Ils sont cachés là ! Je les ai vus !

Je pointai du doigt un recoin du parc qui serait séparé du manoir par des hordes de gobelins sitôt que les domestiques cesseraient de les retenir. Les trolls allaient se retrouver coincés.

Je fis deux pas en avant.

— Retraite ! hurlai-je de toutes mes forces vers les arbres. Tout le monde au manoir ! Retraite !

Les longues silhouettes des trolls se découpèrent sur les arbres. Ils m'avaient entendue ! Devant le mur, les créatures entamaient un mouvement de repli, tandis que certaines restaient pour couvrir leur fuite. Mes yeux s'écarquillèrent d'horreur. Elles n'avaient quand même pas l'intention de se sacrifier ? Je me préparai à m'élancer à leur secours. Clématite m'attrapa à nouveau et me tira de force dans l'ombre des arbres. Le souffle coupé, les bottes à dix centimètres du sol, je ne pus que me laisser faire.

— Bon sang, mademoiselle ! fulmina-t-elle. Je vous ai dit que c'était vous que la créature de l'ombre cherchait et vous, vous attirez l'attention sur v...

— Il faut une diversion pour que les domestiques puissent rentrer ! l'interrompis-je en me débattant. Sinon, ils vont se faire attaquer par-derrière en essayant de fuir. Et dis à Myosotis que ceux du côté de Julia doivent rentrer aussi. Tout le monde !

Elle haussa ses épaules miroitantes sans cesser d'avancer. Vu la façon dont je m'enfonçais dans son buste, j'avais l'impression que si j'essayais de la frapper, ma main traverserait son corps comme de l'eau.

— La diversion arrive, bougonna-t-elle. Pour le reste, c'est fait. Quant à votre main, elle ne me traverserait pas comme de l'eau, mais plutôt comme une espèce de substance visqueuse et collante. On peut s'enfuir, maintenant ?

– Non ! Pose-moi ! On attend la diversion pour être sûres que tout le monde puisse se mettre à l'abri !

– Mademoiselle ! Vous êtes la princesse !

– Justement ! Que dira Adam, à ton avis, s'il découvre que la moitié de ses domestiques sont morts à cause de mon plan à la con ?

La nymphe soupira et me déposa dans la neige fraîche, à l'abri des regards entre une ligne d'arbres et un étang qui reflétait la lune. Des aboiements furieux retentirent non loin et une meute de chiens aux yeux rouges et de loups aux canines gigantesques fonça vers le combat. Bon sang ! C'était quoi, cette fois ?

– Les familiers des kobolds, expliqua brièvement Clématite en me tirant à nouveau – par la main, cette fois. La diversion pour permettre aux autres de fuir. Allons-y et ne tombez pas dans l'eau, vous attraperiez la mort.

– Mais... Mais je n'ai pas rêvé ? bredouillai-je. Il y a bien Croquette avec eux ?

Clématite tourna la tête en direction des combats où de nouveaux cris retentissaient et plissa les yeux pour mieux voir.

– Ah oui, il y a Croquette.

– Mais... Mais...

– Moi qui trouvais que ce chien avait peur de tout... Je retire ce que j'ai pensé à son sujet.

Je me laissai entraîner dans son sillage le long de l'étang, l'esprit perdu. Qu'est-ce qui avait bien pu pousser ce trouillard de Croquette à... Mes doigts se resserrèrent sur Trollidou. Les trolls étaient-ils derrière ce miracle ?

Les créatures en fuite couraient vers le manoir et nous dépassaient sans nous voir, cachées que nous étions par les arbres. Je traînais la patte pour surveiller que chacun puisse s'en sortir.

– J'aimerais que vous accélériez, mademoiselle, dit nerveusement Clématite. Mes pouvoirs ne fonctionnent pas sur les créatures de l'ombre.

Je tiquai. La créature de l'ombre. Pourquoi ne se révélait-elle pas ? Il aurait suffi qu'elle émerge des ombres pour nous combattre et tous nous tuer !

Qu'attendait-elle ?

– Certains êtres magiques peuvent déterminer le nom d'un assassin rien qu'en touchant un cadavre, expliqua la nymphe avec un soupir en essayant de me pousser.

– Et alors ?

– La créature de l'ombre qui a assommé M. Élias espérait sûrement qu'un gobelin l'achèverait. Ainsi, son nom à elle n'aurait jamais été connu.

Je clignai des yeux. Les gobelins se baladaient avec les étendards des Mirfak, mais ceux-ci ne voulaient pas qu'on sache que c'étaient eux qui nous attaquaient ?

– Vous avez raison, maugréa la nymphe sans glamour. Cela n'a aucun sens, mais nous y réfléchirons plus tard, si vous voulez bien.

Mon pied dérapa et glissa dans l'eau noire jusqu'au genou. La panique me gagna. La boue glacée empêchait ma jambe de ressortir. Clématite me tira avec un grognement d'effort. Les gobelins qui avaient échappé à la meute de familiers poursuivaient désormais les domestiques qui s'enfuyaient. Divers bruits d'explosion retentissaient. L'air vrombissait de projectiles envoyés par les fées et de puissants jets d'eau d'origine inconnue qui se transformaient en glace juste avant d'atteindre leur cible. Le sol enneigé cédait sous les pas de groupes entiers de nos ennemis, sapé par les fameuses chausse-trappes installées quelques instants plus tôt. Les créatures qui avaient atteint le manoir lançaient des encouragements vibrants à ceux qui cavalaient encore. Il semblait que nous ne laissions personne derrière. OK. Maintenant, je voulais bien courir. Un genre de libellule d'environ dix centimètres vint soudain me voleter sous le nez.

– Mademoiselle ! piailla-t-elle d'une petite voix aiguë alors que j'essayais de la chasser du revers de la main. Mais qu'est-ce que vous fabriquez ? Courez plus vite !

Ah. Ça parlait. Je continuai à suivre Clématite en prenant garde aux endroits où je posais mes pieds. Pas question de finir dans l'étang une seconde fois. Un bruit de cavalcade retentit derrière nous. Je tournai la tête. Une goule fonçait vers nous, ses yeux albinos exorbités par la peur.

– Ils arrivent ! Ils arrivent !

La libellule prit de l'altitude et deux couteaux jaillirent de nulle part pour fondre sur nos poursuivants invisibles. L'ahurissement gela mon cerveau. Mais alors… Cette petite chose… C'était… Des hurlements de douleur me rappelèrent d'éviter de penser à autre chose que galoper.

La libellule revint à notre hauteur et se posa sur mon épaule tressautant au rythme de ma course.

– Je n'en ai stoppé qu'un, m'informa-t-elle en se cramponnant à mes cheveux. L'autre nous poursuit toujours, mais il est blessé.

– Tu es... une fée ? haletai-je.

– Enfin mademoiselle ! Vous ne me reconnaissez pas ? C'est moi ! Nicolette !

Je la foudroyai du regard. Je ne la reconnaissais pas ? Elle plaisantait ou quoi ? Depuis quand Nicolette... Oh bon sang ! Alors cela signifiait que les Geistjägern savaient exactement de quoi ils parlaient, quand ils mimaient le geste de les démembrer entre deux doigts !

– Il nous rattrape ! gémit la goule.

Quelque chose siffla près de nos oreilles et se ficha dans un arbre sur ma gauche.

– Saloperie... grommela Nicolette, toujours accrochée à mes cheveux pour ne pas dégringoler. Il nous lance les couteaux que je lui ai balancés.

La goule poussa soudain un cri de douleur et tomba sur le sol. Je m'arrêtai net.

– Mademoiselle ! implora Clématite.

Trop tard. Je fis demi-tour et me jetai sur le gobelin qui s'apprêtait à abattre sa hache sur la malheureuse goule. Je le frappai de toutes mes forces en plein plexus solaire. Une souffrance atroce traversa mon poing et me remonta le long du bras. Oh non ! Pourquoi avais-je utilisé cette main-là ? Déséquilibré par l'impact et le poids de son arme, le gobelin partit en arrière et trébucha dans la neige. L'esprit abruti par la douleur, je me ramassai sur moi-même et lui envoyai un bon coup de pied sur le côté du crâne. Le monstre valsa dans l'étang et y sombra d'un bloc.

– Oh oh... marmonna Nicolette.

– Quoi ? paniquai-je. Il y en a un autre ?

– Non, mais je l'avais blessé.

– Et alors ?

– Alors il saigne.

– Et alors ?

La goule s'était redressée, un couteau planté dans l'épaule, et fixait les ronds dans l'eau avec des yeux terrorisés.

– Oh là là… Oh là là… répétait-elle en boucle.

– Mais quoi ? bredouillai-je.

Une bulle creva l'onde. Puis deux. Puis trois. Clématite attrapa la créature blessée par la chemise et la propulsa sur le chemin.

– Courez ! cria-t-elle d'une voix totalement paniquée. Par pitié, courez !

– Qu'est-ce qui se passe ? tremblai-je.

– Il s'est réveillé !

– Hein ?

La nymphe me saisit par le bras et m'entraîna plus vite que jamais. La goule cavalait devant nous comme s'il lui avait poussé des ailes. Un bruit d'eau ruisselante retentit derrière nous.

– Ne vous retournez pas, mademoiselle !

Je n'en avais pas besoin. Une ombre se découpait sur la neige immaculée devant nous, dans la lumière de la lune. Une ombre gigantesque. Qui grandissait. Encore. Et encore.

15
Les seigneurs de l'eau

Un son pétrifiant couvrit tous les bruits de la bataille, à mi-chemin entre le hurlement d'un géant et le sifflement d'un serpent monstrueux. Comme en réponse, tous les autres plans d'eau autour du domaine se mirent à bouillonner. Ma poitrine me paraissait sur le point d'exploser. L'air froid me brûlait les poumons. Le manoir semblait à des milliers de kilomètres de nous, tache lumineuse dans la nuit noire.

– Plus vite ! Plus vite ! m'exhortait Nicolette en se cramponnant à mon oreille.

Incapable de répondre, je forçai encore l'allure. Mes jambes ne couraient plus, elles volaient. Devant nous, les créatures fonçaient comme des dératées, sur deux pattes, sur quatre ou en battant des ailes avec l'énergie de la panique. Des silhouettes gigantesques émergeaient des mares, des étangs et de tout ce qui contenait de l'eau dans le parc. Plus aucun domestique ne se préoccupait des gobelins qui s'étaient arrêtés, sidérés. Nous en dépassâmes un groupe qui contemplait ce qui se trouvait derrière nous, bouche bée.

– Fonceeez ! piailla Nicolette.

Un craquement sinistre retentit au milieu des gobelins que nous venions de doubler. Quelque chose roula devant nous. Une tête de gobelin. Un haut-le-cœur redoubla mes forces. Quoi que ce soit, c'était juste derrière nous !

– Attention ! À droite ! cria soudain Clématite.

Je me décalai juste à temps pour éviter un énorme sapin qui s'effondrait, racines à l'air. Derrière lui, une espèce de serpent bleu-noir colossal doté d'une tête d'hippocampe monstrueux s'ébrouait. Je restai figée. Le bas de son corps n'avait pas quitté l'eau, mais les nageoires qui lui tenaient lieu d'oreilles masquaient les étoiles. Comment un truc pareil pouvait-il tenir dans un étang ? Il baissa son museau démesuré vers nous et une lueur d'intérêt s'alluma dans ses yeux noirs comme les abîmes. Il ouvrit une gueule remplie de dents aussi longues que des épées. Une main me saisit par le col de ma doudoune et m'entraîna en m'étranglant à moitié.

– Ne vous arrêtez pas, mademoiselle ! Ils se moquent de qui nous sommes ! Ils tueront tout ce qui passe à leur portée !

Hors d'haleine, je me remis à courir à la suite de Clématite. Il fallait contourner le sapin. En arrivant à sa cime, je découvris un spectacle insensé. Des dizaines de ces créatures titanesques émergeaient de l'eau et détruisaient tout ce qui se trouvait à leur portée. Arbres, statues, fontaines, gobelins, ils fondaient sur la moindre irrégularité du terrain pour l'écraser entre leurs mâchoires terrifiantes. Certains avaient même entaillé la muraille de ronces et les hurlements des gobelins à l'extérieur laissaient comprendre que rien n'arrêtait ces horreurs, pas même les frontières de la propriété.

— À terre ! rugit Clématite.

Elle me plaqua dans la neige et une paire de crocs claqua à cinquante centimètres de moi. L'odeur du poisson avarié me souleva l'estomac. Des masses gluantes me tombèrent dessus. Horrifiée, je roulai sur moi-même pour m'écarter de la bête et tentai de me débarrasser du fluide collant. Mes doigts poisseux prirent une teinte rouge. Ma nausée redoubla. Du sang ?

Je levai les yeux. Deux gobelins empalés sur ses crocs gisaient dans la gueule de la créature. Des haut-le-cœur m'agitèrent.

— Reprenez-vous, mademoiselle ! brailla Nicolette depuis l'abri de mes cheveux. Ce n'est pas le moment de vomir ! Levez-vous et courez !

L'esprit glacé, je m'exécutai comme un automate. À mes côtés, Clématite aidait la goule blessée à se redresser. Nous repartîmes à fond de train. Sur dix mètres. Un corps de serpent nous coupa brutalement la route. Je freinai des quatre fers pour ne pas le heurter. De toute évidence, celui-ci ne nous prêtait aucune attention. Il poursuivait une bande de gobelins qui cherchait à atteindre le manoir. La tête d'hippocampe de cauchemar les rattrapa et le crissement des crocs contre leur cuirasse vibra à mes oreilles comme une craie sur un tableau noir.

— Par ici ! appela Clématite.

Je m'élançai à nouveau sur les traces de la nymphe qui courait le long des troncs effondrés, le dos courbé, imitée par la goule qui tenait son épaule blessée, le visage crispé par la souffrance. Un regain de panique m'anima. On s'éloignait du manoir !

– On va essayer de survivre, avant de retourner là-bas, siffla Clématite en se retournant brièvement vers moi.

OK. Bon argument. Je me voûtai à mon tour et les suivis de toute la vitesse de mes jambes d'humaine. Sur mon épaule, Nicolette s'était enroulée dans mes boucles pour rester en place.

– Tu ne pourrais pas voler jusqu'au manoir, toi ? haletai-je.

– Non, j'ai trop peur, couina-t-elle.

– Trop peur ? Tu es vraiment Nicolette ?

– Courez au lieu de faire de l'humour ! Ou je vous rôtis les oreilles avec de la graisse de porc !

Ah. C'était vraiment Nicolette.

Clématite avait ralenti. Nous longions toujours les arbres couchés, parfois broyés à coups de mâchoires géantes et crachés au hasard. Tout n'était plus que chaos dans le parc. Les cris de joie des serpents-hippocampes couvraient les hurlements des gobelins imprudents et la chute des derniers arbres debout.

– Clématite, bredouillai-je. Est-ce que tout le monde a réussi à rentrer ?

Je n'avais pas parlé assez fort pour qu'elle perçoive ma voix, mais elle avait dû capter ma pensée.

Elle me jeta un regard fugitif et secoua la tête négativement.

– Non ? m'étranglai-je.

– Ceux qui n'ont pas réussi à gagner le manoir se sont enterrés, grommela-t-elle. Si seulement vous n'étiez pas humaine, mademoiselle...

Je n'entendis pas la fin, mais je n'en avais pas besoin pour comprendre. Ma seule nature suffisait à les gêner. De nouveaux rugissements me vrillèrent les tympans.

– Attention !

La silhouette d'un de ces serpents de mer nous fonçait dessus. Je bondis sans réfléchir et roulai au sol. Le serpent passa sans nous remarquer. Sauf que Clématite et la goule se trouvaient de l'autre côté de son corps titanesque. Le manoir aussi. Je serrai les dents et secouai la neige de mon manteau. Même pas la peine de songer à escalader cette bestiole. Non seulement j'avais peur d'attirer son attention et qu'elle me dévore, mais en plus, les écailles luisantes et poisseuses ne me disaient rien qui vaille.

– Clématite, grommelai-je. Va au manoir avec la goule. Je vous rejoins avec Nicolette.

Le gémissement d'angoisse de mon amie surnaturelle me parvint depuis l'autre côté du monstre.

– Adam a dit que personne ne pouvait rattraper une nymphe sous sa forme liquide, insistai-je. Allez vous mettre toutes les deux à l'abri.

Pas de réponse.

– Elle y va ? demandai-je à la fée perchée sur mon épaule.

– Non, maugréa celle-ci. Cette nymphe est une vraie tête de cochon.

Humpf. Elle savait de quoi elle parlait, non ?

– C'est un ordre, Clématite, déclarai-je de ma voix la plus convaincante. Tu me connais, tu sais que je vais m'en tirer toute seule.

Nicolette sortit la tête de la boucle blonde sous laquelle elle était cachée et m'observa d'un œil critique.

— Même moi, je sais que vous ne pensez pas ce que vous dites, mademoiselle.

— Je ne t'ai pas demandé ton avis, bougonnai-je. Si tu veux rejoindre Clématite, c'est maintenant ou jamais.

Elle replongea la tête sous mes boucles. Je haussai un sourcil.

— Elle est partie, annonça la petite voix étouffée par mes cheveux. Clématite. Elle est partie.

Bon. Au moins, la nymphe et la goule en réchapperaient, je ne les ralentirais plus. Cette idée me soulagea. Je n'avais plus qu'à m'occuper de moi. Le courage me revint. Personne ne mourrait à cause de moi. Sauf Nicolette, peut-être, mais ça serait sa faute, elle n'avait qu'à voler. J'examinai le terrain autour de moi. Couvert de gravats et d'arbres couchés dans la neige, il était limité pour moi d'un côté par le corps mouvant du monstre qui m'avait séparée de Clématite, et de l'autre par une étendue d'eau qui avait largement débordé et dont sortait une autre de ces créatures cauchemardesques. J'avais le choix entre devant et derrière. Je jetai un œil en arrière et distinguai des dizaines de cadavres de gobelins. Bon. Devant, alors. Je m'accroupis au niveau des branches arrachées et avançai le plus silencieusement possible. J'ignorais dans quelle mesure ils pouvaient m'entendre dans le vacarme ambiant ou s'ils détectaient les mouvements rapides, alors autant ne pas se précipiter tant qu'aucun ne me regardait. La priorité était de nous mettre, Nicolette et moi, hors de leur portée. Autrement dit, hors de l'enceinte du manoir. Si j'en jugeais par l'absence de cris à l'extérieur, les gobelins avaient fui. Je les comprenais. On avait dû leur raconter qu'ils allaient attaquer une propriété qui n'offrirait aucune résistance, habitée seulement de femmes et d'enfants. Et ils étaient tombés sur ça. À leur place, je serais allée expliquer ma façon de penser à mes patrons.

J'avançais toujours, le cœur battant, le front couvert d'une pellicule de sueur glacée. De temps en temps, je m'aplatissais dans la neige quand une tête d'hippocampe se tournait dans notre direction, mais nous ne semblions pas avoir été repérées. Nous approchions d'une série de maisonnettes en bois intactes, aux toits blancs immaculés. Je fronçai les sourcils. Les cabanons des trolls ? Ils n'avaient pas été détruits ? Pouvions-nous tenter de nous réfugier dans l'un d'entre eux ? Cela me semblait périlleux. S'il prenait à ces bestioles l'envie d'en croquer un, nous serions cuites. Je plissai les paupières pour mieux voir. Derrière les cabanons se dressaient d'immenses arbres enneigés, comme une barrière protectrice. Les arbres-trolls. Les seigneurs Léviathan n'y avaient pas touché. J'ignorais pourquoi ils les épargnaient, mais de toute évidence, c'était là-bas qu'il fallait aller. D'ailleurs, leurs branches s'agitaient furieusement comme si elles me faisaient signe. Si ça, ça n'était pas un message… Je rampai à l'abri d'un buisson à moitié déchiqueté. Ma chaussure s'immobilisa soudain toute seule. Ma bouche s'assécha brutalement. Je me retournai. Rien. Je tentai de tirer, sans succès. La panique me gagna derechef.

— Ne bougez pas, chuchota Nicolette à mon oreille. Je m'en occupe.

Elle s'extirpa de ma chevelure et trottina sur mon dos et mes jambes pour atteindre mes baskets.

— Votre lacet s'est coincé dans une racine, expliqua-t-elle en défaisant le nœud. C'est bon.

Effectivement, ma jambe bougeait à nouveau. Je la ramenai à moi, soulagée. Nicolette poussa soudain un cri de frayeur et fonça vers moi pour plonger dans mes cheveux. Abasourdie, je cherchai ce qui l'avait effrayée... Et me retrouvai nez à nez avec un museau d'hippocampe. Mon sang se figea dans mes veines. Oh non ! Ça n'était pas vrai !

Je reculai précipitamment, assise sur les fesses. Les yeux noirs qui surmontaient le museau m'observaient avec un intérêt non dissimulé. Je l'intriguais ? Se rendait-il compte que je n'étais pas un gobelin ? Alors nous avions peut-être une chance, si nous trouvions la clé pour les calmer ! Le souffle à l'odeur de poisson avarié fit voler mes cheveux.

— Nicolette, murmurai-je, le cœur au bord des lèvres. Ce sont... Ce sont des seigneurs Léviathan, pas vrai ?

— Vous les connaissez ? couina la petite fée, au bord de l'hystérie.

À la mention de son nom, une étincelle s'était allumée dans le regard de la créature.

— Framboise m'en a parlé. Elle a dit que pour les calmer, il fallait le chant d'une sirène. Tu peux imiter ça ?

— Non ! Je ne peux pas ! Mais vous, chantez !

— Quoi ?

— Chantez ! Chantez ! Chantez !

— Mais je ne suis pas une sirène !

Je la sentis me donner un coup de ses pieds minuscules.

– Chantez, j'ai dit !

Oh ! Elle se calmait, la libellule ?

Le seigneur Léviathan me scrutait toujours avec le plus grand intérêt. Selon Framboise, c'étaient eux qui avaient raconté les événements du mois précédent au monde aquatique. Ils devaient donc me connaître. En théorie. Pour autant, me reconnaissaient-ils ? M'appréciaient-ils assez pour m'épargner ? Je me relevai lentement. Le monstre suivit le mouvement sans me quitter des yeux. J'avais l'impression qu'il irradiait d'une sorte de joie pernicieuse. Mais c'était peut-être juste à cause de la forme de son museau. Oui, sûrement, même. Il entrouvrit la gueule et ses crocs gigantesques apparurent.

– Chantez ! insista la voix de Nicolette étouffée par mes cheveux. Il va nous attaquer !

Mon esprit rata une marche. Chanter ? Quoi ?

– Viiiiiiite !

Une comptine de ma mère remonta du fin fond de ma mémoire.

– Il était un petit homme, entonnai-je avec un timbre tremblotant. Pirouette, cacahuète, il était un petit homme...

– Vous n'avez rien trouvé de mieux ? s'étrangla la fée.

– ... qui avait une drôle de maison, qui avait une drôle de maison.

J'aurais pu jurer que le seigneur Léviathan avait écarquillé les paupières d'ahurissement. Sauf qu'il n'avait pas de paupières.

– Sa maison est en carton, pirouette, cacahuète...

Il se redressa pour me dominer de toute sa hauteur et lança un sifflement bref. Un grand silence tomba sur la propriété.

– ... sa maison est en carton, les escaliers sont en papier, les escaliers sont en papier.

Les autres créatures de l'eau tendirent le cou vers nous. Ou le corps, je ne savais pas faire la différence.

– Celui qui veut y monter, pirouette, cacahuète...

Un véritable rideau de seigneurs Léviathan curieux se dressait autour de moi. Je me rendis compte qu'ils n'avaient pas tous la même taille. Les plus larges possédaient une longueur suffisante pour venir jusqu'à moi. D'autres, plus fins, restaient en retrait, comme coincés par leur mare de villégiature. Les nageoires qui leur tenaient lieu d'oreilles palpitaient en rythme.

– Le facteur y est monté, pirouette, cacahuète... poursuivis-je de plus en plus faiblement, pas certaine que les regards malsains qu'ils échangeaient soient de bon augure. Le facteur y est monté, il s'est cassé le bout du nez...

– On va mourir, gémit Nicolette.

Je vis soudain passer Croquette, qui courait entre les corps des créatures trop occupées par moi pour lui prêter attention. La stupéfaction faillit me faire manquer le couplet suivant.

– Euh... On lui a raccommodé, pirouette, cacahuète...

Le chien disparut de mon champ de vision. Alors ça, c'était le pompon ! Mais que se passait-il, cette nuit ? Je voulais dire, en dehors d'une attaque de gobelins et du réveil de monstres aussi hauts que le manoir ? Les monstres en question se penchaient de plus en plus sur nous. Je me sentais rapetisser au fur et à mesure.

– Avec du joli fil doré...

Que se passerait-il quand j'arriverais au bout de la chanson ? Faudrait-il que je la reprenne à zéro ? Mes jambes flageolèrent. Je ne savais pas si j'allais tenir un deuxième tour.

Les seigneurs Léviathan se rapprochaient de plus en plus et leurs gueules pleines de dents s'ouvraient en rictus démesurés. Nicolette avait disparu sous mes cheveux. Je la sentais trembler sur mon épaule.

D'un coup, les créatures marines relevèrent toutes la tête pour prendre de l'élan et fondirent sur moi, crocs en avant. Je poussai un cri étranglé et m'écroulai sur le sol gelé. Un rugissement formidable retentit. Les seigneurs Léviathan s'immobilisèrent net à un mètre de moi. À deux doigts de l'évanouissement, je ne pouvais plus respirer. Ils tournèrent le cou, inquiets. Le cabanon n° 3 des trolls vola en éclats dans un grondement d'enfer et une silhouette gigantesque en jaillit. Un hoquet d'effroi s'échappa de ma gorge. C'était encore plus long et plus gros que les seigneurs Léviathan ! Ceux-ci reculèrent d'un même mouvement, me laissant seule et sans protection, effondrée dans la neige. La nouvelle créature émit un bruit semblable à celui d'un porcelet qu'on égorge, mais d'une puissance suffisante pour briser des vitres. Les Léviathan reculèrent encore en montrant les crocs. Un flot d'adrénaline inonda mes veines. Que fallait-il faire ? Reculer avec eux ? Courir vers le manoir ?

– Nicolette ! articulai-je. C'est quoi ?

– Un ver des sables, répondit la voix étouffée de la fée.

– Ça ? Un ver ? Mais c'est énorme !

– Oui !

– Ça mange quoi ?
– Tout !
Génial.
– Accroche-toi, marmonnai-je, on va courir. Enfin, moi, je vais courir.
– On va mourir !
– Non, courir.
Je me redressai très lentement tandis que le ver géant inclinait sa tête monstrueuse vers les Léviathan pour les tenir en respect. Mon cœur cogna encore un peu plus fort. Le haut de son crâne s'ouvrait de façon sporadique en trois parties sur une gorge hérissée de pics. Mais cela n'était pas le pire. Le pire, c'était la couleur de l'intérieur. Un magnifique bleu-vert qui luisait doucement. Bon sang ! La grotte que Gustav nous avait fait visiter, ça n'était quand même pas… Oh mon Dieu !
Le ver se pencha vers moi. Son espèce de bouche s'entrouvrit deux fois. Puis il se redressa et émit son horrible cri à l'intention des créatures des mers. Celles-ci sifflèrent en retour. Qu'est-ce que cela pouvait bien signifier ?
– Nicolette ? bredouillai-je.
Pas de réponse. Était-elle toujours là ? Sûrement, oui. Une boule de cheveux sur mon épaule tremblait bizarrement.
Je me déplaçai d'un pas en direction du manoir. Les seigneurs Léviathan reportèrent leur attention sur moi et leurs yeux étincelèrent d'une faim intense. Le ver des sables gronda. Les Léviathan relevèrent la tête et grognèrent de mécontentement. Cela voulait-il dire que le ver me protégeait ? Ou qu'il me considérait comme son quatre-heures à lui ? En tout cas, je

comprenais mieux pourquoi les seigneurs des mers n'avaient pas touché aux arbres-trolls. Ils avaient dû sentir la bête qui dormait devant. J'avançai lentement. Mon étrange défenseur se balança légèrement pour rester à ma hauteur. J'inspirai à fond pour garder un semblant de calme. Si je me mettais à courir comme une folle, cela risquait de dégénérer. En fait, cela risquait même de dégénérer quoi que je fasse. Je posais prudemment un pied devant l'autre, pas trop vite, sous le regard affamé de tous les monstres du parc. Le ver me suivait toujours, masquant la lune de sa silhouette gigantesque. Un froid intense me saisit soudain et Julia se matérialisa à côté de moi, pieds nus dans la neige. Sa robe de chambre de soie rouge était déchirée en plusieurs endroits et le désordre le plus complet régnait dans ses cheveux dorés.

– Eh bien, marmonna-t-elle en levant les yeux en direction du ver des sables. Tu te fais toujours des amis improbables, toi.

– Hein ? balbutiai-je.

– Peu importe. Dépêchons-nous, il faut calmer et rendormir les seigneurs Léviathan avant qu'ils ne décident d'attaquer le ver.

– Comment on fait ? m'exclamai-je.

– On a besoin d'une sirène.

Sans blague.

– Il y en a une au manoir ?

– On a un enregistrement, dans un coffre du dernier étage, répondit-elle en pointant son doigt vers la tour sud de la demeure. On le garde précisément pour le cas où ces monstres se réveilleraient. Dépêchons-nous.

Je faillis la suivre quand un détail me fit tiquer.

— Pourquoi vous ne l'avez pas déjà mis en route ? m'alarmai-je.

— Il faut être deux pour le déclencher. Consigne de sécurité de l'arrière-grand-père de Lazare quand les seigneurs Léviathan ont élu domicile ici. Cette horreur de chant les calme quand ils sont excités, mais il les réveille aussi quand ils dorment. Il ne fallait pas qu'on puisse le lancer par erreur.

— Pourquoi vous n'avez pas demandé à un domestique de vous aider ?

Elle roula des yeux exaspérés.

— Cela ne t'aura sûrement pas échappé, mais j'ai un peu de mal à me faire obéir, quand je prends des initiatives, ici.

Je fronçai le nez, peu convaincue. Je n'avais toujours pas résolu le mystère des Mirfak. Pourquoi voulaient-ils cacher leur identité s'ils avaient envoyé des gobelins portant leurs couleurs ? Et si une autre famille tentait de nous nuire en leur faisant porter le chapeau ? Une famille comme les Draconis, par exemple ? Après tout, ils employaient souvent les gobelins. Lors de l'attaque qui avait failli coûter la vie à Adam dix ans plus tôt, ou lors de mon enlèvement quelques mois auparavant...

— C'est bon, mademoiselle, souffla soudain la petite voix de Nicolette. Vous pouvez lui faire confiance.

— Tu crois ? marmonnai-je tandis que Julia fronçait les sourcils.

— J'en suis sûre. Mme Julia ne désire qu'une chose, c'est protéger ce manoir. Elle ferait n'importe quoi pour nous.

– Hein ?

Depuis quand ?

Incrédule, j'attrapai la masse des cheveux sur mon épaule et la soulevai. Nicolette apparut, toute surprise de se retrouver nue.

– Julia ferait n'importe quoi pour protéger ce manoir ? répétai-je en haussant un sourcil. On parle bien de cette Julia-là ? Julia Draconis ?

– C'est Julia Lesath, espèce de tête de lard ! rétorqua la petite fée, furieuse d'être prise au dépourvu. Pour le reste, vous n'aurez qu'à demander à Clématite si vous ne me croyez pas. Et rendez-moi ça !

Elle leva les bras pour attraper une mèche et s'enroula dedans.

– Et maintenant, dépêchez-vous d'aller avec elle ou le manoir va avoir de gros problèmes. Pires que maintenant, je veux dire.

Julia nous observait, agacée.

– Qu'est-ce que vous racontez ? Tu te balades avec un insecte, Charlotte ?

– Mouais, marmottai-je, un truc comme ça.

– Dépêchons-nous.

Elle me fit signe de la suivre.

– Vous... Vous ne m'emmenez pas par les ombres ? hésitai-je, sans trop savoir si je lui demandais quelque chose d'épouvantablement intime.

Julia haussa les épaules et réajusta sa robe de chambre.

– Je suis la fille de Walder Draconis, lâcha-t-elle avec un sourire caustique. Si je disparais avec toi, les domestiques me sauteront à la gorge dès ma réapparition.

Ah !

– Ne traînons pas, ajouta-t-elle avec un regard autour de nous. Les Léviathan s'impatientent.

Je levai les yeux à mon tour. En effet, les créatures des mers s'enhardissaient et se rapprochaient, centimètre par centimètre. Le ver grogna en signe d'avertissement. Les Léviathan couchèrent leurs nageoires-oreilles en arrière. Je m'empressai d'emboîter le pas à Julia.

Celle-ci marchait droit malgré l'état du terrain, alors que je ne cessais de trébucher sur les obstacles dissimulés par la neige. Cela ne m'empêchait pas de réfléchir et les mots de Nicolette me revinrent. Julia, prête à tout pour les habitants de ce manoir ? Je ne pouvais pas croire ça ! Et pourtant... Une sorte de gêne m'oppressa. Cette femme était tellement lucide sur les sentiments des domestiques à son sujet ! Avait-elle tenté de s'intégrer à la vie du manoir, durant les premiers mois de son mariage ? De faire oublier son identité de « fille d'ennemi juré » ? Ou le rejet massif des habitants l'en avait-il dissuadée dès les premiers jours ?

– Nicolette ? chuchotai-je en priant pour que ma voix ne porte pas jusqu'à Julia.

– Ne me parlez plus ! geignit la fée. Vous avez dit que j'étais un « truc comme ça » !

– Tout le monde est au courant que Julia ferait n'importe quoi pour vous ?

– Bah... Un certain nombre, oui. Mais on fait semblant de ne pas le savoir.

– Pourquoi ?

– Comme si on allait laisser la moindre chance de se faire apprécier à cette satanée bonne femme ! Son père a notre sang à tous sur les mains !

Je ne relevai pas et suivis du regard le dos satiné de la robe de chambre, pensive.

– C'est pour ça, murmurai-je finalement. C'est pour ça qu'elle est aussi amère. C'est pour ça qu'elle oblige Élias à ne manger que des choses bouillies. Elle passe sa frustration sur…

– Hein ? Pas du tout ! Faire bouillir les aliments des enfants est une vieille habitude Draconis. Ça neutralise la plupart des toxiques et des poisons. Vu le nombre de leurs ennemis, croyez-moi, mademoiselle, ça n'est pas du luxe.

Mon estomac se contracta brutalement.

– Quoi ?

– Vous ne le saviez pas ?

– Non.

– Bon. Si on survit, je vous apprendrai plein de choses sur les poisons.

Je ne l'écoutais plus. Julia avait donc tenté de protéger Élias toute son enfance ? À la mode Draconis, certes, mais elle voulait vraiment le protéger ? Et tout le monde, moi la première, y voyait de la tyrannie de sa part ?

Je serrai les lèvres. Si l'enfer existait, il devait ressembler à ce que vivait cette femme.

16
Dragon contre dragon

Les domestiques agglutinés à la porte du manoir s'écartèrent pour nous laisser entrer. La lumière chaude des lustres me donna l'impression de sortir d'un cauchemar. J'étais sauvée !

— Mademoiselle !

Clématite - sous sa forme liquide - fendit la foule des créatures à une vitesse surnaturelle pour se jeter sur moi. Je manquai de m'écrouler, mais ses bras extensibles s'enroulèrent autour de ma taille et je me retrouvai soulevée du sol, plaquée contre une substance molle et visqueuse.

— Ne me donnez plus jamais d'ordres comme ça ! gémit-elle tandis que de grosses gouttes s'écrasaient sur mes cheveux. Sinon... Sinon, je ne vous aime plus !

— Arrête de pleurnicher, espèce d'autruche ! rugit une petite voix sur mon épaule. Tu mouilles mes ailes !

Je dégageai de mon mieux mon visage de la masse gluante. Eh bien. En voilà deux qui avaient retrouvé du poil de la bête.

— Ah, mademoiselle, soupira un immense troll unijambiste assis sur les marches de marbre blanc, les yeux verts pleins d'inquiétude. Je suis tellement soulagé. Le petit chien est donc arrivé à temps.

— Le petit chien ? répétai-je, perplexe. Croquette ? C'est vous qui l'avez envoyé, Gustav ?

— Oui, mademoiselle.

Toujours à moitié enfouie dans le torse de Clématite, je n'osai rien dire, mais ce pauvre toutou ne m'avait pas aidée le moins du monde. Il n'avait même pas servi de diversion, façon hot dog sur pattes, pour les seigneurs Léviathan.

— Je l'avais envoyé réveiller Ignace, ajouta le vieux troll. Je suis heureux qu'il ait réussi.

— Ignace ?

— Notre bon vieux ver des sables.

Ma bouche s'arrondit. Ce truc monstrueux portait un nom ?

— Il aurait pu dévorer Mlle Charlotte, lança Clématite d'un ton acide.

— Et moi avec, ajouta Nicolette, tout aussi acerbe.

— Mais non, mais non. Il l'avait déjà rencontrée, il savait que c'était notre princesse. Et la sienne, aussi.

— Et Élias ? les interrompis-je. Il va bien ?

— Il a repris connaissance et il a demandé s'il avait tué assez de gens pour vous faire plaisir, mademoiselle. À la demande du docteur Romaric, Natacha reste avec lui pour l'empêcher de quitter la chambre. Il s'en remettra très vite.

Un soulagement indicible détendit mes épaules. Élias allait bien. Je tournai la tête vers Julia qui montait déjà les marches sans se préoccuper de moi, royale malgré ses pieds nus salis et sa robe de chambre déchirée. Je devais la rejoindre.

— Pose-moi, Clématite, ordonnai-je donc.

— Bien sûr, mademoiselle. Pardon.

Elle me rendit ma liberté et je courus à la suite de Julia. Les domestiques nous regardèrent nous éloigner sans un mot, l'air perdu. Il fallait peut-être dire quelque chose ?

— Montez bien la garde pour que les gobelins n'entrent pas dans le manoir, lançai-je. Normalement, les seigneurs Léviathan leur ont réglé leur compte, mais si des petits malins se sont cachés, ils risquent d'essayer d'entrer à la première occasion.

Les créatures reprirent aussitôt contenance et acquiescèrent avec conviction. J'hésitai. Je n'avais pas oublié qu'au moins une créature de l'ombre rôdait dans le parc.

— Et si vous notez quoi que ce soit d'inhabituel, ajoutai-je donc, criez aussi fort que vous le pouvez.

Julia haussa les épaules tandis que je reprenais mon ascension derrière elle. Cela signifiait-il qu'elle jugeait cette dernière consigne inutile ? Surveillait-elle les cœurs des domestiques pour détecter la moindre anomalie ? Peut-être. Ou peut-être me trouvait-elle juste stupide. J'aurais donné cher pour savoir à quoi elle pensait.

Nous atteignîmes sans encombre le second étage et bifurquâmes vers la tourelle sud. Un coup violent agita soudain le manoir. Je trébuchai et me rattrapai à un meuble à napperon brodé.

— C'était quoi ? balbutiai-je.

— Les seigneurs Léviathan, grommela Julia qui s'était accroupie par réflexe. Ils commencent à s'énerver. Ils cherchent de la nourriture.

Un rugissement confirma ses dires et les coups se mirent à pleuvoir sur les murs. Ils s'y mettaient tous. Plusieurs tableaux se décrochèrent et explosèrent sur le sol. Les vases sur les commodes les suivirent dans une cacophonie de verre brisé et de cris de panique provenant du rez-de-chaussée.

– Oh mon Dieu… murmurai-je, épouvantée. Et… Et Sophie ? Nicolette ?

– Elle dort, mademoiselle ! pesta la fée. Elle se moque de tout ça. Foncez !

– Dépêche-toi, Charlotte ! me lança Julia, qui avait déjà atteint le bout du couloir.

Je me redressai de mon mieux et courus avec elle vers la tourelle. Une silhouette se matérialisa devant nous. Une silhouette de taille moyenne au nez allongé comme celui d'une fouine. Nous nous figeâmes sur place.

– Papa ? s'exclama Julia.

Walder Draconis nous sourit aimablement. Une secousse plus grosse que les autres me fit perdre l'équilibre et je me retrouvai par terre.

– Tu es venu nous aider ? s'enquit encore Julia, la voix pleine de doutes.

– Voyons, ma chère fille.

Il s'avança en lui tendant les bras et l'embrassa chaleureusement.

– Tu as bien réagi, je suis fier de toi.

– Comment ? bredouilla la femme. Qu'est-ce que tu veux dire ?

Le Draconis se tourna vers moi et son sourire devint sarcastique.

– Tu es difficile à tuer, petite sucrerie, susurra-t-il. Je pensais pourtant que prévenir les Geistjägern de ta présence à Venise suffirait à te faire disparaître.

– Quoi ? m'étranglai-je. C'est vous qui... qui...

– Tu plaisantes ? s'écria Julia, aussi soufflée que moi. Mais l'enquête...

– L'enquête a montré que tu étais en sécurité, mon ange, coupa Walder en balayant la réflexion d'un revers de la main. À partir de là, je n'avais plus qu'à attirer la petite princesse hors de son palais, la mettre en danger et regarder les Scorpions voler à son secours.

– Mais... pourquoi ?

Les petits yeux perçants de l'homme brillèrent d'un éclat maléfique.

– Pour te rendre enfin la place qui t'échoit, ma fille. Celle de reine Scorpi.

– Mais je suis déjà la reine Scorp...

– Foutaises. Tant que ce maudit Lazare sera là pour te brider, tu ne pourras pas exprimer pleinement ton potentiel.

– Mon potentiel ?

– Nous allons allier nos deux familles et devenir la plus grande association de tueurs à gages de ce monde.

Assise par terre, je tentai de me redresser, mais un nouveau coup fit trembler les murs. De la poussière tomba du plafond. Je toussai.

– Nos deux familles sont déjà alliées, tentai-je d'articuler, la voix rauque.

Walder m'ignora royalement.

– C'est le moment, Julia. Tout est prêt. Tu n'as plus qu'à « arranger » les choses cette nuit et les habitants de ce manoir te verront comme une héroïne, celle qui a éradiqué la menace Mirfak. Ton statut sera enfin légitime. Quand les trois Scorpions mourront dans des circonstances tragiques, tu seras seule, reine et incontestable.

– Je ne comprends pas, balbutia sa fille.

– Mais si, tu comprends.

Des bruits de vitres brisées retentirent aux étages en dessous, suivis de cris affolés. Les Léviathan tentaient d'entrer ? Julia fixait son père, estomaquée.

– Tu comptes tuer Lazare et ses fils ?

Walder haussa négligemment les épaules.

– Ce sera assez simple, déclara-t-il. Il suffit de tuer cette gamine...

Il me désigna.

– ... ce qui devrait rendre Adam suffisamment fou pour l'éliminer sans trop de problèmes, puis le petit Élias. Ensuite, Lazare tombera comme un fruit trop mûr.

Julia s'était redressée, pâle, le visage indéchiffrable à moitié dissimulé par ses cheveux d'or. Moi, je me décomposais lentement. Malgré le vacarme et les soubresauts du manoir, les Léviathan étaient devenus le dernier de mes soucis.

– Les Mirfak n'ont rien à voir avec tout ça, pas vrai ? bredouillai-je, tremblante.

– Bien sûr que non, répondit Walder d'un ton suffisant. Je n'en croyais pas mes oreilles quand j'ai appris qu'ils ne comptaient pas se rendre à Venise. C'était un signe du destin. Je ne pensais pas que ce serait aussi simple de faire porter le chapeau à une autre famille.

Toujours assise par terre, je me mis à reculer le plus discrètement possible. Quelles chances avais-je de fuir et de retourner au rez-de-chaussée avant qu'ils m'attaquent pour me tuer ? Ils étaient des créatures de l'ombre. Je n'atteindrais même pas le bout du couloir. Je sentais Nicolette, cachée sous mes cheveux, trembler de tout son corps minuscule. L'avaient-ils repérée, elle aussi ? Julia se souvenait-elle qu'elle se trouvait là ? S'ils se rendaient compte qu'elle connaissait le plan, elle serait éliminée aussi, je n'en doutais pas. Un tremblement ébranla à nouveau les murs, accompagné de cris de guerre côté domestiques. J'en profitai et me redressai assez pour me mettre accroupie et reculer un peu plus.

– Il faut calmer les seigneurs Léviathan, déclara Julia d'une voix agacée. S'ils détruisent le manoir et qu'ils mangent ses habitants, je ne serai plus reine de rien du tout.

– Bien sûr, bien sûr, approuva paternellement Walder. Ils sont formidables, ces petits monstres d'eau. Quelle meilleure excuse pour qu'on retrouve notre malheureuse Charlotte écrasée par une pierre ou une armoire, n'est-ce pas ? Tout se passe encore mieux que ce que j'avais prévu ! Tes cousins pensent même que les dieux soutiennent notre entreprise.

Je fis de mon mieux pour empêcher mon cœur de paniquer. Il ne fallait pas attirer l'attention sur moi avec des palpitations déraisonnables et m'éloigner, encore et encore.

– Mes cousins ? releva Julia.

– Bien sûr. Je ne serais pas venu tout seul. Mais occupons-nous d'abord de ce qui presse et nous discuterons après, veux-tu ?

Walder se tourna vers moi et m'adressa un sourire torve. Je déglutis péniblement. J'avais parcouru presque la moitié du couloir. Clématite percevait-elle mes pensées ou était-elle trop occupée par les seigneurs Léviathan ? Personne ne semblait intervenir, il valait mieux parier sur la deuxième solution. Restait-il une ou deux fourchettes que Nicolette pourrait planter dans les yeux des deux Draconis ?

Walder épousseta la poussière du plafond qui était tombée sur sa veste.

– Bien, déclara-t-il. Allons-y.

Il avança d'un pas dans ma direction. Je bondis sur mes jambes et m'élançai vers les escaliers. Un choc au niveau de l'estomac me coupa le souffle et des étoiles dansèrent devant mes yeux. Je tombai à genoux en suffoquant. Walder se tenait devant moi, me barrant la route.

– Tût-tût ! me gourmanda-t-il en agitant son index sous mon nez. Tu n'iras nulle part, petite sucrerie. Le destin des humaines qui épousent les Scorpi est de mourir tragiquement. Adieu, chère Charlotte !

Il leva le bras. Mon cœur manqua un battement. Mon corps encore sous le choc refusait de m'obéir. Je fermai les yeux. Et rien. Le bruit d'une chute retentit à mes côtés. Je soulevai une paupière. Walder Draconis gisait devant moi, inconscient. Mon esprit s'emplit d'un espoir fou. Adam ? Je redressai la tête. Julia se tenait courbée, comme si elle ne s'était pas encore relevée du coup qu'elle venait d'asséner. Son visage était crispé dans une grimace de douleur et de tristesse. La stupéfaction m'empêcha de parler. Julia ? Julia venait d'assommer son père pour l'empêcher de me tuer ? Mais... pourquoi ?

Elle dut percevoir mon ébahissement car elle reprit soudain contenance et referma les pans de sa robe de chambre sur elle. Ses yeux noirs lancèrent des éclairs.

– Tu as intérêt à ne pas me faire regretter ça, maugréa-t-elle.

La voix toujours coupée, j'acquiesçai sans un mot. Elle haussa les épaules et se détourna. J'aurais juré voir une larme perler sur ses cils. Sa tristesse me frappa de plein fouet. Il fallait faire quelque chose. Je me concentrai et attendis. Les coups contre le manoir redoublaient. Bon sang, personne n'allait jamais m'entendre, comme ça !

– Euh... Vous m'avez demandé, mademoiselle ?

Je me retournai d'un bond. Alfred, le jeune lutin, se tenait dans le couloir en se balançant d'un pied sur l'autre d'un air hésitant, une hallebarde dégoulinante de sang sombre à la main. Oh misère...

– Alfred, dis-je sur le ton le plus assuré possible, on a un invité surprise.

Je me décalai pour lui montrer le corps de Walder. Le regard du lutin devint mauvais et sa prise se resserra sur sa hallebarde.

– Il n'est pas mort, l'avertis-je, alors il faut le neutraliser, OK ? Je ne sais pas du tout comment on peut coffrer une créature de l'ombre, mais... Alfred ? Tu m'écoutes ?

L'attention du lutin s'était portée sur Julia qui nous tournait le dos. L'expression de son visage ne laissait aucun doute quant à l'animosité qu'il ressentait. Je soupirai. Évidemment.

– Si tu veux tout savoir, ajoutai-je, sans Julia, je serais morte. Tu peux t'occuper de Walder ?

La femme tressaillit à la mention de son nom, mais continua à fixer le mur qui avait perdu ses tableaux devant elle.

– Alfred ? appelai-je.

– Mademoiselle ? gronda le lutin.

– Toi, emprisonner Walder. Compris ?

J'obtins enfin une réaction. Il haussa un sourcil perplexe.

– Pourquoi me parlez-vous comme ça, mademoiselle ?

– Pour que l'information principale passe. Tu te débrouilles comme tu veux, mais il ne doit plus pouvoir bouger le moindre petit doigt. Tu l'enfermes dans un cachot sans fond, tu l'enchaînes de la tête aux pieds, tu le fais avaler par Ignace, mais je ne veux plus en entendre parler avant demain matin, vu ?

– Euh... Vu, répondit le lutin, un peu embarrassé.

– Ça se passe comment, en bas ?

Il brandit sa hallebarde.

– On les tient en respect de notre mieux, mademoiselle.

– Il y a des blessés ?

Le lutin grimaça. Ma bouche s'assécha.

– Et des... des...

– Pas de morts, mademoiselle, assura-t-il. En tout cas, personne n'a succombé à ses blessures pour le moment. On a reculé assez vite quand ils ont attaqué le manoir.

Je serrai les dents.

– OK, marmonnai-je. Faites très attention à vous, on a encore des Draconis hostiles dans les parages.

Le lutin se tourna à nouveau vers Julia.

– Pas Julia, soupirai-je. Julia est une Lesath.

– Ah bon ? grommela-t-il.

– Oui. Je te laisse Walder ?

– Pas de problème, mademoiselle.

– Alors exécution.

Il disparut. La seconde suivante, il était de retour avec un compère et les deux enfants korrigans, qui se penchèrent sur Walder avec curiosité. Un instant plus tard, ils s'étaient évaporés. Je me redressai péniblement. Mon ventre me faisait mal. Le Draconis n'avait pas fait semblant de frapper.

– Julia, grognai-je, on va arrêter les Léviathan ?

Elle se retourna vers moi. Son expression avait perdu sa placidité habituelle. La peur la rongeait de l'intérieur.

– On y va.

Bien. Et moi, j'avais toujours Nicolette dans les cheveux.

Nous arrivâmes au dernier étage sans autre encombre que les coups qui secouaient violemment le manoir. Julia tenta de pousser une petite porte en bois, sans succès.

– Il faut une clé ? m'inquiétai-je.

– Pas le temps, répondit-elle d'un air excédé.

Elle donna un coup de pied au battant qui vola en éclats. Vu l'état du manoir, nous n'étions plus à ça près. Je la suivis dans une pièce minuscule située juste sous le toit. Les poutres censées soutenir celui-ci ne soutenaient plus grand-chose. Des tuiles gisaient sur le plancher, brisées. La lune apparaissait à travers le plafond troué et jetait une lumière blafarde sur la collection d'armes accrochée aux murs. Très Scorpi, comme décoration.

– C'est ça, dit Julia en montrant deux caisses de bois aussi hautes que moi, situées de part et d'autre d'une armoire imposante. Les caisses contiennent les haut-parleurs qui diffusent la musique dans le parc. Déballe-les, je m'occupe de brancher les différentes parties.

Elle se rendit jusqu'à l'armoire et tira les portes. Celles-ci tinrent bon. Elle jura et les arracha dans un bruit d'enfer, révélant une sono visiblement très ancienne. Je fronçai le nez. Ce truc était plus vieux que nous deux réunies.

– Ils n'en ont pas eu besoin depuis l'arrière-grand-père de Lazare, alors personne n'a pensé à remplacer ça par un lecteur MP3 ? grognai-je.

– Tu sais faire fonctionner cet engin ? répondit-elle, aussi contrariée que moi.

– Non.

– Alors occupe-toi des haut-parleurs. Je vais chercher.

Je me rendis à la première caisse et tentai de repousser le couvercle. En vain. Je me hissai sur la pointe des pieds et compris l'origine de mon problème. Une poutre était tombée dessus.

– Nicolette, chuchotai-je, tu peux faire léviter des trucs jusqu'à quel poids ?

Ça ne bougea pas dans mes cheveux, mais la poutre remua d'un centimètre. La poussière tomba du plafond. Je m'écartai prudemment en voyant des tuiles vaciller.

– Stop ! m'exclamai-je. Tout va s'écrouler. Je vais faire autrement.

– Comment ? couina la petite voix sur mon épaule.

– En utilisant une technique que je viens d'apprendre. Si ça marche, j'appellerai ça le « fais comme Julia ».

J'avisai une petite hache accrochée au mur et la soulevai. Son poids me surprit et mon poignet douloureux protesta, mais je n'avais pas le temps de jouer les fines bouches. Je revins près de la caisse et assénai quelques coups dans le panneau central qui se fendilla.

– Ne casse rien, me lança sévèrement Julia, les bras plongés dans la machine.

– Je fais de mon mieux, grommelai-je. Bon sang, si on m'avait dit que je devrais me servir d'une hache...

Je donnai un nouveau coup et le panneau céda. Je lâchai mon outil et arrachai les morceaux à la main. Derrière, une forme recouverte d'un grand drap blanc ne semblait pas avoir souffert du « fais comme Julia ». Je tirai sur le drap, soulevant un nuage de poussière. Je reculai vivement. Trop tard, la poussière s'était infiltrée dans mes yeux et ma gorge.

– Arrête de jouer, m'invectiva Julia en m'entendant éternuer et tousser. On n'a pas le temps. J'ai trouvé les fils à brancher.

À travers les larmes qui m'aveuglaient, je vis apparaître une gigantesque corne d'audiophone. Alors ça, c'était le pompon. Et ils osaient appeler ça un haut-parleur ? À quel siècle ? Je remarquai qu'il pointait vers une fenêtre. Mmm... Je fonçai l'ouvrir. Cela devait fonctionner comme ça. Le spectacle au-dessous me glaça le sang. Les longs corps des seigneurs Léviathan traversaient de part en part le parc enneigé et dévasté. Leurs gueules effrayantes rôdaient de fenêtre en fenêtre, les yeux étincelants, les babines couvertes de bave, et s'y enfonçaient avec fracas. Le manoir tremblait à chaque fois que l'un d'entre eux frappait les murs avec son énorme tête.

– Nicolette, dis-je d'une voix blanche, jure-moi que Sophie est toujours en sécurité.

– Elle dort si bien que les Léviathan n'ont pas remarqué qu'elle se trouvait là, mademoiselle, chuchota la fée.

– Tu es sûre ?

Elle tira sur mes boucles.

– Aïe ! protestai-je. Quoi ?

– Vous n'avez pas le temps de douter de moi, mademoiselle !

L'estomac comprimé par l'anxiété, je ramassai ma hache et me dirigeai vers la seconde caisse. Julia avait déployé des mètres de câbles sur le plancher et les branchait entre l'appareil et la première corne. Le battant de bois de la seconde caisse ne m'offrit guère plus de résistance que le précédent et je dégageai rapidement la corne. Cette fois, je pris bien soin de retirer le drap en le pliant pour ne pas faire voler la poussière partout. Julia relia la corne à l'ensemble pendant que j'ouvrais la fenêtre vers laquelle elle pointait, de l'autre côté de la pièce. Le même spectacle s'offrit à mes yeux. Je m'en arrachai, le cœur déchiré.

– C'est bon ? m'enquis-je faiblement.

– Je crois. Il faut pousser ces deux boutons en même temps, mais je ne sais pas dans quel sens mettre le volume.

Je la rejoignis devant l'armoire centrale. Elle tripotait une molette d'un air agacé.

– On n'a qu'à essayer un sens, suggérai-je. Et si ce n'est pas assez fort, on le tournera dans l'autre ?

Une nouvelle secousse ébranla la tourelle qui tangua dangereusement. Des tuiles s'écrasèrent sur le sol. Sans toucher aux cornes, par bonheur. Les doigts de Julia couraient sur les boutons de la machine.

– Bon, marmonna-t-elle. Mets-toi ici. Il faut actionner les deux interrupteurs en même temps.

Je me plaçai à l'endroit qu'elle indiquait et elle se rendit à l'autre bout de l'armoire, devant un bouton identique.

– Tu es prête ? À trois. Un. Deux. Trois.

Nous enfonçâmes nos interrupteurs d'un même mouvement. Des rouages se mirent à tourner en grinçant. Les cornes crachotèrent. Et rien.

– C'était dans l'autre sens, pour le son.

Julia tourna le bouton du son. Le crachotement s'amplifia, sans plus. La frayeur me saisit. L'enregistrement avait-il survécu aux années, dans son armoire pleine de poussière ?

– Si ça ne fonctionne pas, bredouillai-je, les seigneurs Léviathan finiront par se calmer d'eux-mêmes ?

– Oui. Quand ils auront assez mangé.

Mon cœur s'emballa. Il fallait faire quelque chose !

– On doit trouver quelqu'un qui saura mettre ce truc en route ! m'exclamai-je en tentant de museler la panique qui montait en moi. Les korrigans ?

Deux coups successifs ébranlèrent les murs et la tourelle tangua un peu plus. Julia se remit à tripoter les boutons dans tous les sens. Elle n'avait pas besoin de répondre, j'avais deviné toute seule. Le temps d'aller chercher les korrigans, cette pièce n'existerait plus. Je me jetai sur la corne la plus proche et examinai les câblages dans la lumière faiblarde de la lune. Je devais rassembler tout mon courage pour faire abstraction de la poussière qui me tombait dessus et des bruits de chute de tuiles. Les branchements étaient parfaits. Je contournai la corne qui crachotait toujours pour regarder à l'intérieur. Rien non plus.

– Mettez-lui un bon coup de pied, conseilla Nicolette avec le plus grand sérieux.

– Compte là-dessus, marmonnai-je.

– Avec les fours récalcitrants des cuisines, ça fonctionne.

Julia s'occupait de la deuxième corne, avec un air aussi confus que le mien. Bon, si elle non plus n'avait pas d'éclair de génie pour lancer ce truc, autant essayer l'idée de Nicolette... Je tapotai du bout de ma botte le caisson qui soutenait la corne. Sans résultat.

– Plus fort, grommela la petite fée. Même un grille-pain ne serait pas impressionné, avec ça.

Je pris mon élan et flanquai un coup de pied monumental. Une véritable onde de choc me propulsa contre le mur. Ma tête le heurta violemment et pendant une seconde, ma vision s'obscurcit. Un chant aux accents gutturaux hurlait à mes oreilles. Je clignai des paupières, à moitié sonnée. La lumière de la lune revint éclairer une pièce ravagée. Tout avait été soufflé contre les murs comme par une explosion. Le bruit affreux ne cessait pas. Je tentai de me boucher les oreilles. Mon cerveau allait exploser ! Je rampai sur le sol, cherchant un abri dans le brouillard qui baignait mes neurones. Mes coudes rencontraient des obstacles de tailles diverses. Tremblante, je réalisai que je n'avais pas d'échappatoire au bruit. Sauf si je quittais la pièce. Je cherchai la porte du regard. Une poutre la barrait, mais j'avais largement la place de me faufiler. La voix hurlait toujours. Bon sang ! C'était ça, un chant de sirène ? Cela avait-il la moindre chance de calmer qui que ce soit ? Et où était Julia ? Le drap que j'avais secoué quelques instants plus tôt surgit soudain sous mon nez et se déchira en lanières sous mes yeux. Deux de ces lanières se roulèrent en boule et vinrent se loger dans mes oreilles. Le son parut beaucoup plus lointain. Je me laissai tomber par terre, soulagée, à bout de forces, les yeux clos. Ma tête me faisait mal. Ma nuque me faisait mal. Ma colonne vertébrale me faisait mal. Le pied avec lequel j'avais shooté dans la corne me faisait mal. Mes coudes me faisaient mal. Mon poignet me faisait mal. Mes cheveux me faisaient mal. Mes cheveux ?

J'ouvris un œil. Nicolette tirait de toutes ses forces sur mes boucles et bramait des paroles qui ne passaient pas mes bouchons d'oreilles improvisés. Je l'observai. Je n'avais pas encore eu le temps de bien la regarder, avec les événements qui s'étaient succédé. Elle était rigolote. Et mignonne, avec ses petites oreilles toutes rondes qui dépassaient de ses courts cheveux noirs en bataille. Elle ne ressemblait pas à une libellule, de près. Elle n'en avait que la finesse et les ailes translucides. Sa peau nue d'un profond vert bouteille dessinait les contours d'un corps humanoïde miniature totalement androgyne. Un détail attira mon attention sur ses pieds. Elle ne possédait pas d'orteils. Ça alors ! C'était vraiment bizarre ! Elle sembla redoubler de braillements. J'ouvris le second œil. Elle désignait la fenêtre avec énergie. Bon.

Je me redressai péniblement et elle s'agrippa à mes cheveux pour remonter avec moi. Si on m'avait dit un jour que je baladerais Nicolette sur mon épaule... La douleur irradia brutalement dans mes orteils. Je grimaçai. Qu'est-ce qui m'avait pris de shooter aussi fort ? Je chancelai tant bien que mal jusqu'à la fenêtre. J'avais l'impression que le parquet tanguait sous mes pieds. Il me fallut prendre appui sur le mur pour ne pas tomber, mais la scène au-dehors en valait la peine. Les seigneurs Léviathan avaient cessé d'attaquer le manoir. Ils levaient le museau vers le ciel, les yeux fermés, avec un air d'extase absolue. Certains se balançaient doucement comme s'ils entendaient la plus douce des musiques du monde. De toute évidence, les tympans des rois des mers n'avaient pas de commune mesure avec ceux de mortels comme moi, car ce qui filtrait dans mes bouchons d'oreilles ressemblait à du hard-rock satanique au dernier degré. Cela ne m'étonnait plus que les sirènes aient pu fracasser des navires, avec ça.

Les seigneurs Léviathan s'enfoncèrent lentement dans leurs plans d'eau respectifs, laissant derrière eux un parc dévasté. Plus un arbre, plus une fontaine, plus un banc n'était debout. La pelouse et les chemins disparaissaient sous des tonnes de débris végétaux et minéraux. Les gravats mêlés à la neige formaient une boue sale et sans éclat. Des cadavres gisaient partout, facilement repérables grâce à la lune qui se reflétait sur leur armure. Les vestiges de la barrière de ronces éventrée de partout se dressaient encore vers le ciel, sinistres et inutiles. Je déglutis avec difficulté. Qu'avions-nous fait de ce havre de paix ? Les museaux des derniers Léviathan disparurent sous l'eau. J'attendis que la surface des étangs s'apaise avant de me tourner vers l'armoire. Il fallait que j'arrête ce truc. Je boitai jusqu'à l'appareil hors d'âge et poussai l'interrupteur le plus proche de moi. Un silence surnaturel tomba sur le site. Mes épaules s'affaissèrent de soulagement. Je retirai mes bouchons d'oreilles. Plus rien. C'était fini. La tête de Nicolette surgit de mes cheveux, sur mon épaule.

– Ah, Nicolette, murmurai-je pour ne pas troubler le calme délicieux. J'ai dû prendre un sacré coup sur le crâne, j'ai l'impression que le plancher se balance sous mes pieds...

– C'est parce qu'il se balance pour de vrai, cervelle de caniche ! piailla la fée. C'est ce que je me tue à vous dire depuis tout à l'heure ! La tour va tomber !

Je me figeai.

– Quoi ?

– Bougez-vous et sortez de là ! Je refuse de mourir maintenant !

– Et... Et Julia ?

– Là.

Je suivis son bras miniature qui indiquait une grosse malle renversée contre un mur. Un pied nu dépassait de dessous. Je me sentis pâlir.

– Julia !

Je me précipitai sur la malle et tentai de la soulever malgré mes orteils en compote. La douleur explosa dans tout mon corps. Hébétée, je tombai à genoux. La tête de Julia, coincée entre la malle et le mur, se tourna lentement vers moi. Un voile était tombé sur ses yeux noirs.

– Tu es encore là, toi… haleta-t-elle.

– Je vais vous sortir de là, répondis-je d'une voix blanche.

– Tu ne… Tu ne peux pas… Tu n'es pas assez forte…

Sa respiration hachée et douloureuse vibrait bizarrement. La malle lui avait cassé les côtes ?

– La tour… Pars d'ici…

– Non, ça va aller, décidai-je en m'appuyant sur le mur pour me redresser. Vous ne pourriez pas vous glisser dans les ombres ?

Un sourire désabusé étira ses lèvres.

– Pour… Pour marcher… dans… les ombres… il faut… pouvoir marcher…

– Tant qu'elle est immobilisée, elle ne peut pas se servir des ombres, confirma Nicolette dans un murmure à mon oreille.

Tiens ? Elle faisait bien de se signaler, elle !

– Nicolette, soulève cette malle, ordonnai-je.

– Hein ? protesta la petite fée en sortant la tête de mes boucles.

– Nicolette ? répéta Julia, les yeux agrandis par la stupéfaction. Cette… Cette chose que tu… que tu promènes sur ton épaule… depuis le début… C'est Nicolette ?

– Ça m'a un peu surprise aussi, avouai-je. Allez, Nicolette, ne te fais pas prier, on n'a pas le temps.

Un grincement sinistre résonna et quelque chose céda au-dessous de nous. Mon estomac me remonta dans la gorge tandis que toute la pièce descendait brutalement de quelques mètres.

– Nicolette ! gémis-je.

La malle s'était soulevée très légèrement. Julia poussa un cri de douleur. J'essayai de passer un bras dans l'interstice pour l'attraper, mais ne pus que la frôler du bout des doigts.

– Plus haut que ça, Nicolette ! l'exhortai-je.

La fée sortit de mes cheveux et vola jusqu'à la malle.

– Vous êtes marrante, grommela-t-elle, le front couvert de gouttes de sueur. Je vous signale que je maintiens cette tour d'aplomb depuis presque dix minutes. Si je soulève la malle davantage, on va encore dégringoler de quelques étages.

Je me raidis. La tour ne tenait plus que par la magie de la fée ? On allait vraiment mourir, alors ?

– Sortez d'ici, ordonna Julia d'une voix rauque.

Mes yeux fouillaient la pièce, à la recherche d'une solution.

– Julia, articulai-je, vous ne pouvez pas vous servir de votre force pour soulever ce truc ?

Elle me fusilla du regard.

– Si je... Si je pouvais... gronda-t-elle. Je l'aurais fait...

Ah oui. Logique.

– Les créatures de l'ombre ont besoin d'un mouvement pour attraper les ombres, expliqua Nicolette, cramponnée au coffre comme si le lâcher devait provoquer notre chute à toutes. M. Adam ne vous a jamais raconté ? Marcher pour s'y réfugier, donner un coup en suivant leur ligne de force pour augmenter sa puissance, tout ça ?

Je secouai la tête. On s'en fichait. Une seule information importait : tant que cette malle immobilisait Julia, elle était privée de pouvoir. Pourvu que quelqu'un ait pensé à coincer Walder sous une armoire. Je me levai en me tenant au mur. Les étoiles revinrent danser devant mes yeux et mon corps tout entier protesta. J'ignorai la douleur, attrapai les planches que j'avais arrachées aux caisses quelques instants plus tôt et les entassai près de la malle.

– Qu'est-ce que... tu fais ? siffla Julia.

– Une pile.

Une pile que j'évaluai du regard. Cela me semblait correct. J'allai récupérer ma hache abandonnée dans un coin en essayant de ne pas penser au parquet vacillant sous mes pieds. Je trébuchai à deux reprises, mais parvins à revenir auprès de Julia. Je glissai l'extrémité de la lame sous la malle, dans l'interstice créé par Nicolette, et posai le manche sur ma pile.

– Un levier ? bredouilla la petite fée qui se balançait d'avant en arrière, plus blafarde que jamais dans la lumière de la lune.

– Si je décoince Julia, grommelai-je, même juste une seconde, elle pourra se servir des ombres, c'est ça ?

Julia se contenta de me fixer, livide. Génial. On formait une super équipe, toutes les trois. Laquelle allait craquer la première ? Je me penchai sur le manche de ma hache. Une seule poussée. Il n'en fallait qu'une. Mais une vraie. Si la malle se soulevait trop peu et qu'elle retombait sur Julia, celle-ci le sentirait passer. Nicolette voleta maladroitement jusqu'à mon épaule.

– Prête ? murmurai-je, plus pour moi que pour elles.
– Prête, chuchota Nicolette.
– Prête, ajouta Julia.

J'appuyai de toutes mes forces. La douleur me brisa en deux, mais la malle se souleva. Un fracas tonitruant résonna. Je n'eus que le temps de lever les yeux pour voir le plafond nous tomber dessus. Les ombres se refermèrent sur nous.

17
Celles qui protègent le monde

Il me fallut une bonne seconde pour réaliser que Julia m'avait agrippée par la taille et qu'elle me baladait sous son bras comme un sac de pommes de terre. Nous émergeâmes des ombres aussi soudainement que nous y étions entrées. Julia me lâcha et je heurtai durement le sol pourtant recouvert de moquette. Une douleur glacée traversa tout mon corps. Je relevai la tête, furieuse d'un tel traitement, mais la colère mourut sur mes lèvres. Julia s'était effondrée sur une banquette de cuir noir, le visage livide et creusé par la souffrance. La bouche ouverte, elle haletait d'une respiration sifflante un peu inquiétante. Son avant-bras gauche formait un angle étrange et sa peau se teintait d'une couleur violacée de mauvais augure. Elle avait réussi à m'attraper et à me sortir de la tour malgré... ça ?

Je me redressai de mon mieux et regardai autour de moi. Je ne connaissais pas cette chambre. Les larges fenêtres étaient brisées, preuve que nous nous trouvions toujours au manoir, et le vent glacé s'engouffrait dans la pièce, faisant voler les lourds rideaux de velours déchirés et les tulles du vaste lit à baldaquin bleu et argent. La moquette beige moelleuse était constellée de bouts de verre, tout comme les meubles patinés. Un grand miroir aux contours ciselés qui surmontait une coiffeuse élégante reflétait la lumière de la lune et une armoire imposante occupait tout le fond de la pièce. La chambre de Julia ? Celle de Lazare ? Les deux ? Je ne savais même pas s'ils dormaient ensemble.

— Je vais chercher le docteur Romaric, marmonnai-je en m'appuyant contre le mur de pierre.

Pas de réponse. Juste la respiration sifflante. J'avais intérêt à ne pas traîner. Peu importaient nos différends, je ne me voyais pas l'abandonner ici sans lui envoyer des secours. Je me dirigeai vers la porte en boitant douloureusement. Le sol dansait encore sous mes pieds. Mes pensées se brouillèrent.

— Nicolette ? articulai-je péniblement.

— Oui ? pépia la petite voix sous mes cheveux.

— Ici, ça ne risque pas de s'écrouler, hein ?

— Non. On se trouve dans la chambre de M. Lazare. Les fondations sont solides au-dessous de nous.

À la bonne heure. Je n'avais plus qu'à éviter de m'évanouir en route. J'avançai avec difficulté. La porte de bois semblait à des kilomètres et le froid me mordait cruellement. Mes jambes me paraissaient en coton. Des fourmillements grimpaient le long de ma peau. Pas très bon signe, tout ça.

Julia poussa soudain un cri étranglé. Je me retournai. Elle s'était redressée sur sa banquette et fixait le vide, plus cadavérique que jamais, les yeux pleins d'un mélange de colère et d'appréhension. Je me figeai. Quoi ? Où ?

Trois jeunes hommes se matérialisèrent soudain devant le lit. Trois jeunes hommes aux cheveux d'or que j'avais déjà rencontrés, deux jours plus tôt, au palace vénitien. Les cousins de Julia. Et si j'en croyais leurs sourcils relevés et leurs bras croisés, ils étaient assez contrariés.

– À quoi tu joues, Julia ? gronda le plus grand des trois. Tu avais l'occasion parfaite de te débarrasser de cette gamine !

– Où est ton père ? demanda un autre. On n'arrive même plus à distinguer son cœur, dans tout ce bazar !

Julia garda le silence. Son regard noir passait de l'un à l'autre. La bouche sèche, je ne pouvais pas faire grand-chose d'autre qu'attendre, le cœur battant. Pouvait-elle les renvoyer sans autre forme de procès ? Les baratiner au sujet de Walder ? Était-elle seulement capable de le faire ?

– Tu es dans un sale état, reprit le premier. Regarde-toi ! Combien de côtes cassées as-tu ? Trois ? Quatre ? Et ton bras !

– J'ai cru comprendre que c'était votre faute, Otto, si mon manoir avait été attaqué, lâcha Julia d'un ton âpre.

– Ton manoir ? répéta Otto, méprisant. Depuis quand est-ce ton manoir ?

– Depuis que j'ai épousé Lazare. C'était même le but de l'opération. Et vous, vous le détruisez.

J'approuvai en silence. Ligne de défense parfaite. Otto Draconis haussa les épaules d'un geste négligent. Il s'en fichait ?

– Puis-je savoir quel est votre objectif, exactement ? reprit Julia. Me tuer ? Parce que là, vous êtes bien partis.

Les trois jeunes hommes se renfrognèrent. Le soulagement détendit mes épaules. Au moins, ils n'étaient pas là pour assassiner Julia. Un flash traversa mon esprit. Julia non, mais moi ?

— Rentrez à la demeure Draconis, déclara la femme d'un ton qui semblait clore la discussion. Vous en avez assez fait comme ça.

Les deux plus jeunes échangèrent un regard gêné, mais Otto se tourna vers moi.

— Comme tu veux, cousine. Je m'occupe de celle-là avant de partir et...

— Ça suffit, Otto, siffla Julia. Va-t'en.

Le jeune homme haussa un sourcil. Mon cœur battait beaucoup trop fort. L'adrénaline améliorait ma vue et effaçait la douleur, mais je savais que je ne tiendrais tête à personne s'ils décidaient de m'attaquer. Cela ne s'arrêterait donc jamais ?

— Si je ne te connaissais pas, Julia, je penserais que tu essaies de la protéger. C'est une plaisanterie, n'est-ce pas ? Ou c'est à cause de la fée qu'elle porte sur l'épaule ? Tu as peur des témoins ? Je peux tuer la fée aussi.

Sous mes cheveux, cela trembla de plus belle. Julia se leva et se tint droite comme la justice. Les pans déchirés de sa robe de chambre de soie rouge révélaient plus qu'ils ne cachaient un corps encore élégant, bien qu'abîmé par les événements de la nuit. Son visage livide était crispé par la douleur et la rage.

— Sortez de chez moi, prononça-t-elle en détachant chaque syllabe, ou je vous jure que je vous tue de mes mains.

La fureur qui flambait dans ses yeux ne laissait aucun doute quant à sa capacité à leur sauter dessus. D'ailleurs, les deux plus jeunes reculèrent prudemment. Et moi aussi. Seul Otto fit la moue.

– C'est bon, Julia, on s'en va. Laisse-moi juste le temps de régler son compte à la fille.

Il fit deux pas vers moi. Julia rugit de colère et trébucha, trop épuisée pour pouvoir s'interposer. Otto s'arrêta. Ses yeux devinrent vitreux. Il baissa la tête. Une tache de sang rougissait son pull et s'élargissait rapidement. Élias apparut devant lui, son sabre de pirate enfoncé jusqu'à la garde dans sa poitrine. Un gros bandage entourait son front.

– C'est toi qui m'as tapé, méchant! cria-t-il.

Il arracha la lame du Draconis qui tomba à genoux et lui trancha la tête d'un geste fluide. Celle-ci roula en répandant du sang partout jusqu'aux pieds nus de Julia qui s'était relevée. Elle resta droite et glacée, même quand la tête heurta ses orteils. Elle se tourna vers les deux Draconis qui restaient, abasourdis.

– Vous devriez vraiment partir, lâcha-t-elle. Je ne crois pas que vous soyez de taille face au fils de Lazare, maintenant qu'il sait que vous êtes là.

Les jeunes hommes ne se le firent pas répéter et disparurent. Le vent mordant qui agitait la pièce masqua totalement leur départ. Julia et Élias restèrent immobiles quelques secondes. Puis se détendirent en même temps. Julia se rassit avec précaution sur la banquette, la respiration plus sifflante que jamais, tandis qu'Élias baissait son sabre et se tournait vers moi, les yeux pleins d'inquiétude.

– Tu voulais bien que je le tue?

Je tombai à genoux et fondis en larmes de soulagement.

— Charlotte ? s'alarma Élias. Tu voulais vraiment qu'il reste en vie ? Pour de vrai ?

C'en fut trop pour moi. J'attrapai le petit garçon et le serrai de toutes mes forces contre moi. Dans cette position, il me dominait d'une bonne tête et paraissait plus embêté que jamais, mais j'en avais trop vu pour une seule nuit. Je sentis Nicolette bouger dans mes cheveux et sa tête émergea près de mon oreille.

— Monsieur Élias, vous devriez aller chercher des secours.

— T'es qui, toi ? s'étonna l'enfant. Un gros pou ?

— Monsieur Élias ! C'est moi, Nicolette ! Vous ne me reconnaissez pas ?

Allons bon. Elle recommençait avec ça. Pourtant, Élias s'illumina.

— Ah mais oui ! Si si, je te reconnais, Nicolette.

Je ne pus m'empêcher de pouffer de rire à travers mes larmes. C'était vraiment n'importe quoi.

— Allez, déclarai-je en m'appuyant sur l'enfant pour me redresser. On va chercher le docteur Romaric pour Julia.

Je claudiquai jusqu'à la porte.

— Charlotte ! me rappela la voix faible de la femme.

— Oui ?

Elle avait relevé la tête et m'observait, le visage épuisé.

— Reprise des hostilités demain matin, à dix heures, saisi ?

— Euh... OK.

La porte se referma derrière nous. Je ne comprendrais jamais les créatures de l'ombre. C'était écrit quelque part dans la grande trame de l'Univers.

Le silence régnait enfin. Je flottais dans un état comateux délicieux. Les antidouleurs du docteur Romaric et l'édredon de plumes moelleux qui pesait délicatement sur moi me comblaient de bonheur. Mon nom effleura mes oreilles. Je fis semblant de ne rien entendre. Je ne voulais pas bouger du lit bien chaud de l'infirmerie. Je l'avais mérité.

– Mademoiselle Charlotte ?

Non, pas de Mlle Charlotte. Elle dormait, Mlle Charlotte.

– Je sais que vous êtes réveillée, mademoiselle. Si vous n'ouvrez pas les yeux, je vous retire votre couette.

Je me renfrognai dans mon sommeil. Zut. Un cauchemar.

– Alors ça, ce n'est pas gentil, mademoiselle ! Je ne suis pas un cauchemar !

La contrariété de la voix m'obligea à soulever une paupière. Clématite se tenait à côté du lit, sous sa forme humaine, accroupie près de ma tête.

– On est attaqués ? marmonnai-je.

– Euh... Non.

– Les Léviathan sont à nouveau réveillés ?

– Non non.

– Walder a réussi à s'enfuir ?

– Non plus, mademoiselle.

Je fronçai les sourcils. Pourquoi venait-elle m'embêter, alors ? Une aile translucide se dressait juste devant mon nez, frémissant au rythme de ma respiration. J'ouvris le deuxième œil et louchai pour mieux la voir. En fait, il y avait deux ailes.

– Les fées aiment l'air chaud sur leurs ailes, expliqua Clématite à mi-voix en suivant mon regard. Nicolette dort sur votre poitrine.

Je redressai légèrement la tête pour apercevoir la petite fée nichée sur la couette, à quelques centimètres de mon menton.

– Elle était vraiment épuisée, murmura la nymphe.

– On se demande bien pourquoi, bougonnai-je. Elle a passé la nuit planquée sous mes cheveux.

Clématite me contempla, étonnée.

– Vous n'avez pas remarqué, mademoiselle ?

– Remarqué quoi ?

– Elle vous a protégée toute la nuit.

– Dans la tour, oui, reconnus-je.

– Bien avant cela, corrigea la nymphe. Elle a participé à l'assaut contre les gobelins dès que M. Élias s'est dressé contre eux, puis elle a volé à notre secours quand je l'ai appelée, pendant notre fuite. Elle nous a rendues... non pas invisibles, mais au moins furtives aux yeux des gobelins, jusqu'à ce que la goule, qui était elle-même poursuivie, nous rattrape. Quand le premier seigneur Léviathan vous a repérées et qu'il s'est penché sur vous, elle l'a hypnotisé pour l'empêcher de vous dévorer sans réfléchir. Elle espérait que votre chant le neutraliserait, surtout quand d'autres sont arrivés et qu'elle les a tous hypnotisés les uns après les autres, mais... Ça n'a pas marché comme prévu.

Une boule se forma dans ma gorge. Nicolette ? Cette petite chose riquiqui qui dormait sous mon nez avait fait tout ça ?

– La tour sud avait commencé à tomber bien avant que Mme Julia et vous ne l'atteigniez, reprit Clématite. Nicolette l'a maintenue de son mieux, alors que vous couriez vers elle. Quelques fées ont essayé de l'aider, mais elles sont vite tombées, épuisées de fatigue. Il n'y avait que Nicolette pour accomplir un prodige pareil.

Je n'en revenais toujours pas. Nicolette ? Qui tenait dans ma main sans problème ?

– Plus les fées sont petites, plus la magie est concentrée en elles, expliqua mon amie nymphe.

– Élias ne l'avait jamais vue sous cette apparence, notai-je, pensive. Il l'a prise pour un gros pou.

– À part M. Firmin, très peu de personnes connaissent la véritable apparence de Nicolette. Elle tient à sa silhouette de monstre Viking.

Ciel. On se demandait bien pourquoi. Les goûts et les couleurs...

– Elle m'a protégée tout ce temps... murmurai-je sans vraiment comprendre la portée de notre étrange nuit.

– Oui. Elle vous a protégée pour que vous puissiez nous protéger, nous, avec Mme Julia.

Hum... Je tournai délicatement la tête vers l'horloge murale. Sept heures du matin. J'avais à peine dormi deux heures. On n'avait pas droit à la grasse matinée, aujourd'hui ? Avec mes orteils fêlés soigneusement bandés et mon poignet foulé immobilisé dans son attelle, je la méritais, pourtant, non ? Élias reposait dans le lit près du mien, Natacha dans un troisième et deux autres créatures partageaient le dernier. Tous dormaient d'un sommeil profond. Je voulais faire pareil.

— Il neige à nouveau, mademoiselle, chuchota Clématite.

— Et alors ?

— Les fenêtres sont toujours brisées.

— Personne n'arrive à les réparer ?

— Les domestiques errent dans le manoir. Personne ne sait par quel bout commencer. Nous avons besoin de vos ordres.

J'hésitai. Le spectre de la mort plana un instant sur mon esprit. Combien étaient tombés cette nuit ?

— Clématite... murmurai-je.

— Je ne sais pas répondre à votre question, mademoiselle, dit-elle avec douceur. Certains sont très gravement blessés et le docteur Romaric s'occupe d'eux. Pour autant, j'ignore s'ils verront tous le soleil se lever aujourd'hui.

Mon cœur se serra.

— Et le docteur Romaric, il est... il est humain ?

Pour ce que j'en savais, il était le médecin de famille des Lesath et résidait au manoir, mais cela ne donnait guère d'indications sur sa nature.

— À une époque, il l'était, mademoiselle.

— À une époque ?

— Au bout de quelques siècles, je ne sais pas si on peut encore considérer les hommes des chênes comme des humains.

— Les hommes des chênes ? Comme les trolls des forêts ?

— Non, mademoiselle. Les hommes des chênes. Les druides.

Ah. Les druides. Personne ne m'avait jamais parlé de ça. Je n'avais jamais posé la question non plus.

Je chassai cette pensée de mon esprit pour n'en garder que l'essentiel. Un type qui avait vécu quelques siècles devait avoir sa petite idée sur la façon de garder les blessés en vie. De toute façon, je ne pouvais rien faire. Je soupirai et me redressai doucement, en recueillant Nicolette au creux de ma paume valide pour la poser sur mon épaule. Elle se cala sous mes cheveux sans vraiment se réveiller et ne bougea plus. Bien.

– Où est Walder ? chuchotai-je encore.

– Selon vos ordres, mademoiselle, toujours assommé et enchaîné dans l'estomac d'Ignace. Vu le quintal de chaînes que les trolls ont jugé nécessaire d'utiliser, je doute qu'il puisse remuer le moindre orteil, même s'il se réveille.

Ah. Enfin une bonne nouvelle. Je me levai.

– Dis à Alfred de rassembler tout le monde dans le hall.

– Bien, mademoiselle.

J'attrapai les vêtements chauds posés par la nymphe au pied de mon lit. C'était reparti.

Le hall dévasté m'accueillit dans un silence cotonneux. La neige entrait par la porte défoncée et les vitres brisées. Deux des trois plafonniers étaient cassés, et le survivant envoyait une lumière irréelle sur le sol jonché de morceaux de verre, de plâtre, de pierre, d'éclats de bois et de mottes de terre arrachées au jardin. Des domestiques hagards déambulaient sans but. D'autres pleuraient en silence dans leur coin. Les derniers étaient assis à même le sol, le regard vide. Près d'une fenêtre béante, Alfred et un autre lutin passaient le balai sans réelle conviction. Je grinçai des dents. Clématite avait raison, il fallait faire quelque chose.

J'avançai en boitant et m'éclaircis la gorge pour attirer l'attention générale. Les visages se tournèrent vers moi.

— Jeunes gens, lançai-je en me souvenant que la plupart d'entre eux me considéraient comme une vieille croûte, qui est capable de réparer une vitre ?

Pas de réponse.

— Pas même les fées ? m'enquis-je.

Deux petites créatures perchées sur la rampe de l'escalier secouèrent la tête négativement.

— Bon, alors on va commencer par empêcher le froid d'entrer. Ceux qui tiennent encore debout, bâchez les fenêtres et la porte avec ce que vous pourrez. Des grands plastiques, des planches, ce que vous trouverez. À tous les étages. Ensuite, les lutins ont raison, cet endroit a besoin d'un sérieux coup de balai. Lazare et Adam vont rentrer, on ne peut pas les accueillir là-dedans.

Des murmures approbateurs s'élevèrent.

— Ceux qui n'en peuvent vraiment plus, achevai-je, allez vous coucher. On y verra plus clair quand il fera jour.

Je me tournai vers les fées toujours posées sur la rampe.

— Si vous avez encore un peu d'énergie, pourriez-vous préparer quelque chose de chaud à boire et à manger pour tout le monde ?

— Bien sûr, mademoiselle, acquiesça l'une d'elles de sa petite voix en se dandinant timidement d'un pied sur l'autre. C'est juste que...

— Quoi ?

— Sauriez-vous où se trouve Nicolette ? C'est elle qui nous dirige, d'habitude...

Je soulevai les cheveux sur mon épaule droite. Nicolette apparut, toujours endormie. Je laissai retomber les boucles blondes.

— Vous pouvez vous débrouiller sans elle, pour une fois ? m'enquis-je.

Les fées échangèrent un regard que je ne pus interpréter.

— Qu'y a-t-il ? demandai-je donc.

— Ben... Elle va nous traiter de plein de trucs, si on fait quelque chose sans elle.

Je hochai la tête, consciente du bien-fondé de leur remarque. Toutefois...

— Ce sera pire si elle se réveille et que vous n'avez rien fait.

Les petits marmitons ouvrirent la bouche d'horreur.

— Grande mère ! Vous avez raison, mademoiselle !

Ils agitèrent leurs ailes et, deux secondes plus tard, ils avaient disparu en direction des cuisines. Autour de moi, cela ne bougeait pas beaucoup. Certains domestiques se redressaient avec lenteur, manifestement hésitants, sous le regard perdu des autres. Ils avaient besoin d'un électrochoc, hein ?

— Et moi, conclus-je d'une voix forte, je vais aller chercher un escabeau pour réparer les lampes.

Tous les yeux se tournèrent vers moi, effarés.

— Vous allez faire quoi ? s'étrangla une lamia à ma gauche.

— Aller chercher un escabeau, répétai-je en levant ma main enserrée dans son attelle vers le plafond. Et grimper dessus. Pour réparer les lampes. On ne va pas rester dans le noir, quand même. Je vois bien que ça vous déprime.

Soudain, ce fut le branle-bas de combat. Les créatures se mirent à courir dans tous les sens à grand renfort d'interpellations. Je croisai les bras, satisfaite. Je savais bien que ça fonctionnerait. Me voir chanter *Pirouette cacahuète* à des monstres des mers géants et affamés ne posait de problème à personne, mais me laisser changer une ampoule, c'était impensable. J'avais fait de gros progrès en matière de psychologie des créatures domestiques.

Clématite étouffa un rire discret.

– Quoi ? m'étonnai-je.

– En effet, mademoiselle, vous progressez à pas de géant. Bientôt, ils vous mangeront tous dans la main.

Elle s'éloigna d'un pas léger.

– Où vas-tu, Clématite ?

Elle m'adressa un sourire resplendissant.

– Chercher un escabeau et réparer les lampes, mademoiselle. Je ne me le pardonnerais jamais si vous décidiez réellement de monter sur un de ces engins. Surtout avec un pied bandé et une attelle au poignet.

Une demi-heure plus tard, assise sur le tapis en velours plein de poussière des marches du grand escalier, emmitouflée dans une grosse couverture, une tasse de chocolat chaud onctueux dans ma main valide, je buvais à petites gorgées en contemplant le ballet des domestiques affairés. Des bâches voilaient désormais les fenêtres et les trolls avaient apporté de grandes jardinières devant la porte fracassée. Trois d'entre eux, encore des enfants si j'en jugeais par leur taille qui ne dépassait pas deux mètres, se tenaient penchés dessus, les mains plongées dans la terre, et des joncs poussaient à vue d'œil. Une silhouette à quatre pattes se faufila soudain entre eux. Je fronçai un sourcil. Croquette venait d'entrer et se traînait sur le carrelage du hall, l'air épuisé, le pelage trempé et dégoûtant, un objet dans la gueule. Un objet qui pendait de chaque côté de ses babines, probablement vert avant le début de la nuit.

— Oh ! monsieur Croquette ! s'exclama une voix enfantine. Vous avez retrouvé mon Trollidou !

Un troll minuscule – à peine plus grand que moi – traversa le hall en courant pour s'agenouiller auprès du chien. Croquette abandonna Trollidou et remua faiblement la queue sous les caresses de l'enfant. Je haussai le second sourcil. Le beagle était ressorti pour aller chercher une peluche au milieu des cadavres, malgré le froid et la fatigue, juste pour faire plaisir à Hans ? Je ne l'accuserais plus jamais de couardise.

Les joncs des jeunes trolls atteignirent bientôt le plafond. Ceux-ci les coupèrent et les nouèrent bien serré pour obstruer l'entrée. Le vent cessa aussitôt de souffler à l'intérieur et tout le monde soupira de soulagement. Je hochai la tête avec un sourire quand les trolls m'interrogèrent du regard. La fierté dans leurs yeux me réchauffa le cœur. Le déblaiement avait largement commencé et des tas bien ordonnés de gravats se dressaient aux quatre coins du hall. Le chahut en provenance des étages indiquait que la même activité fébrile régnait partout dans le manoir. L'état d'égarement était passé. Chacun avait désormais sa tâche à accomplir. Dès que le mouvement avait été vraiment lancé, je m'étais assise – en douceur pour ne pas réveiller mes douleurs – et j'avais repassé les événements de la nuit dans ma tête. Au-delà de tout ce qu'elle avait compté d'incroyable, une chose me turlupinait plus que les autres. Le comportement de Julia. Je ne savais pas quoi en penser. Qu'elle veuille défendre les créatures du manoir, les créatures qui appartenaient à son monde, passait encore. Mais moi ? Elle avait eu l'air de me détester dès le premier jour, et elle avait pourtant tenté de me protéger jusqu'au bout. Contre sa propre famille. Cela n'avait aucun sens.

Un mouvement sur mon épaule me tira de mes pensées.

– Vous buvez quoi ? demanda une petite voix soupçonneuse désormais familière près de mon oreille.

Je baissai les yeux. La tête de Nicolette émergeait de mes cheveux et, le nez froncé, elle reniflait en direction de ma tasse.

– Du chocolat chaud, répondis-je en montrant le contenu de celle-ci. Avec de la cannelle et de la crème fraîche. Rassure-toi, c'est super bon. Tes marmitons ont assuré pendant que tu dormais.

– Ils ont pris des initiatives, grommela la fée.

– Sur mon ordre.

– Ah bon ?

– Oui.

– Ah.

Elle s'enroula dans une de mes boucles, pensive.

– Je les enguirlanderai quand même, finit-elle par décider.

– Pourquoi ?

— Pour le principe. Sinon, ils risquent de penser que je suis blessée, affaiblie, traumatisée, je ne sais pas quoi.

J'acquiesçai en silence. Si c'était une question de principe...

— À propos de principe, murmurai-je, je ne sais toujours pas quoi penser de Julia.

— Faites comme tout le monde, mademoiselle. Détestez-la.

Je fis les gros yeux à la fée qui haussa les épaules.

— Elle a frappé son père pour l'empêcher de me tuer, rappelai-je. Et je ne parle même pas d'Otto.

— C'est M. Élias qui a réglé son compte à cette tête de veau d'Otto.

— Peut-être, mais Julia ne pourra plus jamais rentrer chez elle.

La fée se renfrogna, ce qui se traduisit par un enfoncement dans mes cheveux jusqu'au nez.

— Je ne pensais pas qu'elle ferait une chose pareille, poursuivis-je, encore partagée entre la stupéfaction et l'incrédulité. Elle a protégé tout le monde, même moi. Alors qu'elle avait les moyens de m'éliminer et de ne jamais être inquiétée pour ça.

— La finalité du plan était de détruire M. Lazare par une réaction en chaîne, signala Nicolette. Vous, puis M. Adam, puis M. Élias, puis M. Lazare. Et cela, elle ne pouvait pas le tolérer.

— Pourquoi ?

— Parce que Mme Julia est amoureuse de M. Lazare.

La mâchoire m'en tomba. Je soulevai brutalement mes cheveux pour bien voir la petite fée.

— Tu déconnes ? m'exclamai-je.

Elle croisa les bras, affreusement contrariée. Mes boucles prirent vie pour glisser de mes doigts et revenir la couvrir, ne laissant dépasser que sa tête.

— Vous ne me parliez pas comme ça, quand j'étais grande et grosse, bougonna-t-elle.

— Tu as passé la nuit à me tirer les cheveux, je te parle comme je veux.

— Ah...

Elle observa ma chevelure, pensive, et tapota une boucle avec sa main minuscule pour lui redonner sa forme ronde.

— Voilà, c'est réparé, déclara-t-elle.

Sans aucun doute. Mais cela ne m'intéressait absolument pas.

— Nicolette, Julia est amoureuse de Lazare ?

— Oui.

— Depuis quand ?

— Quasiment le début, je crois.

— Julia est amoureuse de Lazare ?

Je ne pouvais pas le croire. Nicolette haussa un sourcil contrarié.

— Vous êtes bouchée ou quoi ? Oui, elle est amoureuse. Et c'est un secret. Si vous dites que je vous l'ai dit, je rajoute de la poudre accélérante dans votre chocolat.

— Mais... Mais pourquoi... Pourquoi ? bégayai-je.

— Pour vous donner une bonne grosse diarrhée qui vous clouera aux toilettes au moins deux jours.

Hein ? Mais de quoi parlait-elle ?

— Pourquoi est-ce que Julia est comme ça ? précisai-je donc.

— Comment, comme ça ?

— Eh bien... Aussi... aussi désagréable !

La petite fée haussa mes cheveux.

— Elle ne devait pas savoir comment faire autrement. M. Lazare est toujours amoureux de Mme Florence, vous savez ? Mme Julia en a conscience.

Florence. La mère d'Adam et Élias. Julia avait compris qu'elle ne pourrait jamais la remplacer dans le cœur de l'homme qu'elle aimait ? Ma poitrine se serra. Comme elle avait dû souffrir.

— Je ne comprends pas comment une Draconis a pu tomber amoureuse d'un Lesath, soufflai-je en essayant de trouver quelque chose de tangible à quoi me raccrocher.

— Bah... M. Lazare a eu la bonté de se montrer gentil et prévenant avec elle, dans les jours qui ont suivi leur mariage. Elle n'avait pas l'habitude, elle ne s'y attendait pas. Et puis voilà. La plus grosse erreur de M. Lazare, si vous voulez mon avis. Il aurait dû la coller au pain sec et à l'eau au fond d'un cachot. Tout le monde détesterait tout le monde et on n'aurait pas de problème de conscience.

Je gardai le silence un instant. Le souvenir de Clématite refusant de me parler des pensées de Julia me revint. Je n'avais mémoire d'aucun moment où un domestique – ou un Lesath, d'ailleurs – avait manqué de respect à la maîtresse de maison. Ils savaient tous. Et ils faisaient semblant de l'ignorer.

— C'est vraiment nul, soufflai-je, incapable de trouver un autre mot. Comment arrivez-vous à supporter ça ?

— On a tenu une grande réunion pour statuer, répondit la fée, très pragmatique. On a décidé de la détester. Honnêtement, mademoiselle, vous devriez faire comme nous. C'est plus simple. En plus, elle nous aide avec son comportement à la...

– Comment avez-vous pu prendre une décision pareille ? l'interrompis-je. C'est... C'est juste tellement méchant !

Nicolette se rembrunit.

– Mme Florence n'était pas enterrée depuis un an, grommela-t-elle. Les Draconis avaient attaqué le manoir et tué une bonne partie des nôtres. Nous pleurions encore nos morts quand Mme Julia est arrivée ici. Ne nous jugez pas trop sévèrement, mademoiselle.

– Mais depuis ? Les choses ont changé, non ?

– La routine s'est installée. Personne n'a jamais rien remis en question. Ni elle, ni nous.

Je fixai ma tasse de chocolat qui refroidissait, songeuse. Tout ce gâchis à cause d'un mauvais timing... Si Florence était morte un peu plus tôt, ou si les Draconis avaient décidé d'attaquer un peu plus tard, cela aurait conduit à un mariage après la fin du deuil de Lazare et les choses se seraient déroulées autrement... Minute.

– Nicolette ?

– Je ne réponds plus aux questions concernant Mme Julia, grogna celle-ci. Vous arrivez à me faire culpabiliser alors que je suis une gentille fée.

Mais bien sûr.

– Les Draconis ont attaqué le manoir Scorpi juste après la mort de Florence, c'est ça ?

– Oui.

– Pourquoi ? Ils espéraient profiter du chagrin de Lazare pour le tuer ?

– Exactement, mademoiselle.

Je repris ma contemplation absente de la tasse de chocolat.

– Adam m'a dit qu'on n'avait jamais retrouvé l'assassin de Florence.

– C'est la vérité, mademoiselle.

– J'imagine qu'en vertu de la nouvelle alliance entre Scorpions et Dragons, personne n'a cuisiné les Draconis, à l'époque ?

Nicolette releva le menton, outrée.

– Les Lesath ont beaucoup d'ennemis, mademoiselle. M. Adam nous a envoyés, nous autres fées, nymphes et elfes, dans les repaires des grands tueurs de la dernière décennie, en espérant que nous trouverions la piste de l'assassin de sa mère. Bien sûr que nous avons espionné les Draconis. Mais nous n'avons rien trouvé.

Je me mordillai les lèvres, préoccupée.

– À quoi pensez-vous, mademoiselle ?

– Vous n'avez pas vu venir l'attaque de cette nuit, Nicolette. Ni toi, ni Clématite, ni Eusèbe, ni personne.

La fée grimaça, le nez retroussé en une moue mortifiée.

– Il existe des moyens de nous échapper, mademoiselle, si la personne se concentre suffisamment sur autre ch...

– Je sais, ça. Et Walder le sait aussi. Je me rappelle t'avoir entendue dire que son désir le plus profond était de protéger Julia et de la voir heureuse. C'était la vérité. Sauf que sa conception du bonheur de Julia, c'est la mort de tous les Lesath.

Nicolette garda le silence. Ses petits yeux noirs me fixaient avec intensité.

– La seule question que je me pose, repris-je, c'est : depuis combien de temps maîtrise-t-il le concept de faire disparaître ses buts réels derrière un but honorable qu'aucun de vous ne songerait à discuter ? Trois mois ou dix ans ?

Toujours pas de réponse de la fée.

Mes neurones tournaient si vite que pour un peu, ils en auraient fumé. Walder était un homme fin et rusé, manipulateur, toujours dissimulé dans l'ombre, qui ne se montrait que lorsqu'il savait la situation sous son contrôle. Mais c'était aussi un pleutre, qui courait se cacher au premier signe de danger. Si on lui flanquait une bonne trouille en le privant de toute possibilité de maîtrise des événements, ses défenses tomberaient-elles ? Pourrions-nous accéder à son esprit ? Même l'espace d'un instant ?

Je me levai précautionneusement pour ne pas prendre appui sur mes orteils blessés.

– Tu peux me rendre aussi effrayante que toi ? demandai-je d'un ton plus léger.

Nicolette s'éclaira.

– Vous voulez devenir grande et grosse ? s'écria-t-elle, ravie.

– Non. Juste totalement flippante. Genre la fille prête à commettre un meurtre. Exactement comme toi avec tes louches.

Elle esquissa une mimique peu convaincue.

– Mademoiselle, je suis réellement prête à commettre un meurtre, quand j'ai mes louches.

Je soupirai.

– On peut essayer quand même ?

– Bien sûr !

– Bon. Alors en route pour l'estomac d'Ignace.

La petite fée se redressa et émergea de mes boucles jusqu'aux épaules.

– En route pour l'estomac d'Ignace ! répéta-t-elle gaiement.

[illegible]

[illegible]

[illegible]

Il [illegible]
[illegible]
[illegible]
Les [illegible]
elles po[illegible]
un [illegible]
m'avait [illegible]

[illegible]

[illegible]

[illegible]

[illegible]

18
Un sortilège un peu trop efficace

Je me sentais vaseuse. Le sortilège que m'avait jeté Nicolette me donnait l'impression de marcher sur du coton et de respirer de l'air épais. Vraiment bizarre. Les créatures ressentaient-elles la même chose quand elles portaient leur glamour ? Je m'étais arrêtée devant un miroir avant de quitter le manoir et le résultat m'avait raidie d'effroi. Paupières écarquillées, yeux injectés de sang, cheveux fous et rictus qui relevait le coin de mes lèvres comme un tic nerveux, tout en moi évoquait la démence. Je ne m'étais jamais vue dans un tel état. Nicolette n'avait pas menti, je semblais réellement sur le point de commettre un meurtre.

Boitillant à la suite de Gustav, qui maniait ses béquilles avec une fatigue visible, je descendais prudemment la galerie souterraine – que je savais désormais être le gosier d'un ver des sables monstrueux. Ces grosses racines sombres qui couraient sur les parois étaient donc le renflement des muscles ou des veines. Mais à quoi correspondaient les lignes d'un vert laiteux phosphorescent qui éclairaient cet œsophage ?

– Il n'existe pas d'équivalent chez les humains, mademoiselle, répondit Clématite qui me suivait de très près.

J'acquiesçai pour montrer que j'avais compris. La nymphe avait couru à notre rencontre, cheveux au vent sous la neige, alors que nous nous dirigions vers le cabanon n° 3 complètement défoncé. Je lui avais adressé un sourire qui l'avait fait reculer d'un pas quand elle était arrivée auprès de nous. J'avais vraiment une tête de psychotique. Mais elle s'était reprise. Elle avait entendu dans mes pensées que j'avais besoin d'elle. Qui de mieux qu'une nymphe pour surveiller un interrogatoire façon Charlotte ? Les gemmes incrustées dans les renfoncements étincelaient doucement.

– Et ça ? m'enquis-je. Ce sont des ganglions ?

– Non, ce sont de vraies pierres précieuses, répondit Gustav d'une voix rendue rauque par l'effort qu'il fournissait. Les vers les avalent quand ils creusent et qu'ils mangent la terre, mais ils ne les digèrent pas.

Ah. S'ils ne les digéraient pas, alors...

– Les trolls les récoltent, de temps en temps, pour que le transit alimentaire d'Ignace ne soit pas perturbé, ajouta Nicolette. L'obstruction intestinale est la première cause de mortalité chez les vers des sables.

J'aurais voulu m'en étonner, mais une étrange sensation grandissait en moi. La lourdeur disparaissait. Un peu trop, même. J'avais l'impression de flotter. Mes pensées s'accéléraient, tout comme mon cœur.

– Pas de panique, mademoiselle, me rassura Clématite, c'est un effet secondaire du sortilège.

– Je me sens excitée comme une puce, avouai-je.

– Normal, approuva Nicolette. Vous voulez tuer quelqu'un, alors votre corps se prépare.

– Hein ? me récriai-je. J'ai demandé à paraître prête à tuer quelqu'un, pas à avoir envie de le tuer pour de vrai !

– Ne vous inquiétez pas. Nous ne vous laisserons assassiner personne.

– Ça, on verra, marmonna Gustav dans sa barbe.

Mais qu'est-ce qu'ils m'avaient fait ? Je me sentais de plus en plus euphorique ! Euphorique ou hystérique, d'ailleurs ? J'avais envie de rire comme une folle ! Cela allait compléter le tableau de façon plus réaliste que prévu !

Nous parvenions à la hauteur de deux trolls de taille moyenne – guère plus que des adolescents – qui montaient la garde près d'un enchevêtrement de « racines » sombres, un gros gourdin à la main. Ils s'écartèrent en me voyant arriver.

– Mademoiselle, murmurèrent-ils, visiblement impressionnés par mon apparence.

Hum. Bon, autant aller directement à l'essentiel.

– C'est lui ? demandai-je en désignant le tas de racines.

– Oui, mademoiselle. C'est Walder Draconis. Bien entravé comme il faut.

– Il est réveillé ?

– Non, répondit Clématite.

– On peut dégager sa tête sans danger pour nous ?

– Oui, tant qu'on l'immobilise correctement.

Sur mon signe d'approbation, l'un des jeunes trolls approcha et posa sa main noueuse sur une racine. Celle-ci reflua en glissant sur ses congénères, laissant apparaître le visage blafard de Walder Draconis, dont l'un des yeux arborait un coquard monumental bien violacé. L'envie de rire me reprit. Ce n'était pas Julia qui lui avait fait ça ! En même temps, ça n'était pas cher payé vu la jambe qui manquait à Gustav. Je sautillai d'un pied sur l'autre, pleine d'une énergie inconnue. Cela ne faisait vraiment pas joli, ce coquard. Si je le frappais de l'autre côté, pour que ce soit symétrique ? Je clignai des yeux en me rendant compte de l'agressivité de mes pensées. Ciel ! Un effet du sortilège ? Et je trouvais ça drôle, en plus !

– On pourrait lui balancer un seau d'eau, pour le réveiller ? proposai-je pour museler la petite voix qui me proposait de tabasser le Draconis.

– Vous avez des idées intéressantes, de si bon matin, mademoiselle, nota Gustav avec un sourire en coin.

– C'est mon sortilège, expliqua fièrement Nicolette.

S'ils savaient...

– J'ai de l'eau, mais pas dans un seau, fit remarquer un des jeunes trolls. Je peux ?

– Bien sûr, acquiesçai-je.

Je cherchai autour de moi pour voir où il cachait suffisamment d'eau pour sortir Walder de l'inconscience quand je le vis approcher d'un pas allègre, prendre une grande inspiration et cracher une quantité d'eau phénoménale au visage de notre ennemi. J'éclatai d'un rire euphorique. Ils étaient vraiment rigolos, ces trolls !

Clématite adressa un signe tranquillisant à Gustav qui me scrutait d'un air perplexe.

– Le sortilège, souffla-t-elle. Elle va bien.

Walder toussa, cracha et ouvrit péniblement son œil valide. Le jeune troll recula précipitamment. J'avançai d'un pas dansant pour prendre sa place et me campai sur mes jambes, les poings sur les hanches.

– Bon retour parmi nous, très cher, lançai-je à tue-tête. Pardon pour cette espèce de lance à incendie en guise de réveil, mais avouez, c'était marrant, non ?

Je dissimulai ma bouche derrière mon attelle et gloussai joyeusement. L'homme me contempla, incrédule. Clématite se posta à ma gauche et Nicolette se redressa fièrement sur mon épaule droite. La frayeur imprégna les traits du Draconis. Je jetai un regard furtif à mes compagnes. Les yeux de Clématite brûlaient d'un feu glacé et ses muscles tendus indiquaient qu'elle s'apprêtait à lui sauter dessus. Ses ongles ressemblaient à des griffes. Quant à Nicolette, elle inspirait plus que jamais la folie avec ses cheveux hirsutes et la bave qui coulait de ses lèvres devenues babines. Et elles souriaient toutes les deux d'un air démoniaque. Si je n'avais pas été dans le même état d'esprit qu'elles, elles m'auraient flanqué une peur bleue. Étaient-elles elles aussi sous l'influence du sortilège ? Quoi qu'il en soit, malgré l'aspect de mes escortes, notre prisonnier ne regardait que moi. C'était le moment de vérifier une bonne fois pour toutes.

– J'irai droit au but, déclarai-je d'une voix chantante bien plus effrayante que toutes les grosses voix que j'aurais pu tenter. Walder, je sais qui a tué Florence. La seule question que je me pose, c'est ce que je dois faire d'une telle information ?

Je ris à nouveau et tournai sur moi-même avec légèreté, enchantée de mon mensonge. Le Draconis perdit ses dernières couleurs.

– Charlotte… bredouilla-t-il. Qu'est-ce qui t'arrive ? Tu… Tu ne te sens pas bien ?

– Tût-tût ! le repris-je en me pliant en deux pour tapoter son nez de fouine du bout du doigt, comme il me l'avait fait quelques heures plus tôt. C'est moi qui pose les questions ! Compris ? Alors ? Je dis tout à Lazare ? Oui, hein ? Le pauvre, il mérite de savoir après tout ce temps !

Mon rire hystérique rebondit contre les parois. Clématite et Nicolette frémirent, comme galvanisées par ma bonne humeur maléfique. Walder me regardait, les yeux écarquillés d'horreur. Je levai les bras vers le plafond.

– Je pensais bien que vous n'auriez pas d'avis sur la question ! m'exclamai-je. Si on parlait plutôt de châtiment ? Parce que Lazare se contentera de vous tuer, mais je pense qu'on peut faire plus rigolo que ça.

Je me laissai tomber accroupie sur le sol spongieux pour mettre mon visage à hauteur du sien et lui souris largement. Il essaya de remuer. Les racines se resserrèrent autour de lui et il émit un bruit étranglé.

– Restez tranquille, lui assénai-je avec une sérénité malveillante. Ignace a des consignes au cas où vous essayeriez de vous enfuir.

Walder s'immobilisa, les yeux emplis de terreur.

– Voyons, voyons, haleta-t-il, ma gentille petite Charlotte…

— Ne vous fatiguez pas, l'interrompis-je. Adam n'est pas là, je n'ai pas besoin d'être gentille. Les domestiques garderont le secret sur tout ce que je ferai.

Clématite, Nicolette et les trolls acquiescèrent avec une satisfaction évidente.

— Le châtiment, donc, repris-je. Vous savez quelle douleur ça fait, de mourir empoisonné comme Florence ? Parce que moi, pas du tout. Et je ne sais même pas quelle quantité il faut injecter à quelqu'un pour le tuer. Du coup, je vous propose de vous en administrer de petites doses, vous me direz ce que vous ressentez et on verra bien quand vous mourrez, OK ?

Ses yeux se révulsèrent un peu plus.

— Tu n'y penses pas vraiment, voyons, croassa-t-il.

— Si si. C'est un poil plus cruel que ce que vous avez infligé à Florence, mais on ne dira rien à personne. D'accord ?

Des ricanements répondirent derrière moi et une grosse seringue surgissant de nulle part apparut entre les mains de Nicolette. Je la saisis et vérifiai l'aiguille.

— Parfait.

— Attends ! s'étrangla l'homme prisonnier des racines. Ne me tue pas ! Ce n'est pas ce que tu crois ! Je vais tout t'expliquer !

Un silence de mort tomba dans la galerie. Les yeux de Clématite s'écarquillèrent d'un coup.

— Oh mon Dieu ! s'écria-t-elle. Il l'a vraiment tuée ! Il vient de le penser !

— Non, non, plaida Walder, plus pâle que jamais. C'était un accident ! Je vous assure !

— Mademoiselle ! Il est en train de chercher une bonne histoire à vous raconter, mais il l'a vraiment tuée ! Il a payé un tueur humain pour mettre du poison dans son verre !

— Pas dans son verre à elle, piailla-t-il, la voix déraillant sous l'effet de la panique. Je voulais… Je ne voulais pas…

— Silence, grognai-je.

Il se tut. J'avais conscience qu'en temps normal, un homme blessé et prisonnier, qui avait les larmes aux yeux tant il avait peur, aurait suscité ma pitié. Mais là, je me sentais étrangement calme. Il me pensait capable de le tuer. Et en réalité, je le pensais également.

Je poussai légèrement le piston de la seringue. Un peu de liquide coula le long de l'aiguille.

— Non… murmura Walder.

— Vous ne visiez pas Florence ? l'interrompis-je.

— Non… Non, pas du tout. Elle… Elle ne représentait pas une menace pour moi. Je… J'espérais atteindre Adam.

Mon estomac se contracta brutalement et l'envie de lui coller mon poing sur son œil valide me démangea. L'attelle me retint.

— Mais pas pour le tuer, ajouta précipitamment Walder. Le poison n'aurait pas tué une créature de l'ombre. Il devait juste l'affaiblir, le rendre malade, pour effrayer Lazare et…

— Il ment, trancha Clématite.

Mon sang bouillait dans mes veines. Je devais rester calme. Encore un peu.

— Julia savait ? grognai-je.

— Non. Bien sûr que non. Elle ne contrôle pas assez bien ses pensées.

Nicolette et Clématite grondèrent avec un bel ensemble. Pour qu'elles soient aussi synchronisées dans leur contrariété, c'était que cette fois, Walder disait la vérité. Mes doigts me démangeaient. Le sortilège pouvait-il réellement me pousser au meurtre ?

Je dirigeai la seringue vers le visage de Walder et pressai d'un coup sec sur le piston. Le liquide jaillit et lui aspergea la peau. Il poussa un cri de terreur. Les racines lui interdisaient tout mouvement.

– Gardez la bouche fermée, conseillai-je froidement. Ça vous évitera d'en avaler.

Je me redressai et m'éloignai de quelques mètres. Il fallait que je sorte d'ici. La folie qui m'habitait faisait trembler mes mains. Clématite se précipita vers moi, mais je l'arrêtai d'un geste et me tournai vers les trolls.

– Gardez-le bien au chaud, ordonnai-je. Et s'il bouge le moindre petit doigt...

Les yeux et la bouche serrés aussi fort que possible, Walder tremblait de tous ses membres.

– Tuez-le.

Les deux jeunes trolls pâlirent légèrement, mais Gustav s'avança, l'air sombre.

– Comptez sur moi, mademoiselle.

– Et ne parlez jamais de ce que vous avez entendu ici, d'accord ?

Un silence.

– D'accord ? insistai-je.

– D'accord, mademoiselle.

– Bien.

Je fis deux pas en direction de la sortie quand une idée m'arrêta.

– Une dernière chose, déclarai-je. Balancez-lui une malle dessus.

– Une malle, mademoiselle ?

– Une malle. Une bonne grosse malle bien solide. Il se moque éperdument des tourments qu'il nous a causés, cette nuit ou dans le passé, mais on peut lui faire ressentir ce qu'il a infligé à sa propre fille. Balancez-lui une malle.

Les deux jeunes trolls s'inclinèrent, soulagés de recevoir une consigne plus simple que celle de donner la mort.

– Tout de suite, mademoiselle !

Je repris le chemin de l'air libre, suivie de près par Clématite. La galerie montait plus que dans mes souvenirs. Ignace n'avait peut-être pas tout à fait retrouvé sa position initiale... La préoccupation m'empêchait de profiter du spectacle des pierres précieuses étincelantes.

– Nicolette ? finis-je par souffler.

La tête de la fée sortit de mes boucles, sur mon épaule.

– Mademoiselle ?

– Ça n'était pas vraiment du poison, n'est-ce pas ?

– Non, mademoiselle, répondit-elle avec un sourire de chat satisfait. Juste de l'eau salée et très amère. Nous vous avions promis de ne vous laisser tuer personne, mais ce chien de Walder a bien mérité ce que vous lui avez fait.

Je me mordillai les lèvres, ennuyée.

– Mademoiselle ! protesta Clématite.

– Quoi ? s'alarma Nicolette en se tournant vers la nymphe. À quoi pense-t-elle ?

– Elle veut qu'on garde le secret absolu sur les révélations de Walder !

Du coin de l'œil, je vis Nicolette froncer son petit nez.

– Hein ? Mais pourquoi ? Je croyais que vous aviez interdit aux trolls d'en parler pour être la première à l'annoncer à M. Lazare ! Je lui dirai, moi, si vous ne le faites pas.

– Moi aussi, approuva Clématite.

– Arrêtez vos gamineries, grommelai-je. Qu'est-ce qui se passera, à votre avis, si on raconte ça à Lazare, Adam ou Élias ?

– Ils tueront Walder ?

– Ils dégommeront le château de ces raclures de Draconis ?

Je m'arrêtai pour les regarder sévèrement.

– Vous les connaissez, déclarai-je. Vous savez qu'ils se vengeront et qu'ils tueront tous les Draconis vivant sur cette terre. Ce qui inclut Julia.

– Et alors ? bougonna Nicolette en croisant les bras.

– Alors je vous signale que sans elle, ce soir, les choses se seraient vraiment très mal passées.

Silence. Je repris mon ascension vers la sortie.

– Donc nous allons garder le secret là-dessus.

– Mademoiselle !

– Nous ne cacherons à personne le rôle de Walder dans les événements de cette nuit, ajoutai-je. Le châtiment des Lesath devrait être suffisant pour lui faire passer l'envie de recommencer. Surtout si on leur raconte comment ses magouilles ont failli tuer Julia qui s'opposait à lui.

Nous arrivâmes dehors. La neige rabattue par le vent glacé me mordit violemment la peau et une drôle de sensation m'envahit.

— Je ne suis toujours pas d'accord, grommela Nicolette sur mon épaule.

Je ne l'écoutais plus. Les arbres couchés et les cadavres déjà recouverts par une fine pellicule blanche nous barraient la route jusqu'au manoir aux murs lardés de coups de griffes, dont le côté sud était totalement effondré. Mais il y avait bien pire que ça. Un étendard Mirfak, sans doute porté par le vent, avait volé jusqu'à la porte et la surmontait fièrement. Je me redressai comme un ressort.

— Non mais vous avez vu ça ? rugis-je en brandissant mon attelle vers le drapeau. Qui a laissé traîner ce truc ? Où sont les domestiques ? Qui est-ce qui m'a foutu une bande de branques pareille ?

Nicolette et Clématite me lancèrent un regard effaré.

— Mince, marmonna la fée. J'avais oublié que ce sortilège était exacerbé par le froid.

— Ah... murmura la nymphe, encore stupéfaite. Si tu entendais ses pensées... Ça secoue, quand même...

— C'est vrai ? Je n'imaginais pas qu'elle serait sensible à ce point...

— Ne parlez pas de moi comme si je n'étais pas là, les bécasses ! explosai-je. On y va ! J'ai des fesses à botter !

Je les vis échanger un coup d'œil prudent.

— On lui reparlera de Mme Julia plus tard, chuchota Clématite.

— Bonne idée. Et il faudra faire des grands feux dans les cheminées pour qu'elle se calme.

– Je vous signale que je vous entends !

– Pardon, mademoiselle.

Je pris le chemin du manoir à grandes enjambées. Ça allait chauffer !

Le soleil avait réussi à percer les nuages et brillait sur la neige fraîche quand le froid annonciateur de l'arrivée des Lesath emplit le hall. Debout au milieu des domestiques, un peu calmée par les quelques degrés supplémentaires qui régnaient à l'intérieur, je donnais des ordres avec une énergie peu commune. Mon agressivité était tombée et mes paupières battaient de nouveau normalement, mais mes pensées continuaient à se bousculer à un rythme bien trop rapide dans ma tête et je ne maîtrisais pas tous les mots qui sortaient de ma bouche. Assis sur les marches, son gros bandage sur la tête, Élias avait refusé de retourner se coucher et riait aux éclats dès qu'une phrase imprévue franchissait mes lèvres. Même quand elle le concernait. La psychologie de cet enfant me dépassait...

Lazare et Balard se matérialisèrent les premiers auprès de moi. Leurs regards anxieux parcoururent le rez-de-chaussée – on voyait jusqu'au couloir des cuisines grâce aux trous dans les murs. Adam apparut à leurs côtés. Ses yeux bleus à deux teintes étincelaient d'angoisse.

– Ah, mon chéri, l'accueillis-je d'une voix aussi tranquille que possible. Ça va ?

J'avais décidé quelques heures auparavant de les recevoir comme si de rien n'était, pour ne pas les inquiéter. J'avais espéré réussir à déblayer les gravats un peu plus que cela avant qu'ils n'arrivent, mais bon...

– Charlotte, murmura-t-il d'une voix rauque. Qu'est-ce qui s'est passé, ici ?

– Pas grand-chose, répondis-je en agitant mon attelle d'un air rassurant. On a géré. Vous avez attrapé tous les Chasseurs ?

Les elfes et les lutins surgissaient du néant les uns après les autres, se soutenant mutuellement, la plupart couverts de pansements. Hum... Cela n'avait pas été de tout repos. Le bras d'Adam lui-même était bandé.

– Vous n'êtes pas passés par les grilles, aujourd'hui, remarquai-je avec une légèreté feinte devant leur silence tourmenté.

– Nous avons tenté, mademoiselle, fit remarquer une grande créature à la peau verte veinée de brun et aux yeux en amande fendus par une pupille verticale. Mais l'entrée était bouchée par des ronces d'une taille comme je n'en avais jamais vu.

Je haussai un sourcil. Il tenait un casque en fer forgé sous son bras et son armure patinée portait des marques de bataille.

– T'es qui, toi ? marmonnai-je.

– Oh, pardonnez-moi.

Les contours de sa silhouette devinrent flous, puis un homme en costume impeccable et aux tempes blanchies apparut à sa place.

– Ah, Firmin, le reconnus-je. Oui, désolée pour les ronces. On a fait ça dans l'urgence. On ne les a pas encore enlevées. Gustav ! Il faudra virer les ronces !

Occupé un peu plus loin à récupérer les pousses encore vivantes dans les mottes de terre qui avaient atterri à l'intérieur, le vieux troll releva le nez vers moi et me sourit gentiment.

– Oui mademoiselle !

– Et sinon, si jamais ça vous inquiétait, on n'a pas de morts, repris-je en revenant vers les Lesath et Firmin, qui m'observaient avec stupeur. C'est bien, hein ? Bon, pas mal de blessés, mais...

– Charlotte, me coupa Adam, ce sont les Mirfak qui ont fait ça ?

Mon sang ne fit qu'un tour et je me tournai vers les domestiques.

– Vous n'avez pas cramé tous ces maudits drapeaux, bande de buses ! rugis-je.

Élias éclata de rire et les domestiques présents s'immobilisèrent.

– Désolés, mademoiselle, répondirent-ils en chœur.

Ils avaient décidé de ne pas me contrarier jusqu'à ce que le sortilège cesse totalement d'agir.

– J'avais dit que c'était une priorité ! râlai-je.

– On s'en occupe, mademoiselle.

– Et que ça saute !

Les deux enfants korrigans se précipitèrent vers l'extérieur.

– Bonjour monsieur Lazare ! Bonjour monsieur Adam ! Bonjour Daniel ! lancèrent-ils joyeusement au passage.

Ils disparurent dehors. Je tirai sur mon manteau pour me redonner une contenance et reportai mon attention sur les Lesath qui m'observaient, abasourdis. Eh bien quoi ? Ah, oui, je n'avais pas répondu à leur question.

– Ça ? répétai-je avec toute la sérénité dont j'étais capable en désignant le hall dévasté. Non non, pas de panique, ce ne sont pas les gobelins. Ce sont les seigneurs Léviathan.

— Quoi ? s'étrangla Adam.

— Mais ne vous inquiétez pas, Ignace nous a protégés.

— Ignace ? répéta Lazare, un peu dépassé.

— Le ver des sables. Moi non plus, je ne savais pas que ce truc portait un nom. Mais il s'appelle Ignace, il apprécie les trolls à cause de l'occlusion intestinale et il aime bien *Pirouette cacahuète*. Oh ! Vous saviez que l'enregistrement de la voix de la sirène avait un temps de latence, au début, pour permettre aux gens qui le lancent d'aller se mettre à l'abri ? Sérieux, vous auriez pu écrire une notice. Je me suis pété le pied à shooter dedans, moi !

Sur son escalier, Élias se tordait de rire. Je lui adressai un regard contrarié. Mes propos étaient peut-être légèrement décousus, mais il n'y avait pas de quoi s'esclaffer !

— Un peu de silence, le nain ! le rabrouai-je.

Aucun succès. Clématite surgit soudain de l'étage et dégringola les marches.

— Monsieur Lazare, monsieur Adam, souffla-t-elle. Je suis heureuse de vous revoir.

— Clématite, dit Lazare, visiblement soulagé. Pourrais-tu nous expliquer ce qui se passe ici ? Je ne comprends rien du tout.

— Rhooo ! rouspétai-je. Vous ne faites vraiment pas d'effort ! Vous pourriez...

— Désolée, monsieur, me coupa précipitamment la nymphe avec un sourire contrit. Ne lui en tenez pas rigueur. Mlle Charlotte est sous l'influence d'un sortilège.

– Un sortilège ? s'inquiéta Adam. Grave ?

– Oh non, pas du tout. C'est Nicolette qui le lui a lancé, à sa demande. Cela devrait passer d'ici quelques heures.

– C'est déjà bien passé, fis-je remarquer. Mes yeux ne sont plus injectés de sang.

Clématite me jeta un regard mortifié.

– Quoi ? m'insurgeai-je.

– Oui, mademoiselle, vous avez raison.

– Au fait, repris-je, je suis désolée, Lazare, il y a un cadavre dans votre chambre. Et la tête doit se cacher quelque part sous votre banquette. Je n'ai pas eu le cœur de demander à quiconque d'aller l'enlever.

– Un cadavre ? répéta Lazare en cessant d'évaluer les dégâts autour de lui, abasourdi. Le cadavre de qui ?

– Otto Draconis. Et si vous cherchez Walder, il est dans l'estomac d'Ignace, sous une malle.

Les éclats de rire d'Élias couvraient toute l'activité du rez-de-chaussée. Je me renfrognai. Il avait un problème, le nain ?

– Draconis ? répéta Lazare avec un air soudain menaçant. Où est Julia ?

Je tiquai. Julia. J'avais demandé à Nicolette de s'assurer qu'elle ait à manger. Était-ce fait ? Je soulevai ma masse emmêlée de cheveux et la secouai. Rien.

– Ah, marmonnai-je. Elle n'est plus là…

– Julia ? demanda Lazare, incrédule.

– Mais non, voyons. Nicolette !

Les deux Lesath et Balard ouvrirent des yeux ronds. Seul Firmin plissa les paupières comme s'il comprenait. Je me tournai vers le trou qui menait désormais aux cuisines.

— Nicolette ! appelai-je de toute la force de mes poumons.

Un fracas assourdissant me répondit et les portes en bois s'ouvrirent en coup de vent sur une Nicolette façon Viking plus monstrueuse que jamais, une louche à la main. Je ne m'en laissai pas conter.

— Tu as apporté à Julia de quoi grignoter ? lançai-je.

— Et puis quoi encore ? brailla-t-elle en levant sa louche vers le ciel. J'ai du travail, moi ! Vous nous avez fait balancer tous les couverts dans le jardin ! Vous croyez que c'est facile de cuisiner avec des coquetiers et des boules à thé ?

— Je t'avais demandé de le faire ! rugis-je. Baisse cette louche !

La fée obtempéra et retrouva un visage presque calme.

— Bon retour chez vous, monsieur Lazare, monsieur Adam, inspecteur, monsieur Firmin...

— Nicolette, la salua Lazare, effaré. Tu me confirmes que cette jeune personne est bien Charlotte ?

Nicolette posa fièrement les poings sur les hanches.

— Évidemment que c'est bien Mlle Charlotte ! Vous ne la reconnaissez pas ?

— Pas vraiment, marmonna Adam.

— Bon sang, mais ouvrez les yeux quand vous la regardez ! Espèce de...

— Nicolette ! rugis-je. Tu vas tout de suite apporter à manger à Julia !

— Vous ne pouvez pas m'y obliger !

— Si ! Si elle se réveille et qu'elle n'a pas un bol de café avec des tartines, t'es virée !

Elle leva sa louche vers le ciel pour le prendre à témoin, l'air exaspéré.

— Grande mère... Qu'est-ce qu'on ne nous fait pas faire, dans cette maison de fous...

— Et sans poudre accélérante ! vociférai-je avant que la porte se referme avec un bruit d'enfer.

Un silence tomba, troublé uniquement par le fou rire d'Élias et la valse des domestiques affairés. Je me rendis compte que les Lesath, Balard et Firmin m'observaient avec une expression proche de l'ahurissement le plus complet.

— Ben quoi ? m'étonnai-je.

— Stupéfiant, ce sortilège, murmura Firmin. Dans quel but Nicolette vous l'a-t-elle jeté ?

Je me renfrognai.

— Je voulais avoir l'air d'une folle furieuse. Le premier qui dit que c'est très réussi, je lui écrase le nez.

Ils gardèrent un silence religieux. Génial...

— Donc Julia... ? relança Lazare.

— Dans une des chambres transformées en annexes de l'infirmerie, le renseignai-je. Elle a sept côtes et le bras cassés, sans compter les bleus. Et Panoramix pense qu'elle pourrait avoir un trauma crânien.

— Panoramix ? releva Adam d'un ton incertain.

— Le toubib.

— Le docteur Romaric ?

— Si tu sais, pourquoi tu demandes ?

À mes côtés, Clématite s'évertuait à sourire même si elle semblait avoir un peu chaud.

— C'est toujours le sortilège, bredouilla-t-elle. Et Mlle Charlotte n'a pratiquement pas dormi de la nuit.

Adam hocha la tête et m'étudia d'un œil soudain intéressé.

— Elle se souviendra de tout ce qu'elle a dit, quand ça se sera dissipé ? s'enquit-il.

— Bien entendu, monsieur, pourquoi ?

— Je crois qu'on va rire.

Je haussai un sourcil et croisai les bras. Je ne voyais vraiment pas pourquoi.

— Charlotte, reprit patiemment Lazare, pourquoi Julia est-elle dans cet état ?

— Parce qu'elle a tenu tête à des gobelins, des Léviathan, une sono pourave, une malle super agressive, son père, trois de ses cousins et la tour sud. Perso, à sa place, je serais morte. D'ailleurs, sans elle, je serais morte aussi. Elle...

— Elle a tenu tête à son père ? m'interrompit le maître des lieux.

— Évidemment ! Comment on aurait réussi à le mettre dans le ventre d'Ignace, autrement ?

— Pourquoi a-t-elle fait ça ?

Je lui jetai un coup d'œil torve.

— Parce que c'est une Lesath, même si vous faites semblant de ne pas le savoir. D'ailleurs, Lazare, je voulais vous dire que vous êtes vraiment un imbéc...

Clématite se jeta sur moi et plaqua sa main sur ma bouche.

— Le sortilège, expliqua-t-elle avec un sourire mortifié. Voulez-vous que j'aille la coucher, monsieur ?

— Mmm mmm ! protestai-je en tentant de me débattre, furieuse.

— Tu comptes l'attacher ? demanda Adam, très intéressé.

— J'en arriverai là s'il le faut, monsieur.

— Je t'accompagne.

— Et les Mirfak ? s'enquit Lazare sur un ton toujours aussi patient qui trahissait son agacement.

— Les Draconis voulaient leur faire porter le chapeau, résuma Clématite qui me tenait toujours fermement. Pardonnez-moi, monsieur Firmin, voulez-vous bien prendre la suite de Mlle Charlotte pour les travaux de réparation d'urgence ?

— À quel type de dégâts devons-nous remédier ? répondit celui-ci, professionnel jusqu'au bout des ongles.

— Hem... Des ronces et des fleurs toxiques encerclent la propriété, il y a des cadavres à moitié dévorés partout, les couverts en argent sont répandus dans tout le parc, ainsi que les aspirateurs, les balais, les lampes de poche et les torches du manoir, plus une seule fenêtre n'est intacte, la tour sud est tombée, certains murs ne tiennent plus très bien...

Les yeux du lutin s'étaient mis à flamber.

— Les couverts en argent sont répandus dans le parc ? répéta-t-il sur un ton acide.

— Les fées ont protégé M. Élias en crevant les yeux des gobelins, expliqua-t-elle rapidement.

— J'ai l'impression qu'il s'est passé beaucoup de choses, marmonna Balard en se frottant le front.

— Vous voulez dire que les fourchettes et les couteaux sont pleins de globes oculaires et autres fluides de gobelins ? insista Firmin, qui paraissait de plus en plus grand et de plus en plus vert.

Hum. Il était peut-être temps d'aller se coucher, finalement. J'avais affronté assez de monstres pour la nuit. Et même pour le mois. Pour toute la vie, en fait.

Je laissai Clématite m'entraîner avec sa force insoupçonnable. Élias avait rejoint son père.

– Avec le sortilège, riait-il, elle m'appelle « le nain » au lieu de « mon chou » !

– Qui t'a fait ça, Élias ? rétorqua Lazare en désignant le bandage sur sa tête.

– Otto. Mais ne t'inquiète pas, papa. Je l'ai tué. Et même que ça a fait un petit peu plaisir à Charlotte. Je crois. Je ne suis pas sûr parce que après, elle a pleuré, mais je crois.

Le visage d'Adam qui nous suivait se ferma brusquement.

– Clématite, je vais m'occuper de Charlotte.

– Monsieur ? paniqua celle-ci.

– Ça ira.

– Mais... Euh... Je veux dire... Si jamais elle vous insulte, vous...

– Clématite.

– Oui ?

– Ça ira.

La nymphe se tut et je changeai de bras. Les ombres se refermèrent sur nous avant que je puisse ajouter le moindre mot à l'adresse de mon amie.

Je me réveillai en sursaut. Le soleil filtrait à travers les fenêtres colmatées à la va-vite, et les tulles déchirés de notre lit à baldaquin pendaient en se balançant doucement.

– Oh mon Dieu... gémis-je.

La couverture chaude qui m'enveloppait bougea. Adam s'était enroulé autour de moi pendant mon sommeil.

– Charlotte ? murmura-t-il. Tout va bien ?

Je le regardai, la bouche grande ouverte, catastrophée. Mon fiancé se redressa et m'embrassa sur le front.

– Adam ? demandai-je d'une toute petite voix.

– Oui ?

– Je... C'était un cauchemar ? Je n'ai pas traité ton père d'imbécile, hein ?

Il cligna des yeux et partit d'un fou rire monumental. Je me crispai, horrifiée. Si. Je l'avais fait. J'allais être bannie pour toujours de la famille.

– Alors ça y est, ma douce ? hoqueta-t-il. Tu es redevenue toi-même ?

– Je vais mourir, gémis-je avec l'affreuse sensation de plagier Nicolette.

– Non. Je te protégerai.

Il me prit dans ses bras et roula sur lui-même pour m'attirer sur sa poitrine. J'eus besoin de quelques secondes pour retrouver mes esprits.

– Il m'en veut beaucoup ? bredouillai-je.

– Personne ne t'en veut, ma douce. Clématite nous a raconté dans les détails ce qui s'est passé cette nuit. Je ne vois pas comment quelqu'un pourrait t'en vouloir de quoi que ce soit. Tu as sauvé tout le monde.

– Mais...

– Même Firmin a dit qu'il passait l'éponge pour les couverts en argent dans le jardin, quand Alfred lui a expliqué comment tu avais organisé la défense.

– Et Julia ? demandai-je prudemment.

— Mon père est allé la voir quand elle s'est réveillée. Je n'ai pas plus d'informations.

— Il... Il n'était pas fâché contre elle ?

— Fâché ? Alors qu'elle t'a sauvée et qu'elle a protégé le manoir ?

Ah. Clématite avait donc omis les découvertes de la dernière partie de la nuit. Le soulagement fit tomber un poids de mes épaules.

— Et toi ? chuchotai-je en caressant le bandage qui ornait son avant-bras. Comment ça s'est passé ?

Je le sentis se tendre en dessous de moi. Il se redressa légèrement pour me regarder.

— Nous n'avons pas réussi à attraper tous les Chasseurs. Au moins deux se sont échappés.

La tristesse de sa voix me fendit le cœur.

— Ce n'est pas grave ! m'exclamai-je. Deux sur plus de cinquante, ça fait quand même un beau ménage !

— C'est vrai.

Il sembla sur le point d'ajouter quelque chose, puis se ravisa.

— Tu as sûrement faim, déclara-t-il.

— Euh...

Je songeai à ma dernière discussion avec Nicolette – celle où je l'avais menacée de la virer – et mes cheveux se dressèrent sur ma tête.

— Je crois que je ne mangerai plus jamais, gémis-je.

Il repartit d'un fou rire tonitruant.

— Quoi ? grommelai-je. Tu as bien entendu la façon dont je lui ai parlé ?

— J'ai entendu, ma douce ! Si tu ne veux plus manger, trouve vite une excuse parce que Sophie t'attend dans la salle à manger !

Miséricorde ! Sophie !

– Un mini-tremblement de terre ? s'ébahit mon amie.

– Magnitude 4,3 sur l'échelle de Richter, expliqua très sérieusement Adam en beurrant une tartine. Ils en ont parlé à la radio, ce matin. Ça se classe dans les tremblements de terre légers, mais ça a suffi pour faire exploser toutes les vitres.

– C'est vraiment incroyable, je n'ai rien entendu ! Et pourtant, mes fenêtres aussi étaient par terre, ce matin.

– Tu as le sommeil profond, nota mon fiancé. Ou alors c'est le baldaquin qui a étouffé le bruit ?

– Oh oui, c'est sûrement ça ! J'espère que l'assurance va prendre en charge les réparations...

Le nez plongé dans mon bol de thé, j'écoutais Adam et Sophie deviser sur les catastrophes naturelles qui se multipliaient sur la planète.

– Et dire que je pars aujourd'hui, marmonna Sophie en repoussant sa crinière rousse en arrière. J'aurais pu vous aider à tout remettre en place.

– On n'aurait voulu t'imposer ça pour rien au monde, déclara Adam. Tu es notre invitée très spéciale.

Sophie rosit de plaisir.

Elle en souriait encore quand Adam et moi la raccompagnâmes aux grilles du manoir, trois heures plus tard. La neige crissait sous nos pieds et la buée formait des petits nuages devant nos bouches. Les ronces avaient mystérieusement disparu, ainsi que les cadavres, mais les arbres couchés n'avaient pas encore été évacués. Firmin avait paré au plus urgent.

— Ah, Charlotte, soupira Sophie, emmitouflée dans une grosse écharpe en laine, tandis que Louis chargeait sa valise dans le coffre de la voiture. Comme je t'envie ! Tu vis dans un château de contes de fées, ton mec est un pur canon, tu manges divinement bien...

— C'est vrai, reconnus-je avec un coup d'œil au château de contes de fées en question, auquel il manquait une tour et toutes les vitres.

— C'est un compliment, « pur canon » ? chuchota Adam à mon oreille.

— Oui.

— Même pour les humains ?

Je levai les yeux au ciel redevenu nuageux.

— Oui, mais pas au sens littéral. Ça veut dire que tu es beau garçon, pas que tu es un super tueur.

— Oh... C'est nul, non ?

Heureusement, Sophie s'était tournée vers Croquette qui remuait la queue devant Hans, venu faire ses adieux, Trollidou à nouveau propre à la main.

— Au revoir, monsieur Croquette, dit gravement le petit garçon. Quand vous reviendrez, ze serai un homme et ze serai courazeux comme vous. Même sans Trollidou.

Le chien aboya gaiement et lécha le visage de l'enfant qui éclata de rire.

— J'espère revenir avant, me lança Sophie avec un clin d'œil. S'il faut attendre que Hans soit devenu un homme, on risque de ne pas se revoir de sitôt.

Ciel. Il faudrait la réinviter vraiment très vite si nous ne voulions pas qu'elle se rende compte de la croissance beaucoup trop rapide du petit troll. Nous

nous embrassâmes chaudement et elle monta dans la voiture.

– Rentre bien ! lui lançai-je tandis qu'elle ouvrait la vitre pour nous faire signe.

Louis démarra la voiture. Sophie lança un dernier regard d'envie vers le manoir.

– Ah là là, Charlotte, tu as tellement de chance... J'adorerais avoir une vie aussi insouciante que la tienne...

J'avalai de travers. Une vie aussi insouciante que la mienne ? Adam agita gentiment la main à ma place.

– Salut Sophie ! À bientôt !

La voiture s'en alla. Nous la regardâmes cahoter sur le chemin enneigé jusqu'à ce qu'elle disparaisse entre les arbres nus, puis je laissai échapper un énorme soupir de soulagement.

– Ouf... C'est fini.

Adam passa son bras autour de mes épaules pour me réconforter et embrassa ma tempe.

– Tu as été parfaite, ma douce.

J'esquissai un sourire amer.

– C'est gentil, murmurai-je, mais je sais bien que j'ai démoli la moitié de ta maison.

– Techniquement, ça n'est pas ta faute, objecta-t-il.

– Bien sûr que si. Si ton père ou toi, ou même Firmin avait été là, le manoir serait encore intact.

Il ne répondit rien. Le découragement pesa sur moi.

– Tu crois qu'on va mettre combien de temps à tout reconstruire ? marmonnai-je, abattue par l'ampleur de la tâche qui nous attendait.

– On ne va pas reconstruire.

Je redressai la tête, stupéfaite.

– Quoi ?

– Pas ici, en tout cas. Les pierres seront déplacées une par une. Nous quittons la région.

– Mais... Mais... Pourquoi ? Parce que je n'ai pas réussi à bien défendre le manoir ?

Il baissa les yeux sur moi et m'embrassa à nouveau avec beaucoup de tendresse.

– Ta défense du manoir était parfaite, ma douce. Même moi, je n'ai pas fait mieux quand nous avons été attaqués, il y a dix ans. Le problème est ailleurs.

– Ah bon ?

– Comme je te l'ai dit ce matin, deux Geistjägern se sont échappés. Dans les documents que nous avons trouvés sur place, certains mentionnaient les mésaventures du lieutenant Sauger, qui s'était mystérieusement suicidé sur le Territoire de Belfort. Nous ignorons si nos fuyards ont eu le temps de prendre connaissance de ces documents ou non, mais dans le doute, nous partons. Ils pourront venir ici et chercher aussi longtemps qu'ils le souhaitent, nous serons loin.

Abasourdie, je contemplai les plans d'eau dont je connaissais désormais les occupants, les fontaines détruites, les arbres à terre, les hectares entiers de parc dévasté où habitaient les créatures.

– Mais... Les... Les... Tout le monde vient ?

– Oui, tout le monde vient.

– Même les seigneurs Léviathan ?

– Oui, même eux.

– Alors qu'on n'a plus d'enregistrement de voix de sirène ?

Il sourit distraitement.

– Tu pourrais peut-être demander à Framboise ? Vous êtes amies, non ?

Je lui fis les gros yeux.

– Tu sais le boucan infâme que ça fait, un chant de sirène ?

Il se mit à rire. Je me détendis.

– Comment on va faire pour déménager tout ça ? repris-je.

– On va se débrouiller. Les domestiques m'ont déjà assuré que tout se passerait bien puisque tu serais là pour les aider.

Ah oui. Bien sûr. Ma vie insouciante et moi...

Épilogue

Lazare Lesath, maître d'Upsilon Scorpi

La neige craque sous mes pas, ce matin. Le ciel couvert menace de nous en apporter encore davantage. La buée qui se forme devant ma bouche me rappelle de bons souvenirs. Combien de fois ai-je joué à faire des ronds avec Élias et Adam, quand ils étaient petits et que je leur apprenais à maîtriser leur pouvoir sur les ombres, plongeant les salles d'entraînement dans le froid ?

Quatre jours se sont écoulés depuis l'attaque essuyée par Julia et Charlotte. Rien que d'y repenser, mes cheveux se hérissent sur ma nuque. Comment avons-nous pu en arriver là ? Et surtout, comment avons-nous pu passer outre leurs cœurs qui appelaient à l'aide ? La diversion orchestrée par Walder était parfaite. J'en ai des sueurs froides. Heureusement, l'activité bon enfant qui règne dans le parc m'empêche de trop réfléchir. Les arbres couchés disparaissent sous un manteau blanc plein d'empreintes de pas. Tout le monde s'active. Notre départ est imminent. Nous ne pouvons rester ici plus longtemps.

J'aperçois Charlotte, emmitouflée dans un manteau épais, un gros bonnet de laine enfoncé jusqu'aux yeux sur la tête, qui suit une naïade dont le cœur bat trop fort, comme si l'émotion la submergeait complètement. Je ralentis, intrigué. Que se passe-t-il, cette fois ? Malgré son apparence de jeune femme, la naïade sautille comme une enfant en agitant les bras. Je me demande si Charlotte a déjà vu une naïade sous son apparence réelle. En fait, je me demande même si Charlotte sait qu'elle suit une naïade.

– C'est ici, mademoiselle, dit cette dernière d'une voix déchirante en s'arrêtant près d'une fontaine brisée.

– C'est ici quoi ? s'enquiert prudemment Charlotte.

– C'est ici, ma maison.

Elle fond en larmes. Charlotte la dévisage, abasourdie. Je ne peux retenir un sourire. La pauvre. Les domestiques pourraient l'épargner un peu, quand même...

– On va recoller les morceaux, tente-t-elle en ramassant un bout de la fontaine pour le reposer à sa place. Je suis sûre qu'avec une bonne glue, on...

– Mais on s'en fiche de ça ! gémit la naïade, les joues ruisselantes.

– Ah bon ?

– Si on déménage, je n'aurai plus ma maison !

– On peut la déménager aussi, observe notre petite humaine avec tout le bon sens qui la caractérise.

– Non, on ne peut pas !

Je secoue la tête. Pauvre Charlotte. Elle ignore que la naïade ne parle pas de la fontaine, mais de la source qui l'alimente. D'ailleurs, elle scrute la sculpture brisée en se demandant visiblement ce qui nous empêcherait de la caser dans un camion.

– On ne peut pas emmener l'eau ! hoquette enfin la naïade. Ça ne sera plus jamais pareil !

– Ah... marmonne Charlotte, consternée.

– Elle n'aura plus la même chaleur ! Ni la même odeur ! Ni la même fréquence !

Je vois la bouche de ma pauvre belle-fille s'arrondir. Pourtant, elle se reprend.

– Et si tu remplis un tonneau avec de l'eau d'ici ? propose-t-elle. Et qu'on la verse dans ta fontaine là-bas ? Ça sera comme si... comme si la fréquence de l'eau était venue avec toi ?

Les paupières de la naïade s'écarquillent.

– Par les Grandes Algues... murmure-t-elle.

– Hein ?

Mais la naïade ne l'écoute plus. Elle essuie ses yeux d'un revers de la manche et se tourne vers les fontaines démolies alentour.

– Les filles ! crie-t-elle en courant vers elles. Mlle Charlotte a eu une idée géniale !

J'esquisse un sourire et abandonne ma future belle-fille médusée à sa contemplation des naïades – grandeur nature, donc deux mètres de hauteur pour dix centimètres de diamètre – qui jaillissent de partout. Il ne faudra pas que j'oublie de dire à Firmin de prévoir un camion supplémentaire. Si toutes les naïades embarquent un tonneau d'eau, ça ne sera pas de trop...

Je reprends mon chemin vers les cabanons des trolls. Un son faible, trop faible, m'a alerté, ce matin, quand je me suis réveillé. Je passe devant l'immense potager carré couvert de neige. Une petite silhouette accroupie dans un coin attire mon attention. Je plisse les yeux. Son cœur rose pâle est veiné de bleu. Allons bon. Je m'approche et reconnais Hans, le dernier-né des trolls, qui sanglote à chaudes larmes, le nez dans un doudou en tricot.

– Eh bien, eh bien, dis-je doucement pour ne pas l'effrayer. Qu'est-ce que c'est que ce gros chagrin ?

L'enfant se retourne et se redresse, le visage rougi par le froid et les pleurs.

– Monsieur Lazare, hoquette-t-il. Ze suis triste...

– Je vois ça. Pourquoi ?

– Parce que... Parce que... mes carottes...

Il pointe son doudou vers un petit carré de terre qu'il a dégagé de la neige.

– Quand on va partir, mes carottes... Elles vont mourir...

Je me retiens pour ne pas hausser un sourcil sceptique. Vu le froid qui doit s'abattre dans les prochains jours, ces malheureuses carottes n'auraient pas tenu longtemps de toute façon. Dois-je le lui signaler ?

– C'étaient mes premières carottes, pleure-t-il à nouveau. Ze les avais plantées avec grand-papy ! Et ze ne les verrai même pas pousser !

Son chagrin me touche. Je décide de tenter la méthode Charlotte.

– Si tu veux, Hans, tu peux mettre tes plantations dans une grande caisse en bois et on les emportera avec nous, dans le déménagement. Tu les rempoteras en pleine terre, là-bas.

Le petit troll me regarde à travers ses larmes.

– Pour de vrai ? balbutie-t-il.

– Pour de vrai.

Ses yeux vont de ses carottes à moi, de moi à ses carottes. Il s'illumine soudain.

– Pour de vrai ? répète-t-il, fou de joie.

– Oui oui. Pour de vrai.

Il frotte son doudou en tricot sur ses joues pour les sécher.

– Ze vais m'en occuper ! Promis, monsieur Lazare, ze ne vous décevrai pas et vous manzerez les meilleures carottes de la terre !

Définitivement requinqué, il court vers le cabanon n° 1.

– Maman ! Maman ! Ze vais sauver mes carottes !

Bien. Il ne faudrait pas que je croise trop de domestiques, ou la compagnie de déménagement au complet ne suffira plus. Je continue ma route jusqu'au dernier cabanon, le plus grand de tous. Le troisième a été rebâti en urgence pour que le ver des sables ne reste pas la gueule béante sur le monde, surtout avec les chutes de neige. Derrière, les arbres-trolls, les seuls arbres encore debout du parc, inclinent leurs branches nues vers nous au lieu de les lever vers le ciel cotonneux. Eux aussi sentent ce qui va arriver. La porte du dernier cabanon est close. Je frappe.

– Entrez ! lance une voix éraillée.

Je m'exécute et referme soigneusement derrière moi. Une douce chaleur me saisit, dans cette petite pièce aux murs recouverts de photographies de trolls souriants. Devant le feu ronflant de la cheminée, Gustav repose dans une chaise à bascule qui appartient à sa famille depuis des générations, une couverture à carreaux sur les genoux. Sous son apparence de troll, il touche presque le plafond. Ses béquilles sont posées par terre, près de son unique pied, sur un tapis moelleux.

– Ah, monsieur Lazare, dit-il faiblement en ouvrant un œil vert. Je me doutais que vous viendriez aujourd'hui.

– J'ai entendu ton cœur, mon ami.

– Je me doute, je me doute… Il n'est plus très flambard, n'est-ce pas ?

Je me contente de hocher la tête et m'assois dans le fauteuil qu'il m'indique, à ses côtés. Il se renfonce dans sa chaise et sourit, satisfait.

– J'ai eu une belle vie, monsieur. Et j'ai de beaux enfants, de beaux petits-enfants et même des arrière-petits-enfants aussi bien portants qu'on peut le souhaiter. Quant à la prochaine génération de Scorpi…

Il m'adresse un regard pétillant.

– J'ai l'impression que vous allez bien vous amuser.

– Je le pense aussi, souris-je.

Nous rions ensemble doucement et Gustav se met à tousser. Ma poitrine se serre d'émotion.

– Ne soyez pas triste pour moi, monsieur, me reproche le troll d'une voix rauque. Vous verrez, quand vous aurez mon âge respectable, qu'il arrive un moment où il faut savoir lâcher prise.

Je ne réponds rien. Son âge respectable, je l'ai déjà atteint presque deux fois.

– Avez-vous trouvé un nouveau lieu pour le manoir ? s'enquiert-il pour détourner la conversation.

– Oui. Adam est tombé sur une petite colline idéale, du côté d'Épernay, avec de la forêt tout autour. Charlotte l'a visitée aussi, elle a dit que c'était parfait.

– Elle a dit que c'était parfait ? répète le troll avec un sourire peu convaincu.

– Elle a dit que c'était vraiment un trou paumé. Donc c'est parfait.

– Je vois.

– Viendras-tu avec nous ?

— Je ne pense pas, monsieur. Je ne serai sans doute plus parmi vous quand vous partirez.

Ma gorge se noue. J'ai beau savoir que c'est dans l'ordre des choses, Gustav est le dernier troll à avoir connu Florence, au manoir. Le dernier à avoir participé aux travaux d'aménagement quand elle était enceinte. Le dernier à avoir fleuri le parc avec ses couleurs préférées. Le voir s'éteindre ressemble à une page qui se tourne définitivement.

— Cela me convient, monsieur, reprend-il en se calant mieux dans sa chaise. Je suis trop vieux pour vivre de nouvelles aventures. Je préfère savoir que je dormirai en paix dans la terre que j'ai travaillée toute ma vie. Je reste ici pour veiller sur ce qui restera de ce domaine.

Un nouveau silence s'installe. Les souvenirs affluent dans ma mémoire. J'ai connu Gustav guère plus haut que Hans ; il avait déboulé dans mes jambes au détour d'un bosquet en courant après une coccinelle. Je l'avais attrapée pour lui faire plaisir. La vénération du petit troll s'était muée en amitié au cours des années.

— Et Mme Julia ? demande-t-il soudain d'un ton guilleret.

Je me renferme en moi-même. Julia. Je sais ce qu'elle fait pour nous. Je sais ce qu'elle a toujours fait pour nous. Je n'ignore pas ses sentiments à mon égard. Son cœur l'a trahie dès le premier jour. Cela me mettait mal à l'aise, au départ. J'aimais Florence. Je l'aime toujours. Pour autant, Julia mérite-t-elle de souffrir ainsi ? Même si les préceptes d'éducation des Draconis me dégoûtent, elle a élevé Élias quasiment comme s'il était son propre fils. J'ai conscience qu'elle a refusé de l'adopter par loyauté envers sa famille et dans l'espoir qu'un jour, je lui donnerais un enfant. Elle n'a jamais réussi à trouver sa place au manoir et je n'ai rien fait pour l'y aider. Charlotte a sans doute raison, je suis un imbécile par bien des côtés. Mon regard s'égare dans les flammes dansantes de la cheminée. Un véritable imbécile, même. La nuit dernière, elle grelottait dans notre lit à cause du vent glacé qui s'engouffrait par nos vitres pourtant colmatées au mieux. Pour la première fois de ma vie, je l'ai prise contre moi pour la réchauffer. Elle s'est raidie comme si j'allais la frapper et n'a plus bougé de la nuit. J'en suis encore perturbé. Est-ce que j'espérais résoudre avec un geste aussi stupide des problèmes de couple vieux de dix ans ?

– Je vous sens bien songeur, monsieur, déclare Gustav en se berçant dans sa chaise à bascule. Tout ceci n'est pas simple, n'est-ce pas ?

– Comme tu dis, marmonné-je dans ma barbe.

– Ne vous inquiétez pas. Vous avez encore du temps pour résoudre ce micmac.

Je lui jette un regard par en dessous.

– À quel genre de résolution penses-tu, Gustav ?

Le vieux troll sourit sans ouvrir les yeux.

– Mme Julia est quelqu'un de bien.

Les bras m'en tombent.

– Depuis quand dis-tu des choses comme ça, toi ?

– Depuis que je suis vieux, malade et que plus personne n'ose rien me reprocher, monsieur.

Hum. Depuis hier, en quelque sorte.

– C'est parce qu'elle a sauvé Charlotte ?

– Entre autres, monsieur, entre autres. Par ses actes, elle est définitivement devenue une Lesath. Les Draconis ne lui pardonneront jamais sa trahison. Elle ne pourra plus jamais rentrer chez elle.

Le poids de la responsabilité pèse sur mes épaules.

– J'en ai conscience.

– Vous savez ce que vous devriez faire, monsieur ? reprend le troll avec plus de légèreté. Prendre des cours de danse avec elle.

– Des cours de danse ? m'exclamé-je, stupéfait. Pourquoi ça ?

– Ça vous habituera l'un à l'autre.

Je me renfrogne et reporte mon attention sur le feu.

– De la danse... maugréé-je. Pour que ces stupides humains jacassent sur le fait qu'elle a dix ans de moins que moi...

– Il n'a pas dû échapper à monsieur que Mme Julia se donne du mal pour paraître plus vieille que son âge, relève Gustav avec humour. Mlle Charlotte elle-même le lui reproche, quand elle est assez énervée pour ça.

Je hausse les épaules. Bien sûr que j'ai remarqué. Je suis un imbécile, mais tout de même...

Des bruits au-dehors nous interrompent soudain.

– Mais maman ! clame une petite voix. Ze veux m'occuper de mes carottes !

– On va voir grand-papy d'abord, répond une voix féminine sans appel.

– Grand-papy, il va me dire que ze dois sauver mes carottes !

Je souris et Gustav soulève une paupière.

– Ah... s'amuse-t-il. Les premières racines... Un grand moment dans la vie d'un troll. Mon seul regret sera peut-être de ne plus être là quand Hans les récoltera.

– Je vais vous laisser en famille, dis-je en me levant. Je venais juste te dire au revoir, mon vieil ami.

Il serre ma main dans sa grosse patte noueuse. Ses yeux verts sont de plus en plus ternes.

— Au revoir, monsieur. Veillez bien sur eux tous.

Je hoche la tête, la gorge nouée. La porte s'ouvre sur Hans et sa mère, suivis d'une cohorte de trolls aux visages empreints de tristesse.

— Monsieur ! s'exclame la mère de Hans. Pardonnez-moi, je ne savais pas que...

— Je partais.

Je les croise sans plus de cérémonie, trop ému pour prononcer les paroles d'encouragement qui auraient pourtant été courtoises. J'entends le cabanon se refermer dans mon dos. Je ne me retourne pas. J'ai besoin de marcher dans le froid. Le cœur de Gustav est devenu trop faible. Ses battements m'échappent. Je souffle profondément et me concentre sur le nuage de buée qui vient d'apparaître sous mon nez. Dans le parc, la neige tombe à nouveau et les korrigans courent autour des sapins abattus avec des cris de joie. Je relève la tête. Il faut rentrer. J'ai encore beaucoup de choses à faire.

Julia se tient devant la fenêtre béante du salon, enveloppée dans un long manteau noir, une main crispée sur la balustrade, l'autre en écharpe dans un plâtre épais. Pour une fois, elle a laissé ses cheveux lâchés et ceux-ci cascadent sur ses épaules contractées par la tension. Je la rejoins et suis son regard. Elle surveille les domestiques qui ont commencé à récupérer les pierres de la tour sud effondrée pour rebâtir le manoir à l'identique sur le nouveau terrain.

— Désolée pour ton ami, marmonne-t-elle sans lever les yeux.

Je hoche la tête. La forme n'y est pas, mais elle fait des efforts.

– Désolé pour ton père, réponds-je avec sincérité.

Elle détourne le visage. Chagrin ? Colère ? Ressentiment ? Honte ? Je plisse les paupières. Son cœur rouge sang pailleté de magenta palpite tristement. Elle ne m'en veut donc pas ? Elle sait pourtant que j'ai laissé Walder dans l'estomac d'Ignace, où les sucs gastriques l'ont dissous en un peu plus de trois jours.

– Il l'a bien mérité, renifle-t-elle en essayant de rendre sa voix dure. Il sait ce qui arrive quand on s'en prend aux Lesath.

– Tu es une Lesath, Julia.

Son cœur bat un peu plus fort et se colore de vert. De l'espoir ?

– J'ai pensé à quelque chose, reprend-elle, le regard rivé sur la tour effondrée. On pourrait peut-être emporter les arbres-trolls avec nous ? Ils seront quand même mieux dans notre nouvelle propriété, entourés de petits trolls qui viendront les arroser, plutôt que de dépérir seuls ici...

– Comment voudrais-tu faire ça ?

– J'ai cherché sur Internet. Certaines entreprises louent leurs services pour déménager des choses un peu compliquées à déplacer. Je peux les appeler, si tu veux.

Je la contemple, profondément touché. Elle a cherché ça juste pour moi ? Gustav a raison, c'est quelqu'un de bien. Je pose ma main sur la sienne, glacée, sur la balustrade. Elle se raidit d'un seul coup.

– Merci, dis-je avec douceur. On va faire ça.

Julia ne bouge plus. Comme la nuit dernière. Je n'arrive pas à interpréter les battements désormais erratiques de son cœur. Je comprends bien que je l'effraie, mais désire-t-elle que je la lâche ? Je repense aux derniers mots de Gustav et serre plus fort mes doigts sur les siens.

— Julia, si jamais on trouve un club sympathique, près de notre nouveau chez-nous, ça te tenterait de prendre des cours de danse avec moi ?

Elle sursaute tellement fort que sa main manque d'échapper à la mienne.

— Quoi ? coasse-t-elle en me fixant avec la même horreur que si je l'avais mordue.

Ah.

Je savais bien que c'était une mauvaise idée.

FIN

Du même auteur :

ANIMAE, t. I, *L'Esprit de Lou*, 2012,
Éditions de l'Épée/Le Livre de Poche

ANIMAE, t. II, *La Trace du coyote*, 2013,
Éditions de l'Épée/Le Livre de Poche

ANIMAE, t. III, *Le Cauchemar du chien*, 2013,
Éditions de l'Épée/Le Livre de Poche

ANIMAE, t. IV, *Le Rire de la hyène*, 2014,
Éditions de l'Épée/Le Livre de Poche

SCORPI, t. I, *Ceux qui marchent dans les ombres*, 2016,
Éditions Calmann-Lévy/Le Livre de Poche

SCORPI, t. II, *Ceux qui vivent cachés*, 2016,
Éditions Calmann-Lévy/Le Livre de Poche

PAPIER À BASE DE FIBRES CERTIFIÉES

Le Livre de Poche s'engage pour l'environnement en réduisant l'empreinte carbone de ses livres. Celle de cet exemplaire est de :
400 g éq. CO_2
Rendez-vous sur www.livredepoche-durable.fr

Composition réalisée par Belle Page

Imprimé en France par CPI
en décembre 2017
N° d'impression : 3026360
Dépôt légal 1re publication : janvier 2018
LIBRAIRIE GÉNÉRALE FRANÇAISE
21, rue du Montparnasse - 75298 Paris Cedex 06

37/2778/6